COLLECTION FOLIO

Henry Miller

Tropique du Cancer

*Traduit de l'américain
et préfacé
par Henri Fluchère*

Denoël

Titre original :

TROPIQUE OF CANCER

© *Obelisk Press, 1934.*
© *Éditions Denoël, 1945, pour la traduction française.*

LE LYRISME DE HENRY MILLER

Devant la page blanche sur ma machine à écrire, attentif à caractériser le lyrisme de Henry Miller, je crains de rencontrer les mêmes difficultés que Miller lui-même, attentif et acharné à dessiner et à peindre un cheval sur une feuille de papier Canson. Essayez donc de dessiner un cheval, surtout de mémoire! Je ne veux pas dire par là que Miller appartienne, même métaphoriquement, à moins que ce ne soit un cheval de l'Apocalypse, à la race des pachydermes équidés. Dessiner un cheval, si l'on veut, ce n'est rien. Mais montrez-moi donc le sourire ironique du cheval, l'âme du cheval, ses amours, son galop vers l'absolu, ce dépassement de lui-même qui le conduit par-dessus haies et fossés sous un ciel d'orage, au grand vent, fuyant à travers des prairies de rêve embrasées de givre, dans le sillage des astres, vers cet impossible achèvement de sa qualité imprescriptible de cheval! Ce sont des bonds, des tourbillons de feu, des pétarades, des renâclements, des éclats de rire comme des hennissements, des hennissements qui ressemblent à des sanglots, des cris de colère métalliques et cinglants, une crinière qui fuse, une queue qui flamboie, le rythme terrifiant des jarrets tendus qui se précipite, l'espace dévoré, le temps aboli, les révolutions sidérales elles-mêmes menacées; et puis, aussi bien, voici la bonace, l'attendrissement paisible, muscles détendus, sourire, et ce petit gloussement de la joie de vivre discrète et réticente, qui veloute et submerge bientôt la misère des expériences imparfaites. Le poil redevient lisse et brillant, on dirait un animal de luxe, tendre et dodu, distingué; le cheval de bataille fougueux et révolté, blasphémateur et obscène, s'adoucit : le rebelle indomptable sourit aux anges devant un sirop grenadine dans quelque civette des bords de la Seine. Faites donc entrer tout cela dans votre croquis ou votre aquarelle!

Entre tous ceux qui ont pu se vanter — combien de fois en pure perte! — de se placer en dehors de toute « littérature » (ce qui signifiait pour eux la prétention de se placer au-dessus*) Miller serait un des rares à qui concéder cette dignité. Nous croyons trouver un auteur, et voici un homme, disait Pascal, ou à peu près. L'homme est hors d'atteinte de la critique littéraire, malgré les ruses de ses techniques d'analyse, comme le cheval qui n'est pas un « objet », ni un « sujet », esquive à jamais la brosse ou le crayon. Miller se rirait de moi, de son rire joyeux, sonore et divin, s'il pouvait m'imaginer écrivant sur son lyrisme. Et il aurait raison. Par où allez-vous me prendre, dirait-il. Par où, en effet?*

Son art, c'est de n'obéir à aucune règle, si ce n'est celle de se servir des mots. Il n'écrit ni un roman, ni un essai, ni un drame, ni un poème — et pourtant ce qu'il écrit participe à la fois de ceci et de cela. En dehors de tout genre formel, chacun de ses grands livres constitue un tout, tient ensemble par une cohérence interne qui défie l'analyse, mais que l'on perçoit si fortement qu'on est irrité à ne pouvoir la définir. Dire qu'il se raconte, c'est effleurer le sujet. Dire que c'est une autobiographie, c'est un abus de langage. Dire que le livre est informe est une sottise. Si le mot « vivant » a encore un sens dans un monde où naguère il n'était question que de mort, il faudrait le lui appliquer. Absurdement aussi, on pense à Montaigne, et à Rabelais. A Don Quichotte et à Swift. Mais, au fond, cela ne veut rien dire.

Miller a traqué le langage jusqu'à épuiser ses dernières ressources d'expression, demandé aux mots porteurs d'images et d'émotions les services les plus subtils et les plus fous, exigé qu'ils se rendent à son appel, nobles et vulgaires, nimbés de spiritualité ou dépouillés jusqu'à l'indigence, crus et nus, agressifs et retentissants, drapés d'artifice et familiers, cohorte d'anges et de démons, en foule, en vrac, ou ordonnés en belles rhétoriques, celles de l'hallucination, celle du style des simples et des fous, du délire et de l'extase, et qui s'en vont, par les voies les plus brûlantes, jusqu'à l'essence même du réel.

C'est la qualité, c'est le déroulement, c'est l'ordonnance même des mots, qui, tout bien pesé, fait un livre. Leur choix, cette place qu'on leur donne, cette retenue, cet élan qui les contient ou qui les pousse, cette dose de corrosif ou cette charge de poudre qu'ils portent en eux, cette douceur, cette amertume. Des mots frémissants qui ne sont pas usés, dont on a l'air de se servir pour la première fois, et qui sont neufs en effet dans cet appareillage que leur impose le désir d'exprimer le contenu d'une conscience qui se crée à mesure qu'elle s'exprime. Qu'est donc le lyrisme, si ce n'est cela ?

Tout lyrisme est d'essence dramatique. C'est un mouvement de l'âme porté par des mots, dans un effort désintéressé pour saisir le sens profond de la destinée humaine aux prises avec ses ennemis de toujours, le temps, l'espace, la douleur, l'amour, la mort — et, peut-être surtout, l'inintelligibilité des conflits qui opposent l'homme à lui-même, l'homme à l'univers. Nul lyrisme ne peut être statique ou fabriqué sans déchoir, sans perdre le nom de lyrisme. C'est aux moments les plus pathétiques de son destin, lorsque devant lui se dresse le néant de l'amour, la tour de Babel de l'incompréhension, que s'ouvre le gouffre de la mort, que se déclare l'irréductible hostilité des principes et des éléments, que l'homme cherche à se dépasser, cherche à vaincre son désespoir par le défi lyrique. Ainsi les grands héros de la dramaturgie élisabéthaine, en désaccord fondamental et inguérissable avec le monde qui les entoure et conditionne leur échec, vis-à-vis d'eux-mêmes, vis-à-vis du monde. Ainsi Timon d'Athènes, Lear, Hamlet, Macbeth. Leur lyrisme naît de ce désaccord. Leurs plaintes et leurs blasphèmes sont lyriques — seule expression possible de leur triomphe intérieur sur l'anéantissement. Seule expression possible aussi de leur liberté suprême : celle de prendre conscience de leur écrasement.

Il se peut donc que le lyrisme soit, tout bien considéré, l'exercice exaltant de la liberté spirituelle à la conquête d'horizons plus libres encore. Il se peut que le lyrisme soit une tentative désespérée de libération des servitudes inéluctables — et c'est, je crois, par l'exercice spontané du lyrisme que Miller échappe aux contraintes déprimantes, et avilissantes, que la vie contemporaine a fait lourdement peser sur lui.

En relisant les quelques pages d'aveux autobiographiques que Miller m'écrivait en 1938, je suis frappé aujourd'hui bien plus que je ne le fus alors par le sens profond, par la portée symbolique, de sa vie et de ses goûts. Comme pour tout Américain, il me semblait naturel alors que Miller eût vingt fois changé l'orientation de sa vie, eût exercé cent professions différentes aussi étranges, aussi déconcertantes les unes que les autres. Sportsman, pianiste virtuose, boxeur, tailleur, agent d'assurance, chasseur d'hôtel, bibliothécaire, statisticien, fossoyeur, crève-la-faim et directeur du personnel d'une Compagnie de Télégraphe, tribun de caisses d'emballage, et mille autres choses encore, éternel inadapté, qui ne cherche ni le profit ni le prestige, mais simplement un mode de vie qui le satisfasse dans une civilisation impitoyable pour l'homme qui refuse l'asservissement, fût-il doré. Cette lutte pour parvenir que mène tout Américain, Miller la mène avec le seul souci de ne rien abdiquer de sa personnalité. Il fuit la servitude comme le navire fuit la tempête, et démissionne d'un poste important qui lui assurait fortune et honneurs parce qu'il y perdait sa liberté. Il s'en va, un beau soir, sans avertir personne, sans toucher ses émoluments, las de commander à des cohortes d'employés, las d'être un rouage, fût-ce le plus important, dans un mécanisme qui l'absorbe et anéantit son âme. Il décide d'écrire pour vivre, c'est-à-dire pour mourir de faim. Il s'évade de l'Amérique, fonce à travers l'océan, se perd dans Paris. Se perd — se retrouve, parfaitement libéré, purifié, lui-même, face à face avec lui-même, au hasard des chambres d'hôtel, au hasard des rencontres, à la merci de l'amitié, sans contraintes, sans scrupules, l'esprit nettoyé, le cœur ardent, et l'estomac souvent vide. Ni la misère ni la faim ne le découragent, ne le font renoncer à son projet de n'appartenir qu'à lui-même, et de ne considérer les servitudes passagères auxquelles il faut se soumettre pour autre chose que des expédients.

Il a renoncé à tout, sauf à être lui-même. L'essentiel. Donnez au mot son sens authentique. Chargé de servitudes, l'homme s'en invente toujours de nouvelles, met sa fabuleuse ingéniosité, son infatigable imagination, au service d'ennemis toujours plus nombreux, toujours plus divers. Contraintes politiques, sociales, économiques, militaires, religieuses, métaphysiques. On n'en finirait pas d'énumérer. A chaque tour de vis, c'est un peu de la cervelle qui suinte, un peu de sang qui se dessèche, un peu de spiritualité qui s'évanouit. Voici les civilisations de masse, idéologies dévorantes, qui transforment l'homme en automate, qui lui dictent ses réactions, qui lui mentent sur ses goûts, qui lui escroquent son bonheur. Immense marée qui monte de tous les coins de la terre, qui entraîne les hommes comme le flot balaie la fourmilière vers on ne sait quel néant.

Miller ne prévoyait pas dans ses détails les plus abjects — qui donc aurait pu le prévoir? — dans quels abîmes d'ignominie sombrerait l'homme contemporain, à la fois le bourreau et la victime, sous l'accablante pression des idéologies et des événements. Visions de cauchemar des champs de bataille, des villes bombardées, des camps de concentration. Aucun mot pour décrire ces cercles de l'enfer que Dante lui-même n'aurait pas imaginés, aucun pour exprimer cette horreur glacée des monceaux de cadavres obscènes, ces plaies, ces amaigrissements, cette putréfaction, ces masques livides — cette pâte de souffrance phosphorescente où s'entremêlent des corps humains, où se figent des grimaces qui auraient pu être des sourires, d'où partent des gémissements qui auraient pu être des cris de joie. Où sont donc les âmes, et que devenues? Est-il possible que le sadisme, dix mille années de sadisme, affublé du nom de civilisation, puisse aboutir à un tel mépris collectif, organisé, scientifique, de l'homme et de son âme, si tant est qu'il en a une? Miller ne prévoyait pas cela, mais il redoutait le pire. Il avait pris la décision, en ce qui le concernait, de refuser l'asservissement, de combattre pour la libération de l'homme avec ses propres armes, ses armes spirituelles, celles qui, tôt ou tard, triomphent, celles qui, même provisoirement écrasées, défient la défaite et le temps.

Un artiste digne de ce nom ne se méprend pas sur le sens de son époque. Il souffre avec elle, il se prononce pour elle, et, sans jouer nécessairement les Cassandre, il est la conscience avertie du destin collectif où elle est entraînée. Il possède la lucidité ; il possède aussi le pouvoir d'expression. Il est plus qu'un miroir ou un écho, il est le présent et l'avenir tout ensemble, et son expérience vivante s'incrit sur l'expérience collective, pour la comprendre et la dépasser. Espoirs, appréhensions, désespoirs. Où est la menace, où est le salut? Miller touche au fond du désespoir. Libéré de l'Amérique, de ses fièvres et de ses tentations, il se confie à lui-même, il plonge à travers la souffrance et le rêve, à travers l'espoir et la peur, au fond d'un avenir plein de catastrophes, « rien que des catastrophes », et il s'identifie avec sa vision, avec son LIVRE. *« Pour moi », écrit-il dans* Printemps noir, *« le livre c'est l'homme, et mon livre est l'homme que je suis, l'homme confus, négligent, téméraire, ardent, obscène, turbulent, pensif, scrupuleux, menteur, et diabolique-*

ment sincère que je suis. » Et plus loin : « Je ne me considère pas comme un livre, comme un document, mais comme une histoire de notre temps, une histoire de tous les temps. » Son sens prophétique s'aiguise, sa vision s'élargit. Il la parle, il l'écrit, il la vit, avec un sûr instinct, avec une sérénité parfaite, une conviction inébranlable qu'il faudra que le monde subisse cette purgation douloureuse, cette ordalie scandaleuse, pour retrouver le sens du spirituel et de l'humain. « Et c'est donc avec un pressentiment de la fin — que ce soit demain ou dans trois siècles — que j'écris fiévreusement mon livre. Et c'est pourquoi aussi mes pensées de temps en temps se ruent par saccades, c'est pourquoi je suis obligé de ranimer constamment la flamme, pas seulement avec du courage, mais avec du désespoir aussi — car je ne veux me fier à personne pour dire ce que j'ai à dire. Je bredouille et je tâtonne, je cherche tous les moyens d'expression possibles et imaginables, et c'est comme un bégaiement divin. Je suis ébloui par le grandiose écroulement du monde! » (Printemps noir)

Nous sommes loin de l'objectivité, de l'allusion, du symbole même, purement littéraire. Ce lyrisme que Miller met dans tous les instants de sa vie, à chaque ligne de son livre, n'est ni extatique ni résigné ; il n'est pas fabriqué, soucieux, prudent. C'est une arme défensive, un instrument de prospection qui prépare les victoires futures. Miller passe du rêve à la prophétie, de la prophétie à l'assaut. Sa vision, claire ou confuse, immédiate ou inspirée, repose sur le réel, et déborde sur l'avenir, sur cet au-delà qui ne peut être la mort, mais la vie future, qui n'est pas le néant, malgré les menaces cyniques d'un redoutable humour, mais ce que Lawrence appelait the otherness,

« l'étrangéité », le destin de l'homme transposé dans un autre temps, dans un autre espace, et peut-être dans un autre corps. C'est la divinité de la chair et de l'esprit enfin reconnue, le jeu royal de la vie, la création enfin assurée de sa finalité dans la lumière d'une civilisation supérieure à ses servitudes.

De là ce ton familier, agressif, emporté ; de là ces cris, ces ricanements, ces confidences. De là cette dignité conférée à tout, cette indifférence souveraine envers le scandale des mots ou des gestes, de là cet usage particulier du langage, miracle de rajeunissement et d'audace dont on ne trouve point d'équivalent dans la littérature contemporaine. Ici, rien de fortuit, rien de gratuit. Rien pour l'effet littéraire, rien qui sente l'école ou le procédé. Que ce soit délire du paranoïaque, usage abusif de l'énumération, offense à ce qu'on appelle le bon goût, disparate apparent des associations d'idées, enchaînements surprenants, mépris pour la logique du temps ou de l'espace, défi jeté au principe d'identité, iconoclasie, blasphème — quoi d'autre encore ? tout, Miller accueille tout, pourvu que s'expriment l'angoisse et le fol espoir d'un homme décidé à vivre, et pour qui l'expression verbale est provisoirement le salut.

L'audace de Miller, après avoir frappé ses compatriotes de stupeur, puis d'admiration, produira, je le crois, le plus vivifiant et le plus salutaire effet sur le destin même de l'expression littéraire. Confiné par la censure américaine à la clandestinité, si on peut dire, déjà des hommages lui sont rendus de toutes parts, des disciples lui naissent, et l'Angleterre le salue comme un novateur.

On a l'impression d'assister, en le lisant, à une création continue, dans le verbe, les formes, la syntaxe, les images, les tours, qui dépasse de loin les audaces calculées, les néologismes savants d'un Joyce, qui ne se perd point dans l'ineptie littéraire comme trop de surréalistes mineurs l'ont fait, qui ne se noie pas dans une confusion pseudo-philosophique, comme cela arrive souvent à D. H. Lawrence, et ne s'obnubile point de symboles obscurs dont la portée ne dépasse guère l'expression. Le style de Miller est direct, spontané, vivant. Il fuit les ornements traditionnels et compassés des artabanistes classiques, il évite les pièges de la platitude prétentieuse, où tombent ceux qui veulent à tout prix capter l'acquiescement et l'admiration. Absence totale de préjugés, sens aigu de la force libératrice des mots, parfaite adaptation des vocables et de l'émotion, rythme quasi instinctif qui accompagne et vivifie la phrase, le paragraphe. Ce langage audacieux, apparemment déréglé, a le pouvoir d'expression le plus singulier. Il est docile à l'analyse, comme le Proust le plus retors, vigoureux comme un Joyce qui aurait oublié son érudition, ample comme du Balzac, brutal comme du Shakespeare. Dans cette langue si proche du réel, du quotidien, truculente et colorée, peuvent s'insérer les échappées du rêve, les nostalgies douloureuses de la tendresse et de l'amour. L'impudeur la plus violente, le réalisme le plus agressif font tout à coup place à la gravité pénétrée de douceur, comme un sourire exquis efface sur un visage la grimace de la colère ou de la douleur.

Étrange métamorphose que fait subir au réel cette âme tendre et affamée, par la magie du pouvoir créateur du verbe. La hiérarchie des mots est abolie comme la hiérarchie des passions. Humain ou surhumain, naturel ou surnaturel, plus de frontières. Rêve ou connaissance scientifique du monde, c'est tout un. L'observateur peut examiner froidement, d'un œil aussi automatique que celui de la caméra, le geste du garçon de café, les minauderies de la fille, les turbulences du cœur, les arabesques du délire. Monde étrange et grouillant. Monde perdu où vont à la dérive les illuminés et les fous, tous ceux qui ont du plomb dans l'aile ou dans la cervelle, persécutés du vice, obsédés du sexe, et qui vivent selon les lois, les coutumes ou les habitudes courantes, et qui suivent leur idée fixe, leur obsession, leur délire particulier. Prodigieuse diversité de ce monde qui danse et piétine dans sa ronde interminable, où le criminel côtoie le lunatique, où la schizophrénie fait autant de ravages que le cancer, où chacun cherche sans le savoir une solution métaphysique à des problèmes qu'il feint d'ignorer vingt-quatre heures par jour, et qui cependant reste hanté par la sourde menace, sournoise comme une tumeur maligne, d'un échec irréparable dans la conduite et la fin de sa vie. Immense ambition que de vouloir guérir ce mal — et qui ne va pas sans risques sérieux. Ce sont, après tout, les risques de l'homme dans le monde. Aux grands artistes le courage est aussi nécessaire que la cruauté. Et la qualité du lyrisme dépend de la qualité de l'artiste.

Miller a couru toutes les aventures de l'homme, et cela se doit entendre au sens le plus large du mot. Il porte tous les péchés de sa nature propre, toutes les tares de l'hérédité et de l'entourage, toutes les malédictions de notre siècle, qui sont d'ailleurs, à des degrés divers, celles des autres siècles. Il brûle aussi de toutes les révoltes, que seul l'espoir peut alimenter — car pourquoi révolte, s'il n'y avait au bout l'espoir? Prophète inspiré des catastrophes qui se sont abattues sur le monde entier, pense-t-il aujourd'hui que nous soyons allés assez profond dans la misère? Le globe tout entier a été retourné comme un champ de mines bouleverse la terre, des empires se sont écroulés dans la souffrance et l'ignominie, mais la substance cérébrale, la chair de notre chair, a-t-elle subi l'épreuve salvatrice du renouvellement total? Les poètes sont d'étranges devins, et d'étranges guérisseurs. Qui va plus loin dans le dégoût que Shakespeare, et qui fait, plus que lui confiance à l'homme? « I have immortal longings in me », s'écrie Cléopâtre, ouvrant toutes grandes les portes de la mort. « A travers la nuit sans fin », dit Miller, « la terre tourbillonne vers une création inconnue. »

Le Tropique du Cancer *exprime l'angoisse d'une conscience torturée par la vision hallucinatoire de catastrophes majeures. Entre le sordide et le divin, l'homme se meut comme un automate, un robot fait de chair et de sang, et qui souffre. Une main puissante pétrit l'ordure dans son cœur, un souffle mauvais brûle ses lèvres, ses yeux jettent des éclairs livides — mais de sa souffrance peut naître la foi qui le transfigure et le grandit. Miller a fait, lui, peu à peu, sa libération. Chacun de ses livres est une étape frémissante à travers les ténèbres, à travers le bourbier, pour échapper au mal. Il s'en va vers la purification, par les eaux lustrales du renoncement et du désespoir, retrouvant le courage, retrouvant la foi. Le grand vent de son lyrisme chasse les miasmes et déchire les voiles métaphysiques. Il apparaît comme un archange aux ailes trempées de boue et de sang, qui monte des bas-*

fonds des villes de la terre, par-dessus les fumées et les croûtes d'un ciel souillé, en route vers des profondeurs inconnues. Déjà, peut-être, la lumière d'une autre aurore est-elle perceptible, pour lui, à l'horizon.

Henri Fluchère

I

J'habite Villa Borghèse. Il n'y a pas une miette de saleté nulle part, ni une chaise déplacée. Nous y sommes tout seuls, et nous sommes morts.

Hier soir, Boris a découvert qu'il avait des poux. J'ai dû lui raser les aisselles, et même alors la démangeaison ne s'est pas calmée. Comment peut-on attraper des poux dans un si bel endroit? Mais peu importe. Nous aurions pu ne jamais nous connaître de si intime façon, Boris et moi, n'eussent été les poux.

Boris vient juste de me donner un aperçu de ses vues. Il sait prédire le temps. Le temps continuera à être mauvais, dit-il. Il y aura encore des calamités, encore de la mort, encore du désespoir. Pas la plus légère indication de changement nulle part. Le cancer du temps nous dévore. Nos héros se sont tués, ou se tuent. Le héros, alors, n'est pas le Temps, mais l'Éternité. Nous devons nous mettre au pas, un pas d'hommes entravés, et marcher vers la prison de la mort. Pas d'évasion possible. Le temps est invariable.

C'est maintenant l'automne de ma seconde année à Paris. On m'y a envoyé pour une raison dont je n'ai jamais pu sonder la profondeur

Je n'ai pas d'argent, pas de ressources, pas d'espérances. Je suis le plus heureux des hommes au monde. Il y a un an, il y a six mois, je pensais que j'étais un artiste. Je n'y pense plus, *je suis!* Tout ce qui était littérature s'est détaché de moi. Plus de livres à écrire, Dieu merci!

Et celui-ci, alors? Ce n'est pas un livre. C'est un libelle, c'est de la diffamation, de la calomnie. Ce n'est pas un livre au sens ordinaire du mot. Non! C'est une insulte démesurée, un crachat à la face de l'Art, un coup de pied dans le cul à Dieu, à l'Homme, au Destin, au Temps, à la Beauté, à l'Amour! ... à ce que vous voudrez. Je m'en vais chanter pour vous, chanter en détonnant un peu peut-être, mais chanter. Je chanterai pendant que vous crèverez, je danserai sur votre ignoble cadavre...

Pour chanter, il faut d'abord ouvrir la bouche. Il faut avoir deux poumons, et quelque connaissance de la musique. Il n'est pas nécessaire d'avoir un accordéon ou une guitare. La chose essentielle, c'est de *vouloir* chanter. Or donc, ceci est un chant. Je chante.

C'est pour vous, Tania, que je chante. Je voudrais bien savoir mieux chanter, plus mélodieusement, mais peut-être alors vous n'auriez jamais consenti à m'écouter. Vous avez entendu les autres chanter, et ils vous ont laissée froide. Leur chant était trop beau, ou alors pas assez.

Nous sommes le vingt et quelque chose d'octobre. Je ne cours plus après la date exacte. Iriez-vous dire — mon rêve du 14 novembre dernier? Il y a des intervalles, mais ils existent entre les rêves, et il ne nous en reste aucune conscience. Le monde autour de moi se dissout, laissant çà et là des îlots de temps. Le monde est un cancer qui se dévore lui-même... Je songe que lorsque le grand silence descendra sur tout et partout, la musique enfin triomphera. Quand, dans la matrice du temps, tout se sera à nouveau résorbé, le chaos règnera à nouveau, et le chaos c'est la partition sur laquelle s'inscrit la réalité. Vous, Tania, vous êtes mon chaos. Voilà pourquoi je chante. Ce n'est pas même moi, c'est le monde qui meurt, et qui se dépouille du temps. Je suis encore vivant, je cogne dans votre matrice, et c'est une réalité sur laquelle écrire.

Glisser au sommeil. La physique de l'amour. La baleine avec sa verge de six pieds, au repos. La chauve-souris — *pénis libre* [1]. Les animaux qui ont un os dans la verge. D'où, avoir l'os, ou bander dur. « Heureusement, dit Gourmont, la structure osseuse s'est perdue chez l'homme. » Heureusement? Oui, heureusement. Songez à la race des hommes vadrouillant avec une verge en os! Le kangourou a un pénis double : un pour les jours de semaine, un pour les jours de fête. Roupiller. Reçu une lettre de femme me demandant si j'ai trouvé un titre pour mon livre.

---

[1]. En français dans le texte.

Un titre ? Bien sûr! Le voici : « Langoureuses Lesbiennes ».

Votre vie *anecdotale!* C'est une expression de M. Borowski. C'est le mercredi que je déjeune avec Borowski. Sa femme, qui est une vache sèche, officie. Elle étudie le français maintenant. Son mot favori, c'est « dégueulasse ». Vous pouvez voir tout de suite combien les Borowski sont emmerdants. Mais attendez!...
Borowski porte des costumes de velours et joue de l'accordéon. Combinaison irrésistible, surtout si l'on songe qu'il n'est pas mauvais artiste. Il se vante d'être Polonais, mais il n'en est rien, naturellement; c'est un Juif, ce Borowski, et son père était philatéliste. En fait, presque tout Montparnasse est juif, ou semi-juif, ce qui est pire. Il y a Carl et Paula, et Cronstadt et Boris, et Tania et Sylvestre, et Moldorf et Lucile. Tous, sauf Fillmore. Henry Jordan Oswald se trouva être Juif finalement, lui aussi. Louis Nichols est Juif. Même Van Norden et Chérie sont Juifs. France Blake est Juif, ou Juive! Titus est Juif. C'est une avalanche de Juifs. J'écris ces lignes pour mon ami Carl dont le père est Juif. Il est important de comprendre tout ça.
Entre tous, la plus charmante de la race est Tania. Et pour l'amour d'elle, je me ferais Juif aussi. Pourquoi pas? Je parle déjà comme un Juif. Et je suis aussi laid qu'un Juif. En outre, qui donc déteste les Juifs plus qu'un Juif?

Heure crépusculaire. Bleu indigo, eau polie comme verre, arbres lumineux et liquescents. Les rails disparaissent dans le canal, à Jaurès. La longue chenille aux flancs laqués plonge comme un toboggan de foire. Ce n'est pas Paris. Ce n'est pas Coney Island. C'est un mélange crépusculaire de toutes les villes d'Europe et de l'Amérique centrale. Les terrains vagues du chemin de fer au-dessous de moi, avec leurs voies noires, enchevêtrées, pas du tout ordonnées par les ingénieurs, mais le dessin cataclysmique, comme ces maigres fissures dans la glace polaire que l'appareil photographique enregistre dans une gamme de noirs.

La nourriture est une des choses qui me donnent une joie inouïe. Et dans cette belle Villa Borghèse, il y a si rarement quelque trace de nourriture! Par moments, c'est véritablement terrifiant. J'ai cent et cent fois demandé à Boris de commander du pain pour le petit déjeuner. Toujours il l'oublie. Il va prendre son petit déjeuner dehors, semble-t-il. Et quand il revient, il se cure les dents, et il y a un peu d'œuf qui pend à son bouc. Il mange au restaurant, par considération pour moi. Il dit que ça lui fait mal de s'envoyer un bon repas, avec moi pour témoin.

J'aime Van Norden, mais je ne partage pas l'opinion qu'il a de lui-même. Je ne crois pas, par exemple, qu'il soit un philosophe ou un penseur. C'est un putassier, voilà tout. Et il ne sera jamais un écrivain. Et

Sylvestre non plus ne sera jamais un écrivain, son nom aura beau flamboyer en lumières rouges de 50 000 bougies. Les seuls écrivains autour de moi pour qui j'ai quelque respect en ce moment sont Carl et Boris. Ils sont possédés. Ils brûlent intérieurement d'une flamme blanche. Ils sont fous, entendent faux. Ce sont des suppliciés.

Moldorf, d'autre part, qui est un supplicié à sa façon, n'est pas fou. Moldorf est ivre de mots. Il n'a pas de veines ni de vaisseaux sanguins, pas de cœur ni de reins. Il n'est qu'une malle portative, pleine d'innombrables tiroirs, et dans les tiroirs se trouvent des étiquettes libellées à l'encre blanche, marron, rouge, bleue, vermillon, safran, mauve, terre de Sienne, abricot, turquoise, onyx, Anjou, hareng, havane, vert-de-gris, gorgonzola...

J'ai transporté ma machine à écrire dans la pièce à côté, où je puis me voir dans la glace à mesure que j'écris.

Tania ressemble à Irène. Elle attend des machins bien garnis. Mais il y a une autre Tania, une Tania comme une grosse graine, qui éparpille son pollen un peu partout — ou, disons, un peu comme Tolstoï, scène d'écurie au cours de laquelle en déterre le fœtus. Tania est une fièvre, aussi — *les voies urinaires* [1], Café de la Liberté, place des Vosges, cravates éclatantes du boulevard Montparnasse, salles de bains obscures, Porto sec, cigarettes Abdullah, l'adagio de la Sonate Pathétique, amplificateurs auriculaires, séances de potins,

---

1. En français dans le texte.

poitrines terre de Sienne brûlée, lourdes jarretières, quelle heure est-il, faisans dorés bourrés de châtaignes, doigts de taffetas, crépuscules vaporeux tournant au roux, acromégalie, cancer et délire, voiles tièdes, jetons de poker, tapis de sang et de douces cuisses. Tania déclare, afin que chacun puisse l'entendre : « Je l'aime! » Et tandis que Boris se brûle au whisky, elle dit : « Assieds-toi ici! O Boris... La Russie... Que faire? J'en crève! »

La nuit, quand je regarde la barbiche de Boris étalée sur l'oreiller, je deviens fou. O Tania, où sont maintenant ton sexe brûlant, tes épaisses, tes lourdes jarretières, tes douces cuisses si dodues? J'ai un os de six pouces dans la queue. J'aplatirai tous les plis de ton vagin, Tania, et le remplirai de semence! Je te renverrai à ton Sylvestre, le ventre douloureux et la matrice sens dessus dessous. Ton Sylvestre! Oui, il sait bien allumer un feu, mais moi, je sais comment enflammer un sexe! Je te rive des boulons brûlants dans le ventre, Tania! Je porte tes ovaires à l'incandescence. Ton Sylvestre est un peu jaloux maintenant? Il sent quelque chose, n'est-ce pas? Il sent les traces de ma belle queue. J'ai un peu élargi les rives, j'ai repassé les rides. Après moi, tu peux bien prendre des étalons, des taureaux, des béliers, des cygnes, des saint-Bernard. Tu peux te fourrer des crapauds, des chauves-souris, des lézards jusqu'au fond du rectum. Tu peux chier des arpèges si tu veux, ou t'accrocher une cithare en travers du nombril. Je t'encule, Tania, tant et si bien que tu resteras enculée! Et si tu as peur d'être enfilée publiquement, je t'enfilerai dans le privé. Je t'arracherai quelques poils du con, et je les collerai sur le menton de Boris. Je te mordrai le clitoris, et je cracherai des pièces de quarante sous...

Le ciel indigo, balayé de ses nuages cotonneux, arbres décharnés s'étendant à l'infini, avec leurs branches noires gesticulant comme somnambules. Arbres sombres, spectraux, aux troncs pâles comme de la cendre de cigare. Un silence suprême et bien européen. Volets tirés, boutiques closes. Une lueur rouge çà et là pour marquer un rendez-vous. Façades brusques, presque revêches; immaculées, sauf quelques éclaboussures d'ombre, projetées par les arbres. En passant devant l'Orangerie un autre Paris me revient à l'esprit, le Paris de Maugham, de Gauguin, de George Moore. Je pense à ce terrible Espagnol qui effarouchait alors le monde avec ses bonds acrobatiques, de style en style. Je pense à Spengler et à ses terribles pronunciamentos, et je me demande si le style, le style grandiose a disparu. Je dis que mon esprit est occupé de ces pensées, mais ce n'est pas vrai; ce n'est que plus tard, après avoir traversé la Seine, après avoir laissé derrière moi le carnaval des lumières, que je laisse mon esprit jouer avec ces idées. Pour l'instant, je ne puis penser à rien — sauf que je suis un sensitif poignardé par le miracle de ces eaux qui reflètent un monde oublié. Tout le long des berges, les arbres s'inclinent lourdement sur le miroir terni; quand le vent se lève et les emplit d'un murmure bruissant, ils verseront quelques larmes et frémiront au-dessus des remous précipités de l'eau. Ça me coupe le souffle. Personne à qui communiquer même une parcelle de mes sentiments.

L'ennui avec Irène, c'est qu'elle a une valise au lieu d'un con. Elle veut des machins bien garnis pour les fourrer dans sa valise. Immenses, *avec des choses inouïes* [1]. Llona, elle, avait un con. Je le sais parce qu'elle nous a envoyé quelques poils du bas-ventre. Llona, une ânesse sauvage qui humait le plaisir dans le vent. Sur toutes les collines, elle jouait à la putain — et parfois dans les cabines téléphoniques et aux cabinets. Elle avait acheté un lit pour son Roi Carol et un bol à barbe avec ses initiales dessus. Elle s'était étendue à Tottenham Court Road, la robe relevée, se caressant des doigts. Elle se servait de bougies, de chandelles romaines, et de boutons de porte. Pas une queue dans tout le pays n'était assez grosse pour elle... pas une seule! Les hommes entraient en elle, et se recroquevillaient. Il lui fallait des queues extensibles, des fusées explosant d'elles-mêmes, de l'huile bouillante, faite de cire et de créosote. Elle vous aurait coupé la queue et l'aurait gardée à jamais dans son ventre, si vous lui en aviez donné la permission. Un con unique entre des millions, cette Llona! Un con de laboratoire, et aucun papier de tournesol n'aurait pu prendre sa couleur. Elle était menteuse, aussi, cette Llona. Elle n'avait jamais acheté un lit pour son Roi Carol. Elle l'avait coiffé d'une bouteille de whisky, et sa langue était pleine de poux et de lendemains. Pauvre Carol,

1. En français dans le texte.

il ne pouvait que se recroqueviller une fois en elle, et crever. Elle aspirait une bouffée, et le voilà fichu — comme une moule claquée!

Des machins énormes, immenses, *avec des choses inouïes*. Une valise sans courroies. Un trou sans clé. Elle avait la bouche allemande, les oreilles françaises, le cul russe. Le con, international. Quand elle arborait le drapeau rouge, c'était rouge jusqu'au fin fond. Vous entriez par le boulevard Jules-Ferry, et vous ressortiez par la porte de La Villette. Vous laissiez tomber votre pancréas dans les tombereaux — des tombereaux rouges avec deux roues naturellement. Au confluent de l'Ourcq et de la Marne, où l'eau coule et fuit à travers les barrages et s'étend comme du verre sous les ponts. Llona y gît maintenant, et le canal est plein de verre et d'échardes; les mimosas pleurent, et il y a la brume humide d'un pet sur les carreaux. Un con conique entre des millions, cette Llona! Elle n'est que cela, et un cul transparent, dans lequel on peut lire toute l'histoire du Moyen Age!

C'est la caricature d'un homme que vous présente d'abord Moldorf. Des yeux en glande thyroïde. Des lèvres en pneu Michelin. Une voix comme de la soupe aux pois. Sous son gilet, il porte une petite poire. De quelque façon que vous le regardiez, c'est toujours le même panorama; netsuké, tabatière, poignée d'ivoire, pièce d'échec, éventail, motif de temple. Il a fermenté si longtemps qu'il est maintenant amorphe. Levain délesté de ses vitamines. Vase sans sa plante de caoutchouc.

Les femelles furent menées au mâle deux fois au

cours du ixe siècle, et de nouveau au cours de la Renaissance. Il fut porté pendant les grandes dispersions, sous des ventres jaunes et blancs. Longtemps avant l'Exode, un Tatare lui a craché dans le sang.

Son dilemme est celui du nain. Avec son œil pinéal, il aperçoit sa silhouette projetée sur un écran de taille incommensurable. Sa voix, synchronisée à l'ombre d'une tête d'épingle, l'enivre. Il entend un rugissement là où les autres n'entendent qu'un cri avorté.

Et voici son esprit. C'est un amphithéâtre dans lequel l'acteur donne une représentation protéienne. Moldorf, multiforme et infaillible, y fait tous ses numéros : il est clown, jongleur, contorsionniste, prêtre, débauché, saltimbanque. L'amphithéâtre est trop petit. Il y met de la dynamite. Le public est drogué. Il le taillade.

C'est sans résultat que j'essaye de m'approcher de Moldorf. C'est comme si on essayait d'approcher Dieu, car Moldorf *est* Dieu, il n'a jamais été autre chose... Moi, j'assemble des mots, et c'est tout...

J'ai eu sur lui des opinions que j'ai écartées; j'ai eu des opinions différentes que je suis en train de réviser. Je l'ai épinglé pour m'apercevoir finalement que ce n'était pas un bousier que j'avais en mains, mais une libellule. Il m'a choqué par sa grossièreté, puis accablé par sa délicatesse. Il a été volubile jusqu'à la suffocation, puis aussi paisible que le Jourdain.

Quand je le vois trotter vers moi pour me saluer, ses petites pattes tendues, ses yeux couverts de sueur, je sens que je suis en face de... non, ce n'est pas ainsi qu'il faut s'exprimer! « *Comme un œuf dansant sur un jet d'eau* [1]. »

Il n'a qu'une seule canne — médiocre. Dans sa poche, des bouts de papier avec des prescriptions pour le Weltschmerz. Il est guéri maintenant, et la petite poule allemande qui lui lavait les pieds sent son cœur se briser pour lui. C'est comme M. Nonentity transportant partout son dictionnaire de Gujurati. « *Inévitable pour tous* [2] » voulant dire sans doute, *indispensable*. Borowski trouverait tout ça incompréhensible. Borowski a une canne différente pour chaque jour de la semaine, et une pour Pâques.

Nous avons tant de points en commun que c'est comme si je me contemplais dans un miroir craquelé.

Je viens de parcourir mes manuscrits... des pages toutes barbouillées de ratures. Pages de *littérature*. Ça m'effraie un peu. C'est tellement comme Moldorf. Seulement, moi, je suis un Gentil, et les Gentils ont une façon différente de souffrir. Ils souffrent sans névrose, et, comme dit Sylvestre, un homme qui n'a jamais été affligé d'une névrose ne connaît pas le sens de la souffrance.

Je me rappelle distinctement combien j'ai goûté ma souffrance. C'était comme lorsque on fourre un petit chien dans son lit avec soi. Une fois de temps en temps il vous griffe — et alors on a réellement peur. Ordinairement, on n'a pas peur — on peut toujours le relâcher, ou lui trancher la tête.

---

1. En français dans le texte.
2. En français dans le texte.

Il y a des gens qui ne peuvent résister au désir de se fourrer dans une cage avec des fauves et de se faire déchiqueter. Ils y entrent même sans revolver et sans fouet. La peur les rend impavides... Pour le Juif, le monde est une cage remplie de fauves. La porte est verrouillée, et le voilà sans fouet et sans revolver. Son courage est si grand, qu'il ne sent même pas les ordures dans le coin. Les spectateurs applaudissent, mais il n'entend pas. Le drame, pense-t-il, se déroule dans la cage. La cage, pense-t-il, c'est le monde. Debout, là-dedans, tout seul et impuissant, il s'aperçoit que les lions ne comprennent pas son langage. Pas un seul lion qui ait jamais entendu parler de Spinoza. Spinoza? Eh quoi! ils ne peuvent même pas lui enfoncer les dents dans la chair. « De la viande! » rugissent-ils, tandis qu'il est là, debout, pétrifié, ses idées gelées, et que sa *Weltanschauung* n'est qu'un trapèze hors de portée. Un simple coup de la patte du lion, et voilà sa cosmogonie en miettes!

Les lions, eux aussi, sont déçus. Ils attendaient du sang, des os, des cartilages, des muscles. Ils mâchent et remâchent, mais les mots sont du chicle, et le chicle est indigeste. Le chicle est une base qu'on saupoudre de sucre, de pepsine, de thym, de réglisse. Le chicle, lorsque les chicleros le ramassent, c'est parfait! Les *chicleros* sont venus par-dessus la crête d'un continent effondré. Ils ont apporté avec eux un langage algébrique. Dans le désert de l'Arizona, ils ont rencontré les Mongols du septentrion, glacés comme des aubergines. Peu de temps après que la terre eût pris son inclination gyroscopique — alors que le Gulf

Stream se sépara du courant Japonais. Au cœur de la terre, ils trouvèrent du roc en tuf. Ils brodèrent leur langage sur les entrailles mêmes de la terre. Ils se dévorèrent les entrailles les uns les autres, et la forêt se referma sur eux, sur leurs squelettes et sur leurs crânes, sur leur tuf tout en dentelle. Leur langage se perdit. Ici et là, on trouve encore les vestiges d'une ménagerie, un crâne vide recouvert de signes.

Mais quel rapport avec vous, Moldorf? Le mot que vous avez toujours à la bouche, c'est anarchie. Dites-le, Moldorf, je l'attends. Personne ne connaît, quand nous nous serrons la main, les fleuves qui coulent à travers notre sueur. Tandis que vous préparez vos mots, les lèvres entrouvertes, la salive gargouillant dans vos joues, j'ai bondi à mi-chemin par-dessus l'Asie. Si je m'emparais de votre canne, si moche qu'elle soit, et si je perçais un petit trou dans votre flanc, je pourrais recueillir assez de matériaux pour remplir le British Museum! Nous sommes là cinq minutes, et voilà que nous dévorons des siècles. Vous êtes le tamis à travers lequel se décante mon anarchie, à travers lequel elle se résout en mots. Derrière le mot, se trouve le chaos. Chaque mot est une raie, une barre, mais il n'y a pas et il n'y aura jamais assez de barres pour faire la grille.

Pendant mon absence, on a suspendu des rideaux. Ils ont l'aspect de nappes tyroliennes trempées dans le lysol. La pièce étincelle. Je suis assis sur le lit, ébloui, à méditer sur l'homme avant sa naissance. Soudain, des cloches se mettent à sonner une musique étrange et irréelle, comme si j'avais été transporté dans les steppes de l'Asie centrale. Les unes font retentir un long roulement prolongé, d'autres éclatent brusquement, avec des accents d'ivresse ou des sanglots larmoyants. Et maintenant, tout est redevenu calme, sauf qu'une dernière note effleure à peine le silence de la nuit — telle un gong aigu et très faible que l'on éteindrait comme une flamme.

J'ai fait un pacte tacite avec moi-même de ne pas changer une ligne de ce que j'écris. Perfectionner mes pensées ou mes actes ne m'intéresse pas. A côté de la perfection de Tourgueniev je mets celle de Dostoïevski. (Y a-t-il quelque chose de plus parfait que *L'Éternel Mari?*) Ici donc, par le seul et même moyen, nous avons deux sortes de perfection. Mais dans les lettres de Van Gogh il y a une perfection qui les dépasse l'une et l'autre. C'est le triomphe de l'individu sur l'art.

Il n'y a qu'une seule chose maintenant qui ait pour moi un intérêt vital, et c'est de consigner tout ce qu'on laisse de côté dans les livres. Personne, à ce que je sache, ne se sert de ces éléments de l'air qui déterminent la direction et les mobiles de notre vie. Seuls, les assassins semblent extraire de la vie, dans une mesure satisfaisante, ce qu'ils y mettent. Le siècle exige de la violence, mais nous ne récoltons que des explosions avortées. Les révolutions sont fauchées dans la fleur, ou bien elles réussissent trop vite. La passion s'épuise rapidement. Les hommes se retournent vers les idées, comme d'habitude[1]. On ne vous propose

---

1. En français dans le texte.

rien qui puisse durer plus de vingt-quatre heures. Nous vivons un million de vies dans l'espace d'une génération. De l'étude de l'entomologie, de la vie des grandes profondeurs, de l'activité cellulaire, nous tirons bien plus...

Le téléphone interrompt cette méditation que je n'aurais jamais été capable de mener à bonne fin. Quelqu'un vient pour louer l'appartement...

Ça m'a bien l'air d'être fini, ma vie Villa Borghèse. Très bien... je ramasserai ces pages, et je m'en irai. Les choses arriveront ailleurs. Il arrive toujours quelque chose. Il semble qu'il y ait du drame partout où je me trouve. Les gens sont comme des poux. Ils s'insinuent sous votre peau, et ils s'y enterrent. Vous grattez et vous grattez jusqu'à ce que le sang vienne, mais vous ne pouvez pas vous épouiller pour tout de bon. Partout où je vais, les gens font un beau gâchis de leur vie. Chacun a sa tragédie privée. C'est dans le sang maintenant : le malheur, l'ennui, le chagrin, le suicide. L'atmosphère est saturée de désastre, de déception, de futilité. Gratte, gratte et gratte... jusqu'à ce que la peau ait disparu. Et cependant, l'effet que ça me produit est d'exciter ma gaieté. Au lieu d'être découragé, déprimé, je me régale. J'appelle à grands cris désastres sur désastres, calamités de plus en plus grandes, échecs toujours plus gigantesques. Je veux que le monde entier soit désaxé, que tous se grattent à en crever !

Je suis maintenant forcé de vivre à une allure si furieuse que j'ai à peine le temps de noter même ces incidents fragmentaires. Après la sonnerie du téléphone, voici que sont arrivés un monsieur et sa femme. Je suis monté dans la chambre pour me coucher pendant la transaction. Étendu là, à me demander ce que serait mon prochain déménagement. Sûrement pas retourner dans le lit de la tapette, à m'agiter toute la nuit et à balayer des miettes de pain avec mes orteils. Oh! le petit salaud couineur! S'il y a quelque chose de pire que d'être une tapette, c'est d'être un rat. Un foutu petit bonhomme, timide et tremblotant, qui vivait dans la terreur constante d'être fauché quelque jour — le 18 mars peut-être, ou le 25 mai, précisément. Café sans lait ni sucre. Pain sans beurre. Viande sans jus, ou pas de viande du tout. Sans ceci et sans cela. Le répugnant petit pingre! J'ai ouvert le tiroir du bureau un jour, et trouvé de l'argent caché dans une chaussette. Plus de deux mille francs — et des chèques qu'il n'avait même pas encaissés! Même ça m'aurait été à peu près égal, s'il n'y avait pas toujours du marc de café dans mon béret et des ordures sur le parquet, pour ne rien dire des pots de cold-cream et des serviettes graisseuses et l'évier toujours bouché. Je vous le dis, ce petit salaud sentait mauvais — sauf quand il s'aspergeait d'eau de Cologne. Ses oreilles étaient sales, ses yeux étaient sales, son derrière était sale. Il était désarticulé, asthmatique, pouilleux, mesquin, morbide. J'aurais pu tout lui pardonner, si seulement il m'avait donné un petit déjeuner convenable! Mais un homme qui a deux mille francs dissimulés dans une chaussette sale, et qui refuse de porter une chemise propre, ou d'étendre un peu de beurre sur son pain, un tel homme n'est pas seulement une tapette, ni même seulement un pingre — c'est un con.

Mais l'important n'est pas là, avec la tapette! Je dresse l'oreille pour savoir ce qui se passe en bas. C'est un certain M. Wren et sa femme qui sont venus visiter l'appartement. Ils parlent de le prendre. Ils ne font qu'en parler, Dieu merci! Mme Wren a un rire vulgaire — complications au programme. Maintenant, c'est *Monsieur* Wren qui parle. Sa voix est rauque, désagréable, sourde, comme une arme lourde et émoussée qui se fraie un chemin à travers la chair, les os, les cartilages.

Boris m'appelle pour me présenter. Il se frotte les mains comme un prêteur sur gages. Ils parlent d'une histoire que M. Wren a écrite, une histoire au sujet d'un cheval atteint d'éparvin.

« Mais je croyais que M. Wren était peintre?

— Bien sûr, dit Boris avec un clignement d'œil, mais en hiver il écrit. Et il écrit bien, remarquablement bien! »

J'essaye d'amener M. Wren à parler, à dire quelque chose, à parler du cheval à l'éparvin, s'il le faut. Mais M. Wren n'articule presque pas. Quand il s'essaye à parler de ces mois lugubres passés la plume à la main, il n'articule plus du tout. Il passe des mois et des mois avant de mettre un mot sur le papier. (Et il n'y a que trois mois d'hiver!) A quoi donc réfléchit-il pendant tous ces mois et ces mois d'hiver? Que Dieu me vienne en aide, je ne peux pas voir ce type sous les espèces d'un écrivain. Et cependant Mme Wren déclare que, quand il s'y met, ça coule de source!

La conversation va à la dérive. Il est difficile de suivre l'esprit de M. Wren parce qu'il ne dit rien. Il pense en marchand — c'est ainsi que Mme Wren le définit. Mme Wren présente tout ce qui concerne M. Wren sous la lumière la plus charmante. « Il pense en marchant »... charmant, très charmant, en vérité, comme dirait Borowski, mais en vérité très pénible, surtout lorsque le penseur n'est rien d'autre qu'un cheval frappé d'éparvin.

Boris me passe de l'argent pour aller acheter de quoi boire. En y allant, je suis déjà à moitié ivre. Je sais exactement comment je commencerai dès que je serai de retour. En descendant la rue, il s'ébauche déjà le discours grandiose qui est en moi à gargouiller, comme le rire vulgaire de Mme Wren. Il me semble qu'elle était un peu pompette déjà. Ça doit être beau à écouter quand elle est noire! En sortant du 'chand de vins, j'entends l'urinoir qui gargouille. Tout se relâche et se détend. Je veux que Mme Wren écoute...

Boris recommence à se frotter les mains. M. Wren est toujours en train de bégayer et de crachoter. J'ai une bouteille entre les jambes, et j'enfonce le tire-bouchon. Mme Wren a la bouche entrouverte, toute attente. Le vin éclabousse entre mes jambes, le soleil éclabousse à travers la fenêtre, et dans mes veines je sens bouillonner et clapoter mille folies qui commencent à jaillir de moi, pêle-mêle. Je leur dis tout ce qui me vient à l'esprit, tout ce qui était emmagasiné en moi et que le rire vulgaire de Mme Wren a, d'une façon ou d'une autre, relâché. Avec cette bouteille entre les jambes, et le soleil qui éclabousse à travers la fenêtre, je ressens de nouveau toute la magnificence de ces jours misérables où j'arrivais à Paris pour la première fois, pauvre diable effaré et sans le sou, qui hantait les rues comme un fantôme un banquet. Tout me revient en un clin d'œil — les cabinets qui ne marchaient pas, le prince qui me cirait les souliers, le cinéma Splendid où je dormais sur le pardessus du patron, les barreaux à la fenêtre, l'impression d'étouffement, les gros cancrelas, les beuveries et les noces qui allaient leur train entre-temps, Rose Canaque et Naples expirant dans la lumière du soleil. Parcourir les rues le ventre creux et de temps en temps rendre visite à des gens étranges — Mme Delorme, par exemple. Comment ai-je pu arriver jusque chez Mme Delorme, cela dépasse mon imagination! Mais j'y suis arrivé, j'y suis entré, je ne sais comment, j'ai passé devant le valet de chambre, devant la bonne avec son petit tablier blanc, je suis entré en plein dans ce palais, avec mon pantalon de velours et mon veston de chasse, — et sans un bouton à ma braguette! Même maintenant, je puis encore goûter l'ambiance dorée de cette pièce où Mme Delorme trônait dans son accoutrement viril, poissons rouges dans les bocaux, cartes du vieux monde, livres somptueusement reliés. Je puis sentir encore sa main pesante appuyée sur mon épaule, m'effrayant un peu avec son air alourdi de lesbienne. C'était plus confortable en bas, dans ce ragoût gluant qui se déversait dans la gare Saint-Lazare, avec les grues sur le pas des portes, et des bouteilles d'eau de Seltz sur toutes les tables, et le flot épais de semence qui envahissait les ruisseaux. Rien de mieux, entre cinq et sept, que d'être bahuté dans cette presse, de suivre une jambe ou une belle poitrine, d'avancer avec le flot, alors que la tête vous tourne. Joie étrange de cette époque. Pas de rendez-vous, pas d'invitations à dîner, pas de programme, pas de fric. L'âge d'or, où je n'avais aucun ami. Tous les matins, la lugubre promenade à *L'American Express*, et tous les matins, l'inévitable réponse de l'employé. Courir çà et là comme une punaise, ramasser des mégots de temps à autre, tantôt furtivement, tantôt faisant le brave; m'asseoir sur un banc et me serrer les tripes pour arrêter les crampes, me promener dans le Jardin des Tuileries et bander en regardant les statues muettes. Ou bien errer le long de la Seine la nuit, errer sans fin, devenir fou de sa beauté, arbres penchés, reflets brisés dans l'eau, la ruée du courant sous les lumières sanglantes des ponts, les femmes endormies sur les seuils des portes, dormant sur des journaux, dormant sous la pluie; partout les porches moisis des cathédrales et les mendiants et les poux et les vieilles haillonneuses tout agitées de danse de Saint-Guy; charrettes à bras rangées comme des tonneaux de vin dans les rues adjacentes, l'odeur des fraises sur la place du marché et la vieille église entourée de légumes et de lampes à arc bleues, les ruisseaux des rues gluants d'ordures et des femmes en escarpins de soie titubant à travers l'ordure et la vermine après une nuit d'orgie. La place Saint-Sulpice si calme et si déserte, où vers minuit, venait chaque soir la femme au parapluie crevé et au voile loqueteux; toutes les nuits elle dormait là sur un banc, sous son parapluie déchiré, aux baleines pendantes, avec sa robe tournant au vert, ses doigts osseux et cette odeur de pourriture qui suintait de son corps; et moi, le matin, je me retrouvais assis là moi-même, roupillant tranquillement au soleil, maudissant ces sacrés pigeons qui ramassaient toutes les miettes partout. Saint-Sulpice! Les gros clochers, les affiches gueulardes sur la porte, les cierges flambant à l'intérieur. La place si aimée par Anatole France, avec ce ronron bourdonnant de l'autel, le clapotis de la fontaine, le roucoulement des pigeons, les miettes qui disparaissaient comme par enchantement et avec ça, un grondement sourd au creux de mes entrailles. C'est là que je restais assis des jours entiers, à penser à Germaine et à cette petite rue crasseuse près de la Bastille où elle habitait, et ce ronron qui n'avait pas de cesse derrière l'autel, les autobus passant en trombe, le soleil pénétrant dans l'asphalte, et l'asphalte me montant dans le corps, et Germaine mêlée à l'asphalte, et tout Paris dans les gros clochers rondouillards.

Et c'est la rue Bonaparte que Mona et moi descendions tous les soirs, seulement un an auparavant, après que nous eussions pris congé de Borowski. Saint-Sulpice n'avait pas alors grand sens pour moi, ni rien d'autre à Paris. J'en avais par-dessus la tête, des palabres. J'étais écœuré des visages. J'en avais marre des cathédrales, des places, des ménageries et de tout le saintfrusquin. Attraper un livre dans la chambre à coucher rouge, et m'installer dans l'incommode fauteuil de rotin; fatigué d'être assis sur mon derrière, toute la sainte journée, fatigué de la tapisserie rouge, fatigué de voir tant de gens palabrer à l'infini sur du néant. La chambre à coucher rouge et la malle toujours ouverte — avec ses robes éparpillées dans un désordre fou. La chambre à coucher rouge, avec mes caoutchoucs et mes cannes, les carnets que je ne touchais jamais, les manuscrits gisant, froids et morts. Paris! C'est-à-dire le café Sélect, le Dôme; le marché aux puces, l'American Express. Paris! C'est-à-dire les cannes de Borowski, les chapeaux de Borowski, les gouaches de Borowski, le poisson préhistorique de Borowski — et ses plaisanteries préhistoriques. Dans ce Paris de 28, il n'y a qu'une nuit qui prenne du relief dans ma mémoire : la nuit avant mon départ pour l'Amérique. Une nuit de qualité, avec Borowski légèrement parti et un peu dégoûté de moi parce que j'avais dansé avec toutes les traînées de la boîte. Mais nous levons l'ancre le matin! C'est ce que je dis à toutes les poules que j'empoigne — nous foutons le camp au matin! C'est ce que je dis à la blonde aux yeux d'agate. Et pendant que je le lui dis, elle m'attrappe la main et la serre entre ses jambes. Dans le water, je suis debout devant la cuvette avec une formidable érection; ça semble léger et lourd en même temps, comme un morceau de plomb qui aurait des ailes. Et tandis que je suis là, debout, deux poules entrent en coup de vent — des Américaines. Je les salue cordialement, la queue à la main. Elles clignent de l'œil et disparaissent. Dans le vestibule, tandis que je boutonne ma braguette, j'en avise une qui attendait que sa copine sortît du cabinet. La musique continue de jouer, et peut-être Mona va venir me chercher, ou peut-être Borowski, avec sa canne à pommeau d'or, mais me voilà dans ses bras maintenant, et peu m'importe ce qui arrivera ou qui pourrait venir. Nous nous insinuons dans le water, et là je la tiens sur moi, plaquée contre le mur, et j'essaye de la mettre, mais ça ne marche pas et alors nous nous asseyons sur le siège, mais ça ne marche pas non plus. Nous avons beau essayer, ça ne marche pas. Et pendant tout ce temps elle me tenait la queue, elle s'y cramponnait comme à une bouée de sauvetage, mais inutile, nous sommes trop en chaleur, trop ardents. La musique continue de jouer, et nous sortons en valsant du cabinet, passons de nouveau dans le vestibule, et comme nous dansons là dans la chiotte, voilà que je me mets à décharger sur sa belle robe et qu'elle en devient furieuse. J'arrive en trébuchant jusqu'à la table, et j'y trouve Borowski avec son visage rubicond et Mona, l'œil désapprobateur. Et Borowski me dit : « Allons à Bruxelles demain! », et nous sommes d'accord, et quand nous rentrons à l'hôtel je vomis partout, sur le lit, dans le lavabo, sur les costumes, sur les robes, sur les caoutchoucs et les cannes et les carnets que je n'ai jamais touchés, et sur les manuscrits gisant froids et morts.

Quelques mois plus tard. Le même hôtel, la même chambre. Nous regardons dans la cour où l'on gare les bicyclettes, et il y a la petite chambre là-haut, sous les toits, où quelque jeune crâneur faisait tourner le gramophone tout le long du jour et répétait de petites choses drôles à tue-tête. Je dis « nous », mais j'anticipe un peu, parce que Mona a été absente longtemps et que ce n'est qu'aujourd'hui que je vais à sa rencontre à la gare Saint-Lazare. Vers le soir, c'est là que je me trouve, m'écrasant le visage contre les barreaux, mais il n'y a pas de Mona, et je relis le câble une fois de plus, mais ça ne fait rien venir. Je retourne au Quartier, et comme si de rien n'était, je me tasse un bon repas. Déambulant devant le Dôme, un peu plus tard, soudain j'aperçois un visage pâle et lourd, et des yeux ardents — et le joli tailleur de velours que j'ai toujours adoré parce que sous le velours moelleux il y avait toujours des seins ardents, des jambes de marbre, fraîches, fermes, musclées. Elle émerge d'un océan de visages, et m'embrasse, m'embrasse passionnément — des milliers d'yeux, de nez, de doigts, de jambes, de bouteilles, de fenêtres, de sacs, de soucoupes fixés sur nous, et nous dans les bras l'un de l'autre, ayant tout oublié. Je m'assieds à côté d'elle, et elle parle — un déluge de paroles. Accents farouches et maladifs, d'hystérie, de perversion, de lèpre. Je n'entends pas un mot, parce qu'elle est belle, et que je l'aime, et maintenant je suis heureux et prêt à mourir.

Nous descendons la rue du Château, à la recherche d'Eugène. On traverse le pont du chemin de fer où je regardais les trains partir et me sentais tout malade, me demandant où diable elle pouvait bien être. Tout est suave et enchanteur comme nous traversons le pont. La fumée nous monte entre les jambes, les rails grincent, les sémaphores entrent dans notre sang. Je sens son corps tout près du mien — tout à moi maintenant — et je ne cesse de passer mes mains sur le velours chaud. Tout ce qui nous entoure s'effrite, s'effrite, et le corps ardent, sous le velours chaud, brûle de désir pour moi...

Nous voici de retour dans la même chambre, avec cinquante francs de rabiot, grâce à Eugène. Je regarde dans la cour, mais le gramophone s'est tu. La malle est ouverte, et ses affaires sont éparpillées exactement comme autrefois. Elle s'étend sur le lit, toute habillée. Une fois, deux fois, trois fois, quatre fois... j'ai peur qu'elle ne devienne folle... Dans le lit, sous les couvertures, comme c'est bon de sentir son corps de nouveau! Mais pour combien de temps? Ça durera-t-il, cette fois? Déjà, j'ai le pressentiment que non.

Elle me parle avec tant de fièvre — comme s'il ne devait pas y avoir de lendemain. « Tiens-toi tranquille, Mona! Regarde-moi seulement... ne parle pas! » Finalement, elle s'affaisse, et je retire mon bras de dessous son corps. Je ferme les yeux. Son corps est là, à côté de moi... il y sera jusqu'à demain sûrement. C'est en février que je sortis du port, dans une tourmente de neige aveuglante. La dernière fois que je la vis, elle était à la fenêtre, à me dire au revoir de la main. Un homme était debout de l'autre côté de la rue, au coin, son chapeau rabaissé sur ses yeux, ses bajoues appuyées sur les revers de son veston. Un fœtus qui m'épiait. Un fœtus avec un cigare à la bouche.

Mona à la fenêtre, agitant sa main. Visage blanc et lourd, torrent fou des cheveux. Et maintenant c'est une chambre à coucher à l'air lourd, respiration régulière par les ouïes, la sève suintant encore entre ses jambes, une chaude odeur féline et ses cheveux dans ma bouche. Mes yeux sont clos. Nous respirons notre souffle chaud, bouche à bouche. L'un contre l'autre, et l'Amérique à des milliers de kilomètres! Je ne veux plus jamais la revoir, l'Amérique. L'avoir là, dans le lit, avec moi, son souffle sur moi, ses cheveux dans ma bouche — je tiens cela pour un miracle. Rien ne peut arriver maintenant jusqu'au matin...

Je m'éveille d'un profond sommeil pour la regarder. Un jour pâle perle dans la pièce. Je regarde ses magnifiques cheveux fous. Je sens quelque chose qui chemine sur mon cou. Je la regarde de nouveau, attentivement. Toute la chevelure est vivante. Je découvre le lit... d'autres encore! Ça grouille sur l'oreiller.

C'est peu de temps après l'aube. Nous faisons rapidement nos bagages, et nous filons en cachette de cet hôtel. Les cafés sont encore fermés. Nous marchons et tout en marchant, nous nous grattons. Le jour paraît en blancheurs laiteuses, barres de ciel rose saumon, escargots quittant leur coquille. Paris! Paris! Tout arrive ici. Vieux murs décrépis, et musique agréable de l'eau qui coule dans les urinoirs. Des hommes se léchant les moustaches dans les bars. Des volets qu'on tire et qui retentissent, et des filets d'eau qui gazouillent dans les ruisseaux des rues. *Amer Picon* en énormes lettres écarlates. *Zigzag*. De quel côté irons-nous, et pourquoi, et où et quoi?

Mona a faim. Sa robe est mince. Rien que des tissus du soir, flacon de parfum, boucles d'oreilles barbares, bracelets, pâtes épilatoires. Nous nous asseyons dans une salle de billard de l'avenue du Maine, et commandons du café chaud. Le cabinet est détraqué. Il nous faut attendre quelque temps avant de pouvoir aller dans un autre hôtel. Et pendant ce temps, nous trions nos punaises dans les cheveux l'un de l'autre. On est nerveux. Mona se fâche. Faut un bain. Faut ceci. Faut cela. Faut, faut, faut...

« Combien te reste-t-il d'argent ? »

D'argent ? Complètement oublié ça !

Hôtel des États-Unis. Un ascenseur. Nous nous mettons au lit en plein jour. Quand nous nous levons, il fait nuit, et la première chose à faire c'est de ramasser assez de fric pour envoyer un câble en Amérique. Un câble au fœtus, avec le long cigare juteux à la bouche. En attendant, il y a toujours l'Espagnole du boulevard Raspail — elle est toujours bonne pour un repas chaud. Au matin, il se passera quelque chose. Du moins, nous allons coucher ensemble. Plus de punaises maintenant. La saison des pluies a commencé. Les draps sont immaculés...

II

Une vie nouvelle s'ouvre devant moi à la Villa Borghèse. Il n'est que dix heures, et nous avons déjà déjeuné et sommes partis pour une promenade. Nous avons une Elsa avec nous maintenant. « Marche doucement ces jours-ci », me prévient Boris.

Le jour commence, magnifique : ciel éclatant, brise fraîche, maisons lavées de neuf. En allant à la poste, Boris et moi avons discuté du livre. *Le Dernier Livre!* — qui va être écrit anonymement.

Un jour nouveau commence. Je l'ai senti ce matin comme nous étions devant une toile luisante de Dufrène, une espèce de *déjeuner intime*[1] au XIIIe siècle, *sans vin*[2]. Un beau nu, bien en chair, solide, vibrant, rose comme un ongle, avec des vagues de chair luisantes; toutes les caractéristiques secondaires, et quelques-unes des primaires. Un corps qui chante, qui a l'humidité de l'aurore. Une nature morte, sauf que rien n'y est mort. La table craque de nourriture; elle est si lourde, qu'elle glisse hors du cadre. Un repas XIIIe siècle —

1, 2. En français dans le texte.

avec tous les tons de la jungle qu'il a si bien retenus. Une famille de gazelles et de zèbres, broutant les frondaisons des palmes.

Et maintenant nous avons Elsa. Elle joue pour nous, ce matin, pendant que nous sommes encore au lit. *Marche doucement ces jours-ci...* Bon! Elsa est la bonne, et je suis l'invité. Et Boris est la grosse légume. Un nouveau drame commence. Je ris tout seul en écrivant ces mots. Il sait ce qui va arriver, ce lynx de Boris. Il a un nez pour sentir aussi!... *Marche doucement...*

Boris est sur des charbons ardents. A tout moment maintenant, sa femme peut apparaître sur la scène. Elle pèse plus de quatre-vingt-dix kilos, cette femme! Et Boris tient dans une poignée. Vous saisissez la situation. Il essaye de me l'expliquer comme nous rentrons le soir. Elle est si tragique et si ridicule à la fois, que je suis forcé de m'arrêter de temps en temps et de lui rire au visage. « Pourquoi ris-tu comme ça? » dit-il doucement, puis il se met à rire lui aussi, avec ce ton geignard et saccadé de sa voix, comme un pauvre diable, incurablement pauvre diable, qui se rend compte tout à coup qu'il aura beau mettre redingote sur redingote, peu importe, il ne sera jamais un homme. Il veut s'enfuir, changer de nom. « Je lui donnerai tout ce qu'elle voudra, la vache, si seulement elle me foutait la paix! » geint-il. Mais d'abord, il faut louer l'appartement, signer les actes, et mille autres détails pour lesquels la redingote rend quelque service. Mais quelle taille elle a! — c'est ça qui le désespère réellement. Si nous allions la trouver subitement, sur le seuil de la porte en arrivant, il s'évanouirait, tellement il la respecte!

Donc, il nous faut y aller doucement avec Elsa pour quelque temps. Elsa n'est ici que pour faire le petit déjeuner — et pour faire visiter l'appartement.

Mais Elsa est déjà en train de me miner. Ce sang allemand. Ces chansons mélancoliques. En descendant l'escalier ce matin, avec l'odeur du café frais dans les narines, je bourdonnais à mi-voix : « *Es wär' so schön gewesen.* » Ça, pour le petit déjeuner. Dans un petit moment, le jeune Anglais là-haut avec son Bach. Comme dit Elsa — « il a besoin d'une femme ». Et Elsa a besoin de quelque chose aussi. Je le sens. Je n'en ai rien dit à Boris, mais pendant qu'il se brossait les dents, ce matin, Elsa m'a raconté des tas d'histoires sur Berlin, sur ces femmes qui sont si séduisantes par derrière, et qui, lorsqu'elles se retournent — Pouah! la syphilis!

Il me semble qu'Elsa me regarde d'un air grave et tendre. Quelque chose qui a dû se passer au déjeuner... Cet après-midi, nous écrivions, nous tournant le dos, dans le studio. Elle avait commencé une lettre à son amoureux qui est en Italie. La machine s'est coincée. Boris était allé visiter une chambre bon marché qu'il prendra dès que l'appartement sera loué. Il n'y avait rien d'autre à faire que de faire la cour à Elsa. Elle le désirait. Et pourtant j'étais un peu ennuyé pour elle. Elle venait à peine d'écrire la première ligne à son amoureux. Je la lus du coin de l'œil tout en me penchant au-dessus d'elle. Mais c'était impossible à empêcher. Cette sacrée musique allemande, si mélancolique, si sentimentale. Elle me minait. Et puis, ses petits yeux comme des perles, si ardents, et si tristes en même temps.

Quand ce fut fini, je lui demandai de me jouer quelque chose. Elle est musicienne, Elsa, même si cela sonnait comme des casseroles fêlées et des crânes s'entrechoquant. Elle pleurait aussi tout en jouant. Je ne la blâme pas. Partout pareil, disait-elle. Partout il y a un homme, et alors il faut qu'elle s'en aille, et puis il y a un avortement, et puis c'est une nouvelle place, et personne ne s'intéresse à elle si ce n'est pour s'en foutre. Après ça, elle m'a joué du Schumann — Schumann, cette espèce d'Allemand sentimental et pleurnichard! J'avais pitié d'elle, et pourtant je m'en fous complètement. Une poule qui joue comme elle, devrait avoir plus de sens que de se faire chevaucher par le premier type venu qui a une belle queue. Mais ce Schumann me rentre dans le sang. Elle est encore à renifler, mon Elsa, mais mon esprit s'est enfui très loin. Je pense à Tania, et à la façon dont elle joue son adagio à coups de griffes. Je pense à des tas de choses qui sont mortes et enterrées. Je pense à un après-midi à Greenpoint, alors que les Allemands traversaient la Belgique en gambadant, et que nous n'avions pas encore perdu assez d'argent pour que le viol d'un pays neutre nous intéressât. Époque à laquelle nous étions encore assez innocents pour écouter les poètes et nous asseoir, la nuit tombée, autour d'une table, à évoquer les esprits frappeurs. Toute l'atmosphère est saturée de musique allemande; tout le voisinage est allemand, plus allemand que l'Allemagne. Nous avons été élevés avec Schumann et Hugo Wolf et la choucroute et le Kümmel et les beignets aux pommes de terre. Vers le soir, nous sommes assis autour d'une grande table, avec les rideaux tirés et une idiote aux cheveux filasses veut faire passer le Christ dans la table. Nous tenons nos mains sous le guéridon, et la dame qui est à côté de moi a mis ses doigts dans ma braguette. Et finalement nous nous couchons par terre, derrière le piano, tandis que quelqu'un chante une chanson lugubre. L'air est étouffant, et son haleine pue l'alcool. La pédale monte et descend, raide, automatique, mouvement imbécile et futile, comme une tour de fumier qui prend vingt-sept ans à construire, mais qui reste bien en mesure. Je tire la poule sur moi, et les cordes me résonnent dans les oreilles; la pièce est obscure, et le tapis est tout collant du Kümmel qu'on a répandu. Tout à coup, on dirait que l'aube arrive : c'est comme de l'eau qui chanterait sur de la glace, et la glace est bleue de la brume qui monte, glaciers engloutis dans du vert émeraude, chamois et antilope, poissons dorés de grandes profondeurs, vaches marines roulant dans les flots, et bondissant par-dessus le bord extrême du cercle arctique...

Elsa est assise sur mes genoux. Ses yeux sont comme de petits ombilics. Je regarde sa grande bouche, si humide et luisante, et je la couvre de la mienne. Elle fredonne maintenant... « *Es wär so schön gewesen...* » Ah! Elsa, vous ne savez pas encore ce que ça signifie pour moi, votre *Trompeter von Säckingen!* Chorales germaniques, Schwaben Hall, le Turnverein... *links um, rechts um*... et puis un coup sec sur le cul, avec un bout de corde.

Ah! les Allemands! Ils vous emmènent partout; comme l'omnibus. Ils vous donnent une indigestion. Dans la même nuit, on ne peut pas visiter la morgue, l'infirmerie, le jardin zoologique, les signes du zodiaque, les limbes de la philosophie, les cavernes de l'épistémologie, les arcanes de Freud et de Stekel... Sur les chevaux de bois, on ne va nulle part, tandis qu'avec les Allemands, on peut aller de Véga à Lope de Vega, tout dans la même nuit, et revenir aussi con que Parsifal.

Comme je l'ai dit, le jour commença magnifiquement. Ce n'est que ce matin que je suis redevenu conscient de ce Paris physique que je n'avais plus connu depuis des semaines. Peut-être est-ce parce que le livre avait commencé à pousser en moi. Je l'emporte partout avec moi. Je vais dans les rues avec cet enfant dans mon ventre, et les flics m'escortent à travers la rue. Les femmes se lèvent pour m'offrir leur place. Personne ne me bouscule plus. Je suis enceint. Je me dandine gauchement, avec mon gros ventre pressé contre le poids du monde.

C'est ce matin, en allant à la poste, que nous avons accordé au livre son *imprimatur* final. Nous avons tiré du néant une nouvelle cosmogonie de la littérature, Boris et moi. Ce doit être une nouvelle Bible — *Le Dernier Livre*. Tous ceux qui ont quelque chose à dire, le diront ici, dans *l'anonymat*. Nous épuiserons le siècle. Après nous, pas un seul autre livre — pas d'une génération, tout au moins. Jusqu'ici, nous avions creusé dans les ténèbres, avec rien d'autre que l'instinct pour nous guider. Maintenant, nous aurons un vaisseau pour y déverser le fluide vital, une bombe qui, lorsque nous la jetterons, incendiera le monde. Nous y mettrons assez pour donner aux écrivains de demain leurs intrigues, leurs poèmes, leurs drames, leurs mythes, leurs sciences. Le monde trouvera de quoi s'y nourrir pour un millier d'années à venir. Il est colossal dans ses prétentions. Rien que d'y penser, cela nous bouleverse.

Depuis cent ans ou plus, le monde, *notre* monde, se meurt. Et pas un homme, dans ces cent dernières années ou à peu près, qui ait eu assez de violente folie pour mettre une bombe au trou du cul de la création et la faire sauter en l'air. Le monde s'en va en pourriture, il se meurt morceau par morceau. Mais il lui faut le *coup de grâce*, il faut qu'il soit réduit en poussière. Pas un seul de nous n'est intact, et pourtant nous avons en nous tous les continents, et toutes les mers entre les continents, et tous les oiseaux des airs. Nous allons transcrire tout ça — cette évolution du monde qui a trépassé, mais qui n'a pas été enseveli. Nous nageons sur la face du temps, et tout le reste s'est noyé, ou se noie, ou se noiera. Il sera énorme, ce livre! Il y aura des espaces vastes comme des océans pour s'y mouvoir, pour y déambuler, pour y chanter, y danser, y grimper, s'y baigner, y faire le saut périlleux, pour y gémir, pour y violer, pour y assassiner. Une cathédrale, une véritable cathédrale, à la construction de laquelle collaboreront tous ceux qui ont perdu leur identité. Il y aura des messes pour les morts, des prières, des confessions, des hymnes, des gémissements et des caquetages, une sorte d'insouciance meurtrière, il y aura des rosaces, des gargouilles, des acolytes et des croque-morts. Vous pourrez amener vos chevaux et galoper à travers les bas-côtés. Vous pourrez cogner votre tête contre les murs : ils ne céderont pas. Vous pourrez prier dans la langue qui vous plaira, ou vous pourrez vous y rouler pour dormir. Elle durera un millénaire, au moins, cette cathédrale, et elle n'aura pas de réplique, parce que les maçons seront morts, et la formule aura péri. Nous ferons faire des cartes postales, et organiserons des visites. Nous bâtirons une ville alentour, et nous établirons une commune libre. Nous n'avons pas besoin de génie — le génie est défunt! Nous avons besoin de mains solides, d'esprits qui consentent à rendre l'âme et à revêtir la chair...

Le jour s'avance sur un beau *tempo*. Me voici debout sur le balcon, chez Tania. Le drame continue, en bas, dans le salon. Le dramaturge est malade, et, vu d'en haut, son crâne a l'air plus scabreux que jamais. Sa chevelure est faite de paille. Ses idées sont de la paille. Sa femme aussi est de la paille, quoique encore un peu humide. Toute la maison est en paille. Me voici debout sur le balcon, attendant l'arrivée de Boris. Mon dernier problème — *le petit déjeuner* — a disparu. J'ai tout simplifié. S'il y a des problèmes nouveaux, je peux les porter dans mon rucksack, avec mon linge sale. Je flanque en l'air tout mon argent. Quel besoin ai-je d'argent? Je suis une machine à écrire. La dernière vis est en place. La chose vole. Entre moi et la machine, rien qui nous fasse étrangers l'un à l'autre. Je suis la machine...

Ils ne m'ont pas encore dit quel est le sujet du drame, mais je peux le pressentir. Ils sont en train d'essayer de se débarrasser de moi. Pourtant, me voici pour mon dîner, et même un peu plus tôt qu'ils ne s'y attendaient. Je leur ai dit où s'asseoir, et ce qu'ils devaient faire. Je leur demande poliment si je les dérange, mais ce que je veux dire en réalité (et ils le savent bien!) c'est : *allez-vous me déranger, moi?* Non! cu-culs angéliques, vous ne me dérangez pas! Vous me nourrissez. Je vous vois assis là, les uns près des autres, et je sais qu'il y a un gouffre entre vous. Votre proximité est la proximité des planètes. Je suis le vide entre vous. Si je me retire, il n'y aura plus de vide où vous pourriez nager.

Tania est de méchante humeur : je le sens. Elle m'en veut de ne pas être plein que d'elle-même. Elle sait, par le degré même de mon agitation, que son importance est réduite à zéro. Elle sait que je ne suis pas venu ce soir pour la fertiliser. Elle sait qu'il y a quelque chose qui germe en moi et qui la détruira. Elle est lente à comprendre, mais elle comprend...

Sylvestre a l'air plus content. Il l'embrassera ce soir, à table. Maintenant il est en train de lire mon manuscrit, il se prépare à enflammer mon moi, à dresser mon moi contre celui de Tania.

Ce sera une étrange réunion, ce soir. On dresse la scène. J'entends le tintement des verres. On apporte le vin. On ingurgitera de bonnes lampées, et Sylvestre, qui est malade, sera guéri.

C'est pas plus tard qu'hier soir, chez Cronstadt, que nous avons projeté cette réunion. Il y fut ordonné que les femmes doivent souffrir, qu'au-dehors, dans le vaste monde il doit y avoir encore plus de terreur et de violence, plus de désastres, plus de souffrance, plus de douleur et de misère.

Ce n'est pas un accident qui pousse des gens comme nous à Paris. Paris est simplement une scène artificielle, un plateau tournant qui permet au spectateur d'apercevoir toutes les phases du conflit. De soi-même, Paris ne fait pas naître les drames. Ils commencent ailleurs. Paris n'est qu'un instrument d'obstétrique qui arrache l'embryon vivant à la matrice et le dépose dans l'incubateur. Paris est le berceau des naissances artificielles. Doucement balancé dans le berceau ici, chacun glisse et retourne à son sol; on retourne en rêve à Berlin, à New York, à Chicago, à Vienne, à Minsk. Vienne n'est jamais davantage Vienne qu'à Paris. Tout y est porté à l'apothéose. Le berceau rend ses bébés et de nouveaux prennent leur place. On peut lire ici sur les murs où vécurent Zola et Balzac et Dante et Strindberg et tous ceux qui jamais furent quelque chose. Tout le monde y a vécu, à un moment ou à un autre. Personne ne *meurt* ici...

En bas, on parle. Leur langage est symbolique. Le mot « lutte » en fait partie. Sylvestre, le dramaturge

malade, dit : « Je suis en train de lire le manifeste. »
Et Tania dit : « *De qui?* » Oui, Tania, je t'ai entendue.
Je suis ici occupé à écrire sur toi, et tu le devines
bien. *Parle davantage*, que je puisse noter ce que tu
dis. Car lorsque nous serons à table, je ne pourrai plus
prendre de notes... Soudain, Tania remarque : « Ici,
il n'y a pas de corridor proéminent. » Or, qu'est-ce
que ça veut dire, si ça signifie quelque chose?

Ils posent des tableaux maintenant. Ça aussi, c'est
pour m'impressionner. Voyez, veulent-ils dire, nous
sommes chez nous ici, nous menons la vie conjugale.
Nous rendons le foyer attrayant. Nous discuterons
même un peu sur les tableaux, pour *votre* profit à vous.
Et Tania remarque encore une fois : « Comme
l'œil vous trompe! » Ah! Tania, quelles choses tu dis!
Continuez, poussez cette farce un peu plus loin. Je suis
ici pour m'envoyer le dîner que vous m'avez promis.
Je goûte énormément cette comédie. Et maintenant,
au tour de Sylvestre! Il est en train d'expliquer une
des gouaches de Borowski. « Viens ici, est-ce que tu
vois? Un joue de la guitare, l'autre tient une fille sur
ses genoux. » C'est vrai, Sylvestre. Très vrai. Borowski et ses guitares. Les filles sur ses genoux. Seulement, on ne sait jamais au sûr ce qu'il tient sur ses
genoux, ou si c'est vraiment un homme qui joue de
la guitare.

Bientôt Moldorf entrera en trottant à quatre pattes,
et Boris avec ce petit rire impuissant qui est bien à lui.
Il y aura un faisan doré pour dîner, et de l'anjou, et
de gros cigares courts. Et Cronstadt, quand il aura
les dernières nouvelles, vivra un peu plus dur, un peu

plus gai, pendant cinq minutes; puis, il s'enlisera encore dans l'humus de son idéologie, et peut-être un poème naîtra-t-il, une grosse cloche d'or sans battant.

J'ai dû débrayer pour une heure ou deux. Un autre client pour visiter l'appartement. En haut, ce putain d'Anglais s'exerce à son Bach. Il devient impératif maintenant, quand quelqu'un vient pour visiter l'appartement, de courir en haut et de demander au pianiste de s'arrêter un moment.

Elsa téléphone à l'épicier. Le plombier installe un nouveau siège au cabinet. Toutes les fois que la sonnette de la porte retentit, Boris perd l'équilibre. Dans son agitation, il a laissé tomber ses lunettes; il est sur ses mains et ses genoux, sa redingote traîne sur le parquet. C'est un peu comme au Grand Guignol : le poète mourant de faim, venu pour donner des leçons à la fille du boucher. Toutes les fois que le téléphone sonne, la salive coule de la bouche du poète. Mallarmé sonne comme de l'aloyau, Victor Hugo comme du *foie de veau*[1]. Elsa commande un mignon petit repas pour Boris, « une jolie petite côtelette de porc bien juteuse », dit-elle. Je vois une floppée de jambons roses, étendus glacés sur le marbre, de merveilleux jambons bien pomponnés de graisse blanche. J'ai une faim atroce, bien que nous venions de prendre notre petit déjeuner quelques minutes auparavant — c'est le repas de midi qu'il me faudra sauter ! Ce

1. En français dans le texte.

n'est que le mercredi que je déjeune, grâce à Borowski. Elsa continue de téléphoner — elle avait oublié de commander un morceau de lard. « Oui, un joli petit morceau de lard, pas trop gras », dit-elle... *Zut alors* [1] *!* Ajoute un peu de riz de veau, ajoute quelques rognons de bœuf, et des moules pourquoi pas! Ajoute un peu de boudin blanc frit, puisque tu y es! Je pourrais gober les quinze cents pièces de Lope de Vega en une seule séance.

C'est une belle femme qui est venue visiter l'appartement. Une Américaine, naturellement. Je reste à la fenêtre, le dos tourné à regarder un moineau qui picore du crottin frais. Curieux de penser comme il est facile de pourvoir aux besoins des moineaux! Il pleut un peu, et les gouttes sont très grosses. Je pensais autrefois que les oiseaux ne pouvaient pas voler si leurs ailes étaient mouillées. Curieux de penser comme ces dames riches viennent à Paris et dénichent tous les studios chics! Un peu de talent et une bourse bien garnie. S'il pleut, elles ont l'occasion d'exhiber leurs impers flambant neufs. La nourriture, ce n'est rien : parfois elles sont si occupées à flânocher de-ci de-là qu'elles n'ont pas le temps de déjeuner. Tout juste un sandwich, une gaufrette, au Café de la Paix, ou au bar du Ritz. « Pour les filles comme il faut seulement », voilà la devise du vieux studio de Puvis de Chavannes. Y suis passé par hasard l'autre jour.

---

1. En français dans le texte.

De richissimes poules américaines avec des boîtes à peinture en bandoulière. Un peu de talent et la bourse pleine.

Le moineau sautille frénétiquement d'un pavé à l'autre. Efforts vraiment herculéens, si on les examine de près. Partout il y a de quoi manger — je veux dire dans le ruisseau. La belle Américaine s'enquiert au sujet du cabinet. Le cabinet! Laissez-moi vous le montrer, gazelle au museau de velours! Le cabinet, dites-vous ? *Par ici, Madame. N'oubliez pas que les places numérotées sont réservées aux mutilés de guerre* [1].

Boris se frotte les mains. Il fignole la transaction. Les chiens aboient dans la cour; ils aboient comme des loups. En haut, Mme Mc Iverness change les meubles de place. Elle n'a rien à faire de tout le jour; elle s'ennuie; si elle trouve un atome de saleté quelque part, elle nettoie la maison entière. Il y a une grappe de raisins verts sur la table et une bouteille de vin — *vin de choix* [2], dix degrés. « Oui, dit Boris, je pourrais vous faire un lavabo, venez par ici, je vous en prie. Oui, le cabinet est ici. Il y en a un aussi en haut, naturellement. Oui, mille francs par mois. Vous n'aimez pas beaucoup Utrillo, dites-vous ? Non, c'est ici. Il a besoin d'un nouvel écrou, c'est tout. »

Elle va partir dans une minute, maintenant. Boris ne m'a même pas présenté cette fois. Le salaud! Toutes les fois que s'amène une poule qu'est pleine aux as, il oublie de me présenter. Dans quelques minutes, je

1, 2. En français dans le texte.

pourrai me rasseoir et travailler à ma machine. Sans que je sache pourquoi, je n'en ai plus envie aujourd'hui. Mon courage se tarit goutte à goutte. Elle peut revenir dans une heure ou deux et m'ôter la chaise du cul. Comment, diable, un homme pourrait-il écrire quand il ne sait pas où il va s'asseoir dans une demi-heure. Si la rombière au pognon loue l'appartement, je n'aurai même pas un endroit pour dormir. Il est difficile de savoir, quand on est dans un tel pétrin, lequel est pire : de ne pas avoir d'endroit où dormir, ou de ne pas avoir d'endroit où travailler? On peut dormir presque n'importe où, mais pour travailler, il faut avoir un endroit. Même si ce n'est pas un chef-d'œuvre qu'on écrit. Même un mauvais roman exige une chaise pour s'asseoir dessus et un peu de privauté. Ces richissimes femelles ne pensent jamais à cela. Toutes les fois qu'elles veulent poser leurs douces fesses quelque part, il y a toujours un fauteuil prêt à les recevoir.

Hier soir, nous avons laissé Sylvestre et son Dieu assis ensemble devant le foyer. Sylvestre en pyjama, Moldorf un cigare au bec. Sylvestre pèle une orange. Il jette l'écorce sur le divan. Moldorf se rapproche de lui. Il lui demande la permission de relire cette brillante parodie, *Les Portes du Paradis*. Nous sommes prêts à partir, Boris et moi. Nous sommes trop gais pour cette atmosphère de chambre de malade. Tania vient avec nous. Elle est gaie parce qu'elle va s'évader. Boris est gai parce que le Dieu chez Moldorf est mort.

Je suis gai parce que c'est un autre acte que nous allons exécuter.

La voix de Moldorf est respectueuse. « Puis-je rester avec vous, Sylvestre, jusqu'à ce que vous alliez vous coucher? » Il est resté avec lui les dix derniers jours, allant acheter des remèdes, faisant des courses pour Tania, réconfortant, consolant, gardant les portes contre des intrus malveillants comme Boris et ses chenapans. Il est comme un sauvage qui a découvert que son idole a été mutilée pendant la nuit. Il est là, assis aux pieds de son idole, avec de l'arbre à pain, de la graisse, et le galimatias de ses prières. Sa voix sort, onctueuse. Ses membres sont déjà paralysés.

Il parle à Tania comme si elle était une prêtresse qui a rompu ses vœux. « Il faut vous purifier. Sylvestre est votre Dieu. » Et pendant que Sylvestre est en haut, malade (sa gorge ronfle), le prêtre et la prêtresse dévorent la nourriture. « Vous vous polluez! », dit-il, le jus dégouttant de ses lèvres. C'est un type qui peut manger et souffrir en même temps. Tandis qu'il écarte les individus dangereux, il sort sa petite patte grasse et caresse la chevelure de Tania. « Je commence à tomber amoureux de vous. Vous ressemblez à ma Fanny. »

A d'autres égards, la journée a été belle pour Moldorf. Une lettre est arrivée d'Amérique. Moe attrape des vingt partout. Murray apprend à monter à bicyclette. On a réparé le gramophone. On peut voir à son expression qu'il y avait autre chose dans la lettre, outre des bulletins et des histoires de vélocipède. Vous pouvez en être sûrs, parce que cet après-midi il a acheté pour 325 francs de bijoux à sa Fanny. De plus, il lui a écrit une lettre de vingt pages. Le garçon lui a apporté feuille après feuille, a rempli son stylo, lui a servi du café et des cigares, l'a éventé un peu lorsqu'il transpirait, a épousseté les miettes de la table, allumé son cigare quand il s'éteignait, lui a acheté des timbres, a dansé pour lui, fait des pirouettes et des salamalecs... s'est presque brisé l'échine en courbettes, nom de Dieu! Le pourboire fut de conséquence! Plus gros et plus gras qu'un Havane des Havanes! Moldorf l'a probablement mentionné dans son journal. C'était pour Fanny. Le bracelet et les boucles d'oreille valaient tout l'argent qu'il avait dépensé. Mieux valait le dépenser pour Fanny que le gaspiller pour des grues comme Odette et Germaine. Oui, il l'avait dit à Tania. Il lui avait montré la malle. Elle est bourrée de cadeaux. Pour Fanny, et pour Moe et pour Murray.

« Ma Fanny est la femme la plus intelligente du monde. J'ai cherché et cherché pour lui trouver un défaut, mais elle n'en a pas. Elle est parfaite. Je vais vous dire ce qu'elle sait faire. Elle joue au bridge comme un filou; elle s'intéresse au sionisme; donnez-lui un vieux chapeau, par exemple, et vous verrez ce qu'elle sait en tirer. Un petit coup ici, un bout de ruban par là, *et voilà quelque chose de beau*[1］! Savez-vous ce qu'est le bonheur parfait? Être assis à côté de Fanny, quand Moe et Murray sont au lit, et écouter la radio. Elle est assise là, paisiblement. Je suis récompensé de toutes mes luttes et de toutes mes souf-

[1］. En français dans le texte.

frances rien qu'en la regardant. Elle écoute intelligemment. Quand je pense à votre Montparnasse nauséabond, et puis à mes soirées à Bay Ridge avec Fanny après un bon repas, je vous dis qu'il n'y a pas de comparaison. Une chose simple comme la nourriture, les enfants, les douces lampes, et Fanny assise là, un peu lasse, mais joyeuse, satisfaite, lourde de pain... nous restons là assis pendant des heures, sans dire un mot. C'est ça le bonheur!

« Aujourd'hui, elle m'écrit une lettre. Non pas une de ces mornes lettres bourrées de faits. Elle m'écrit du fond de son cœur, dans une langue que même mon petit Murray pourrait comprendre. Elle a de la délicatesse en toute chose, Fanny. Elle dit que les enfants doivent continuer leur éducation, mais que la dépense lui donne du souci. Ça coûtera mille dollars pour envoyer le petit Murray à l'école. Moe, naturellement, aura une bourse. Mais le petit Murray, ce petit génie, Murray, qu'allons-nous faire à son sujet? J'ai répondu à Fanny de ne pas s'en faire. Envoie Murray à l'école, ai-je dit. Qu'importe mille autres dollars? Je gagnerai plus d'argent cette année-ci que jamais. Je le ferai pour le petit Murray — parce qu'il est un génie, ce gosse. »

J'aimerais être là quand Fanny ouvrira la malle. « Regarde, Fanny, ça, je l'ai acheté à Budapest à un vieux Juif... Ça, ils le portent en Bulgarie — c'est pure laine... Ça, ça vient du duc de quelque chose — non, on ne le remonte pas, on le met au soleil... Je veux que tu portes ça, Fanny, quand nous irons à l'Opéra... tu le porteras avec ce peigne que je t'ai montré... et ceci, Fanny, c'est quelque chose que Tania m'a déniché... elle a un peu ton type... »

Et Fanny est assise là, sur le divan, juste comme elle était dans le chromo, avec Moe d'un côté et le petit Murray, Murray, ce génie, de l'autre. Ses jambes grasses sont un peu trop courtes pour toucher le sol. Ses yeux ont un terne éclat de permanganate. Ses seins sont comme des choux rouges mûrs; ils ballotent un peu quand elle se penche en avant. Mais ce qui est triste en elle, c'est que le jus a été coupé. Elle est là comme une pile usée; son visage de traviole — il lui faudrait un peu d'animation, un jaillissement soudain de jus pour le remettre d'aplomb. Moldorf saute tout autour devant elle comme un énorme crapaud. Sa chair tremblote. Il glisse, et il lui est difficile de se remettre sur son ventre. Elle le taquine de ses gros orteils. Ses yeux s'exorbitent un peu plus. « Encore un coup, Fanny, j'aime ça! » Elle lui donne un bon coup, cette fois... un coup qui lui laisse un creux dans la panse. Son visage est tout près du tapis; les bajoues se trémoussent dans la laine du tapis. Il s'anime un peu, papillonne, saute de meuble en meuble. « Fanny, tu es merveilleuse! » Il est maintenant assis sur son épaule. Il mordille un petit morceau de son oreille, tout juste un petit bout du lobe où ça ne fait pas mal. Mais elle est toujours morte — pile usée, pas de jus. Il s'affale sur les genoux et reste là, à frémir comme une colique. Il est tout tiède maintenant et impuissant. Son ventre luit comme un soulier verni. Dans l'orbite de ses yeux, une paire de boutons fantaisie... « Déboutonne-moi les yeux, Fanny, je veux mieux te voir! » Fanny le porte sur le lit et lui verse un peu de cire brûlante sur les yeux. Elle lui met des cercles autour du nombril et un thermomètre dans l'anus. Elle l'arrange et il se remet à trembler. Soudain, le voici rapetissé, complètement disparu. Elle le cherche partout, dans ses propres intestins, partout. Quelque chose la chatouille — elle ne sait pas où exactement. Le lit est plein de crapauds et de boutons. « Fanny, où es-tu? » Quelque chose la chatouille — elle ne peut pas dire où. Les boutons tombent du lit. Les crapauds montent sur les murs. Ça chatouille et ça chatouille. « Fanny, ôte la cire de mes yeux! Je veux te regarder! » Mais Fanny se met à rire, elle se tortille de rire. Elle mourra de rire si elle ne le trouve pas. « Fanny, la malle est pleine de belles choses. Fanny, m'entends-tu? » Fanny rit, rit comme un gros vers. Son ventre est tout gonflé de rire. Ses jambes bleuissent. « Oh! mon Dieu, Morris, il y a quelque chose qui me chatouille... Je n'y peux rien! »

III

Dimanche! Quitte la Villa Borghèse un peu avant midi, au moment même où Boris se préparait à se mettre à table. Je suis parti, poussé par un sentiment de délicatesse, parce que ça fait vraiment souffrir Boris de me voir assis là, dans le studio, le ventre creux. Pourquoi ne m'invite-t-il pas à déjeuner avec lui, je n'en sais rien. Il dit qu'il n'en a pas les moyens, mais ça n'est pas une excuse. Peu importe, je suis discret à ce sujet. Si cela le peine de manger tout seul devant moi, cela le peinerait sans doute davantage de partager son repas avec moi. Ce n'est pas mon rôle d'espionner ses petites affaires.

Entré par hasard chez les Cronstadt, et là, ils bouffaient aussi. Un poulet au riz. Fait semblant d'avoir déjà mangé, mais j'aurais arraché le poulet des mains du mignard. Ce n'est pas de la fausse modestie, non — c'est comme une perversion, je crois bien. Deux fois ils m'ont demandé de manger avec eux. Non! Non! Je n'ai pas voulu accepter même une tasse de café après le repas. Je suis discret, moi! En sortant, j'ai jeté un dernier regard qui s'est attardé sur les os dans l'assiette du gosse — il y avait encore de la viande dessus...

Rôdé aux alentours, sans but défini. Un temps magnifique — jusqu'ici. La rue de Buci est vivante, grouillante. Les bars grands ouverts, et les trottoirs bordés de bicyclettes. Tous les bouchers et les épiciers marchent à plein. Les bras sont chargés de trucs enveloppés dans les journaux. Un beau dimanche catholique — le matin, tout au moins.

Midi passé, et me voici, le ventre vide, au confluent de toutes ces ruelles tortueuses qui exhalent l'odeur de la boustifaille. En face de moi, l'Hôtel de la Louisiane. Une vieille hôtellerie rébarbative, connue des mauvais garçons de la rue de Buci, aux bons jours d'autrefois. Hôtels et boustifailles... et je déambule comme un lépreux avec des crabes qui me rongent les entrailles. Le dimanche matin, il y a de la fièvre dans les rues. Rien de semblable nulle part, sauf peut-être dans l'East End, ou dans les parages de Chatham Square. La rue de l'Échaudé bouillonne. Les rues se tortillent et tournent, et chaque tournant offre une nouvelle ruche en activité. De longues files de gens, avec des légumes sous les bras, entrant de-ci de-là, avec des appétits fringants, émoustillés. Rien que de la boustifaille, de la boustifaille, de la boustifaille! Ça vous donne le vertige!

Je passe le square de Furstemberg. Il est tout différent maintenant, à midi passé. L'autre nuit, quand je l'ai traversé, il était désert, blême, spectral. Au milieu du square, quatre arbres noirs qui n'ont pas encore commencé à fleurir. Des arbres intellectuels, nourris par les pavés. Comme les vers de T. S. Eliot.

Ici, nom de Dieu, si Marie Laurencin amenait jamais ses lesbiennes en plein air, ça serait bien l'endroit où elles pourraient communier! *Très lesbienne ici* [1]. Stérile, hybride, sec comme le cœur de Boris.

Dans le petit jardin avoisinant l'église Saint-Germain, il y a quelques gargouilles démontées. Monstres qui se projettent en avant, dans un plongeon terrifiant. Sur les bancs, d'autres monstres : des vieillards, des idiots, des épileptiques. Ils roupillent là, tranquillement, en attendant que sonne la cloche du dîner. A la galerie Zak, de l'autre côté de la rue, quelque imbécile a fait un tableau du cosmos — tout en plat. Le cosmos d'un peintre! Plein de mille objets divers, un vrai bric-à-brac! En bas, dans le coin gauche, cependant, il y a une ancre, et une clochette de table. Salut! Salut! O Cosmos!

Toujours à rôdailler. Milieu de l'après-midi. Mes tripes borborygment. Il commence à pleuvoir maintenant. Notre-Dame se dresse comme une tombe hors de l'eau. Les gargouilles se penchent bien en avant, sur la façade de dentelle. Elles pendent là, comme une *idée fixe* [2] dans l'esprit d'un monomaniaque. Un vieillard aux favoris jaunes s'approche de moi. Il porte à la main je ne sais quel charabia de Jaworski. Il remonte vers moi la tête rejetée en arrière et la pluie éclabousse son visage, faisant de ce sable d'or du limon. Libraire avec quelques dessins de Raoul Dufy dans la vitrine. Dessins de femmes de ménage avec des touffes roses entre les jambes. Un traité sur la

1, 2. En français dans le texte.

philosophie de Joan Miró. *La philosophie,* voyez-vous ça!

Dans la même vitrine : *Un homme découpé en tranches!* Chapitre Un : l'homme aux yeux de sa famille. Chapitre Deux : le même, vu par les yeux de sa maîtresse. Chapitre Trois : — Pas de chapitre Trois. Faudra revenir demain pour les chapitres Trois et Quatre. Tous les jours, l'étalagiste tourne une nouvelle page. *Un homme découpé en tranches...* Vous ne sauriez croire comme je suis furieux de n'avoir pas pensé à un titre comme ça! Où est-il ce type qui écrit : « le même vu par les yeux de sa maîtresse... le même vu par les yeux de... le même... »? Où est ce type? Qui est-il? Je veux le serrer dans mes bras. Je voudrais bon Dieu avoir eu assez de cervelle pour penser à un titre comme ça — au lieu de ce *Coq Dingo* et autres loufoqueries que j'ai inventées. Eh bien! va te faire foutre! Je le félicite tout de même! Je lui souhaite du succès avec son beau titre. Voici une autre tranche pour vous — pour votre prochain livre! Téléphonez-moi donc un de ces jours. J'habite Villa Borghèse. Nous sommes tous morts, ou mourants, ou sur le point de mourir. Nous avons besoin de bons titres. Nous avons besoin de viande — des tranches et des tranches de viande — aloyaux tendres et juteux, filets mignons, rognons, couilles de taureau, riz de veau. Quelque jour, quand je me retrouverai au coin de la 42e rue et de Broadway, je me rappellerai ce titre et je mettrai tout ce qui me passera dans la caboche — caviar, pluie qui pisse, graisse de parapluie, macaronis, andouillettes — j'en mettrai des tranches sur tranches! Et je ne dirai à personne pourquoi, après avoir tout mis, je suis subitement rentré à la maison pour couper bébé en morceaux. *Un acte gratuit pour vous, cher monsieur, si bien coupé en tranches*[1] *!*

Comment un homme peut-il errer tout le jour, le ventre vide, et même bander de temps en temps, est un de ces mystères qui sont trop facilement expliqués par les « anatomistes de l'âme ». Par un dimanche après-midi, quand les volets des boutiques sont mis et que le prolétariat a pris possession de la rue, dans un abrutissement torpide, il y a certaines voies qui me font penser à rien moins qu'à une énorme verge gangrenée ouverte longitudinalement. Et ce sont justement ces grandes voies — la rue Saint-Denis, par exemple, ou le faubourg du Temple — qui vous attirent irrésistiblement, tout comme autrefois, dans les parages de l'Union Square ou tout au bout de la Bowery, on était attiré par les musées à dix sous où, dans les vitrines, on vous montrait des reproductions en cire des divers organes du corps, rongés par la syphilis ou par d'autres maladies vénériennes. La ville pousse ses bourgeons comme un énorme organisme vérolé de toutes parts, et les magnifiques avenues sont un peu moins repoussantes parce qu'elles ont dégorgé tout leur pus.

A la cité Nordier, quelque part près de la place du Combat, je m'arrête quelques minutes pour m'imbiber de tout le sordide de la scène. C'est une cour rectangulaire, pareille à tant d'autres que l'on aperçoit

[1]. En français dans le texte.

à travers les passages rabaissés qui flanquent les vieilles artères de Paris. Au beau milieu de la cour se dresse une poignée de bâtiments décrépits, tellement délabrés, qu'ils se sont effondrés les uns sur les autres pour former comme une espèce de nœud intestinal. Le sol est inégal, le pavé gluant de crasse. Comme une espèce de tas d'ordures humaines disparaissant sous les cendres et les rebuts. Le soleil se couche rapidement. Les couleurs meurent. Elles passent du pourpre au sang desséché, de la nacre au bistre, du gris mort au caca de pigeon. Par endroits, un monstre tordu d'un côté paraît à la fenêtre, clignant des yeux comme un hibou. Il y a des criailleries aiguës des enfants aux faces pâlies et aux membres tout en os, pauvres moutards rachitiques portant la marque du forceps. Une odeur fétide suinte des murs, l'odeur d'un matelas moisi. L'Europe — médiévale, grotesque, monstrueuse : une symphonie en si bémol. Juste de l'autre côté de la rue, le ciné Combat offre à sa distinguée clientèle *Métropolis*.

En revenant, mon esprit retourne à un bouquin que je lisais il n'y a pas deux jours. « La ville était comme un abattoir; des cadavres, mutilés par les bouchers et dépouillés par les pillards, encombraient les rues. Les loups montaient furtivement des faubourgs pour les dévorer. La peste noire et autres fléaux venaient leur tenir compagnie, et les Anglais arrivaient avec leurs troupes. Cependant, la danse macabre tournoyait autour des tombes dans tous les cimetières... » Paris aux jours de Charles le Fou! Un livre charmant! Rafraîchissant, appétissant. J'en suis encore enchanté.

Je sais peu de choses sur les grands seigneurs et les prodromes de la Renaissance, mais Mme Pimpernel, *la belle boulangère*[1], et Maître Jehan Crapotte *l'orfèvre*[2], occupent encore les loisirs de mes pensées. Sans oublier Rodin, le mauvais génie du *Juif errant*, qui se livrait à ses pratiques néfastes, « jusqu'au jour où il fut enflammé et roulé par la mulâtresse Cécile ». Assis dans le square du Temple, méditant sur la besogne des équarrisseurs conduits par Jean Caboche, j'ai longuement et tristement roulé dans mes pensées le triste destin de Charles le Fou. Loufoque qui rôdait dans les salles de son hôtel Saint-Paul, vêtu des haillons les plus sordides, dévoré d'ulcères et de vermine, rongeant un os quand on lui en jetait, comme un chien galeux. Dans la rue des Lions, j'ai cherché les pierres de la vieille ménagerie où il nourrissait autrefois ses bêtes familières. Son seul passe-temps, pauvre idiot, à part ces parties de cartes avec sa « compagne de basse naissance », Odette de Champsdivers.

Ce fut par un dimanche après-midi, tout pareil à celui-ci, que je rencontrai Germaine pour la première fois. Je déambulais le long du boulevard beaumarchais, riche d'une centaine de francs que ma femme m'avait fiévreusement câblés d'Amérique. Il y avait un rien de printemps dans l'air, printemps empoisonné et maléfique, semblant faire irruption des trous d'égout. Nuit après nuit, j'étais revenu dans ce quartier, attiré par certaines rues lépreuses qui ne révé-

---

1, 2. En français dans le texte.

laient leur splendeur sinistre qu'à l'heure où la lumière du jour s'est doucement écoulée comme un limon, et où les grues commencent à prendre leurs postes. La rue Pasteur-Wagner est une de celles dont je me souviens particulièrement, au coin de la rue Amelot qui se cache derrière le boulevard comme un lézard endormi. Là, dans le goulot de la bouteille, pour ainsi parler, il y avait toujours un groupe de vautours qui croassaient et faisaient claquer leurs ailes sales, qui lançaient leurs serres aiguës et vous attiraient dans un couloir. Petites garces rigolardes et rapaces, qui ne vous donnaient même pas le temps de vous reboutonner quand c'était fini. Elles vous menaient dans une chambre exiguë, loin de la rue, chambre habituellement sans fenêtre, et, assises sur le bord du lit, les jupes relevées, vous examinaient rapidement la queue, puis crachaient dessus avant de la mettre en place. Pendant que vous vous laviez, une autre était debout à la porte et, tenant sa victime par la main, vous regardait nonchalamment mettre un point final à votre toilette.

Germaine était différente. Il n'y avait rien dans son apparence qui pût l'indiquer. Rien pour la distinguer des autres salopes qui se réunissaient chaque après-midi au Café de l'Éléphant. Comme je viens de le dire, c'était un jour de printemps, et les quelques francs que ma femme avait ramassés pour m'en faire un mandat télégraphique tintaient dans ma poche. J'avais comme une espèce de vague prémonition que je n'atteindrais pas la Bastille sans être pris en remorque par un de ces oiseaux de proie. Baguenaudant le long du boulevard, je l'avais remarquée se dirigeant vers moi de cette curieuse allure trottinante qu'ont les grues, avec leurs talons éculés et leurs bijoux de pacotille et cet air carton-pâte de leur race que le rouge ne fait qu'accentuer. Il ne fut pas difficile de m'entendre avec elle. Nous nous assîmes dans le fond du petit tabac de l'Éléphant, et nous traitâmes rapidement en quelques mots. Peu de minutes plus tard, nous étions dans une chambre à cent sous de la rue Amelot, les rideaux tirés et les couvertures relevées. Elle ne bousculait pas les affaires, Germaine. Assise sur le bidet, en train de se savonner, elle me parlait plaisamment de ceci et de cela. Elle aimait les culottes que je portais. *Très chic* [1], à son avis. Autrefois, oui; mais j'en avais usé le fond; heureusement le veston me couvrait les fesses. Comme elle était debout, en train de s'essuyer, toujours bavarde avec entrain, elle laissa subitement tomber la serviette, et, s'avançant vers moi sans se hâter, elle se mit à caresser tendrement son minet, à petits coups des deux mains, à le caresser, à le tapoter. Il y avait un quelque chose dans son éloquence à ce moment-là, et dans la façon dont elle me fourra cette *touffe de poils* sous le nez qui demeure inoubliable; elle en parlait comme si c'était quelque objet étranger qu'elle avait acquis à grand frais, objet dont la valeur s'était accrue avec le temps et qu'elle appréciait maintenant plus que tout autre chose au monde. Ses paroles lui infusaient un parfum particulier; ce n'était pas tout simplement un organe

[1]. En français dans le texte.

privé, le sien, mais un trésor, un trésor magique et puissant, un don divin — et pas moins ainsi parce qu'elle en faisait commerce, jour après jour, pour quelques pièces d'argent. En se jetant sur le lit, jambes largement ouvertes, elle le prit dans la coupe de ses deux mains et le caressa encore un peu, sans cesser de murmurer de sa voix rauque et fêlée, qu'il était bon, qu'il était beau, que c'était un trésor, un petit trésor. Et vraiment il était bon son petit minet! Ce dimanche après-midi-là, avec son haleine empoisonnée de printemps dans l'air, tout se remit à gazer. Comme nous sortions de l'hôtel, je l'examinai à nouveau dans la lumière crue du jour, et je vis clairement la putain qu'elle était — dents en or, géraniums au chapeau, talons éculés, etc. etc. Même le fait qu'elle m'avait soutiré un dîner, des cigarettes et un taxi, ne me troubla pas le moins du monde. En vérité, je l'y aidai! Elle me plaisait tellement, qu'après le dîner nous retournâmes à l'hôtel, et on tira encore un coup. Gratis, cette fois! Et de nouveau, cette grosse touffe qui lui appartenait s'épanouit et fit merveille. Elle commençait à avoir une existence indépendante — même pour moi! Il y avait Germaine, et il y avait cette touffe de poils, sa propriété. Je les aimais séparément, et je les aimais ensemble.

Je l'ai dit, elle était différente, Germaine. Plus tard, lorsqu'elle connut ma situation véritable, elle me traita royalement — me paya à boire, me fit crédit, mit mes affaires en gage, me présenta à ses amies, et ainsi de suite. Elle s'excusa même de ne pas me prêter de l'argent, chose que je compris fort bien après qu'elle m'eût montré son *maquereau*[1]. Tous les soirs je descendais le boulevard Beaumarchais jusqu'au petit tabac où elles tenaient leurs assises, et j'attendais qu'elle entrât pour m'accorder quelques minutes de son temps précieux.

Lorsque, quelque temps plus tard, j'en vins à écrire au sujet de Claude, ce n'était pas à Claude que je pensais, mais à Germaine... « Tous les hommes avec qui elle a été, et maintenant toi, juste toi, les chalands passent, mâts et coques, et ce foutu courant de la vie coule à travers toi, à travers elle, à travers tous les bonshommes qui te suivent et te succèderont, fleurs et oiseaux et le soleil qui ruisselle et ce parfum peu à peu t'étouffe, t'annihile... » C'était pour Germaine ça! Claude n'était pas pareille, quoique je l'admirasse terriblement, jusqu'à croire un moment que j'étais amoureux d'elle. Claude avait une âme et une conscience; elle était raffinée, aussi, ce qui ne vaut rien pour une grue. De Claude émanait toujours un sentiment de tristesse; elle laissait l'impression, à son insu bien entendu, que vous n'étiez qu'une unité de plus, grossissant le torrent de ceux à qui le destin avait ordonné de la détruire. Je répète *à son insu*, parce que Claude était la dernière personne au monde qui eût amené consciemment cette image dans votre esprit. Elle était bien trop discrète, trop sensible pour cela. Au fond, Claude n'était rien d'autre qu'une Française de trempe et d'intelligence moyennes que la vie, d'une façon ou d'une autre, avait roulée. Il y avait en elle quelque

---

1. En français dans le texte.

chose qui n'était pas assez coriace pour résister au choc de l'expérience quotidienne. C'est pour elle que furent dites ces terribles paroles de Louis-Philippe : « ... et vient un soir où tout est fini, où tant de mâchoires se sont refermées sur nous que nous n'avons plus la force de résister, et notre chair pend sur nos corps comme si elle avait été mâchée par toutes les bouches. » Germaine, d'autre part, était putain née. Elle était parfaitement satisfaite de son rôle, elle en était heureuse de fait, sauf quand son estomac la pinçait, ou lorsque ses chaussures cédaient, petits tourments en surface sans importance, rien qui pût ronger son âme, rien qui créât de la souffrance. *Ennui*[1] *!* C'est le pire qu'elle eût jamais ressenti. Il y avait des jours, sans doute, où elle en avait par-dessus la tête, comme on dit — mais pas plus que ça! La plupart du temps, elle aimait le métier — ou donnait l'illusion de l'aimer. Peu lui importait, en vérité, qui jouissait de sa compagnie, ou qui *jouissait* tout court. L'essentiel était qu'elle eût un homme. Un homme! Voilà ce après quoi elle soupirait. Un homme avec quelque chose entre les jambes qui pût la chatouiller, qui pût la faire se tortiller en extase, qui pût la faire caresser des deux mains ce nid touffu bien à elle, le frotter joyeusement, avec orgueil, avec arrogance, avec le sentiment d'entrer en contact avec les autres, avec la vie. C'était le seul endroit où elle ressentît quelque vie — en bas, là où elle s'accrochait des deux mains.

Germaine était la grue depuis A jusqu'à Z, même y

1. En français dans le texte.

compris son bon cœur, son cœur de grue qui n'est pas vraiment un bon cœur mais un cœur paresseux, un cœur indifférent, flasque, qui peut être touché un instant, un cœur sans aucun rapport avec un point fixe à l'intérieur, un gros cœur flasque de grue qui peut se détacher un moment de son vrai centre. Quelque vil et circonscrit que fût le monde qu'elle s'était créé, néanmoins elle y fonctionnait à merveille. Et cela est en soi une chose tonique. Lorsque, après que nous fûmes devenus bons amis, ses compagnes me taquinaient, disant que j'étais amoureux de Germaine (situation presque inconcevable pour elles) je répondais : « Bien sûr! Bien sûr, je suis amoureux d'elle! Et qui plus est, je veux lui être fidèle! » Mensonge, naturellement, parce que je ne pouvais pas plus penser à aimer Germaine que je ne pouvais penser à aimer une araignée; et si j'étais vraiment fidèle, ce n'était pas à Germaine, mais à cette chose touffue qu'elle portait entre les jambes. Toutes les fois que je regardais une autre femme, je pensais immédiatement à Germaine, à cette touffe flamboyante qu'elle avait laissée dans mon esprit et qui me paraissait impérissable. Cela me procurait la joie de rester assis à la terrasse du petit *tabac* et de l'observer exerçant son métier, de la voir recourir aux mêmes grimaces, aux mêmes trucs dont elle avait usé avec moi. « Elle fait son métier » — voilà ce que j'en pensais, et je suivais les transactions avec approbation. Plus tard, quand je me mis avec Claude, et que je la voyais tous les soirs assise à la place accoutumée, ses petites fesses rondes douillettement enfoncées dans le siège de velours, je ressentais comme une inexprimable révolte envers elle; une grue, me semblait-il, n'avait pas le droit d'être assise là comme une dame, à attendre timidement que quelqu'un s'approchât, sans cesser de boire son chocolat à petits coups, mais pas d'alcool. Germaine était débrouillarde. Elle n'attendait pas que vous vinssiez à elle — elle sortait et vous agrippait. Je me rappelle si bien les trous de ses bas, les souliers déchirés, éculés. Je me rappelle aussi comment elle se tenait au bar, et d'un geste de défi aveugle et courageux, comment elle s'envoyait dans l'estomac quelque alcool bien tassé pour ressortir aussitôt. Une débrouillarde! Peut-être ça n'était pas si agréable que ça de sentir cette haleine d'ivrognesse qu'elle avait, cette haleine composée de mauvais café, de cognac, d'apéritifs, de pernods et autres boissons qu'elle ingurgitait entre-temps, tant pour se réchauffer que pour rassembler force et courage, mais le feu de tout cela la pénétrait, et embrasait cet endroit entre ses jambes où les femmes doivent être embrasées, et s'établissait ce circuit qui vous fait sentir que la terre est sous vos pieds de nouveau. Quand elle était étendue là, jambes ouvertes et gémissante, même si elle gémissait ainsi pour quiconque et pour tous, c'était bon, et c'était bien le sentiment qu'il fallait montrer. Elle ne regardait pas fixement le plafond d'un air absent et ne comptait pas les punaises sur la tapisserie; elle était à son affaire, elle parlait de ces choses qu'un homme aime entendre quand il grimpe sur une femme. Tandis que Claude — eh bien, avec Claude il y avait toujours une certaine délicatesse même quand elle entrait sous les draps avec vous.

Et sa délicatesse m'était une offense. Qui donc veut d'une grue délicate! Claude allait même jusqu'à vous demander de tourner la tête quand elle était accroupie sur le bidet. Erreur que tout ça! Un homme, quand il brûle de passion veut voir les choses; il veut *tout* voir — et même comment elles font pipi. Et tandis qu'il est très bien de penser qu'une femme a un esprit, la littérature venant du cadavre glacé d'une grue est la dernière chose à servir au lit. Germaine était dans le vrai; elle était ignorante et ardente, elle se mettait à la besogne corps et âme. Elle était putain corps et âme et c'était là sa vertu!

IV

Pâques est arrivé comme un lièvre gelé — mais dans le lit, il faisait assez bon. Aujourd'hui, le temps est redevenu agréable, et le long des Champs-Élysées, à l'heure du crépuscule, c'est comme un sérail en plein air bondé de houris à l'œil noir. Les arbres sont en pleine feuillaison, et leur verdure est si pure, si riche, qu'ils ont l'air d'être encore tout humides et luisants de rosée. Du palais du Louvre à l'Étoile, c'est comme un morceau de musique pour piano. Depuis cinq jours je n'ai pas touché la machine à écrire ni jeté un coup d'œil sur un livre. Et je n'ai pas non plus une seule idée en tête, si ce n'est d'aller à l'American Express. A neuf heures ce matin, j'y étais, juste comme on ouvrait les portes, et j'y suis retourné à une heure. Pas de nouvelles. A quatre heures et demie, je bondis hors de l'hôtel, décidé à y aller en coup de vent à la dernière minute. Juste comme je tourne le coin, je frôle Walter Pach. Puisqu'il ne me reconnaît pas, et que je n'ai rien à lui dire, je ne tente pas de l'arrêter. Plus tard, me détendant les jambes aux Tuileries, sa silhouette me revient à l'esprit. Il était un peu courbé, pensif, avec une sorte de sourire serein, et pourtant réservé, sur le visage. Je me demande, tout en regardant ce ciel tendrement émaillé, au coloris si léger, qui n'est pas gonflé aujourd'hui de lourds nuages de pluie, mais qui sourit comme une pièce de vieille porcelaine, je me demande ce qui se passe dans l'esprit de cet homme qui a traduit les quatre épais volumes de l'*Histoire de l'art*, lorsqu'il absorbe ce mirifique cosmos par cet œil mélancolique.

Le long des Champs-Élysées, les idées ruissellent de moi comme de la sueur. Je devrais être assez riche pour me payer une secrétaire à qui je pourrais dicter tout en marchant, parce que mes meilleures idées me viennent toujours quand je suis loin de la machine.

Tout en marchant le long des Champs-Élysées, je ne cesse de penser à ma santé vraiment magnifique. Quand je dis « santé », je veux dire optimisme, pour être sincère. Incurablement optimiste. J'ai toujours un pied dans le XIXe siècle. Je retarde un peu, comme tous les Américains. Carl trouve cet optimisme dégoûtant. « Je n'ai qu'à parler de manger, dit-il, et te voilà radieux. » C'est un fait. La simple pensée d'un repas — d'un autre repas — me rajeunit. Un repas! Cela veut dire quelque chose pour aller de l'avant — quelques bonnes heures de travail, et peut-être une érection. Je ne le nie pas. J'ai de la santé, une bonne santé, solide, animale. La seule chose qui se dresse entre moi et l'avenir, c'est un repas, un *autre* repas.

Quant à Carl, il n'est pas lui-même ces jours-ci. Ça ne gaze pas; il a les nerfs en capilotade. Il dit qu'il est malade, et je le crois, mais ça ne me fait ni froid ni chaud. *Impossible*. Et même, ça me fait rigoler. Et naturellement, il s'offense. Tout le blesse — que je rigole, que j'aie faim, que je sois toujours là, que je m'en foute : *tout!* Un jour, il veut se faire sauter la cervelle, parce qu'il a trop horreur de ce trou pouilleux qu'est l'Europe; le lendemain, il parle de partir pour l'Arizona « où les gens vous regardent droit dans les yeux ».

« Vas-y! dis-je. Fais l'un ou l'autre, espèce d'abruti, mais n'essaye pas d'embuer ma saine vision de ton haleine mélancolique! »

Mais voilà bien la chose! En Europe, on s'habitue à ne rien faire. On s'assied sur son derrière et on gémit tout le jour. On se contamine. On pourrit.

Au fond, Carl est un snob, un petit con prétentieux, qui vit dans un royaume de démence précoce, bien à lui. « J'ai horreur de Paris, geint-il. Tous ces idiots qui jouent aux cartes tout le jour... regarde-les! Et ce métier d'écrire! A quoi bon rassembler des mots? Je peux être écrivain sans écrire, non? Qu'est-ce que ça prouve d'écrire un livre? Qu'avons-nous besoin de livres d'ailleurs? Il y en a déjà trop! »

Mon œil... mais j'ai déjà connu ça... il y a des années et des années. J'en ai fini avec ma mélancolique jeunesse. Je me fous éperdument de ce qui est derrière, ou devant. Je me porte bien. Incurablement sain. Pas de chagrin, pas de regrets. Pas de passé, pas d'avenir; le présent me suffit. Au jour le jour. Aujourd'hui! *Le bel aujourd'hui*[1]*!*

---

1. En français dans le texte.

Il a un jour de congé par semaine, Carl, et ce jour-là il est plus malheureux, si cela est concevable, que les autres jours. Bien qu'il professe de mépriser le manger, la seule façon dont il semble prendre du plaisir lorsqu'il est de campo, c'est de commander un bon gueuleton. Peut-être le fait-il pour mon profit — je n'en sais rien, et ne demande rien. S'il lui plaît d'ajouter le martyre à la liste de ses vices, qu'il le fasse — je m'en fiche complètement. Peu importe — ainsi mardi dernier, après avoir gaspillé tout son avoir à un bon gueuleton, il me conduit au Dôme, le dernier endroit au monde où j'irais mon jour de campo. Mais non seulement on finit par tout accepter ici en Europe, mais on n'en fout plus une rame.

Debout devant le bar du Dôme, voilà Marlowe, plein comme une huître. Il est en pleine saoulographie, comme il dit, depuis cinq jours. Ça veut dire une ébriété continue, pérégrination de bar en bar nuit et jour sans interruption, pour finir par un lit à l'Hôpital américain. Le visage osseux, émacié de Marlowe n'est rien qu'un crâne perforé par deux orbites profondes, dans lesquelles sont enterrées une paire de moules mortes. Son dos est couvert de sciure — il vient de faire un petit somme dans les chiottes. Dans la poche de son veston se trouvent les épreuves du prochain numéro de sa revue; il s'en allait chez l'imprimeur, semble-t-il, lorsque quelqu'un l'a enjôlé pour aller boire un coup. Il en parle comme si la chose était arrivée il y a des mois et des mois. Il sort les épreuves et les étale sur le bar; elles sont toutes maculées de café et de salive desséchée. Il essaye de lire un poème qu'il avait écrit en grec, mais les épreuves sont indéchiffrables. Alors, il décide de faire un discours, en français, mais le gérant l'arrête. Marlowe prend la mouche : sa seule ambition c'est de parler un français que même le garçon comprendra. Le vieux français, il le possède à fond; les surréalistes, il les a excellemment traduits; mais pour dire une chose simple comme : « fous-moi le camp d'ici, espèce de con! », c'est au-delà de ses moyens. Personne ne comprend le français de Marlowe, pas même les grues. Par ailleurs, il est assez difficile de comprendre son anglais quand il est un peu rond. Il bave et crachote comme un bègue endurci... aucune logique dans ses phrases. « C'est toi qui payes! » est la seule chose qu'il se débrouille de sortir clairement.

Même s'il est cuit jusqu'à l'os, un magnifique instinct de conservation avertit toujours Marlowe du moment où il faut agir. S'il y a quelque doute dans son esprit sur la question de savoir comment les consommations seront réglées, il ne manquera pas de monter quelque coup. Son tour habituel est de faire semblant de devenir aveugle. Carl connaît maintenant tous ses trucs, et lorsque Marlowe subitement se tapote les tempes des mains et commence sa comédie, Carl lui donne un coup de pied dans le cul et lui dit : « Allons! finis! espèce de con! Ça n'est pas à moi que tu la feras! »

Que ça soit habile vengeance ou non, je n'en sais rien, mais en tout cas Marlowe rend à Carl la monnaie de sa pièce. Penché vers nous d'un air confidentiel, il rapporte, de sa voix rauque et croassante, un potin qu'il a ramassé au cours de ses pérégrinations de bar

89

en bar. Carl lève les yeux, ahuri. Ses bajoues blêmissent. Marlowe répète l'histoire avec des variantes. Chaque fois, Carl est un peu plus déprimé. « Mais c'est impossible!, finit-il par lâcher. — Pas du tout! croasse Marlowe, tu vas perdre ta place... C'est archi-sûr! » Carl me regarde, désespéré. « Est-ce qu'il se fout de moi, ce salaud? », murmure-t-il à l'oreille. Puis, à haute voix : « Qu'est-ce que je vais faire maintenant? Je ne trouverai jamais une autre place. Il m'a fallu une année pour dénicher celle-là! »

Apparemment, c'est ce que Marlowe attend qu'il dise. Il a enfin trouvé quelqu'un de plus embêté que lui. « Les temps sont durs! », croasse-t-il, et son crâne osseux s'illumine d'un feu glacé.

En quittant le Dôme, Marlowe m'explique entre des hoquets qu'il lui faut retourner à San Francisco. Il paraît maintenant sincèrement ému par le désespoir de Carl. Il propose que Carl et moi prenions la charge de la revue pendant son absence. « Je peux avoir confiance en toi, Carl », dit-il. Et puis, tout à coup, il a une crise, une vraie, cette fois. Il s'effondre presque dans le ruisseau. Nous le traînons jusqu'à un bistrot du boulevard Edgar-Quinet, et nous l'asseyons. Cette fois, il l'a réellement — une migraine lancinante qui le fait gémir et geindre et se balancer de droite et de gauche comme une bête brute qui aurait reçu un coup de massue. Nous lui versons deux gorgées de Fernet-Branca dans l'estomac, l'étendons sur la banquette et lui couvrons les yeux de son cachez-nez. Il gît là, tout gémissant. Peu de temps après, nous l'entendons ronfler.

« Et sa proposition, dit Carl, l'accepterons-nous ?

Il dit qu'il donnera mille balles à son retour. Je sais bien que non, mais qu'en penses-tu? » Il contemple Marlowe allongé sur la banquette, soulève le cache-nez de ses yeux, puis le remet. Soudain, une méchante grimace illumine son visage. « Écoute, Joe, dit-il, me faisant signe de me rapprocher de lui, prenons-le au mot! on reprend sa pouillerie de revue, et on le baise jusqu'au trognon.

— Que veux-tu dire?

— Que nous foutons les autres collaborateurs dehors et nous remplirons la revue de notre propre merde! Voilà ce que je veux dire!

— Oui... mais quelle sorte de merde?

— N'importe laquelle! ...il n'y pourra rien. Nous le baiserons jusqu'au trognon. Un bon numéro, et après ça la revue est finie! Tu marches, Joe? »

Ricanant et gloussant de rire, nous mettons Marlowe sur ses pieds, et nous le traînons jusqu'à la chambre de Carl. Quand nous tournons la lumière, il y a une femme dans le lit qui attend Carl. « Je l'avais oubliée », dit Carl. Nous sortons la poule du plumard et nous y fourrons Marlowe. Deux minutes après, on frappe à la porte. C'est Van Norden. Il est dans tous ses états. Il a perdu un râtelier — au bal nègre, croit-il. Peu importe, nous nous couchons, tous les quatre. Marlowe pue comme un poisson fumé.

Au matin Marlowe et Van Norden s'en vont à la recherche du râtelier. Marlowe pleurniche. Il imagine que ce sont ses dents, à lui.

V

C'est mon dernier dîner chez le dramaturge. Ils viennent de louer un nouveau piano, un grand piano de concert. Je rencontre Sylvestre qui sort de chez la fleuriste avec un caoutchouc dans les bras. Il me demande si je voudrais le lui porter pendant qu'il va acheter les cigares. Un par un, j'ai foutu en l'air tous ces repas gratis dont j'avais si soigneusement tiré les plans. Un par un, les maris, ou les femmes, se sont dressés contre moi.

Tout en marchant, mon caoutchouc dans les bras, je repense à cette nuit-là, quelques mois en deçà, où l'idée me vint pour la première fois. J'étais assis sur un banc près de la Coupole, faisant tourner entre mes doigts l'alliance que j'avais essayé de donner en gage à un garçon du Dôme. Il m'en avait offert six francs, et j'étais fou de rage. Mais le ventre gagnait la bataille. Depuis le jour où j'avais quitté Mona, je portais toujours la bague à mon petit doigt. Elle faisait tellement partie de moi-même, que l'idée ne m'était jamais venue de la vendre. C'était un de ces trucs genre fleur d'oranger en or pâle. Avait coûté un dollar et demi, peut-être davantage. Pendant trois ans nous avions fait sans alliance, et puis un beau jour, comme j'allais attendre Mona sur le quai, je passai par hasard devant une vitrine de bijoutier dans Maiden Lane, et toute la vitrine était garnie d'alliances. Quand j'arrivai au quai, Mona, invisible. J'attendis que le dernier passager descendît la passerelle, mais pas de Mona. Finalement, je demandai à voir le rôle des passagers. Son nom n'y était pas. Je glissai l'alliance à mon petit doigt et elle y resta. Une fois, je l'oubliai dans un bain public, mais je la retrouvai. Une des fleurs d'oranger était tombée! Enfin bref, j'étais là, assis sur mon banc, la tête basse, jouant avec la bague, quand soudain quelqu'un me donna une tape dans le dos. Pour faire court, j'obtins un repas, et quelques francs de rabiot. Et alors l'idée me vint, comme un éclair, que personne ne refuserait un repas à un homme si seulement il avait le courage de le demander. J'allai immédiatement au café voisin, et j'écrivis une douzaine de lettres. « Voudriez-vous que je dîne chez vous une fois par semaine? Dites-moi quel jour vous convient le mieux? » La chose opéra comme un charme. Non seulement j'étais nourri, mais on me fêtait! Tous les soirs, je rentrais ivre. Elles n'avaient jamais assez fait pour moi, ces âmes généreuses d'une fois la semaine! Ce qui m'arrivait dans l'intervalle ne les regardait certes pas. De temps à autre, les attentifs m'offraient des cigarettes et un peu d'argent de poche. Ils étaient tous si ouvertement soulagés de comprendre qu'ils ne me verraient qu'une fois la semaine. Et encore plus soulagés quand je leur disais que « cela ne serait plus nécessaire ».

Ils ne demandaient jamais pourquoi. Ils me félicitaient, et c'est tout. Souvent la raison était que j'avais trouvé un meilleur hôte ; je pouvais me permettre de me débarrasser des plus emmerdants. Mais cette pensée ne leur vint jamais. Finalement, j'eus un programme fixe, solide — un emploi du temps définitif. Le mardi, je savais que ça serait ce genre de repas, et le vendredi cet autre. Cronstadt, je le savais, m'offrirait du champagne et une tarte aux pommes maison. Et Carl m'inviterait à dîner dehors, me conduirait à un restaurant différent chaque fois, commanderait des vins de marque, m'inviterait au théâtre ensuite, ou m'accompagnerait au cirque Medrano. Ils étaient curieux les uns des autres, mes hôtes ! Ils me demandaient quel endroit j'aimais le mieux, qui faisait la meilleure cuisine, etc. Entre toutes, je crois que je préférais la piole de Cronstadt, peut-être parce qu'il marquait le prix du repas à la craie sur le mur chaque fois. Non que ma conscience fût apaisée à voir ce que je lui devais, parce que je n'avais pas l'intention de lui rembourser, pas plus qu'il n'avait d'illusion sur ce remboursement. Non, c'étaient les décimales qui m'intriguaient. Il comptait jusqu'au dernier centime. S'il m'avait fallu le payer intégralement, j'aurais dû couper un sou en quatre ! Sa femme était une cuisinière merveilleuse, et se fichait pas mal de ces centimes que Cronstadt additionnait. Elle se faisait payer en copie carbone. Exactement ! Si je n'apportais pas ma copie carbone nouvellement pondue quand je m'amenais, elle était navrée. Et en compensation, il me fallait sortir la fillette au Luxembourg le lendemain, jouer avec elle deux ou trois heures, corvée qui me rendait fou, parce qu'elle ne parlait rien d'autre que hongrois et français. C'était des drôles de gens que mes hôtes, tout bien considéré!...

Chez Tania, j'abaisse du balcon mes regards sur le festin. Moldorf est présent, assis à côté de son idole. Il se chauffe les pieds au foyer, un monstrueux regard de gratitude dans ses yeux aqueux. Tania déroule l'adagio. L'adagio dit très distinctement : plus de mots d'amour! Me revoici à la fontaine, à regarder les tourterelles pisser leur lait vert. Sylvestre vient de rentrer de Broadway, le cœur plein d'amour. Toute la nuit, je l'ai passée couché sur un banc devant le mail, tandis que le globe était aspergé de tiède urine de tortue, et les chevaux, tout tendus de rage érotique, galopaient frénétiquement sans jamais toucher le sol. Toute la nuit, j'ai humé les lilas dans la petite pièce sombre où elle défait ses cheveux, les lilas que je lui avais achetés alors qu'elle allait à la rencontre de Sylvestre. Il est revenu le cœur plein d'amour, dit-elle, et elle a des lilas dans les cheveux, dans la bouche, ils encombrent ses aisselles. La chambre déborde d'amour et d'urine de tortue, et les chevaux galopent frénétiquement. Au matin, dents sales, et buée sur les vitres; le petit portail qui conduit au mail est fermé. Les gens vont se mettre au travail, et les volets des boutiques résonnent comme des cottes de maille. Chez le libraire en face de la fontaine, se trouve l'histoire du lac Tchad, les lézards silencieux, les somptueuses teintes jaune Cambodge. Toutes les lettres que je lui écrivais, lettres d'ivresse avec un mauvais bout de crayon, lettres démentes avec des morceaux de charbon de bois, à petits morceaux, de banc en banc, pétards, napperons et tout le saint-frusquin; elles leur arrivent maintenant, à tous les deux, et il m'en fera compliment quelque jour. Il dira, faisant tomber la cendre de son cigare : « Vraiment, vous écrivez très bien. Voyons, vous êtes surréaliste, n'est-ce pas? » Voix sèche, fragile, les dents pleines de pellicules, solo pour plexus solaire, gueua-gua gaga!

Suis en haut sur le balcon avec mon caoutchouc et l'adagio va son train en dessous. Les touches sont noires et blanches, puis noires, puis blanches, puis blanches, puis noires. Et vous voulez savoir si vous pouvez jouer quelque chose pour moi. Oui, jouez donc quelque chose avec ces gros pouces! Jouez l'adagio, puisque c'est la seule foutue chose que vous sachiez! Jouez-le, et puis tranchez-moi ces gros pouces!

Cet adagio! Je ne sais pas pourquoi elle veut à tout prix le jouer tout le temps. Le vieux piano n'était plus assez bon pour elle; il lui a fallu louer une grande queue — pour l'adagio! Quand je vois ses gros pouces presser le clavier et cette stupide plante de caoutchouc à côté de moi, je me sens pareil à ce Dingo scandinave qui se dépouilla de ses vêtements et, perché tout nu dans les rameaux d'hiver, se mit à jeter des noisettes dans la mer aux harengs salés. Il y a quelque chose d'exaspérant dans ce mouvement, une espèce de mélancolie mort-née, comme s'il avait été écrit dans de la lave, comme s'il avait la couleur du plomb et du lait à la fois. Et Sylvestre, la tête dressée sur le

côté comme un commissaire priseur, Sylvestre dit :
« Jouez cet autre que vous avez travaillé aujourd'hui. »
C'est magnifique d'avoir un veston de smoking, un
beau cigare, et une femme qui vous joue du piano.
Si délassant. Si lénitif. Entre les parties, on va fumer
une cigarette et respirer une bouffée d'air frais. Oui,
ses doigts sont très souples, extraordinairement souples. Elle fait du batik aussi. Voulez-vous essayer
une cigarette bulgare ? Dis-moi, mon petit pigeon, quel
est cet autre mouvement que j'aime tant ? Le scherzo !
Ah ! oui, le scherzo ! Excellent le scherzo ! C'est le
comte Waldemar von Schwisseneinzug qui parle. Des
yeux froids, de pellicules. Haleine forte. Chaussettes
criardes. Et des croûtons dans la soupe aux pois, s'il
vous plaît ! Nous avons toujours de la soupe aux pois
le vendredi soir. Voulez-vous essayer un peu de vin
rouge ? Le vin rouge va avec la viande, vous savez.
Une voix sèche, cassante. Un cigare, voulez-vous ?
Oui, j'aime mon travail, mais je n'y attache aucune
importance. Ma prochaine pièce entraîne une conception
pluralistique de l'univers. Projecteurs tournants au
calcium. O'Neil est mort. Je crois, ma chérie, que
vous devriez ôter votre pied de la pédale plus souvent.
Oui, cette partie est très belle, très, très belle, n'est-ce
pas ? Oui, les personnages vont jouant avec des micro-
phones dans leurs pantalons. Le lieu de l'action est
en Asie, parce que les conditions atmosphériques sont
plus propices. Voulez-vous essayer un peu d'anjou ?
Nous l'avons acheté spécialement pour vous.

Ce crépitement continue tout le long du repas. C'est
exactement comme s'il avait sorti sa biroute de cir-

concis et s'il nous inondait de pipi. Tania éclate de l'effort. Depuis le jour où il est revenu le cœur plein d'amour, ce monologue continue. Il parle en se déshabillant, me dit-elle — flux ininterrompu d'urine tiède, comme si on lui avait crevé la vessie. Quand je pense à Tania se fourrant sous les draps avec cette vessie éclatée, j'en deviens fou. Penser que ce pauvre abruti, tout desséché, avec ses vulgaires pièces de boulevard dans la manche, puisse uriner sur la femme que j'aime! Et il commande du vin rouge, des projecteurs tournants et des croûtons dans la soupe aux pois! Ce culot! Penser qu'il peut s'étendre à côté de cette fournaise que j'ai embrasée pour lui, et ne rien faire d'autre que de l'eau! Bon Dieu, ne vois-tu pas que tu devrais tomber à genoux et me remercier? Ne vois-tu pas que tu as une femme dans ta maison maintenant? Une femme? Ne vois-tu pas qu'elle éclate? Et tu dégoises, avec ces adénoïdes qui t'étouffent... « Eh! bien, voyez-vous, il y a deux façons d'envisager la chose... » Merde pour les deux façons d'envisager la chose! Merde pour ton univers pluralistique et ton acoustique asiatique! Ne me passe pas ton vin rouge ou ton anjou... C'est elle qu'il faut me passer, elle m'appartient! Va t'asseoir, toi, près de la fontaine, et laisse-moi, moi, humer les lilas! Enlève ces pellicules de tes yeux... empoigne-moi cet adagio à la con et petit mouvement aussi... tous les petits mouvements roule-moi ça dans ton gilet de flanelle! Et l'autre que tu fais avec ta vessie de malade! Tu me souris d'un ton si confidentiel, si calculé! Tu es en train de te le faire mettre, tu te rends pas compte? Pendant que je t'écoute dégoiser tes conneries, elle a la main sur moi — mais tu ne vois rien! Tu penses que j'aime souffrir, c'est mon rôle, dis-tu. Parfait! Demande-lui! Elle te dira comment je souffre. « Tu es le cancer et le délire », m'a-t-elle dit l'autre jour au téléphone. Elle l'a maintenant, le cancer et le délire, et c'est toi bientôt qui grattera les croûtes! Ses veines éclatent, je te le dis, et ton bavardage n'est que sciure. Tu auras beau pisser et pisser, tu ne boucheras jamais les trous. Que disait donc M. Wren? *Les mots sont solitudes.* J'ai laissé quelques mots pour toi sur la nappe hier soir — tu les as couverts de tes coudes.

Il a dressé une palissade autour d'elle comme si elle était quelque fétide ossement de saint. Si seulement il avait le courage de dire « Prends-la! », peut-être qu'un miracle arriverait! Simplement ça : « Prends-la! », et je jure que tout marcherait très bien. D'ailleurs, peut-être je ne voudrais pas la prendre — y a-t-il pensé, je me le demande? Ou alors, je pourrais la prendre pour quelque temps et la lui rendre, *améliorée*. Mais dresser une palissade autour d'elle, ça ne marchera pas! On ne peut pas dresser une palissade autour d'un être humain. Ça ne se fait plus... Tu penses, pauvre con que tu es, que je ne suis pas assez bon pour elle, que je pourrais la polluer, la souiller. Tu ne sais pas comme est savoureuse une femme polluée, comme un changement de semence peut vous faire fleurir une femme! Tu penses qu'un cœur plein d'amour suffit, et c'est peut-être vrai, pour la femme qu'il faut, mais tu n'as plus de cœur, tu n'es plus rien qu'une énorme vessie vide. Tu aiguises tes dents, et tu cultives ton grognement. Tu cours sur tes talons comme un chien de garde, et tu pissotes partout. Elle ne t'a pas pris en qualité de chien de garde, elle t'a pris en qualité de poète. Tu étais poète, jadis, dit-elle. Et maintenant, qu'es-tu? Courage, Sylvestre, courage! Ote-moi le microphone de ton falzar! Baisse ta patte de derrière, et cesse de tout arroser! Courage, dis-je, parce qu'elle t'a balancé déjà. Elle est contaminée, je te le dis, et tu pourrais aussi bien jeter bas la palissade. Tu n'as pas besoin de me demander poliment si le café n'a pas le goût de l'acide phénique : ça ne m'épouvantera pas. Fous-moi de la mort-aux-rats dans le jus, et un peu de verre pilé. Fais bouillir une casserole d'urine, et flanques-y quelques noix muscades!...

C'est une vie pour la communauté que j'ai vécue ces dernières semaines. J'ai dû me partager entre plusieurs autres, surtout des Russes loufoques, un Hollandais ivrogne, et une pouffiasse bulgare nommée Olga. Parmi les Russes, il y a surtout Eugène et Anatole.

Il y a juste quelques jours qu'Olga est sortie de l'hôpital, où on lui a cautérisé le vagin et où elle a perdu un peu d'excédent de poids. Pourtant, elle n'a pas l'air d'avoir beaucoup souffert. Elle pèse presque autant qu'une locomotive Pacific. Elle dégoutte de transpiration, elle a mauvaise haleine, et porte encore sa perruque circassienne qui ressemble à de la fibre d'emballage. Elle a deux grosses verrues au menton sur lesquelles croissent des touffes de poils follets; elle se laisse pousser la moustache.

Le jour après avoir quitté l'hôpital, Olga s'est remise

à faire des souliers. A six heures du matin, elle est à son établi. Elle vous abat ses deux paires de souliers par jour. Eugène se plaint qu'Olga soit un fardeau, mais la vérité est que c'est elle qui fait vivre Eugène et sa femme, avec ses deux paires de souliers par jour. Si Olga ne travaille pas, il n'y a rien à bouffer. Si bien que tout le monde s'évertue à mettre Olga au lit à l'heure, et lui donner assez à bouffer pour qu'elle continue et hue bidet!

Tous les repas commencent par le potage. Que ça soit potage à l'oignon, à la tomate, aux légumes, ou que sais-je encore, ça vous a toujours le même goût, surtout le goût d'un potage dans lequel on aurait fait bouillir une lavette — aigrelette, moisie, écumeuse. J'aperçois Eugène qui le fourre dans la commode après le repas. Il y reste, à pourrir, jusqu'au prochain repas. Le beurre, aussi, est renfermé dans la commode; après trois jours, il a le goût d'un gros orteil de macchabée.

L'odeur du beurre rance en train de frire n'est pas particulièrement appétissante, surtout quand on cuisine dans une pièce où il n'y a pas la moindre ventilation. A peine ouvré-je la porte, que je me sens mal. Mais Eugène, dès qu'il m'entend venir, habituellement ouvre les volets et tire le drap de lit qui est tendu comme un filet de pêcheur pour protéger du soleil! Pauvre Eugène! Il jette dans la pièce un regard au maigre mobilier, aux draps sales, à la bassine encore pleine d'eau sale, et dit : « Je suis un esclave! » Il le dit chaque jour, pas une fois, mais cent! Puis il décroche sa guitare du mur, et se met à chanter.

Mais revenons à l'odeur du beurre rance... Il y a de bons souvenirs aussi. Quand je pense à ce beurre rance, je me vois debout dans une petite cour de l'Ancien Monde, une cour aux odeurs pénétrantes, une cour lugubre. A travers les fentes des persiennes, d'étranges figures m'épient... des vieilles femmes en châles, des nains, des maquereaux à la face de rat, des Juifs voûtés, des midinettes, des idiots barbus. Ils sortent d'un pas chancelant dans la cour pour tirer de l'eau, ou pour rincer les seaux de toilette. Un jour, Eugène m'a demandé si je voulais aller lui vider son seau. Je l'ai porté dans le coin de la cour. Il y avait un trou dans la terre, et du papier sale autour du trou. Le petit orifice était tout gluant d'excréments, que l'on appelle en français « merde ». Je fis basculer le seau, et il y eut un glou-glou écœurant, suivi d'un autre flouc-floc inattendu. A mon retour, la soupe était servie. Tout le long du repas, je pensais à ma brosse à dents — elle commence à vieillir, et les soies se prennent entre mes dents.

Quand je m'assieds pour manger, c'est toujours près de la fenêtre. J'ai peur de m'asseoir de l'autre côté de la table. C'est trop près du lit, et le lit est tout grouillant. Je peux voir les taches de sang sur les draps gris, en regardant de ce côté-là, mais je n'essaye pas de regarder. Je regarde au dehors, dans la cour, où l'on rince les seaux de toilette.

Le repas n'est jamais complet sans musique. Dès qu'on a passé le fromage, Eugène bondit et attrape sa guitare suspendue au-dessus du lit. C'est toujours la même chanson. Il dit qu'il a quinze ou seize chansons dans son répertoire, mais je n'en ai jamais entendu plus de trois. Sa favorite, c'est *Charmant poème d'amour* [1]. Elle est pleine *d'angoisse* et de *tristesse* [2].

L'après-midi, nous allons au cinéma, qui est frais et obscur. Eugène est assis au piano dans la fosse, et moi sur le banc de devant. La salle est vide, mais Eugène chante comme s'il avait pour auditeurs toutes les têtes couronnées de l'Europe. La porte du jardin est ouverte, et le parfum des feuilles mouillées s'infiltre dans la salle, et la pluie s'harmonise avec *l'angoisse* et la *tristesse* d'Eugène. A minuit, lorsque les spectateurs ont saturé la salle de leur transpiration et de leurs haleines fétides, je retourne dormir sur un banc. La lampe de la sortie, nageant dans un halo de fumée de tabac, verse une faible lumière sur le coin inférieur du rideau d'asbeste; je ferme les yeux tous les soirs sur un œil artificiel...

Debout dans la cour avec un œil de verre; seule la moitié du monde est intelligible. Les pierres sont humides et moussues, et dans les crevasses se tapissent les crapauds noirs. Une porte énorme barre l'entrée de la cave; les marches sont glissantes et souillées de crottin de chauves-souris. La porte se gonfle et cède, les gonds sont croulants, mais la plaque d'émail est en parfaite condition; elle dit : « N'oubliez pas de fermer la porte! » Pourquoi fermer la porte? Je ne comprends pas. Je regarde à nouveau la plaque, mais elle n'y est plus; à sa place, une vitre en couleurs. J'enlève mon œil artificiel, je crache dessus, je le polis avec mon mouchoir. Une femme est assise

1, 2. En français dans le texte.

sur un dais au-dessus d'un immense pupitre en bois sculpté; elle a un serpent autour du cou. La salle entière est tapissée de livres et d'étranges poissons qui nagent dans les globes de couleur; il y a des cartes terrestres et marines sur le mur, des cartes de Paris avant la peste, des cartes du monde antique, de Cnossos et de Carthage, de Carthage avant et après le sac. Dans un coin de la chambre, je vois un lit en fer et un cadavre dessus; la femme se lève avec lassitude, enlève le cadavre du lit, et, distraitement, le jette par la fenêtre. Elle revient au massif bureau sculpté, sort un poisson rouge du globe et l'avale. Lentement, la chambre commence à tourner et un à un les continents glissent dans la mer; il ne reste que la femme, mais son corps n'est qu'une masse géographique. Je me penche par la fenêtre et la tour Eiffel et du champagne qui fuse; elle est entièrement construite avec des chiffres et enveloppée d'un linceul de dentelle noire. Les égouts gargouillent furieusement. Partout des toits, chargés d'exécrables dessins géométriques.

On m'a éjecté du monde comme une cartouche. Un brouillard épais s'est installé, la terre est barbouillée de graisse figée. Je peux sentir la ville palpiter, comme si elle était un cœur extrait à l'instant même d'un corps tiède. Les fenêtres de mon hôtel sont infectées, il y a une puanteur aigre et lourde, comme si brûlaient des produits chimiques. Je regarde dans la Seine, et je vois boue et désolation; les réverbères se noient, hommes et femmes meurent d'étouffement, les ponts sont couverts de maisons, abattoirs de l'amour. Un homme est debout contre un mur avec un accordéon

105

attaché au ventre; ses mains sont coupées aux poignets, mais l'accordéon se tortille entre ses moignons comme un sac de serpents. L'univers s'est amenuisé; il n'est plus qu'un bloc sans étoiles, sans arbres, sans rivières. Les gens qui vivent là sont morts; ils fabriquent des chaises sur lesquelles s'asseyent les autres dans leurs rêves. Au milieu de la rue il y a une roue et dans le moyeu de la roue est planté un gibet. Les gens, déjà, essayent frénétiquement de grimper sur le gibet, mais la roue tourne trop vite...

Il me fallait quelque chose pour me réconcilier avec moi-même. Hier soir, je l'ai découvert : c'est Papini. Peu m'importe qu'il soit chauvin, calotin ou pédant myope. En tant que raté, il est un peu là!

Les livres qu'il a lus, à quinze ans! Pas seulement Homère, Dante, Goethe, pas seulement Aristote, Platon, Epictète, pas seulement Rabelais, Cervantès, Swift, pas seulement Walt Whitman, Edgar Allan Poe, Baudelaire, Villon, Carducci, Manzoni, Lope de Vega, pas seulement Nietzsche, Schopenhauer, Kant, Hegel, Darwin, Spencer, Huxley — pas seulement les susnommés, mais tout le menu fretin entre ceux-là! C'est écrit à la page 18. Alors, à la page 232, il n'en peut plus et il avoue. Je ne sais rien, confesse-t-il. Je connais les titres, j'ai compilé des bibliographies, j'ai écrit des essais critiques, j'ai dit du mal et diffamé... Je peux parler cinq minutes comme cinq jours, mais après j'abandonne, je suis sec comme un citron pressé.

Suivez bien ceci : « Tout le monde veut me voir. Tout le monde insiste pour causer avec moi. Les gens m'empoisonnent, et empoisonnent les autres pour savoir ce que je fais. Comment je vais. Si je suis rétabli. Si je vais toujours me promener à la campagne. Si je travaille. Si j'ai fini mon livre. Si j'en commencerai un autre bientôt.

Un sapajou étique d'Allemand veut que je traduise ses œuvres. Un Russe aux yeux fous veut que je lui écrive une histoire de ma vie. Une dame américaine veut les toutes dernières nouvelles à mon sujet. Un monsieur américain m'enverra sa voiture pour m'emmener dîner − oh! rien d'autre qu'une conversation intime, confidentielle, vous savez! Un vieux camarade de classe et copain, d'il y a dix ans, veut que je lui dise tout ce que j'écris aussi vite que je l'écris. Un peintre ami que je connais s'attend à ce que je pose pour lui, à l'heure. Un journaliste veut mon adresse actuelle. Une connaissance, un mystique, s'enquiert de l'état de mon âme; une autre, plus pratique, de l'état de mon portefeuille. Le président de mon club se demande si je ferai un discours pour les copains. Une dame, portée aux choses spirituelles, espère que je viendrai prendre le thé chez elle aussi souvent que possible. Elle veut mon opinion sur Jésus-Christ, et qu'est-ce que je pense de ce nouveau médium?...

Grands Dieux! Que suis-je devenu? Quel droit avez-vous, vous tous, d'encombrer ma vie, de me voler mon temps, de sonder mon âme, de sucer mes pensées, de m'avoir pour compagnon, pour confident, pour bureau d'information? Pour quoi me prenez-vous? Suis-je un amuseur stipendié, dont on exige tous les soirs qu'il joue une farce intellectuelle sous vos nez imbéciles ? Suis-je un esclave, acheté et dûment payé, pour ramper sur le ventre devant ces fainéants que vous êtes, et étendre à vos pieds tout ce que je fais et tout ce que je sais ? Suis-je une fille dans un bordel que l'on somme de retrousser ses jupes ou d'ôter sa chemise devant le premier homme en veston qui se présente ?

Je suis un homme qui voudrait vivre une vie héroïque et rendre le monde plus supportable à ses propres yeux. Si, dans quelque moment de faiblesse, de détente, de besoin, je lâche de la vapeur — un peu de colère brûlante dont la chaleur tombe avec les mots — rêve passionné, enveloppé des langes de l'image — eh! bien, prenez ou laissez... mais ne m'embêtez pas!

Je suis un homme libre — et j'ai besoin de ma liberté. J'ai besoin d'être seul. J'ai besoin de méditer ma honte et mon désespoir dans la retraite; j'ai besoin du soleil et du pavé des rues, sans compagnons, sans conversation, face à face avec moi-même, avec la musique de mon cœur pour toute compagnie... Que voulez-vous de moi? Quand j'ai quelque chose à dire, je l'imprime. Quand j'ai quelque chose à donner, je le donne. Votre curiosité qui fourre son nez partout me fait lever le cœur. Vos compliments m'humilient. Votre thé m'empoisonne. Je ne dois rien à personne. Je veux être responsable devant Dieu seul... s'il existe! »

Il me semble que Papini manque quelque chose d'un cheveu quand il parle du besoin d'être seul. Il n'est pas difficile d'être seul, quand on est pauvre et raté. Un artiste est toujours seul — à condition d'être vraiment un artiste. Non! ce dont l'artiste a besoin, c'est de solitude.

L'artiste, c'est moi! Ainsi soit-il! Magnifique sieste cet après-midi, qui m'a mis du velours entre les vertèbres. Engendré assez d'idées pour me durer trois jours. Plein à craquer d'énergie et rien à faire avec. Je décide d'aller me promener. Une fois dans la rue, je change d'avis. Je décide d'aller au cinéma. Peux pas aller au cinéma, je suis court de quelques sous. Alors, promenade! Je m'arrête devant chaque cinéma, et je regarde les affiches, puis les prix. C'est pas très cher ces boutiques à opium, mais je suis court de quelques sous. S'il n'était pas si tard, je pourrais rentrer et me faire rembourser une bouteille consignée.

Mais dès que j'arrive à la rue Amélie, j'ai oublié le cinéma complètement. La rue Amélie est une de mes rues favorites. C'est une de ces rues que, par bonne fortune, la municipalité a oublié de paver. Il y a d'énormes galets qui s'étendent en dos d'âne d'un côté de la rue à l'autre. Elle est courte et étroite. L'Hôtel Pretty se trouve dans cette rue. Il y a une petite église aussi dans la rue Amélie. Elle a l'air d'avoir été construite spécialement pour le Président de la République et sa famille. Ça fait du bien de temps en temps de voir une humble petite église. Paris est plein de cathédrales pompeuses.

Pont Alexandre-III. Un grand espace balayé par le vent aux approches du pont. Des arbres décharnés, nus, mathématiquement fixés dans leurs grilles de fer; l'ombre des Invalides sourd du dôme et s'épand sur les rues sombres adjacentes au square. La Morgue de la poésie. Il est là où ils ont voulu le mettre maintenant, le grand guerrier, le dernier grand bonhomme d'Europe! Il dort profondément dans son lit de granit. Pas de danger qu'il se retourne dans sa tombe! Les portes sont bien verrouillées; le couvercle est hermétique. Dors, Napoléon! Ce n'était pas tes idées qu'ils voulaient, ce n'était que ton cadavre!

Le fleuve est encore gonflé, limoneux, strié de lumière. Je ne sais ce qui monte en moi à la vue de ce courant sombre et rapide, mais une grande joie me soulève, et affirme ce profond désir qui est en moi de ne jamais quitter cette terre. Je me souviens d'être passé par là, l'autre jour, en allant à l'American Express, sachant d'avance qu'il n'y aurait pas de courrier pour moi, pas de chèque, pas de câble, rien, rien. Un fourgon des Galeries Lafayette passait en grondant sur le pont. La pluie s'était arrêtée et le soleil, crevant à travers les nuages floconneux, teintait les moelleux luisants des toits d'un feu glacé. Je me rappelle maintenant comment le chauffeur se pencha au dehors pour regarder vers le fleuve, du côté de Passy. Un regard si sain, si simple, un regard approbateur, comme s'il se disait à lui-même : « Ah! le printemps arrive! » Et Dieu sait, quand le printemps arrive à Paris, le plus humble mortel a vraiment l'impression qu'il habite au Paradis! Mais ça n'était pas seulement cela — non, c'était l'intimité avec laquelle son œil se posait sur la scène. C'était son Paris à lui!

Un homme n'a pas besoin d'être riche, ni même citoyen français, pour recevoir cette impression de Paris. Paris est plein de pauvres gens — le plus fier et le plus crasseux ramassis de mendiants qui aient jamais foulé la terre, me semble-t-il. Et ils donnent pourtant l'impression d'être comme chez eux. C'est ce qui distingue le Parisien de tous les autres habitants de capitales.

Quand je pense à New York, mon impression est toute différente. A New York, même un richard sent son insignifiance. New York est froid, étincelant, malfaisant. Les « buildings » dominent. L'activité s'y déroule avec une frénésie pour ainsi dire atomique. Plus l'allure est furieuse, moins l'esprit y a de part. C'est une constante fermentation qui serait aussi bien à sa place dans une éprouvette. Personne ne sait ce dont il s'agit. Personne ne dirige l'énergie. Prodigieux. Bizarre. Déconcertant. Une poussée formidable vers la création, mais d'une incohérence absolue.

Quand je pense à cette ville où je suis né, où j'ai été élevé, à ce Manhattan que Whitman a chanté, une colère aveugle, une rage froide, me saisit aux entrailles. New York! Les prisons blanches, les trottoirs grouillants de larves, les queues devant les soupes populaires, les boutiques à opium bâties comme des palais, les youpins, les lépreux, les assassins, et, pardessus tout, l'ennui, la monotonie des visages, des rues, des jambes, des maisons, des gratte-ciel, des repas, des affiches, des boulots, des crimes, des amours... Toute une ville qui s'érige au-dessus de l'abîme creux du néant. Inepte. Absolument inepte. Et la 42ᵉ Rue!

On appelle ça le sommet du monde. Où donc est le fond alors ? Vous pouvez cheminer la main tendue, et on vous mettra des cendres dans la casquette. Riches ou pauvres, ils vont, la tête rejetée en arrière, et se démantibulent le cou à regarder leurs magnifiques prisons blanches. Ils vont, comme des oies aveugles, et les projecteurs aspergent leurs faces vides d'extatiques éclaboussures !

VI

« La vie, dit Emerson, n'est rien d'autre que ce qu'un homme pense tout le jour. » S'il en est ainsi, alors ma vie n'est rien d'autre qu'un gros intestin. Non seulement je pense à la boustifaille tout le jour, mais j'en rêve encore la nuit.

Mais je ne demande pas à retourner en Amérique pour endosser le harnais de nouveau, pour qu'on me fasse travailler comme un forçat. Non, je préfère être un homme pauvre en Europe. Dieu sait si je suis pauvre déjà! Il ne me reste qu'à être un homme. La semaine dernière, j'ai cru que le problème de l'existence était sur le point d'être résolu, j'ai cru que j'allais bientôt pouvoir suffire tout seul à mes besoins. Il advint que je rencontrai par hasard un autre Russe — ayant nom Serge. Il habite Suresnes, où se trouve une petite colonie d'émigrés et d'artistes fauchés. Avant la Révolution, Serge était capitaine dans la Garde impériale. Il mesure six pieds trois pouces en chaussettes, et il boit de la vodka comme un trou. Son père était amiral, ou quelque chose comme ça, sur le cuirassé *Potemkine*.

J'ai rencontré Serge en des circonstances assez particulières. Le nez au vent, à la recherche de quelque chose à manger, je me trouvai vers midi l'autre jour dans le voisinage des Folies-Bergère; à l'entrée de derrière, pour tout dire, dans l'étroite petite ruelle qui a un portail de fer au bout. Je baguenaudais du côté de l'entrée des artistes, espérant vaguement frôler par hasard un des papillons, lorsqu'un camion découvert s'arrête à côté du trottoir. Me voyant là, debout, les mains dans les poches, le chauffeur — c'était Serge — me demande si je voulais lui donner un coup de main pour décharger ses barils de fer. Quand il apprend que je suis Américain, et que je suis fauché, il en verse presque des larmes de joie. Il a cherché partout un professeur d'anglais, paraît-il. Je l'aide à rouler ses barils d'insecticide dans la boîte, et je regarde tout à loisir les papillons qui voltigent dans les coulisses. L'incident prend pour moi d'étranges proportions — la salle vide, les poupées de sciure bondissant dans les coulisses, les barils de « germicide », le cuirassé *Potemkine*, et, par-dessus tout, la gentillesse de Serge. C'est un gros homme mou et tendre jusqu'à la racine des cheveux, mais il a un cœur de femme.

Dans le café du coin — le Café des Artistes — il me propose immédiatement de me prendre chez lui; me disant qu'il mettra un matelas dans le vestibule. Pour les leçons il dit qu'il me donnera un repas par jour, un bon repas russe, ou, si, pour une raison ou pour une autre, le repas fait défaut, cinq francs. Ça me paraît merveilleux — merveilleux! La seule question est de savoir comment j'irai de Suresnes à l'American Express chaque jour.

Serge insiste pour que je commence tout de suite — il me donne l'argent du billet pour Suresnes pour le soir même. J'arrive un peu avant dîner, avec mon rucksack, afin de donner une leçon à Serge. Il y a déjà quelques invités présents — on dirait qu'ils mangent toujours en nombre, chacun payant son écot.

Nous voici huit à table — et trois chiens. Les chiens mangent les premiers. Ils mangent du Quaker Oats. Puis, nous commençons. Nous mangeons du Quaker Oats également, en guise de hors-d'œuvre. « *Chez nous*, dit Serge avec une étincelle dans les yeux, *c'est pour les chiens, les Quaker Oats. Ici, pour le gentleman. Ça va*[1] *!* » Après le gruau, une soupe aux champignons et des légumes. Après ça, une omelette au bacon, des fruits, du vin rouge, de la vodka, du café, des cigarettes. Pas mal, le repas russe. Tout le monde parle la bouche pleine. Vers la fin du repas, la femme de Serge, qui est une fainéante d'Arménienne malpropre, se jette sur le divan et se met à grignoter des bonbons. Elle pêche au hasard dans la boîte avec ses doigts gras, mordille un tout petit bout pour voir s'il y a de la liqueur dedans, puis jette le bonbon sur le parquet pour les chiens.

Le repas fini, les invités se débinent. Ils se débinent en vitesse, comme s'ils avaient peur de la peste. Serge et moi restons seuls avec les chiens — sa femme s'est endormie sur le divan. Serge va et vient d'un air détaché, ramassant les détritus pour les chiens. « Très bon pour chiens... chiens aimer ça beaucoup,

---

[1]. En français dans le texte.

dit-il. Petit chien il a des vers... Lui être trop jeune... »
Il se penche pour examiner quelques vers blancs sur le tapis entre les pattes du chien. Il essaye de m'expliquer l'histoire des vers en anglais, mais son vocabulaire est déficient. Finalement, il consulte son dictionnaire. « Ah! », dit-il, me regardant plein de joie, « ver solitair'! » Ma réponse n'est évidemment pas très intelligente. Serge est tout confus. Il se met à quatre pattes pour les mieux examiner. Il en ramasse un et le pose sur la table à côté des fruits. « Oh! lui pas très grosse! grogne-t-il. Prochaine leçon m'apprendre les vers, hein? Vous êtes bonne professeur. Je fais progrès avec vous. »

Étendu sur le matelas dans le vestibule, l'odeur du « germicide » me suffoque. C'est une odeur piquante, âcre, qui semble pénétrer tous les pores de mon corps. La nourriture commence à me revenir — le Quaker Oats, les champignons, le bacon, les beignets aux pommes. Je vois le tronçon du ver solitaire à côté des fruits, et toutes les variétés de vers que Serge a dessinées sur la nappe pour m'expliquer la maladie du chien. Je vois le parterre vide des Folies-Bergère, et, dans chaque crevasse il y a des blattes et des poux et des punaises; je vois les gens qui se grattent frénétiquement, se grattent, se grattent jusqu'au sang. Je vois les vers grouillant sur les décors comme une armée de fourmis rouges, dévorant tout ce qui se présente à la vue. Je vois les choristes jeter leurs tuniques de gaze et courir toutes nues dans les bas-côtés. Je vois les spectateurs de l'orchestre jeter aussi leurs vêtements comme des singes, les uns les autres.

J'essaye de me calmer. Après tout, c'est un foyer que j'ai trouvé ici, et il y a un repas qui m'attend chaque jour. Et Serge est un chic type, pas de doute là-dessus. Mais je ne peux pas dormir. C'est comme essayer de dormir à la morgue. Le matelas est saturé du baume liquide. C'est une morgue pour les poux, les punaises, les blattes, les vers solitaires. Je ne peux pas le supporter. Je ne veux pas le supporter! Après tout, je suis un homme, pas un pou!

Au matin, j'attends Serge pour l'aider à charger son camion. Je lui demande de m'emmener à Paris. Je n'ai pas le cœur de lui dire que je m'en vais. Je laisse mon rucksack, avec les quelques objets qui me restaient. Quand nous arrivons place Pereire, je saute. Pas de raison particulière pour descendre là. Pas de raison particulière pour quoi que ce soit. Je suis libre! C'est l'essentiel.

Léger comme un oiseau, je volette d'un quartier à un autre. C'est comme si j'avais été relâché de prison. Je regarde le monde avec des yeux neufs. Tout m'intéresse profondément. Même les bagatelles. Dans la rue du Faubourg-Poissonnière, je m'arrête devant la vitrine d'un établissement de culture physique. Il y a des photographies montrant des spécimens de virilité « avant et après ». Tous des mangeurs de grenouilles. Quelques-uns sont nus, avec seulement un pince-nez ou une barbe. Peux pas comprendre comment ces oiseaux-là cèdent aux charmes des barres parallèles ou des massues. Un mangeur de grenouilles devrait avoir un tantinet de bedaine, comme le baron de Charlus. Barbe et pince-nez, d'accord, mais ne devrait pas se faire photographier tout nu! Devrait porter des souliers vernis étincelants, et, dans la poche supérieure de son veston, devrait y avoir une pochette blanche débordant de deux centimètres de l'ouverture. Si possible, un ruban rouge à son revers, passé à travers la boutonnière. Devrait porter un pyjama pour se mettre au lit.

En arrivant près de la place Clichy vers le soir, je passe près de la petite grue à la jambe de bois qui se tient en face du Gaumont Palace tous les jours de l'année. Elle n'a pas l'air d'avoir plus de dix-huit ans. Elle a ses clients réguliers, je suppose. Après minuit, elle est là, debout, en toilette noire, enracinée au trottoir. Derrière elle, la petite ruelle qui flamboie comme un enfer. Comme je la dépasse, le cœur léger, elle me fait je ne sais pourquoi songer à une oie attachée à un pieu, une oie au foie malade, pour que le monde puisse avoir son pâté de foie gras. Ça doit être curieux de se mettre au lit avec cette jambe de bois. On imagine toutes sortes de choses — des éclats de bois, que sais-je! Cependant, chacun son goût!

Descendant la rue des Dames, je me jette dans Peckover, un autre diable qui travaille au journal. Il se plaint de n'avoir que trois ou quatre heures de sommeil par nuit. Il lui faut se lever à huit heures du matin pour travailler chez un dentiste. Ça n'est pas pour l'argent qu'il le fait, m'explique-t-il — c'est pour s'acheter un râtelier. « C'est dur de corriger des épreuves quand on tombe de sommeil, dit-il, ma femme pense que c'est un boulot pépère. Que ferions-nous si tu perdais ta place », dit-elle! Mais Peckover se fout pas mal de la place. Elle ne lui permet même pas de dépenser de l'argent. Il est obligé de garder ses mégots et de s'en servir pour la pipe. Son veston tient par des épingles. Il a mauvaise haleine et ses mains sont moites. Et seulement trois heures de sommeil par nuit! « C'est pas une façon de traiter un homme, dit-il, et mon patron, il me fait pisser du vinaigre tellement il m'engueule si j'oublie un point virgule! » Parlant de sa femme, il ajoute : « Et ma femme n'a pas une merde de reconnaissance, je t'assure! »

En le quittant, j'arrive à lui extraire un franc cinquante. J'essaye d'en faire sortir encore dix sous, mais impossible. En tout cas, j'ai juste de quoi pour un café et des croissants. Près de la gare Saint-Lazare il y a un bar bon marché.

C'est bien ma chance, voilà que je trouve au lavabo un billet pour le concert. Léger comme une plume maintenant, je me rends à la salle Gaveau. L'employé qui me place me fait un nez effroyable parce que j'oublie de lui donner mon petit pourboire. Chaque fois qu'il passe à côté de moi, il me regarde d'un air interrogateur, comme si peut-être j'allais subitement me rappeler.

Il y a si longtemps que je me suis assis en compagnie de gens bien habillés que je me sens un peu pris de panique. L'odeur de la formaldéhyde est encore dans mes narines. Peut-être que Serge fait des livraisons ici aussi! Mais personne ne se gratte, Dieu merci! Une faible émanation de parfum... très légère. Avant que la musique commence, il y a sur le visage des gens comme un air d'ennui. C'est une forme polie de torture que l'on s'impose, le concert. Pour un instant, quand le chef frappe à petits coups de baguette, il y a un frisson tendu de concentration, suivi presque immédiatement par une détente subite et générale, une espèce de repos tranquille et végétal amené par l'averse régulière et ininterrompue de l'orchestre. Mon esprit est étrangement alerte; c'est comme si mon crâne contenait des milliers de miroirs. Mes nerfs sont tendus, vibrants; les notes sont comme des boules de verre qui danseraient sur des milliers de jets d'eau. Je n'ai jamais été à un concert auparavant avec le ventre si creux. Rien ne m'échappe, pas même la chute de la plus petite épingle. C'est comme si je n'avais pas de vêtements, comme si chaque pore de mon corps était une fenêtre, et toutes ces fenêtres ouvertes, et la lumière m'inondant les tripes. Je peux sentir la courbe de la lumière sous la voûte de mes côtes, et mes côtes sont suspendues au-dessus d'une nef creuse qui frémit de tous les échos. Combien de temps cela dure, je n'en sais rien; j'ai perdu tout sentiment du temps et de l'espace. Après ce qui me paraît une éternité, vient un intervalle de semi-conscience, équilibré par un tel calme que je sens un grand lac en moi, un lac à l'éclat irisé, froid comme de la gelée. Et, au-dessus de ce lac, s'élevant en grands cercles tournoyants, voici qu'émergent de grands vols d'oiseaux, d'immenses oiseaux migrateurs aux longues pattes fragiles et au plumage éclatant. Vol après vol, ils s'essorent de la surface lisse et froide du lac, passent sous mes clavicules, vont se perdre dans le blanc océan de l'espace. Puis lentement, très lentement, comme si quelque vieille femme en bonnet blanc faisait le tour de mon corps, lentement les fenêtres se ferment et mes organes reprennent leur place. Soudain les lumières se rallument brutalement, et l'homme dans la loge blanche que j'avais pris pour un officier turc se trouve être une femme avec un pot de fleurs sur la tête.

Maintenant, un bourdonnement s'élève, et tous ceux qui veulent tousser s'en donnent à cœur joie. On entend le bruit des pieds qui raclent, des sièges qui claquent, le bruit régulier, menu, des gens qui vont et viennent sans raison, des gens qui agitent leurs programmes, font semblant de les lire, puis les laissent tomber et farfouillent sous leurs fauteuils, reconnaissants envers le plus léger accident qui les empêchera de se demander ce qu'ils pensaient, parce que s'ils savaient qu'ils ne pensaient rien ils deviendraient fous. Dans la lumière crue des lampes, ils se regardent d'un regard vide, et il y a une légère tension dans cette insistance qu'ils mettent à se dévisager. Et dès que le chef frappe à nouveau ses petits coups, ils retombent dans leur état cataleptique. Ils se grattent sans s'en rendre compte ou ils pensent subitement à une vitrine où se trouvait en montre une écharpe ou un chapeau; ils se rappellent chaque détail de cette vitrine avec une précision étonnante, mais où se trouvait-elle exactement, ils ne peuvent se le rappeler. Et cela les ennuie, leur laisse l'esprit bien éveillé, inquiet, et ils écoutent maintenant avec une attention redoublée parce qu'ils sont bien éveillés et peu importe que la musique soit merveilleuse ils ne perdront pas conscience

121

de cette vitrine et de cette écharpe déployée là, ou de ce chapeau.

Et cette farouche attention est communicative; même l'orchestre semble galvanisé et devient extraordinairement alerte. Le second morceau tourne comme une toupie — si vite en vérité, que lorsque, subitement, la musique cesse et que les lumières se rallument, quelques-uns sont plantés dans leurs fauteuils comme des carottes, agitant convulsivement la mâchoire, et si vous leur hurliez subitement à l'oreille *Brahms, Beethoven, Mendeleieff, Herzegovina,* ils répondraient instinctivement 4, 967, 289.

Quand nous en sommes au numéro Debussy, l'atmosphère est complètement empoisonnée. Je me trouve à me demander qu'est-ce qu'on ressent, quand on fait l'amour, si l'on est femme — est-ce que le plaisir est plus aigu, et ainsi de suite. J'essaye d'imaginer quelque chose qui m'entrerait dans l'aine, mais je ne puis évoquer qu'une vague sensation de douleur. J'essaye de me concentrer davantage, mais la musique est trop glissante. Je ne peux penser à rien d'autre qu'à un vase qui tournerait lentement, et dont les personnages sauteraient dans le vide. Finalement, ce n'est que la lumière qui tourne, et comment elle tourne, je n'en sais rien. L'homme assis à côté de moi dort profondément. Il a l'air d'un agent de change, avec sa grosse bedaine et ses moustaches cirées. Je l'aime ainsi. J'aime surtout cette grosse bedaine et tout ce qui a contribué à la faire. Pourquoi ne dormirait-il pas profondément? S'il veut écouter, il peut toujours trouver le prix d'un billet. Je remarque que, mieux ils sont habillés, plus profondément ils dorment. Ils ont la conscience à l'aise, les riches! Si un pauvre diable s'endort, ne fût-ce qu'une seconde, il se sent mortifié; il imagine qu'il a commis un crime contre le compositeur.

Pendant le morceau espagnol, la salle fut comme électrisée. Tout le monde était assis sur le bord de son siège — les tambours sonnèrent le réveil. Je crus qu'une fois partis ils n'allaient plus s'arrêter. Je m'attendais à voir les gens tomber de leurs loges ou faire voler leurs chapeaux. Il y avait quelque chose d'héroïque dans tout ça, et il aurait pu nous rendre fous furieux, Ravel, s'il avait voulu. Mais ça n'est pas Ravel, de faire ça. Subitement, tout s'effondrer. Comme s'il se rappelait, au beau milieu de ses singeries, qu'il porte une jaquette. Il s'est arrêté. Grosse erreur, à mon humble avis. L'art consiste à aller jusqu'au bout. Si vous partez avec les tambours, il vous faut finir avec la dynamite ou la tolite. Ravel a sacrifié quelque chose à la forme, à un légume que les gens doivent digérer avant d'aller se coucher.

Mes pensées se développent. La musique glisse loin de moi maintenant que les tambours se sont tus. Partout les gens se composent une attitude. Sous la lampe de la sortie, voici un Werther plongé dans son désespoir; il s'accoude des deux bras, ses yeux sont vitreux. Près de la porte, pelotonné dans une grande cape, se dresse un Espagnol, le sombrero à la main. Il a l'air de poser pour le Balzac de Rodin. A partir du cou, il fait songer à Buffalo Bill. Aux balcons en face de moi, au premier rang, une femme est assise, jambes écartées; elle a l'air d'avoir la mâchoire contractée par un spasme, le cou rejeté en arrière et comme disloqué. La femme au chapeau rouge qui roupille sur l'appuie-mains — ce serait merveilleux si elle avait une hémorragie! si tout à coup elle versait un plein seau de sang sur les chemises empesées là-bas dessous. Imaginez ces nullités rentrant chez elles du concert avec du sang sur leurs faux plastrons!

Le sommeil est la note générale. Personne n'écoute plus. Impossible de penser et d'écouter. Impossible de rêver lorsque la musique elle-même n'est rien qu'un rêve. Une femme aux gants blancs tient un cygne sur ses genoux. La légende dit que lorsque Léda fut fécondée, elle donna naissance à deux jumeaux. Tout le monde donne naissance à quelque chose — tout le monde, sauf la lesbienne des galeries. Sa tête est renversée, sa gorge largement découverte; elle est toute vigilante et tressaille sous l'averse d'étincelles qui jaillissent de cette symphonie au radium. Jupiter lui perce les oreilles. De petites phrases de Californie, des baleines aux énormes nageoires, Zanzibar, l'Alcazar. *Quand le long de Guadalquivir mille mosquées resplendissaient...* Au cœur des icebergs et la vie en rose... La rue de la Monnaie avec les piquets pour attacher les chevaux... les gargouilles... l'homme au charabia Jaworski... les feux de la rivière... les...

VII

En Amérique j'avais un certain nombre d'amis hindous, des bons, des mauvais, des quelconques. Les circonstances m'avaient placé dans une position où je pouvais heureusement leur être de quelque secours. Je leur trouvais des emplois, je les hébergeais, et les nourrissais lorsque nécessaire. Ils m'étaient très reconnaissants, je dois dire, au point même qu'ils me rendaient malheureux à force d'attentions. Deux d'entre eux étaient des saints, si je m'y connais en saints. Surtout le nommé Gupte, que l'on trouva un beau matin, la gorge tranchée d'une oreille à l'autre. Dans une petite pension de famille de Greenwich Village, on le trouva un matin, nu comme un ver, étendu sur son lit, sa flûte à côté de lui, et la gorge ouverte, comme je viens de le dire, d'une oreille à l'autre. On n'a jamais découvert s'il avait été assassiné ou s'il s'était suicidé. Mais peu importe...

Je repense à l'enchaînement de circonstances qui m'a finalement amené chez Nanantatee. Comme il est étrange que j'aie tout oublié de Nanantatee jusqu'à l'autre jour, alors que j'étais couché dans une chambre d'hôtel miteuse de la rue Cels. Je suis là, étendu sur le lit de fer, à penser quel zéro je suis devenu, quelle nullité, lorsque, hop! tout à coup le mot NON-ENTITÉ me jaillit à l'esprit. C'est ainsi que nous l'appelions à New York : Non-entité. Mossieu Non-Entité!

Et me voici étendu sur le parquet dans le somptueux appartement qu'il se vantait de posséder quand il était à New York. Nanantatee joue au bon Samaritain; il m'a donné une paire de couvertures qui grattent (ce sont des couvertures de cheval!) dans lesquelles je m'enroule sur la poussière du parquet. Il y a de petites besognes à exécuter à toute heure du jour; c'est-à-dire, seulement si je suis assez bête pour rester à la maison. Le matin, il me réveille brutalement pour que je lui prépare les légumes de son déjeuner : oignons, ail, haricots, etc. Son ami, Képi, me met en garde contre cette chère — il me dit qu'elle ne vaut rien. Bonne ou mauvaise, quelle différence? C'est de quoi manger! Voilà ce qui importe! Pour avoir un peu de quoi manger, je suis tout à fait prêt à balayer ses tapis avec un balai cassé, à laver son linge, à ramasser les miettes sur le plancher dès qu'il a fini de manger. Il a un besoin de propreté immaculée depuis mon arrivée! Il faut tout épousseter, les chaises doivent être rangées d'une certaine façon, la pendule doit sonner, la décharge d'eau du cabinet bien fonctionner... Un Hindou piqué, si jamais il en fut un! Et parcimonieux comme un haricot vert! Je m'en payerai une bonne tranche de rire quand j'aurai échappé à son étreinte, mais en ce moment, je suis prisonnier, individu sans caste, intouchable...

Si je ne rentre pas le soir pour me rouler dans mes

couvertures de cheval, il me dit quand j'arrive : « Oh! vous n'êtes donc pas mort? Je croyais que vous étiez mort! » Et quoiqu'il sache que je suis absolument sans le sou, il me parle tous les jours d'une chambre bon marché qu'il a trouvée dans le voisinage. « Mais je ne peux pas encore prendre une chambre, vous le savez », dis-je. Et alors, clignant des yeux comme un Chinois, il répond d'un ton suave : « Ah! oui, j'oubliais que vous n'aviez pas d'argent. Je l'oublie toujours, Hen-hi... Mais quand le câble arrivera... quand Mlle Mona vous enverra l'argent, alors vous viendrez avec moi chercher une chambre, hein? » Et sans prendre le temps de respirer, il me presse de rester aussi longtemps que je voudrai — « six mois... sept mois, Hen-hi, vous m'êtes très utile ici! »

Nanantatee est un des Hindous pour lesquels je n'ai jamais rien fait en Amérique. Il se présentait à moi comme un riche commerçant, un marchand de perles, avec un appartement luxueux rue Lafayette à Paris, une villa à Bombay, un bungalow à Darjeeling. Je pus me rendre compte au premier coup d'œil qu'il était un minus, mais les minus parfois ont le talent d'amasser des fortunes. Je ne savais pas qu'il payait sa note d'hôtel à New York en laissant une paire de perles magnifiques entre les mains du propriétaire. Il me paraît amusant maintenant de penser que ce petit crapaud faisait le m'as-tu-vu dans le hall de cet hôtel de New York avec une canne d'ébène, terrorisant les chasseurs, commandant des déjeuners pour ses invités, téléphonant au concierge pour qu'il lui prenne des billets de théâtre, louant un taxi à la journée, etc. tout cela sans un sou en poche! Tout juste un collier de grosses perles autour du cou, qu'il vendait une à une à mesure que le temps passait. Et la fatuité bête avec laquelle il me tapait sur l'épaule, en me remerciant d'être si gentil pour les Hindous! « Ce sont tous des garçons très intelligents, Hen-hi... très intelligents! » — me disant que quelque Dieu me rendrait un jour ma générosité. Je m'explique maintenant pourquoi ils gloussaient de rire, ces Hindous intelligents, quand je leur suggérais de taper Nanantatee de cinq dollars!

Curieux maintenant comme le Dieu en question me paye ma gentillesse d'alors! Je ne suis rien qu'un esclave pour ce petit crapaud rondouillard. Je suis continuellement à ses ordres. Il ne peut se passer de moi — il me le dit en pleine figure. Quand il va aux chiottes, il gueule: « Hen-hi! Apportez-moi un broc d'eau, s'il vous plaît! Il faut que je m'essuie! » Il ne se servirait jamais de papier, Nanantatee! Ça doit être contraire à sa religion. Non! Il lui faut un broc d'eau et un torchon. Il a de la délicatesse, ce petit crapaud rondouillard! Parfois, lorsque je bois une tasse de thé blond dans laquelle il a jeté une feuille de rose, il vient à côté de moi et il me lâche un pet tonitruant en plein nez. Il ne dit jamais: « Oh! Pardon! » Le mot doit être absent de son dictionnaire Gujurati.

Le jour où je suis arrivé chez Nanantatee, il était en train de se livrer à ses ablutions, c'est-à-dire qu'il était debout devant une bassine sale, en train d'essayer de faire passer son bras tordu derrière sa nuque. Près de la bassine, se trouvait un gobelet de cuivre avec lequel il changeait l'eau. Il me demanda de me taire pendant la cérémonie. Je restais assis, sans rien dire, comme il le demandait, et je le regardais chanter, prier et cracher tour à tour dans la bassine. Donc, c'est ça le merveilleux appartement dont il parlait à New York! La rue Lafayette! Ça sonnait comme une rue importante quand j'étais là-bas, à New York. Je croyais que seuls les millionnaires et les marchands de perles y habitaient. Ça paraît merveilleux, la rue Lafayette quand on est de l'autre côté de l'océan. Tout comme la Cinquième Avenue quand on est ici. On ne peut pas imaginer quels taudis on y trouve dans ces rues chics. Peu importe, me voici enfin, assis dans le somptueux appartement de la rue Lafayette. Et ce crapaud toqué avec son bras tordu déroule le rituel de ses ablutions. La chaise sur laquelle je suis assis est cassée, le bois du lit est délabré, la tapisserie est en loques, il y a une valise ouverte sous le lit, bourrée de linge sale. De l'endroit où je suis assis, je peux apercevoir la courette misérable en bas, où les aristocrates de la rue Lafayette fument leurs pipes de terre. Je me demande maintenant, tandis qu'il chantonne sa doxologie, à quoi peut bien ressembler son bungalow à Darjeeling. Il n'en finit pas de chantonner et de prier.

Il m'explique qu'il est obligé de se laver d'une certaine façon ainsi prescrite — sa religion l'exige. Mais le dimanche, il prend un bain dans le tub de fer-blanc — le Grand JE SUIS jettera sur lui un coup d'œil satisfait, dit-il. Quand il est habillé, il se dirige vers le placard, s'agenouille devant une petite idole sur la troisième étagère, et répète son charabia. Si on prie comme ça

129

tous les jours, dit-il, rien ne vous arrive. La bonne divinité, j'oublie son nom, n'oublie jamais, elle, un serviteur obéissant. Et alors il me montre le bras tordu qu'il a récolté dans un accident de taxi un jour sans doute où il avait négligé de répéter la mélopée et la danse de bout en bout. Son bras ressemble à un compas cassé; ça n'est plus un bras, mais un osselet avec un tibia y-attaché. Depuis que le bras a été remis, une paire de glandes enflées s'est développée sous les aisselles — petites glandes bien nourries, exactement comme des testicules de chien. Tandis qu'il se lamente sur son état, il se rappelle soudain que le docteur lui a prescrit un régime plus libéral. Il me prie aussitôt de m'asseoir et de composer un menu, avec du poisson et de la viande à foison. « Et des huîtres, Hen-hi, non ? *pour le petit frère* [1] ? Mais tout cela, c'est pour m'impressionner. Il n'a pas la moindre intention de s'acheter des huîtres, de la viande ou du poisson. Du moins, tant que je serai là. Pour l'instant, nous allons nous repaître de lentilles, de riz, et de toutes les provisions sèches qu'il a emmagasinées dans la mansarde. Et le beurre qu'il a acheté la semaine dernière, on ne le gaspillera pas non plus. Quand il se met à frire du beurre, l'odeur est insupportable. Au début, je m'enfuyais, quand il commençait sa friture, mais maintenant, je tiens bon. Il ne serait que trop ravi s'il pouvait me faire vomir mon repas — ça serait quelque chose de plus à ranger dans le placard avec le pain sec, le fromage moisi et les petits pâtés à la graisse

1. En français dans le texte.

qu'il se fabrique avec le lait tourné et le beurre rance.

Depuis les cinq dernières années, me semble-t-il, il n'en a pas fichu une rame, il n'a pas gagné un sou. Le commerce s'est effondré. Il me parle des perles de l'océan Indien — d'énormes perles qui peuvent vous faire vivre toute une vie. Les Arabes ruinent le commerce, dit-il. Mais cependant il prie le Dieu Untel chaque jour, et cela le soutient. Il est en termes excellents avec la divinité : il sait bien comment la cajoler, comment lui soutirer quelques sous. Ce sont des rapports purement commerciaux. En échange de ce bredouillage devant le meuble chaque jour, il reçoit sa ration de haricots et d'ail, pour ne rien dire de ces testicules gonflés sous le bras. Il croit avec confiance que tout finira par s'arranger. Les perles se vendront encore quelque jour, peut-être dans cinq ans, peut-être dans vingt — lorsque le Seigneur Boumaroum le voudra. « Et quand les affaires marcheront, Hen-hi, vous recevrez dix pour cent — pour écrire les lettres. Mais d'abord, Hen-hi, il faut écrire cette lettre pour savoir si nous pourrons trouver du crédit aux Indes. La réponse viendra dans six mois, peut-être sept... les bateaux ne vont pas vite aux Indes. » Il n'a aucune conception du temps, ce petit crapaud. Quand je lui demande s'il a bien dormi, il me répond : « Ah! oui, Hen-hi, je dors très bien... je dors parfois quatre-vingt-douze heures en trois jours. »

Le matin, il est généralement trop faible pour faire quoi que ce soit. Son bras! Sa pauvre béquille de bras cassé! Je me demande parfois quand je le vois le tortiller derrière sa nuque, comment il le remettra jamais à sa place! N'était cette petite bedaine qu'il porte avec lui, il me ferait penser à un de ces contorsionnistes du cirque Medrano. Il ne lui manque plus que de se casser une jambe. Quand il me voit balayer le plancher, quand il voit quel nuage de poussière je soulève, il se met à glousser comme un pygmée. « Bien! Très bien, Hen-hi! Et maintenant je vais ramasser les mottes. » Ça veut dire qu'il y a quelques parcelles de poussière que j'ai oubliées; c'est une façon polie qu'il a d'être sarcastique.

L'après-midi, il y a toujours quelques compères du marché aux perles qui viennent lui rendre visite en passant. Ce sont tous des bougres suaves, à la langue onctueuse, aux yeux doux comme des biches. Ils s'assoient autour de la table et boivent le thé parfumé en aspirant bruyamment, tandis que Nanantatee bondit de tous côtés comme un diable dans sa boîte, ou bien montre du doigt une miette sur le parquet et dit, de sa voix lisse et bien huilée : « Voulez-vous, s'il vous plaît, ramasser ça, Hen-hi? » Quand les invités arrivent, il se dirige avec onction vers le placard et sort toutes les croûtes sèches qu'il a fait rôtir huit jours auparavant, et qui ont maintenant un fort goût de bois moisi. Pas une miette n'est gaspillée! Si le pain aigrit trop, il le descend à la concierge qui, dit-il, a été très gentille pour lui. A l'en croire, la concierge est enchantée qu'on lui donne le pain rassis — elle en fait de la panade.

Un jour, mon ami Anatole vint me voir. Nanantatee était enchanté. Il insista pour qu'Anatole prenne le thé avec nous. Il insista pour qu'il essaye les petits pâtés à la graisse et le pain rassis. « Il faut venir tous les jours, dit-il, et m'apprendre le russe. Belle langue, le russe... Je veux le parler. Comment dites-vous ça, Hen-hi, répétez, *borscht?* Vous me l'écrirez, Hen-hi, s'il vous plaît. » Et il me faut taper à la machine, rien moins, pour qu'il puisse observer ma technique. Il a acheté la machine à écrire, après qu'il eût touché l'assurance pour le bras malade, parce que le docteur le lui a recommandé comme un bon exercice. Mais il s'est vite fatigué de la machine — c'était une machine *anglaise!*

Quand il a su qu'Anatole jouait de la mandoline, il a dit : « Très bien! Il faut venir tous les jours et m'apprendre la musique. J'achèterai une mandoline dès que les affaires iront mieux. C'est bon pour mon bras. » Le lendemain il emprunte un phonographe à la concierge. « Vous m'apprendrez à danser, s'il vous plaît, Hen-hi. J'ai trop gros ventre. » J'espère qu'il achètera un bon beefsteak quelque jour afin que je puisse lui dire : « Vous le mordrez pour moi, s'il vous plaît, Monsieur Non-Entité, je n'ai pas les dents assez fortes! »

Comme je l'ai dit plus haut, depuis mon arrivée, il est devenu extraordinairement méticuleux. « Hier, dit-il, vous avez fait trois fautes, Hen-hi. D'abord, vous avez oublié de fermer la porte du cabinet, et toute la nuit ça a fait boum-boum. Deuxièmement, vous avez laissé la fenêtre de la cuisine ouverte, si bien que ce matin la vitre est fêlée. Et puis vous avez oublié de sortir le pot au lait! Vous sortirez toujours le pot au lait, s'il vous plaît, avant d'aller vous coucher, et le matin, s'il vous plaît, vous irez chercher le pain. »

Tous les jours son ami Képi vient voir s'il y a eu des visites de gens venant des Indes. Il attend que Nanantatee sorte, puis il se précipite vers le placard et dévore les bouts de pain qui sont cachés dans un pot de verre. La nourriture est immangeable, répète-t-il, mais il grignote comme un rat. Képi est un mendigot, une espèce de tique humaine qui s'attache à la peau, même du plus fauché de ses compatriotes. De son point de vue, c'est tous des nababs. Pour un vulgaire Manille et l'argent d'une consommation, il vous lèchera le cul de n'importe quel Hindou. D'un Hindou, entendez bien, mais pas d'un Anglais. Il a l'adresse de tous les bordels de Paris, avec les tarifs. Même s'il s'agit des boîtes à dix francs, il ramasse sa petite commission. Et il connaît aussi le chemin le plus court pour aller là où vous voulez. Il vous demande d'abord si vous voulez y aller en taxi; si vous dites non, il vous suggère l'autobus, et si c'est trop cher, alors le tram ou le métro. Ou il vous offrira de vous y mener à pied pour vous faire économiser un franc ou deux, sachant très bien qu'il vous faudra passer devant quelque tabac chemin faisant, et que vous serez s'il vous plaît assez gentil pour m'acheter un petit cigare.

Képi est intéressant, en un certain sens, parce qu'il n'a absolument aucune ambition, si ce n'est de tirer un coup tous les soirs. Tous les sous qu'il a — et il en a foutrement peu — il les fiche en l'air dans un dancing. Il est marié, il a huit enfants à Bombay, mais ça ne l'empêche pas de proposer le mariage à n'importe quelle femme de chambre qui est assez stupide et crédule pour se laisser entôler par lui. Il a une petite chambre, rue Condorcet, qu'il loue soixante francs par mois. Il l'a tapissée lui-même. Et il en est très fier, qui plus est! Il se sert d'encre violette pour son stylo parce qu'elle dure plus longtemps. Il cire lui-même ses souliers, met ses pantalons au pli, lave son linge. Pour un petit cigare, un cigare à deux sous, s'il vous plaît, il vous escortera dans tout Paris. Si vous vous arrêtez pour regarder une chemise ou un bouton de col, ses yeux étincellent. « Ne l'achetez pas ici, vous dit-il, c'est beaucoup trop cher. Je vous montrerai un endroit meilleur marché ». Et avant que vous ayez eu le temps de réfléchir, il vous a entraîné et déposé devant une autre vitre, où il y a les mêmes chemises, les mêmes cravates, et boutons de col — peut-être même que c'est le même magasin! mais vous ne voyez pas la différence. Quand Képi apprend que vous voulez acheter quelque chose, il s'anime. Il vous posera tant de questions et vous traînera en tant d'endroits, que vous êtes forcé d'avoir soif et de lui offrir quelque chose à boire, sur quoi vous découvrirez à votre grand étonnement que vous voilà de nouveau dans un bar-tabac, peut-être le même! — et Képi vous répète de sa voix onctueuse : « Voulez-vous être assez gentil pour m'acheter un petit cigare? » Quoique vous vous proposiez de faire, même s'il s'agit seulement de tourner le coin de la rue, Képi vous fera faire des économies. Képi vous montrera le plus court chemin, l'endroit le meilleur marché, le plat le plus avantageux, parce que, quoi que vous ayez à faire, il vous faudra absolument passer devant un bar-tabac, et, qu'il y ait une révolution, un lock-out ou une quarantaine, Képi doit absolument se trouver au Moulin Rouge, à l'Olympia ou à l'Ange Rouge, à l'heure où la musique commence.

L'autre jour, il m'a apporté un livre à lire. Il s'agissait d'un fameux procès entre un saint homme et le rédacteur en chef d'un journal hindou. Le rédacteur, à ce qu'il paraît, avait ouvertement accusé le saint de mener une vie scandaleuse — il alla même plus loin, et accusa le saint d'être malade. Képi dit que c'était de la vérole — la grande! — mais Nanantatee assure que c'était la chaude-pisse japonaise. Pour Nanantatee tout doit être un peu exagéré. En tout cas, le voici disant d'un air jovial : « Voulez-vous, s'il vous plaît, me dire de quoi ça parle, Hen-hi ? Je peux pas lire le livre — ça me fait mal au bras. » Puis, en guise d'encouragement : « C'est un beau livre sur l'amour, Hen-hi... Képi l'a apporté pour vous. Il ne pense qu'aux poules. Il en baise tant et tant — comme Krishna !... Nous n'en croyons pas un mot, Hen-hi ! »...

Un peu plus tard, il me fait monter au grenier, tout encombré de boîtes de conserves et de saloperies de son pays enveloppées de toile à sac et de papier rouge. « C'est ici que j'amène les poules, dit-il, puis, d'un air plutôt sombre : je ne suis pas un très bon baiseur, Hen-hi. Je ne les enfile plus. Je les tiens dans mes bras et je dis ce qu'il faut dire. Je ne prends du plaisir qu'à dire ce qu'il faut... » Pas nécessaire d'écouter davantage : je sais qu'il va me parler de son bras. Je le vois là, couché, avec cet outil cassé qui pendouille sur le côté du lit. Mais à ma surprise, il ajoute : « Je ne vaux rien pour baiser, Hen-hi. Je n'ai jamais rien valu : Mon frère, il est épatant! Trois fois par jour, tous les jours! Et Képi, lui, il est merveilleux — comme Krishna! »

Maintenant, son esprit est absorbé par cette affaire : « baiser ». En bas, dans la petite chambre où il s'agenouille devant le cabinet ouvert, il m'explique ce qui se passait quand il était riche et que sa femme et ses enfants étaient ici. Les jours de fête, il emmenait sa femme à la Maison des Nations, et il louait une chambre pour la nuit. Chaque chambre était arrangée dans un style différent. Sa femme aimait bien ça à cet endroit. « Un endroit merveilleux pour baiser, Hen-hi! Je connais toutes les chambres! »

Les murs de la petite pièce où nous nous trouvons sont couverts de photos. Chaque branche de la famille y est représentée. C'est comme une coupe par le travers de toutes les couches de l'Empire hindou. Pour la plupart les membres de cet arbre généalogique ressemblent à des feuilles flétries. Les femmes sont frêles et ont un air effarouché, effrayé, dans les yeux. Les hommes ont un regard fin, intelligent, comme des chimpanzés apprivoisés. Les voilà tous, une centaine environ, avec leurs bœufs blancs, leurs gâteaux de bouse sèche, leurs jambes osseuses, leurs lunettes démodées; au fond, par-ci par-là, on aperçoit un peu de sol ratatiné, un bout de fronton croulant, ou une idole aux bras tordus, comme une espèce de centipède humain. Il y a quelque chose de si fantastique, de si incongru, dans cette galerie de photos, que l'on est irrésistiblement conduit à penser à cet immense pullulement de temples qui s'étendent de l'Himalaya à la pointe de Ceylan; inextricable fouillis d'architecture, stupéfiant de beauté, et en même temps monstrueux, monstrueux jusqu'à la hideur, parce que cette fécondité qui bouillonne et fermente dans la myriade de ramifications du dessin semble avoir épuisé jusqu'au sol de l'Inde elle-même. En contemplant cette ruche bouillonnante de personnages qui fourmillent sur les façades des temples, on est accablé par la puissance de ces belles races noires qui ont mêlé leurs courants mystérieux en une étreinte sexuelle qui a duré trente siècles ou davantage. Ces hommes et ces femmes frêles, aux yeux perçants, qui vous regardent fixement de leurs photographies, sont comme les ombres émaciées de ces personnages massifs et virils, incarnés en pierres et en fresques d'un bout de l'Inde à l'autre, afin que les mythes héroïques des races qui s'entremêlent ici restent à jamais enlacés au cœur de leurs compatriotes. Quand je regarde ne fût-ce qu'un fragment de ces vastes rêves de pierre, ces épais édifices croulants incrustés de gemmes et tout pris de sperme humain coagulé, je suis accablé par la splendeur éblouissante de ces envols de l'imagination qui ont permis à un demi-milliard d'êtres d'origines diverses d'incarner ainsi les expressions les plus fugitives de leur nostalgie.

Maintenant, c'est une foule complexe et inexplicable de sentiments étranges qui m'assaille, tandis que Nanantatee pérore sur cette sœur qui mourut en couches. La voici sur le mur, frêle petit être timide de douze ou treize ans, qui s'accroche aux bras d'un vieux radoteur. A dix ans elle fut donnée en mariage à ce vieux roué qui avait déjà mis cinq femmes au tombeau. Elle eut sept enfants, dont un seul lui survécut. Elle fut donnée à ce gorille sénile afin que les perles ne sortissent pas de la famille. Comme elle rendait l'âme — et voici les termes dont Nanantatee se sert — elle murmura au docteur : « J'en ai assez d'être baisée... je ne veux plus baiser, Docteur... » Tout en me rapportant cette histoire, il se gratte gravement le crâne avec son bras ratatiné. « C'est moche, ces histoires de baisage, Hen-hi! dit-il, mais je vais vous donner un mot qui vous portera toujours chance. Il faut le dire tous les jours, cent fois par jour, un million de fois... C'est le mot le plus épatant, Hen-hi... dites-le pour voir... OOMAHARUMOOMA!

— OOMARABOO...

— Non, Henri... comme ceci... OOMAHARUMOOMA!

— OOMAMABOOMBA...

— Non, Hen-hi, comme ceci... »

... mais que ce fût la pénombre gluante, les caractères bousillés, la couverture en loques, la page zigzagante, les doigts qui farfouillent, les puces foxtrottant, la vermine grouillant sur le lit, la bave sur sa langue, la larme dans son œil, l'émotion dans sa gorge, la boisson dans sa bouteille, la démangeaison dans sa paume, le sifflement de son souffle, le gémissement de son haleine, le brouillard de sa lassitude, le tic de sa conscience, la profondeur de sa rage, le flux dans son fondement, le feu dans sa gorge, le chatouillement de sa queue, les rats de son grenier, le brouhaha et la poussière dans ses oreilles, puisqu'il lui fallait un mois pour prendre l'ennemi à revers, il lui était difficile de se mettre en mémoire plus d'un mot par semaine.

Je crois que je ne me serais jamais tiré des griffes de Nanantatee si le destin n'était pas venu à mon secours. Un soir, comme par hasard, Képi me demanda si je ne voulais pas conduire un de ses amis dans un bordel voisin. Le jeune homme arrivait tout frais des Indes, et n'avait pas beaucoup d'argent à dépenser. C'était un des disciples de Ghandi, un de ceux qui firent la marche historique vers la mer au moment des histoires du sel. Un disciple très gai, je dois dire, en dépit des vœux d'abstinence qu'il avait faits. Évidemment, il n'avait pas vu une femme depuis des siècles. J'eus tout juste le temps de l'amener jusqu'à la rue Laferrière; il était comme un chien, la langue pendante. Et quel pompeux, vaniteux petit salaud, par-dessus le marché! Il s'était attifé d'un complet de velours, d'un béret, d'une canne, et d'une cravate Windsor. Il s'était acheté deux stylos, un kodak et un peu de linge de corps de fantaisie. L'argent qu'il dépensait, était un don des marchands de Bombay : ils l'envoyaient en Angleterre pour répandre l'évangile de Ghandi.

Une fois dans la Maison de Mlle Hamilton, il perdit tout sang-froid. Quand, tout à coup, il se trouva entouré d'une pléiade de femmes nues, il se tourna vers moi d'un air consterné. « Choisissez-en une, dis-je, vous avez le droit de choisir. » Il avait une telle frousse qu'il osait à peine les regarder. « Faites-le pour moi! », murmura-t-il, rougissant violemment. Je les passai froidement en revue, et je choisis une jeune poule dodue qui me sembla toute guillerette. Nous nous assîmes dans le salon en attendant les consommations. La patronne voulut savoir pourquoi je ne prenais pas une femme moi aussi. « Oui, prenez-en une aussi, dit le jeune Hindou. Je ne veux pas être seul avec elle. » Par conséquent, on ramena les filles, et j'en choisis une, assez grande, mince, avec des yeux mélancoliques. On nous laissa seuls, tous les quatre, dans le salon. Quelques instants plus tard, mon Ghandi en herbe se penche vers moi et me murmure quelque chose à l'oreille. « Bien sûr, si vous l'aimez mieux, prenez-la! », lui dis-je. Puis, assez gauchement, et considérablement embarrassé, j'expliquais aux filles que nous aimerions bien changer. Je vis tout de suite que nous avions fait un faux pas, mais il était trop tard, mon jeune ami était maintenant très gai et très excité, et mieux valait monter rapidement dans les chambres pour en finir.

Nous prîmes des chambres contiguës avec une porte de communication. Je pensais que mon compagnon avait en tête de troquer encore une fois quand il aurait satisfait son appétit dévorant. Quoi qu'il en soit, à peine les filles eurent-elles quitté la chambre pour aller se préparer, que je l'entends frapper à la porte. « Où est le cabinet, s'il vous plaît? » demande-t-il. Ne pensant pas que ce fût rien de sérieux, je l'engage à se soulager dans le bidet. Les filles reviennent avec des serviettes à la main. Je l'entends glousser de rire dans la chambre à côté.

Comme je remets mon caleçon, j'entends un vacarme effroyable à côté. La fille l'engueule à plein gosier, l'appelant cochon, sale petit cochon. Je n'arrive pas à imaginer ce qu'il a pu faire pour mériter un tel éclat. Debout, une jambe passée dans mon pantalon, j'écoute attentivement. Il essaye de lui expliquer en anglais, élevant la voix de plus en plus jusqu'à pousser des cris aigus.

J'entends une porte claquer, et à l'instant la patronne fait irruption dans ma chambre, rouge comme une betterave, gesticulant avec fureur. « Vous devriez avoir honte de vous, glapit-elle, m'amener un homme comme ça chez moi! C'est un barbare... c'est un cochon... c'est un...! » Mon compagnon est debout derrière elle, sur le seuil, le visage décomposé. « Qu'est-ce que vous avez fait? », lui demandé-je.

« Qu'est-ce qu'il a fait? hurle la patronne. Je vais vous le montrer... venez ici!... » Et, m'empoignant par le bras, elle me traîne jusque dans la chambre. « Là! Là! », glapit-elle, montrant le bidet du doigt.

— Venez!... sortons!... dit mon Hindou.

— Minute! vous ne partirez pas si facilement que ça!

La patronne se dresse à côté du bidet, fulminant et pétaradant. Les filles sont là aussi, la serviette à la main. Nous sommes là tous les cinq, à regarder le bidet. Il y a deux étrons énormes qui flottent sur l'eau. La patronne se penche et met une serviette dessus.

« Effroyable! Effroyable! geint-elle. Je n'ai jamais

rien vu de pareil! Un cochon! Un sale petit cochon! »

Le jeune Hindou me regarde d'un air de reproche. « Vous auriez dû me le dire! dit-il. Je ne savais pas que ça s'en irait pas! Je vous ai demandé où aller, et vous m'avez dit de me servir de ça! » Il est prêt à fondre en larmes.

Finalement, la patronne me prend à part. Elle est devenue un peu plus raisonnable maintenant. Après tout, c'était une erreur. Peut-être que ces messieurs aimeraient revenir au salon, et prendre d'autres consommations — pour les filles. Ç'a été un grand choc pour elles... Elles ne sont pas habituées à de telles choses. Et si ces gentils messieurs voulaient bien ne pas oublier la femme de chambre — c'est pas du beau travail pour la femme de chambre, cette affaire, cette sale affaire!... Elle hausse les épaules et cligne de l'œil. Un incident lamentable. Mais un accident... si ces messieurs voulaient attendre ici quelques instants, la serveuse apporterait les consommations. Est-ce que ces messieurs aimeraient du champagne? Oui?...

« J'aimerais m'en aller d'ici... » dit mon jeune Hindou faiblement.

« Ne vous faites pas de mauvais sang, dit la patronne, c'est passé maintenant. Ça arrive qu'on se trompe. La prochaine fois, vous demanderez le cabinet. » Elle s'étend sur les cabinets — il y en a un par étage, semble-t-il. Et une salle de bains également. « J'ai des tas de clients anglais, dit-elle, ce sont tous des gens très bien. Monsieur est Hindou? Charmants les Hindous... Si intelligents... si beaux... »

Quand nous nous retrouvons dans la rue, le charmant jeune monsieur est presque en larmes. Il regrette maintenant d'avoir acheté son complet de velours, sa canne et ses stylos. Il parle des huit vœux qu'il a faits, du contrôle du palais, etc. Pendant la marche sur Dandi, il était même défendu de prendre de la crème à la glace. Il me parle du rouet —, et comment la petite bande des Satyagrahistes imitaient la dévotion de leur maître. Il me raconte avec orgueil comment il marchait à côté du maître et conversait avec lui. J'ai l'illusion de me trouver en présence d'un des douze disciples...

Pendant les quelques jours qui suivirent, nous nous voyons pas mal; il faut arranger des interviews avec les journalistes et donner des conférences aux Hindous de Paris. Il est stupéfiant de voir comment ces petits bougres invertébrés se font marcher les uns les autres; stupéfiant aussi de voir comme ils sont incapables de quoi que ce soit dans toutes les affaires pratiques. Et la jalousie, les intrigues, les rivalités mesquines, sordides. Partout où dix Hindous sont assemblés, voici l'Inde avec ses sectes et ses schismes, ses antagonismes raciaux, linguistiques, religieux, politiques. En la personne de Ghandi, ils font la brève expérience du miracle de l'unité, mais dès qu'il ne sera plus là, tout s'effondrera à nouveau, et ce sera la rechute définitive dans le conflit et le chaos si caractéristiques des Hindous.

Mon jeune Hindou, naturellement, est optimiste. Il est allé en Amérique, et il est contaminé par l'idéalisme bon marché des Américains, contaminé par le tub qu'on trouve partout, les bazars Uniprix, le tumulte, le rendement, le machinisme, les hauts salaires, les bibliothèques publiques, etc. etc. Son idéal serait d'américaniser les Indes. La manie rétrogressive de Ghandi ne lui plaît pas du tout. En avant! dit-il, tout comme un jeune Y. M. C. A. En écoutant ses histoires sur l'Amérique, je comprends combien il serait absurde d'attendre de Ghandi ce miracle qui mettrait en déroute la marche du destin. L'ennemie de l'Inde n'est pas l'Angleterre, c'est l'Amérique. L'ennemie de l'Inde, c'est l'esprit du temps, l'aiguille qui ne peut pas faire marche arrière. Rien ne prévaudra pour détourner ce virus qui empoisonne le monde entier. L'Amérique est l'incarnation même de cette condamnation. Elle entraînera le monde entier dans l'abîme sans fond.

Il pense que les Américains sont de vrais gogos. Il me parle des âmes crédules qui l'ont secouru là-bas — les Quakers, les Unitariens, les Théosophes, les Modernistes, les Adventistes du Septième Jour, et ainsi de suite... Il savait bien mener sa barque, le malin! Il savait se faire monter les larmes aux yeux au bon moment; il savait comment lancer une collecte, comment faire appel à la femme du ministre, comment faire la cour à la mère et à la fille en même temps. A le voir, vous le prendriez pour un saint. Et il est un saint, à la façon des modernes : un saint contaminé qui parle dans le même souffle d'amour, de fraternité, de tubs, d'hygiène, de rendement, etc.

Le dernier soir de son séjour à Paris est consacré au baisage. Sa journée a été bien remplie : conférences, câblogrammes, interviews, photographies pour la presse, adieux affectueux, conseils aux fidèles, etc. A l'heure du dîner, il décide de mettre ses soucis de côté. Il commande du champagne pour le dîner, il fait claquer ses doigts pour appeler le garçon, et, d'une manière générale, se conduit comme le petit rustre mal élevé qu'il est. Et puisqu'il s'en est fourré jusque-là de tous les endroits chics, il me suggère maintenant de lui montrer quelque chose de plus primitif. Il aimerait aller dans un endroit très bon marché, où il pourrait avoir deux ou trois filles à la fois. Je le pilote le long du boulevard de la Chapelle, lui recommandant sans cesse de faire attention à son portefeuille. Aux alentours d'Aubervilliers, nous nous engouffrons dans un foutoir à vingt sous, et aussitôt nous en avons tout un troupeau sur les bras. Au bout de quelques minutes, il danse avec une poule à poil, une pouffiasse blonde avec des plis dans les fesses. Je vois son cul reflété dix à douze fois dans les glaces qui tapissent les murs — et ses doigts noirs et osseux qui l'aggrippent vigoureusement. La table est surchargée de bocks, le piano mécanique ronfle et halète. Les filles qui n'ont pas de client sont sereinement assises sur les banquettes de cuir, à se gratter paisiblement, comme une famille de chimpanzés. Il plane dans l'air comme une atmosphère de pandemonium assagi, une impression de violence contenue, comme si l'explosion attendue nécessitait tout juste l'intrusion de quelque détail d'une insignifiance absolue, quelque chose de microscopique mais de complètement spontané, de complètement inattendu. Dans cette espèce de demi-rêverie qui vous permet de participer à un événement, tout en restant cependant parfaitement en dehors, le petit détail qui manquait se mit obscurément, quoique avec insistance, à se coaguler, à prendre une forme capricieuse et cristalline, comme le givre qui se dépose contre un carreau. Et de même que ces cristaux de givre qui paraissent si bizarres, si parfaitement gratuits et fantastiques de dessin, sont néanmoins déterminés par les lois les plus rigides, ainsi cette sensation qui commençait à prendre forme en moi, me semblait être soumise à des lois inéluctables. Mon être tout entier répondait aux exigences d'une ambiance qu'il n'avait jamais encore éprouvée : ce que je pouvais appeler « moi-même » me semblait se contracter, se condenser, se rétrécir, fuyant les limites banales et coutumières de la chair, dont la surface ne connaît que les modulations des extrémités nerveuses.

Et plus ce cœur de moi-même prenait substance et devenait solide, plus délicate et plus extravagante m'apparaissait la réalité proche et palpable de laquelle j'étais ainsi exclu. Dans la mesure où je devenais de plus en plus métallique, la scène qui se déroulait devant mes yeux prenait de l'ampleur. Cet état de tension était maintenant si aigu que l'intrusion d'une simple particule étrangère, même d'une particule microscopique, aurait pu tout fracasser. Pendant une fraction de seconde peut-être, je fus le siège de cette clairvoyance totale que l'épileptique, dit-on, est seul à connaître. A ce moment-là, je perdis complètement l'illusion du temps et de l'espace : le monde déroulait son drame simultanément le long d'un méridien sans axe. Dans cette espèce d'éternité en suspens, je sentis que tout était justifié, suprêmement justifié. Je sentis les guerres qui avaient laissé en moi cette pulpe et ces déchets; je sentis les crimes qui bouillonnaient ici pour émerger demain en manchettes sensationnelles; je sentis la misère moulue dans le mortier sous le pilon, la longue et terne misère qui s'écoule goutte à goutte dans les mouchoirs sales. Sur le méridien du temps il n'y a pas d'injustice; il n'y a que la poésie du mouvement qui crée l'illusion de la vérité et du drame. Si, à l'improviste et n'importe où, on se trouve face à face avec l'absolu, cette grande sympathie qui fait paraître divins des hommes comme Gautama et Jésus se glace et s'évanouit; ce qui est monstrueux, ce n'est pas que les hommes aient fait pousser des roses sur ce tas de fumier, mais que, pour une raison ou pour une autre, ils *aient besoin* de roses. Pour une raison ou pour une autre, l'homme cherche le miracle, et pour l'accomplir, il pataugera dans le sang. Il se gorgera d'une débauche d'idées, il se réduira à n'être qu'une ombre, si, pour une seule seconde de sa vie, il peut fermer les yeux sur la hideur de la réalité. Il endure tout — disgrâce, humiliation, pauvreté, guerre, crime, ennui — croyant que demain quelque chose arrivera, un miracle! qui rendra la vie tolérable. Et pendant tout ce temps un compteur tourne à l'intérieur, et il n'est pas de main qui peut l'y atteindre et l'arrêter. Et pendant tout ce temps quelqu'un dévore le pain de la vie, et boit le vin, quelque sale grosse blatte de prêtre qui se cache dans la cave et l'ingurgite, tandis qu'en haut dans la lumière de la rue une hostie fantôme touche les lèvres, et le sang est aussi pâle que de l'eau. Et de ce tourment et de cette misère éternels ne sort aucun miracle, pas le moindre microscopique vestige de soulagement. Seules les idées, les idées pâles, amaigries, qu'il faut engraisser par le massacre; idées qui sont dégorgées comme la bile, comme les tripes d'un cochon lorsqu'on éventre sa carcasse.

Et je pense donc quel miracle ce serait si ce miracle que l'homme attend éternellement se trouvait n'être rien de plus que ces deux énormes étrons que le fidèle disciple avait lâchés dans le bidet. Qu'arriverait-il si, au dernier moment, lorsque la table du banquet est disposée et que les cymbales retentissent, apparaissait subitement, sans aucune espèce d'avertissement, un plateau d'argent sur lequel même les aveugles pourraient voir qu'il n'y a rien de plus et rien de moins que deux énormes étrons! Cela, je le crois, serait plus miraculeux que tout ce que l'homme a pu attendre et désirer. Cela serait miraculeux parce que jamais rêvé. Cela serait plus miraculeux que le rêve le plus fou, parce que n'importe qui pourrait en imaginer la possibilité, mais personne ne l'a jamais fait, et probablement personne ne le fera jamais plus.

Ainsi donc, la certitude révélée qu'il n'y avait rien à espérer eut sur moi un effet salutaire. Pendant des semaines et des mois, pendant des années, en vérité toute ma vie, j'avais ardemment attendu que quelque chose arrivât, quelque événement extérieur qui changerait ma vie, et maintenant, subitement, inspiré l'absence totale d'espoir partout, je me sentis soulagé, comme si un lourd fardeau m'était enlevé des épaules. A l'aube je me séparais de mon jeune Hindou, après l'avoir tapé de quelques francs, de quoi payer une chambre. En me dirigeant vers Montparnasse, je décidai de me laisser entraîner à la dérive, de ne pas offrir la moindre résistance au destin, sous quelque forme qu'il pût se présenter. Rien de ce qui m'était arrivé jusqu'ici n'avait suffi à me détruire; rien n'avait été détruit, si ce n'est mes illusions. Moi-même, j'étais intact. Le monde était intact. Demain, il pourrait y avoir une révolution, une peste, un tremblement de terre; demain, il pourrait ne pas rester une seule âme vers qui se tourner pour chercher de la sympathie, du secours, de la foi. Il me semblait que la grande calamité s'était déjà manifestée, que je ne pouvais pas être plus véritablement seul que je n'étais à ce moment. Je résolus de ne plus tenir à rien désormais, de n'attendre plus rien, de vivre comme un animal, comme une bête de proie, comme un pirate, comme un pillard. Même si la guerre était déclarée, et si mon destin était d'y aller, j'empoignerais la baïonnette, et je la plongerais, je la plongerais jusqu'à la garde. Et si le viol était à l'ordre du jour, eh bien, je violerais, et fichtrement bien! A cet instant même, dans l'aube tranquille du jour neuf, la terre n'était-elle pas toute vacillante de crime et de détresse? Est-ce qu'un seul élément de la nature de l'homme avait été changé, changé de façon fondamentale, vitale, par le cours incessant de l'histoire? L'homme a été trahi par ce qu'il appelle la meilleure partie de sa nature, et c'est tout! Aux limites extrêmes de son être spirituel, l'homme se retrouve nu comme un sauvage. Quand il trouve Dieu, pour ainsi dire, il a été nettoyé : il n'est plus qu'un squelette. Il faut de nouveau creuser dans la vie afin de refaire de la chair. Le Verbe doit devenir chair; l'âme a soif de salut. Je veux bondir sur toute miette à laquelle mon œil s'attache, et la dévorer. Si vivre est la chose suprême, alors je veux vivre, dussé-je devenir cannibale. Jusqu'ici, j'ai essayé de sauver ma précieuse carcasse, j'ai essayé de préserver le peu de chair qui recouvrait mes os. J'en ai fini avec ça. J'ai atteint les limites de l'endurance. Je suis acculé au mur, je m'y appuie — je ne peux plus battre en retraite. Historiquement, je suis mort. S'il y a quelque chose au-delà, il me faudra bondir à nouveau. J'ai trouvé Dieu, mais il est insuffisant. Je ne suis mort que spirituellement. Physiquement, je suis vivant. Moralement, je suis libre. Le monde que j'ai quitté est une ménagerie. L'aube se lève sur un monde neuf, une jungle dans laquelle errent des esprits maigres aux griffes acérées. Si je suis une hyène, j'en suis une maigre et affamée : je pars en chasse pour m'engraisser...

VIII

A une heure trente je me rendis chez Van Norden, comme convenu. Il m'avait averti que s'il ne répondait pas, cela voudrait dire qu'il était couché avec quelqu'un, probablement sa Géorgienne.

De toute façon, il y était, confortablement bordé, mais avec son air de lassitude habituel. Il s'éveille en pestant contre lui-même, contre son boulot, ou contre la vie. Il s'éveille, rongé d'ennui et tout déconfit, chagriné de penser qu'il n'est pas mort pendant la nuit.

Je m'installe près de la fenêtre et lui donne tous les encouragements possibles. C'est une besogne fatigante. Il faut véritablement le persuader, à force de douceur, de sortir du lit. Le matin — matin signifie pour lui une heure quelconque entre une et cinq heures de l'après-midi — le matin, dis-je, il se laisse aller à la rêverie. C'est surtout du passé qu'il rêve. Il rêve à ses poules. Il s'efforce de se rappeler ce qu'elles ressentaient, ce qu'elles lui disaient à certains moments critiques, où il les avait baisées, et ainsi de suite. Et, couché dans son lit, là, à ricaner et à maudire, il manipule ses doigts de ce curieux air de dégoût, comme s'il voulait vous donner l'impression que son dégoût est trop fort pour les mots. Au-dessus du lit, pend une poche de caoutchouc pour injections qu'il garde là à tout hasard — pour ces *pucelles* qu'il traque comme un roussin. Même après qu'il a couché avec une de ces créatures mythiques, il continue de l'appeler pucelle, et ne lui donne presque jamais son nom. « Ma pucelle », dira-t-il, tout comme il dit « ma Géorgienne ». Quand il va au cabinet, il déclare : « Si ma Géorgienne s'amène, dis-lui d'attendre. Dis que je te l'ai dit. Et tu sais, si elle te fait envie, tu peux y aller. J'en ai marre. »

Il louche vers le temps et pousse un profond soupir. S'il pleut, il dit : « Ce foutu climat m'emmerde, ça vous rend malade! » Et si le soleil resplendit : « Ce foutu soleil m'emmerde, ça vous donne mal aux yeux! » Comme il commence à se raser, il s'aperçoit tout à coup qu'il n'y a pas de serviette propre. « Que le diable emporte cet hôtel de merde! dit-il, ils sont trop rats pour vous donner une serviette propre chaque jour! » Peu importe qu'il fasse ceci ou cela, qu'il aille ici ou là, les choses vont toujours au pire. Ou bien c'est le pays de merde, ou ce boulot de merde, ou alors quelque poule de merde qui le fout à plat.

« Mes dents sont toutes pourries, dit-il en se gargarisant. C'est ce foutu pain de merde qu'on vous donne à bouffer ici! » Il ouvre la bouche toute grande et tire sur sa lèvre inférieure. « Tu vois? J'en ai fait arracher six hier. Il me faudra bientôt un autre râtelier. Voilà ce que tu gagnes à boulonner pour vivre. Quand j'étais sur le trimard, j'avais toutes mes dents.

Mes yeux étaient brillants et clairs. Regarde-moi ça maintenant! C'est tout juste si je peux encore faire une poule! Bon Dieu, ce que j'aimerais, ce serait de trouver quelque rombière pleine aux as — comme ce malin petit con de Carl. Il t'a montré les lettres qu'elle lui envoie? Tu la connais, toi? Il n'a jamais voulu me dire son nom, le salaud! Il a peur que je la lui soulève! » Il se racle la gorge encore une fois, puis regarde longuement les trous dans ses gencives. « Tu as de la veine, dit-il avec amertume, tu as des amis, au moins! Moi, je n'ai personne, à part ce malin petit con qui me fait perdre la boule avec sa rombière au fric. »

« Écoute, me dit-il, tu connais par hasard une poule qui s'appelle Norma? Elle passe toute la sainte journée au Dôme. Je crois que c'est une gousse. Je l'avais ici, hier, à lui peloter le cul. Elle n'a rien voulu savoir. Je l'avais même sur le lit. Je lui avais ôté sa culotte... et puis ça m'a dégoûté. Moi, mon salaud, ça m'emmerde de me débattre de cette façon. Ça vaut pas le coup. Ou elles veulent, ou elles veulent pas... c'est idiot de perdre son temps à tourniquer avec elles. Pendant que tu fais la bataille avec une petite pute comme ça, il y a peut-être une douzaine de poules sur la terrasse qui ne demandent qu'à être troulachées. C'est un fait! Elles rappliquent toutes ici pour se faire troulacher. Elles pensent que la France est un lieu de débauche... les pauvres crétines! Tu sais, ces institutrices de l'Ouest, elles sont toutes vierges vraiment... je te le jure! Elles sont là, assises sur leur derrière tout le jour, à ne penser qu'à ça. T'as pas besoin de les travailler beaucoup. Elles en meurent d'envie. J'avais une femme mariée l'autre jour qui m'a dit qu'elle n'avait pas baisé depuis six mois. Tu imagines ça? Merde alors! Elle avait le feu au cul! J'ai cru qu'elle allait m'arracher la queue! Et à geindre tout le temps! " Tu...? Tu...? " elle disait ça sans arrêt, comme si elle était folle. Et tu sais ce qu'elle voulait faire, cette pute? Elle voulait venir s'installer ici! Imagine ça! Elle me demandait si je l'aimais! Je ne connaissais même pas son nom. Je ne connais jamais leurs noms... Je ne veux pas les connaître. Et les mariées!... Merde alors, si tu voyais toutes les conasses mariées que j'amène ici, tu n'aurais jamais plus d'illusions. Elles sont pires que les pucelles, les femmes mariées. Elles n'attendent pas que tu commences les opérations — elles te la sortent toutes seules! Et puis après, elles te parlent d'amour. C'est répugnant! Je te le dis, je commence à les avoir en horreur, vraiment, ces salopes! »

Il se remet à regarder par la fenêtre. Il pleuvote. Il n'a pas cessé de crachiner depuis cinq jours.

« On va au Dôme, Joe? » Je l'appelle Joe parce qu'il m'appelle Joe. Lorsque Carl est avec nous, il est Joe lui aussi. Tout le monde s'appelle Joe : c'est bien plus simple ainsi. C'est aussi un avertissement agréable à ne pas se prendre trop au sérieux. Peu importe, Joe n'a pas envie d'aller au Dôme — il a une trop grosse ardoise là-bas. Il veut aller à la Coupole. Il veut d'abord faire un petit tour de promenade autour des maisons.

« Mais il flotte, Joe!

— Je sais, mais qu'est-ce que ça peut foutre! Il faut que je fasse ma promenade hygiénique. Il faut que je m'expulse la merde des tripes. » Quand il dit ça, j'ai l'impression que le monde entier est enroulé là, dans son ventre, et qu'il y pourrit.

Tout en s'habillant, il retombe dans cet état semi-comateux. Le voilà debout, un bras dans sa manche, et son chapeau de traviole, et il commence à rêver tout haut. Il rêve de la Riviera, du soleil, d'une vie entière de farniente... « Tout ce que je demande à la vie, dit-il, c'est une flopée de livres, une flopée de rêves, et une flopée de poules. » Et comme il marmonne ces mots d'un air pensif, il me regarde avec le sourire le plus doux et le plus insidieux. « Tu aimes ce sourire? dit-il, et il ajoute avec dégoût : Merde alors! Si je pouvais seulement dégotter quelque rombière pleine aux as pour lui sourire de cette façon! »

« Il n'y a plus qu'une rombière à fric pour me sauver maintenant, dit-il d'un ton de lassitude absolu. On se fatigue de courir après des poules nouvelles tout le temps. Ça devient mécanique. L'emmerdant, vois-tu, c'est que je peux pas tomber amoureux. Je suis trop égoïste. Les femmes m'aident à rêver, c'est tout. C'est un vice, comme le boire ou l'opium. Il m'en faut une nouvelle tous les jours, sinon, j'en tombe malade. Je pense trop. Parfois, je m'étonne moi-même, de ce que je réussis si vite — et comme ça veut vraiment pas dire grand-chose. Je le fais automatiquement. Parfois, je ne pense pas du tout aux femmes, puis, tout à coup, j'en vois une qui me regarde, et vlan! voilà que ça recommence! Avant de me rendre compte de ce que je fais, je l'ai amenée dans ma chambre. Je ne sais même plus ce que je leur dis. Je les fais monter ici, je leur mets la main au cul, et avant que je sache où j'en suis, tout est fini! C'est comme un rêve... Tu comprends ce que je veux dire? »

Il n'aime pas beaucoup les Françaises. Il ne peut même pas les souffrir. « Ou bien elles veulent du pognon, ou elles veulent que tu les épouses. Au fond, c'est toutes des putains. J'aime mieux me battre avec une pucelle, dit-il. Elles vous donnent un peu d'illusion. Elles se défendent, au moins! » N'empêche que, comme nous jetons un coup d'œil à la terrasse, il s'y trouve à peine une grue qu'il n'ait pas baisée une fois ou une autre. Debout au comptoir, il me les montre du doigt, une à une, passe leur anatomie en revue, décrit leurs bons et leurs mauvais côtés. « Elles sont toutes frigides », dit-il. Et il commence à caresser l'air de ses mains, évoquant les belles pucelles bien juteuses qui en meurent d'envie...

Au milieu de ses rêveries, il s'arrête brusquement, et, me saisissant le bras avec animation, il me désigne une baleine de femme qui vient juste de s'effondrer dans un fauteuil. « Voilà ma Danoise, grogne-t-il. Tu vises ce cul? Danoise! Ce qu'elle aime ça! Elle me supplie, c'est bien simple!... Viens ici... regarde là maintenant, de côté! Regarde ce cul, je t'en prie! Formidable! Je te dis que quand elle grimpe sur moi, je peux à peine en faire le tour de mes bras. Il fait disparaître le monde entier. Elle me donne l'impression que je suis une petite punaise qui s'insinue en elle. Je comprends pas pourquoi j'ai le béguin. Je suppose que ça doit être son cul. C'est si extravagant! Et les plis! Tu peux pas oublier un cul comme ça! C'est un fait... un fait réel! Les autres, elles peuvent t'emmerder, ou te donner quelques secondes d'illusion, mais celle-là — avec son cul — merde alors! Tu peux pas la compter pour rien! C'est comme si tu te foutais au lit avec un monument par-dessus! »

La Danoise semble l'avoir électrisé. Toute nonchalance a maintenant disparu de lui. Les yeux lui sortent de la tête. Et naturellement, une chose lui en rappelle une autre. Il veut sortir de ce putain d'hôtel parce que le bruit le dérange. Il veut écrire un livre pour avoir de quoi s'occuper l'esprit. Mais alors ce foutu putain de boulot se met en travers. « Ça vous enlève tout, ce putain de travail! Je ne veux pas écrire sur Montparnasse... Je veux écrire ma vie, mes pensées. Je veux m'expulser la merde des tripes... Écoute, tu la vois, celle-là, là-bas ? Je l'ai eue il y a longtemps. Elle était près des Halles. Une drôle de pute. Elle se mettait sur le bord du lit et relevait sa robe. T'as jamais essayé comme ça ? Pas mauvais. Elle ne me pressait pas, non plus. Elle se rejetait en arrière et tripotait son chapeau tandis que je lui foutais ma pine au cul. Et quand je lâchais tout, elle me disait d'un air ennuyé : "Tu as fini ?" Comme si ça ne faisait aucune différence. Naturellement, ça ne fait aucune différence, je le sais foutrement bien!... mais ce sang-froid qu'elle avait!... Ça me plaisait assez, d'ailleurs... c'était fascinant, tu comprends ? Quand elle va s'essuyer, elle se met à chanter. Et en sortant de l'hôtel, elle te chante encore!...

Elle n'a pas même dit au revoir. Et elle fout le camp en balançant son bibi et en fredonnant comme ça! En voilà une grue! A y réfléchir, elle baisait bien. Je crois que je la préfère à ma pucelle. Il y a quelque chose de dépravé à baiser une poule qui s'en fout comme de sa première chemise. Ça vous échauffe le sang... » Puis, après un moment de réflexion, il ajoute : « Peux-tu imaginer ce qu'elle serait si elle avait du sentiment? »

« Écoute, dit-il, je veux que tu viennes au club demain après-midi avec moi. On danse.

— Pas libre demain, Joe. J'ai promis à Carl...

— Écoute, envoie-le donc au bain, ce con!... Je veux que tu me fasse une faveur. Voilà, c'est comme ça... (Il se remet à caresser l'air de ses mains.) J'ai une poule fin cuite... elle m'a promis de passer la nuit avec moi dès que je serai libre... mais je suis pas tout à fait sûr d'elle encore. Elle a sa mère, tu comprends... une emmerdeuse de peintresse, elle me crève le tympan avec ses histoires toutes les fois que je la vois. Je crois que la vérité c'est que la mère est jalouse. Je ne crois pas qu'elle dirait non si je la baisais, elle, en premier. Tu comprends la situation, hein?... Alors j'ai pensé que peut-être tu refuserais pas de baiser la mère... elle n'est pas si mal que ça... Si j'avais pas vu la fille, j'aurais pu en faire mes choux gras moi-même. La fille est jeune et jolie, et fraîche, tu vois ce que je veux dire?... Elle sent le propre...

— Écoute, Joe, tu ferais mieux de demander à quelqu'un d'autre...

— Ah! parle pas comme ça! Je sais ce que tu penses... ça n'est qu'une petite faveur que je te demande. Je sais pas comment me dépêtrer de la vieille. D'abord j'ai pensé à lui saouler la gueule et je la planquerai après... mais je crois pas que la petite aimerait ça. C'est des sentimentales... Elles viennent du Minnesota ou quelque part par là. En tout cas, tu peux toujours venir demain et me réveiller, hein? Sinon, je reste endormi. Et puis, j'ai besoin de toi pour m'aider à trouver une chambre. Tu sais que je suis bon à rien. Trouve-moi une chambre dans une rue tranquille, pas loin d'ici. Il faut que je reste par ici... Ici, j'ai du crédit... Écoute, promets-moi de faire ça pour moi — je te payerai un dîner de temps en temps. De toute façon, rapplique, parce que je deviens fou à parler avec ces idiotes. Je veux te parler de Havelock Ellis. Merde! Voilà trois semaines que j'ai le livre, et je l'ai même pas ouvert! On s'encrasse ici. Tu le croirais pas, j'ai jamais été au Louvre ni à la Comédie-Française! Ça vaut-il la peine d'y foutre les pieds? Tout de même, ça vous change les idées, je suppose. Qu'est-ce que tu fous, tout seul, tout le jour? Tu t'emmerdes pas? Comment tu pratiques pour baiser? Écoute!... viens ici!... ne fous pas le camp encore!... Je suis seul... Tu veux que je te dise une chose?... Si ça continue encore une année, je deviens dingo! Il faut que je sorte de ce putain de patelin... Rien à faire pour moi ici... Je sais que ça devient moche maintenant, en Amérique, mais tout de même... Ici, on perd la boule... tous ces petits merdeux assis sur leurs culs toute la journée à faire les fanfarons de leur boulot et y en a pas un qui vaille un pet de lapin... C'est tous des ratés — voilà pourquoi ils sont venus ici. Écoute, Joe, t'as jamais le mal du pays, toi? T'es un drôle de type, toi... on dirait que tu te plais ici... Qu'est-ce que tu y vois, je voudrais bien le savoir!... Je voudrais bien cesser de penser à moi-même! Je suis tout recroquevillé, là-dedans... C'est comme un nœud dans la panse!... Écoute, je sais que je t'emmerde ferme, mais il faut que je cause à quelqu'un. Je peux pas causer à des types du journal... tu sais quels crétins ils sont... tous à mettre leurs noms en gros... Et Carl, ce petit con, il est tellement égoïste! Moi, je pense à moi, mais je suis pas égoïste. Y a une différence! Je suis névrosé, soit! Je peux pas cesser de penser à moi-même... c'est pas que je me considère si important, non, c'est que je peux pas penser à autre chose, voilà tout. Si je pouvais tomber amoureux d'une femme, ça pourrait aller... Mais je peux pas trouver une femme qui m'intéresse. Je suis dans un de ces pétrins, tu peux bien voir!... Qu'est-ce que tu me conseilles de faire? Qu'est-ce que tu ferais à ma place? Écoute, je veux pas te retenir plus longtemps, mais viens me réveiller demain matin, à une heure et demie, veux-tu? Je te donnerai un petit bakchich si tu me cires les souliers... Ah! Écoute, t'as pas une chemise de reste, par hasard, une propre?... Si oui, apporte-la, veux-tu? Merde alors! Je me ratatine les couilles à ce boulot, et il est pas foutu de me procurer une liquette propre! Ils nous possèdent tous ici comme un troupeau de nègres! Merde alors! Je vais me ballader... je vais m'expulser la merde des tripes!... N'oublie pas, demain!... »

Depuis six mois ou plus, ça continue, la correspondance avec la poule au fric, Irène. Ces jours-ci, je suis allé voir Carl tous les jours afin d'en terminer avec cette affaire, parce que, si ce n'était que d'Irène, ça pourrait continuer indéfiniment. Les tout derniers jours, il y a eu une parfaite avalanche de lettres de part et d'autre. La dernière lettre que nous avons envoyée avait presque quarante pages, et était écrite en trois langues. C'était un pot-pourri, cette dernière lettre — des bouts de vieux romans, des tranches du supplément du dimanche, des versions retapées de vieilles lettres à Llona et à Tania, des à-peu-près défigurés de Rabelais et de Pétrone — bref, nous en avions mis un sacré coup! Finalement, Irène décide de sortir de sa coquille. Finalement, arrive une lettre donnant un rendez-vous à son hôtel. Carl fait dans ses culottes. C'est une chose d'écrire une lettre à une femme que vous ne connaissez pas — et c'en est une autre entièrement différente de lui rendre visite et de lui faire la cour. Au dernier moment, il tremble tellement que j'ai peur de devoir me substituer à lui. Quand nous descendons du taxi en face de son hôtel, il est si tremblant, que je dois d'abord lui faire faire le tour du pâté de maisons. Il a déjà pris deux pernods, mais ça ne lui a pas produit le moindre effet. La vue de l'hôtel suffit pour l'anéantir : c'est un endroit prétentieux avec un de ces immenses vestibules déserts où les Anglaises peuvent rester pendant des heures, le regard vide. Afin de m'assurer qu'il n'allait pas s'enfuir, je ne m'éloignai pas pendant que le portier téléphonait pour l'annoncer. Irène était chez elle, et l'attendait. En prenant l'ascenseur, il me jeta un dernier regard désespéré, un de ces appels muets comme en ont les chiens quand vous leur passez un nœud coulant autour du cou. En sortant par la porte tournante, je pensais à Van Norden...

Je rentre à l'hôtel et j'attends un coup de téléphone. Il n'a qu'une heure, et il m'a promis de me dire le résultat avant d'aller au bureau. Je regarde les copies des lettres que nous lui avons envoyées. J'essaye d'imaginer la situation telle qu'elle est réellement, mais je n'y parviens pas. Ses lettres sont bien mieux que les nôtres — elles sont sincères, c'est évident. Mais maintenant, ils se sont mesurés. Je me demande s'il fait toujours dans ses culottes.

Le téléphone retentit. Sa voix a un timbre étrange, aigu, comme s'il avait peur et jubilait tout à la fois. Il me demande de le remplacer au bureau. « Dis ce que tu voudras à ce salaud! Dis-lui que je suis en train de crever!... »

« Écoute, Carl, est-ce que tu peux me dire...? »

« Allô! C'est vous Henry Miller? » Une voix de femme! C'est Irène! Elle me dit Allô! Sa voix a un timbre magnifique dans l'appareil... magnifique! Pendant quelques instants je suis frappé de panique. Je ne sais que lui dire. J'aimerais lui dire : « Écoutez, Irène, je crois que vous êtes belle... je crois que vous êtes merveilleuse! » J'aimerais lui dire une chose vraie, si bête qu'elle puisse paraître, parce que maintenant que j'entends sa voix, tout est changé. Mais avant que je puisse rassembler mes esprits, Carl a repris l'appareil et me dit de son étrange voix aiguë : « Tu lui plais, Joe! Je lui ai tellement parlé de toi!... »

Au bureau, je dois tenir la copie pour Van Norden. Au moment du repos, il me tire à l'écart. Il a les dents serrées et paraît torturé.

« Alors, il crève, ce petit con, hein? Allons, dis-moi la vérité!

— Je crois qu'il est allé voir sa rombière au fric », je réponds avec calme.

« Quoi! Tu veux dire qu'il est allé chez elle? » Il paraît hors de lui. « Dis-moi, où habite-t-elle? Comment elle s'appelle? » Je feins l'ignorance. « Écoute, dit-il, tu es un chic type. Pourquoi diable tu me laisses en dehors de cette histoire? »

Afin de l'apaiser, je finis par lui promettre de tout lui dire dès que j'aurais les détails de Carl. Moi-même, je meurs d'envie de voir Carl.

Vers midi le lendemain, je frappe à sa porte. Il est déjà debout, en train de se savonner la barbe. On ne peut rien dire d'après l'expression de sa figure. Pas même s'il va me dire la vérité. Le soleil coule à flots par la fenêtre ouverte, les oiseaux gazouillent, et pourtant, je ne sais pourquoi, la chambre a l'air plus nue et plus misérable que jamais. Le parquet est tout barbouillé de mousse de savon, et sur le porte-serviettes pendent les deux torchons sales qu'on ne change jamais. Et pourtant Carl n'est pas changé non plus, et cela m'intrigue plus que tout. Ce matin, le monde entier devrait être changé, en bien ou en mal, mais changé, radicalement changé. Et pourtant Carl est debout, là, à se savonner la figure, et pas un seul détail qui ne soit pareil.

« Assieds-toi... assieds-toi là, sur le lit, dit-il. Tu vas tout savoir... mais attends un peu... attends un peu... » Il se remet à se barbouiller le visage, puis, repasse son rasoir. Il fait même une remarque au sujet de l'eau... pas d'eau chaude encore!

« Écoute, Carl, je suis sur des charbons ardents. Tu peux me torturer après si tu veux, mais dis-moi maintenant, dis-moi une chose... c'était bon ou mauvais ? »

Il se détourne du miroir, le blaireau à la main, et me fait un étrange sourire. « Attends! Je vais tout te raconter!

— Ça veut dire que c'est raté?

— Non, dit-il, en traînant sur les mots, ça n'était pas raté, et ça n'a pas été réussi non plus... A propos, tu as arrangé la chose pour moi au bureau? Qu'est-ce que tu leur as dit? »

Je me rends compte qu'il est inutile d'essayer de lui extraire la vérité. Quand il sera bien disposé, il me parlera. Pas avant. Je me couche sur le lit, muet comme une carpe. Il continue à se raser.

Subitement, à propos de rien, il commence à parler. A bâtons rompus d'abord, et puis de plus en plus clairement, résolument, en mettant l'accent où il faut. C'est une lutte pour sortir la chose, mais il semble décidé à tout dire. Il fait comme s'il avait un poids à se lever de la conscience. Il me rappelle même le regard qu'il me donna quand il montait dans le puits de l'ascenseur. Il insiste et s'attarde sur ce point, comme pour impliquer que tout était contenu dans ce dernier instant, et que, à supposer qu'il ait eu le pouvoir de changer les choses, jamais il n'eût mis le pied en dehors de l'ascenseur.

Elle était en robe de chambre quand il entra. Il y avait un seau à champagne sur la coiffeuse. La chambre était assez sombre et la voix charmante. Il me donne tous les détails sur la chambre, sur le champagne, comment le garçon déboucha la bouteille, le bruit qu'elle fit, la façon dont sa robe de chambre froufrouta lorsqu'elle s'avança vers lui pour l'accueillir — il me dit tout, sauf ce que je brûle d'entendre.

Il était près de huit heures quand il arriva chez elle. A huit heures et demie, il était un peu agité, préoccupé par son bureau. « C'était presque neuf heures quand je t'ai téléphoné, n'est-ce pas? dit-il.

— Oui, environ...
— J'étais nerveux, tu comprends...
— Je le sais. Continue... »

Je ne sais pas si je dois le croire ou non, surtout après ces lettres que nous avons cuisinées. Je ne sais même pas si j'ai correctement entendu, parce que tout ce qu'il m'a dit a un air fantastique. Et pourtant, ça semble vrai, aussi, étant donné le genre de type qu'il est. Et puis je me rappelle sa voix au téléphone, cet étrange mélange de terreur et de jubilation. Mais pourquoi n'est-il pas plus jubilant maintenant? Il ne cesse de sourire maintenant, comme une petite punaise rose qui est repue. « Il était neuf heures, répète-t-il, quand je t'ai sonné, n'est-ce pas? » Je fais oui de la tête avec lassitude. Oui, c'était neuf heures. Il est certain maintenant qu'il était neuf heures parce qu'il se rappelle d'avoir tiré sa montre. En tout cas, lorsqu'il a tiré sa montre pour la seconde fois, il était dix heures. A dix heures, elle était allongée sur le divan, se tenant les nichons dans les mains. C'est ainsi qu'il me raconte la chose, par petits bouts. A onze heures, tout était arrangé : ils allaient s'enfuir, à Bornéo. Que son mari aille se faire foutre! Du reste, elle ne l'avait jamais aimé. Elle n'aurait jamais écrit la première lettre si le mari n'avait pas été vieux et sans passion. « Et puis elle me dit : "Mais dites-moi, chéri, comment savez-vous que vous ne vous lasserez pas de moi?" »

A quoi j'éclate de rire. Ça me semble absurde, je ne peux pas m'en empêcher.

« Et tu as répondu?
— Qu'est-ce que tu crois que j'ai répondu? J'ai dit : comment pourrait-on jamais se lasser de vous? »

Et puis il me décrit ce qui s'est passé ensuite, comment il s'est baissé pour lui embrasser les seins, et comment, après qu'il les eût embrassés, il les refourra dans son corsage, à moins qu'on appelle ça autrement. Et ensuite, une autre coupe de champagne.

Vers minuit, le garçon s'amène avec de la bière et des sandwichs — des sandwichs au caviar. Et tout le temps, dit-il, il mourait d'envie de pisser. Il avait pu bander un moment, mais ça lui avait passé. Tout le temps sa vessie est prête à éclater, mais il imagine, le malin petit con qu'il est, que la situation commande la discrétion.

A une heure et demie, elle a envie de prendre une voiture et de faire un tour au Bois. Lui, n'a qu'une pensée en tête : comment faire pour pisser? « Je vous aime... je vous adore, dit-il. J'irai partout où vous voudrez — Stamboul, Singapour, Honolulu. Seulement, il faut que je m'en aille... il se fait tard... »

Il me raconte tout ça dans sa petite chambre sordide, tandis que le soleil coule à flots et que les oiseaux gazouillent à qui mieux mieux. Je ne sais même pas si elle était belle ou non. Il ne le sait même pas lui-même, l'imbécile! Il croit plutôt que non. La chambre était dans la pénombre, et il y avait ce champagne et ses nerfs tout chiffonnés.

« Mais tu devrais bien en savoir quelque chose, si tout ce que tu me racontes n'est pas un mensonge éhonté!

— Attends un peu, dit-il. Attends! Laisse-moi réfléchir... Non! Elle n'était pas belle! J'en suis sûr maintenant. Elle avait une mèche de cheveux gris sur le front... je me rappelle. Mais ça serait rien — je l'avais presque oublié, vois-tu! Non, c'était ses bras — ils étaient maigres... ils étaient maigres et fragiles. » Il commence à arpenter la pièce. Soudain il s'arrête court. « Si seulement elle avait dix ans de moins! Je pourrais passer sur cette boucle de cheveux gris!... et même sur les bras frêles... Mais elle est trop vieille. Tu comprends, avec une poule comme ça, chaque année compte. Ça n'est pas un an de plus qu'elle aura l'an prochain... ce sera dix! Encore une année, et ce sera vingt! Et moi, j'aurais l'air de plus en plus jeune tout le temps — du moins encore pendant cinq ans...

— Mais comment ça a-t-il fini? demandai-je.

— C'est justement ça!... ça n'a pas fini! J'ai promis

de la voir mardi vers cinq heures. Ça c'est moche, tu comprends ? Elle avait des rides sur la figure qui seront pires en plein jour. Je pense qu'elle veut que je la baise mardi. Mais baiser en plein jour, ça se fait pas avec une poule comme ça. Surtout dans un hôtel pareil! J'aimerais mieux le faire ma nuit de congé... mais je n'ai pas congé mardi. Et ce n'est pas tout! Je lui ai promis une lettre entre-temps. Comment vais-je lui écrire une lettre maintenant? Je n'ai rien à dire!... Merde! Si seulement elle avait dix ans de moins! Crois-tu que je doive partir avec elle... pour Bornéo ou le diable sait où elle veut m'emmener? Qu'est-ce que je ferais avec une rombière à fric comme ça sur les bras? Je sais pas chasser. J'ai peur des fusils et des trucs de ce genre. Et puis aussi, elle voudra que je la baise nuit et jour... faudra chasser et baiser sans arrêt! Impossible!

— Peut-être ça sera pas aussi mauvais que tu le crois... Elle t'achètera des cravates et toutes sortes de trucs...

— Peut-être tu pourrais venir avec nous, hein? Je lui ai parlé de toi...

— Tu lui as dit que j'avais pas le sou?... que j'avais besoin de tout?

— Je lui ai tout dit. Merde alors! Tout ça serait si épatant, si seulement elle avait quelques années de moins! Elle m'a dit qu'elle allait sur les quarante. Ça veut dire cinquante ou soixante! C'est comme si tu couchais avec ta mère!... On peut pas faire ça... c'est impossible!

— Mais enfin, elle doit bien avoir quelque charme?... Tu m'as dit que tu avais embrassé ses seins?...

— Embrasser les seins... qu'est-ce que c'est! Et puis, il faisait noir, je te dis! » En mettant son pantalon, un bouton tombe. « Regarde-moi ça! Il s'en va en pièces ce putain de costume. Il y a sept ans que je le porte... Il est vrai que je l'ai jamais payé. Il a été bon, mais maintenant il pue. Et cette garce m'achèterait des costumes aussi... tout ce que je voudrais sans doute... Mais c'est ce que je n'aime pas, avoir une femme qui casque pour moi. Je l'ai jamais fait de ma vie. C'est ton idée, à toi. Moi, j'aimerais mieux vivre seul! Après tout, merde! elle est pas si mal cette chambre! Qu'est-ce que tu lui reproches? Elle est foutrement mieux que la sienne, non? Je n'aime pas son hôtel chic! Je suis contre des hôtels comme ça. Je le lui ai dit. Elle m'a dit qu'elle se fichait de vivre ici ou là... elle m'a dit qu'elle viendrait vivre avec moi si je voulais. Tu te la figures venant habiter ici avec ses énormes malles et ses cartons à chapeau et toutes ses saloperies qu'elle traîne après elle? Elle a trop de choses — trop de robes, trop de flacons, et tout ça!... Sa chambre, c'est une clinique! Si elle s'égratigne le petit doigt, c'est sérieux! Et puis il lui faut des massages et se faire onduler les cheveux, et ne pas manger ceci et ne pas manger cela! Écoute, Joe, elle serait pas mal si elle avait quelques années de moins. On peut tout pardonner à une poule jeune. Elle n'a pas besoin d'être intelligente. Elles sont bien mieux quand elles sont bêtes. Mais une vieille rombière, même si elle est très intelligente, même si elle est la femme la plus charmante du monde, ça ne fait absolument aucune différence. Une poule jeune, c'est un placement; une vieille c'est une perte sèche. Tout ce qu'elles peuvent faire, c'est de vous acheter des choses. Mais ça leur fout pas une once de chair sur les bras ni une goutte de foutre entre les cuisses. Elle n'est pas mal Irène, c'est vrai. Même que je crois qu'elle te plaîrait. Avec toi, c'est différent. Tu n'aurais pas à la baiser. Tu peux te payer le luxe qu'elle te plaise. Peut-être que tu n'aimerais pas toutes ces robes et les fioles et le reste, mais tu serais tolérant. Tu ne t'ennuierais pas avec elle : ça je te l'affirme. Elle est même intéressante, si on peut dire. Mais elle est flétrie. Ses nichons sont encore pas mal... mais ses bras! Je lui ai dit que je t'amènerais un jour. Je lui ai beaucoup parlé de toi. Je ne savais pas que lui dire. Peut-être qu'elle te plaira, surtout habillée. Je sais pas...

— Écoute, elle a de la galette, tu dis? Elle me plaira! Je me fous de son âge, pourvu que ce soit pas une vieille sorcière.

— Ça n'est pas une sorcière! Qu'est-ce que tu racontes! Elle est charmante, je te le dis! Elle parle très bien. Elle est très bien, aussi... seulement ses bras...

— D'accord, si elle est comme tu dis, d'accord! C'est moi qui la baiserais, si tu ne veux pas! Dis-le-lui. Mais en douce, cependant... avec des femmes comme elle, faut aller doucement en affaires. Tu m'amèneras, et les choses s'arrangeront toutes seules! Fais des compliments de moi à perte de vue. Fais le jaloux... Merde alors! Peut-être que nous la baiserons tous les deux!... Et nous irons dans toutes sortes d'endroits, et on mangera ensemble et on se balladera et on ira à la chasse et on portera de beaux costumes! Si elle a envie d'aller à Bornéo, qu'elle nous emmène! Moi non plus je ne sais pas tirer un coup de fusil, mais qu'est-ce que ça fout? Elle s'en fout, elle aussi, d'ailleurs! Tout ce qu'elle veut, c'est qu'on la baise, n'est-ce pas? Tu es là à me parler de ses bras tout le temps... tu n'as pas besoin de les regarder tout le temps, hein? Regarde-moi cette literie! Et ce miroir! Tu appelles ça vivre? Tu veux continuer à faire le délicat et tu peux vivre comme un pou toute ta vie? Tu peux même pas payer ta note d'hôtel... et tu as une place encore! C'est pas une façon de vivre. Je m'en fous qu'elle ait soixante-dix ans, moi!... ça vaut encore mieux que tout ceci!...

— Alors, dit Joe, tu la baiseras pour moi... et tout ira sur des roulettes... Peut-être que je baiserai moi aussi de temps en temps, mon soir de congé... Il y a quatre jours que je n'ai pas pu chier comme il faut. Il y a quelque chose qui me colle au cul, comme des raisins...

— Tu as des hémorroïdes, voilà tout...

— Je perds mes cheveux, et je devrais aller chez le dentiste. On dirait que je tombe en pièces... Je lui ai dit quel chic type tu es. Tu feras les choses pour moi, hein? Tu n'es pas trop délicat, n'est-ce pas? Si nous allons à Bornéo, je ne veux plus avoir d'hémorroïdes. Peut-être que je ferai quelque chose d'autre... quelque chose de pire... la fièvre... ou le choléra... Merde! Il vaut mieux mourir d'une bonne maladie comme ça que de pisser ta vie goutte à goutte dans un journal avec des raisins au trou du cul et des boutons qui pendouillent de ton pantalon! J'aimerais être riche, fût-ce seulement une semaine, et aller à l'hôpital avec une bonne maladie, une maladie fatale, et avoir des fleurs dans ma chambre et des infirmières dansant tout autour et des télégrammes qu'on m'enverrait. On prend bien soin de toi, si tu es riche! On te lave avec du coton à rame et on te peigne les cheveux. Tu parles, si je le sais! Et peut-être que j'aurais la chance de ne pas mourir du tout. Peut-être que je serais paralysé toute ma vie... impotent... et je resterais dans un fauteuil roulant. Mais même alors, on me soignerait pareil... même si je n'avais plus d'argent. Quand tu es infirme — vraiment infirme — on te laisse pas mourir de faim. On te donne un lit propre pour y dormir, et on te change les serviettes tous les jours. Tandis qu'ainsi, personne ne s'intéresse à toi, surtout si tu as une place. Les gens pensent qu'on doit être heureux quand on a une place. Qu'est-ce que tu aimerais mieux — être infirme toute ta vie, avoir une place... ou épouser une vieille rombière? Tu aimerais mieux épouser la rombière, je vois ça! Tu ne penses qu'à bouffer! Mais en supposant que tu l'épouses, et que tu ne puisses plus bander du tout — ça vous arrive parfois! — qu'est-ce que tu ferais alors? Tu serais à sa merci! Tu serais obligé de lui manger dans la main, comme un toutou! Tu aimerais ça, toi? Ou peut-être que tu penses pas à ces choses-là. Moi, je pense à tout! Je pense aux costumes que je choisirais et aux endroits où j'aimerais aller, mais je pense aussi au reste. C'est l'important! A quoi servent les cravates de fantaisie et les beaux costumes si tu ne peux plus bander? Tu peux même pas la tromper, parce qu'elle sera sur tes talons tout le temps. Non, le mieux serait de l'épouser, et de chopper une maladie tout de suite. Pourvu que ce soit pas la syphilis. Le choléra, si tu veux, ou la fièvre jaune. De façon à ce que, si un miracle arrivait, si ta vie était épargnée, tu sois infirme pour le reste de tes jours. Alors tu n'aurais plus à t'inquiéter de la baiser, et pas non plus au sujet du loyer. Il est probable qu'elle t'achèterait un beau fauteuil roulant avec des roues caoutchoutées et toutes sortes de leviers. Tu pourrais même te servir de tes mains, je veux dire assez pour écrire. Ou tu pourrais avoir une secrétaire, d'ailleurs. Voilà! être malade comme ça, c'est la meilleure solution pour un écrivain. Qu'est-ce qu'on a à foutre de ses bras et de ses jambes? On n'a pas besoin de bras et de jambes pour écrire. On a besoin de sécurité... de paix... de protection. Tous ces héros qui défilent dans leurs chaises roulantes, quel dommage qu'ils ne soient pas écrivains! Si seulement on pouvait être sûr, quand on va à la guerre, d'avoir les deux jambes emportées... si on pouvait en être sûr, je dirais : que la guerre éclate demain! Je m'en fous de toutes leurs médailles — ils pourraient bien les garder leurs médailles! Tout ce que je veux, c'est un bon fauteuil roulant et trois repas par jour! Alors je leur en foutrais des trucs à lire, à tous ces cons! »

Le lendemain, à une heure et demie, je rends visite à Van Norden. C'est son jour de congé, ou plutôt sa nuit. Il a laissé un mot à Carl, disant que j'aille l'aider à déménager aujourd'hui.

Je le trouve dans un état de dépression inaccoutumé. Il n'a pas fermé l'œil de la nuit, me dit-il. Il a quelque chose dans la cervelle, quelque chose qui le ronge. Je ne suis pas long à découvrir ce que c'est. Il a attendu impatiemment mon arrivée pour le sortir.

« Ce type, commence-t-il, voulant signifier Carl, ce type est un artiste. Il m'a décrit chaque détail minutieusement. Il m'a tout raconté avec tant de précision que je sais que tout ça n'est qu'un foutu mensonge... mais je ne peux pas m'en débarrasser l'esprit. Tu sais bien comment mon esprit travaille. »

Il s'interrompt pour me demander si Carl m'a raconté toute l'histoire. Il ne doute pas le moins du monde que Carl puisse m'avoir raconté une version, et à lui une autre. Il semble penser que l'histoire a été inventée pour le torturer lui personnellement. Ce qui l'ennuie, ce n'est pas tellement que tout ça ne soit que pure invention. C'est « les images », comme il dit, que Carl lui a laissées dans la tête qui le possèdent. Les images sont réelles, même si toute l'histoire est fausse. Et par ailleurs, le fait qu'il y ait véritablement une riche rombière sur la scène et que Carl lui ait réellement rendu visite, ça c'est indéniable. Ce qui s'est réellement passé est secondaire. Il prend pour un fait acquis que Carl le lui a vraiment mis. Mais ce qui le pousse au désespoir, c'est la pensée que ce que Carl lui a décrit ait pu être possible !

« C'est bien de ce type, dit-il, de me raconter qu'il le lui a mis six ou sept fois. Je sais que c'est des bobards et ça me touche pas beaucoup, mais quand il me raconte qu'elle a loué une voiture et l'a conduit au Bois et qu'ils se sont servis de la pelisse du mari en guise de couverture, c'est trop fort! Je suppose qu'il t'a dit que le chauffeur attendait respectueusement... et dis-moi, est-ce qu'il t'a dit que le moteur ronflait tout ce temps? Merde alors! il a merveilleusement agencé ça! c'est un de ces petits détails qui rendent les choses psychologiquement réelles! On ne peut pas le tirer de sa tête après coup! Et il me l'a dit si sagement, si naturellement! Je me demande s'il y a pensé avant, ou si c'est juste sorti de sa tête, hop! comme ça, spontanément? C'est un si fieffé petit menteur qu'on ne peut pas s'y fier... c'est comme quand il vous écrit une lettre, un de ces bouquets qu'il fabrique la nuit! Je peux pas comprendre comment un type peut vous écrire des lettres pareilles! Je ne pige pas la mentalité qui se cache derrière... c'est une forme de la masturbation, qu'est-ce que tu en penses? »

Mais avant que j'aie pu formuler une opinion, ou même lui rire au nez, Van Norden continue son monologue.

« Écoute, je suppose qu'il t'a raconté... Est-ce qu'il t'a dit comment il l'a embrassée sur le balcon au clair de lune? Ça a l'air banal quand on le raconte, mais la façon dont il l'a dit!... Je le vois très bien là, ce petit con, avec la femme dans ses bras, et il lui écrit déjà une autre lettre, un autre bouquet sur les toits de Paris, et toutes ces couillonnades qu'il vole à des autres Français. Ce type ne te dit jamais rien d'original, je m'en suis aperçu. Il te reste à trouver la clé... découvrir sa dernière lecture... et c'est difficile, parce qu'il est cachottier en diable. Écoute, si je savais pas que tu y es allé avec lui, je croirais même pas que la femme existe. Un type comme ça pourrait très bien s'écrire des lettres à lui-même. Et pourtant, il a de la veine... Il est tellement menu, si frêle, il a des airs si romantiques, que les femmes ont le béguin de temps en temps... elles l'adoptent, comme qui dirait... elles le plaignent... Et il y a des idiotes qui aiment recevoir des fleurs... ça leur donne de l'importance... Mais cette femme-là est intelligente, à ce qu'il dit. Tu devrais savoir, toi qui as vu ses lettres. Qu'est-ce que tu crois qu'une femme comme elle a pu voir en lui? Je comprends qu'elle soit prise par les lettres... mais qu'est-ce que tu crois qu'elle a ressenti quand elle l'a *vu?*

« Mais écoute, tout ça n'est pas l'important. Ce qui m'intéresse, c'est la façon dont il le raconte. Tu sais comme il enjolive les choses... eh bien! après cette scène sur le balcon (il me la présente comme hors-d'œuvre, tu comprends) après ça, d'après lui, ils sont rentrés, et il a défait son pyjama... Pourquoi souris-tu? Il s'est foutu de moi?

— Non! non! Tu racontes exactement ce qu'il m'a dit. Continue!

— Après ça, — ici Van Norden est forcé de sourire lui-même — après ça, fais bien attention, il me raconte comment elle était assise dans le fauteuil, les jambes en l'air... complètement à poil... et lui, assis par terre à la regarder, à lui dire comme elle est belle... est-ce qu'il t'a dit qu'elle ressemble à un Matisse?... Attends un peu!... je voudrais me rappeler exactement ce qu'il a dit. Il a eu une petite phrase pleine d'astuce sur une odalisque... qu'est-ce que c'est donc une odalisque ? Il l'a dite en français, voilà pourquoi c'est difficile de se rappeler sa foutue remarque... mais c'était pas trop mal. La sorte de chose qu'il pourrait bien dire, quoi ! Et elle sans doute a cru que c'était original... Elle doit croire qu'il est poète ou je ne sais quoi. Mais écoute, tout ça n'est rien... Je lui accorde de l'imagination. C'est ce qui est arrivé après, qui me rend fou ! Toute la nuit, je me suis retourné dans mon lit, à jouer avec ces images qu'il m'a laissées dans la tête ! Je peux pas m'en débarrasser. Ça me paraît si réel, que si c'était faux, je pourrais l'étrangler, ce salaud ! On n'a pas le droit d'inventer des choses comme ça ! Ou alors, c'est qu'on est malade...

« Mais j'arrive à ce moment où, qu'il dit ! il s'est mis à genoux, et, avec ses deux doigts osseux, il s'est mis à lui ouvrir le sexe. Tu te rappelles ça ? Il dit qu'elle était assise, là, les jambes ballantes sur les bras du fauteuil, et tout à coup, dit-il, il lui est venu une inspiration. Ça s'est passé après qu'il l'eût déjà baisée une ou deux fois... après qu'il eût fait ce petit laïus sur Matisse. Il tombe à genoux — écoute bien ! — et avec ses deux doigts... avec le bout seulement, fais bien attention... il sépare les petits pétales... squish-squish... juste comme ça ! Un petit bruit gluant... presque imperceptible... squish-squish ! *Merde alors !* je l'ai entendu toute la nuit ! Et puis, il dit — comme si ça me suffisait pas ! — il dit qu'il lui a fourré la tête dans le minet ! Et à ce moment-là, merde alors ! voilà qu'elle lui balance les jambes autour du cou et l'emprisonne là ! C'est ça qui m'a eu ! Imagine ! Imagine une belle femme, une femme sensible comme elle, lui balançant les jambes autour du cou, à lui! Il y a quelque chose d'irrespirable à ça! Et c'est si fantastique que ça paraît convaincant! S'il ne m'avait parlé que du champagne, et de la promenade au Bois, et même de cette scène sur le balcon, j'aurais pu l'oublier. Mais cette chose est si incroyable qu'elle n'a plus l'air d'un mensonge. Je ne peux pas croire qu'il ait lu quelque chose comme ça quelque part, et je ne vois pas ce qui aurait pu lui donner l'idée s'il n'y avait pas un peu de vérité là-dedans. Avec un petit con comme lui, vois-tu, tout peut arriver. Il peut ne pas l'avoir baisée du tout, mais elle peut l'avoir laissé la chatouiller... on ne sait jamais avec ces poules pleines de fric ce qu'elles peuvent attendre de vous... »

Quand il se tire enfin de son lit et commence à se raser, l'après-midi est déjà bien avancé. J'ai finalement réussi à lui détourner l'esprit de ce sujet, et à l'amener à son déménagement. La bonne entre pour voir s'il est prêt — il doit avoir débarrassé la chambre à midi, en principe. Mais il est tout juste en train d'enfiler son pantalon. Je suis un peu surpris qu'il ne s'excuse pas, ou ne se détourne pas. Le voyant là, debout, en train de boutonner nonchalamment sa braguette tout en lui donnant des ordres, je me mets à rigoler. « Fais pas attention à elle, dit-il, en lui jetant un regard de suprême mépris, c'est une grosse truie. Pince-lui le cul, si tu veux. Elle ne dira rien. » Puis, s'adressant à elle, en anglais, il dit : « Viens ici, chameau, mets ta main là-dessus! » A ces mots, je ne puis davantage me contenir. J'éclate de rire, crise de rire hystérique qui est contagieux pour la bonne aussi, bien qu'elle ne comprenne pas ce qui se passe. Elle commence à enlever les tableaux et les photographies — ce sont les siennes propres surtout — qui tapissent le mur. « Toi! dit-il, dressant le pouce, viens ici! Voilà un souvenir de moi! — il arrache une photo du mur — quand je serai parti, tu pourras t'en torcher le cul! Tu vois! dit-il, se tournant vers moi, elle est stupide comme une mule! Elle n'aurait pas l'air plus intelligent si je le disais en français. » La bonne est là, debout, bouche bée; évidemment, elle est convaincue qu'il est piqué. « Hé! lui hurle-t-il, comme si elle était dure d'oreille, hé! toi! Oui! Toi! Comme ça!... — et il prend la photo, sa propre photo, et s'en torche le cul. *Comme ça!* Compris?... Il faut lui faire les gestes », conclut-il, faisant la lippe avec dégoût.

Il la regarde, impuissant, à mesure qu'elle jette ses affaires dans les grosses valises. « Par ici! embarque ça aussi! » dit-il en lui passant la brosse à dents et la poche de caoutchouc. La moitié de ses affaires gisent sur le parquet. Les valises sont bourrées à éclater, et il n'y a pas de place pour mettre les tableaux et les livres, ainsi que les bouteilles qui sont à moitié vides. « Assieds-toi une minute, dit-il. Nous avons tout le temps. Ça demande réflexion. Si tu n'étais pas venu, je ne serais jamais sorti d'ici. Tu vois comme je suis bon à rien! Fais-moi penser à emporter ces ampoules... elles m'appartiennent. Cette corbeille à papier m'appartient aussi. Ils vous font vivre comme des porcs, ces salauds! » La bonne est descendue chercher de la ficelle. « Attends un peu! tu verras! elle va me faire payer la ficelle! ne serait-ce que trois sous! Ils ne vous coudraient pas un bouton de culotte ici sans vous faire payer. Les pingres d'avarasses! » Il prend une bouteille de calvados sur la cheminée et me fait signe d'empoigner l'autre. « Inutile de les emporter dans le nouvel hôtel. Faut les écouler ici! Mais ne lui fais rien boire à elle! La salope! je ne veux pas lui laisser même un morceau de papier-cul! J'aimerais les ruiner tous avant de partir! Écoute, pisse par terre si tu veux. Je voudrais bien chier dans le tiroir de la commode! » Il se sent si dégoûté de lui-même et de tout, qu'il ne sait quoi faire pour exprimer ses sentiments. Il se dirige vers le lit la bouteille à la main, et, retirant les couvertures, il asperge le matelas de calvados. Non content de cela, il pioche avec le talon dans le matelas! Malheureusement, il n'a pas de boue au talon. Finalement, il se saisit du drap et il en essuie ses souliers. « Ça leur donnera du travail! » murmure-t-il d'un ton vengeur. Puis, prenant une bonne lampée, il rejette la tête en arrière et se gargarise, et après qu'il s'est bien gargarisé, il crache le tout sur le miroir. « Voilà pour vous, sales pingres! Vous essuierez ça quand je serai parti! » Il va et vient en marmonnant. Voyant ses chaussettes déchirées sur le parquet, il les ramasse et les déchiquette. Les tableaux le mettent en rage, eux aussi. Il en ramasse un — un portrait de lui-même, fait par quelque lesbienne qu'il connaissait — et passe son pied à travers. « La vache!... Tu sais ce qu'elle a eu le culot de me demander? Elle m'a demandé de lui envoyer mes poules quand j'en aurai fini! Elle ne m'a jamais donné un sou pour lui avoir fait un article. Elle a cru que j'admirais son œuvre sincèrement! Je ne lui aurais jamais tiré ce portrait si je ne lui avais pas promis de la mettre bien avec cette poule du Minnesota. Elle en était folle... elle nous suivait comme une chienne en chaleur... on ne pouvait pas s'en débarrasser de cette salope! Elle m'a emmerdé que c'est pas croyable. C'en était au point que j'avais presque peur d'amener une poule ici, peur qu'elle ne se jette sur moi. Je montais en catimini, comme un cambrioleur, et je fermais la porte à clé dès que j'étais rentré... Elle et la Géorgienne, elles me rendent fou. L'une est toujours en chaleur, et l'autre est toujours affamée. J'ai horreur de baiser une femme qui a faim. C'est comme si on lui fourrait à bouffer, puis on le lui retire... Merde alors! ça me fait penser à quelque chose! Ou est-ce que j'ai foutu cet onguent gris? C'est important, ça! Tu n'as jamais eu de ces trucs, toi? C'est pire que d'avoir la chaudepisse. Et je sais pas d'ailleurs où je les ai attrapés... J'ai tant eu de femmes ici la semaine dernière que j'ai perdu la trace. C'est drôle aussi, parce qu'elles sentaient toutes si frais... Mais tu sais, il en arrive... »

La bonne a empilé ses affaires sur le trottoir. Le patron surveille d'un air renfrogné. Quand tout a été chargé dans le taxi, il n'y a de place que pour un dedans. Dès que nous commençons à rouler, Van Norden sort un journal et se met à envelopper ses casseroles. Dans le nouvel hôtel, il est absolument interdit de cuisiner. Mais quand nous arrivons à destination, tout son bagage s'est défait. Ça ne serait pas trop ennuyeux si la patronne n'avait fourré la tête dehors juste au moment où le taxi s'arrête. « Mon Dieu! s'écrie-t-elle, qu'est-ce que diable c'est? Qu'est-ce que ça veut dire? »

Van Norden est si intimidé qu'il ne trouve rien d'autre à dire que : « C'est moi, madame... c'est moi... » Et se tournant vers moi, il murmure avec rage : « La vache! Tu as vu sa figure! Elle va me mener la vie dure! »

L'hôtel est au fond d'un couloir sale, et forme un rectangle qui ressemble beaucoup à un pénitencier moderne. Le bureau est spacieux et sombre, en dépit des reflets brillants sur les murs carrelés. Il y a des cages d'oiseaux suspendues aux fenêtres, et de petites plaques émaillées partout, pour rappeler aux visiteurs, dans un langage désuet, qu'ils ne doivent pas faire ceci et ne pas oublier cela... Tout est d'une propreté presque immaculée, mais franchement misérable, élimé, désespéré. Les fauteuils de tapisserie tiennent par des lanières de cuir, et vous font désagréablement penser à la chaise électrique. La chambre qu'il va occuper est au cinquième étage. Comme nous grimpons l'escalier, Van Norden m'informe que Maupassant a vécu dans cet hôtel. Et dans le même souffle, il remarque qu'il y a une odeur particulière dans le vestibule. Au cinquième, il manque quelques carreaux; nous restons un moment à contempler les locataires de l'autre côté de la cour. L'heure du dîner s'avance, et les gens s'en vont un à un dans leurs appartements, avec cet air fatigué et découragé qu'on a quand on gagne honnêtement sa vie. La plupart des fenêtres sont grandes ouvertes. Les pièces sordides ressemblent à autant de bouches béantes. Les occupants des pièces bâillent eux aussi, ou alors ils se grattent. Ils vont et viennent d'un air absent, et apparemment sans raison; ils pourraient aussi bien être fous.

Comme nous tournons dans le corridor vers la chambre 57, une porte s'ouvre subitement devant nous, et une vieille sorcière, aux cheveux crasseux et aux yeux de folle, jette au-dehors un regard perçant. Elle nous épouvante tellement que nous restons là, comme transpercés. Pendant une bonne minute, nous restons là, tous les trois, incapables de bouger, ou même de faire un geste intelligent. Derrière la vieille sorcière j'ai pu voir une table de cuisine, et dessus, un bébé tout nu, un misérable petit marmot pas plus gros qu'un poulet plumé. Finalement, la vieille sorcière ramasse le seau de toilette à côté d'elle et s'avance. Nous nous rangeons pour la laisser passer, et comme la porte se referme derrière elle, le moutard pousse un cri aigu. C'est la chambre nº 56 et entre le 56 et le 57 se trouve le cabinet où la vieille sorcière vide ses eaux de toilette.

Depuis que nous avons monté l'escalier, Van Norden n'a pas soufflé mot. Mais ses regards sont éloquents. Quand il ouvre la porte du 57, j'ai, l'espace d'une seconde, la sensation de devenir fou. Un immense miroir couvert de gaze verte et penché à un angle de quarante-cinq degrés, est suspendu juste en face de l'entrée au-dessus d'une voiture d'enfant pleine de livres. Van Norden n'a pas même un sourire ; au lieu de quoi, il va nonchalamment vers la voiture d'enfant et, prenant un livre, il se met à le parcourir, tout comme un homme entrant dans une bibliothèque publique irait sans y penser à la première étagère à la portée de sa main. Et peut-être cela ne me paraîtrait pas si cocasse, si je n'avais pas aperçu au même moment une paire de guidons reposant dans un coin. Ils ont l'air si absolument pacifiques et satisfaits, comme s'ils dormaient là depuis des années, qu'il me semble soudain que nous sommes restés dans cette pièce, exactement dans cette position, depuis un temps incalculable, que c'était une pose que nous avions prise dans un rêve dont nous ne sommes jamais sortis, un rêve que le moindre geste, que le moindre clin d'œil, pourrait fracasser. Mais plus remarquable encore est le souvenir qui subitement remonte à la surface de ma conscience, souvenir d'un rêve réel que je fis l'autre nuit, et dans lequel je voyais Van Norden exactement dans le même coin occupé maintenant par les guidons, mais au lieu des guidons il y avait une femme accroupie avec les jambes relevées. Je le voyais debout au-dessus de cette femme, avec ce regard alerte et vif dans les yeux qu'il a lorsqu'il a fortement besoin de quelque chose. La rue dans laquelle la chose se passait est indistincte — il n'y a de clair que l'angle fait par les deux murs, et la silhouette de la femme affolée. Je le vois se dirigeant vers elle de cette façon rapide et animale qui est bien à lui, sans se préoccuper du tout de ce qui se passe autour de lui, déterminé seulement à arriver à ses fins. Et un regard dans les yeux comme pour dire — « vous pouvez me tuer après, mais laissez-moi vous le mettre... il faut que je vous le mette! » Et le voici, penché sur elle, leurs têtes cognant contre le mur. Il bande si terriblement qu'il lui est tout à fait impossible de le lui mettre. Soudain, avec cet air dégoûté qu'il sait si bien se donner, il se redresse et rajuste ses vêtements. Il est sur le point de s'en aller, lorsqu'il remarque que son pénis gît sur le trottoir. Il est environ de la taille d'un manche à balai qu'on aurait scié. Il le ramasse nonchalamment, et le fourre sous son bras. Comme il s'éloigne, je remarque deux énormes oignons, pareils à des oignons de tulipe, qui pendent du bout du balai, et je peux l'entendre murmurer tout seul « pots de fleurs... pots de fleurs... »

Le garçon arrive haletant et suant. Van Norden le regarde d'un air idiot. La patronne arrive d'un pas ferme et, se dirigeant droit sur Van Norden, lui arrache le livre des mains, le jette dans la voiture d'enfant, et, sans dire un mot, la fait rouler dans le couloir.

« C'est une maison de fous », dit Van Norden, avec un sourire de détresse. Son sourire est si faible, si imperceptible, que pendant quelques instants l'impression de rêve revient, et il me semble que nous sommes debout à l'extrémité d'un long corridor terminé par un miroir ondulé. Et en bas de ce corridor, balançant sa détresse comme une lanterne fumeuse, Van Norden apparaît et disparaît en titubant selon qu'ici ou là une porte s'ouvre et une main l'empoigne ou un sabot le rejette dehors. Et plus il s'éloigne, plus grande est sa détresse; il la porte comme une lanterne que les cyclistes tiennent entre les dents par une nuit où le pavé est humide et glissant. Il entre et il ressort des chambres crasseuses à l'aventure, et quand il s'assied, la chaise s'effondre, et quand il ouvre sa valise, il n'y trouve qu'une brosse à dents. Dans chaque chambre il y a un miroir devant lequel il se tient attentif, mâchant sa rage, et à force de mâcher, à force de grogner et de marmonner et de murmurer et de maudire ses mâchoires se sont déboitées et elles pendent terriblement et quand il se frotte la barbe des morceaux de sa mâchoire tombent en miettes et il est si dégoûté de lui-même qu'il piétine sa propre mâchoire et l'écrase en mille morceaux sous ses énormes talons.

Pendant ce temps, on tire ses bagages dans la chambre. Et les choses commencent à paraître plus extravagantes qu'auparavant — particulièrement quand il attache son sandow au bois de lit et se met à faire ses exercices. « J'aime cet hôtel », dit-il au garçon en souriant. Il enlève sa veste et son gilet. Le garçon le regarde d'un air intrigué; il a une valise à la main, et dans l'autre la poche de caoutchouc. Je suis à l'écart dans l'antichambre à tenir le miroir à la gaze verte. Pas un seul des objets n'a l'air d'être affecté à un usage pratique. L'antichambre elle-même semble inutile, comme le serait un vestibule pour une grange. C'est exactement l'espèce de sensation que j'ai lorsque je pénètre à la Comédie-Française ou dans le théâtre du Palais-Royal; c'est un monde de bric-à-brac, de trappes, d'armes, de bustes et de parquets cirés, de candélabres et d'hommes en armures, de statues sans yeux et de lettres d'amour enfermées sous des vitrines. Quelque chose se passe, mais ça n'a pas de sens; comme lorsqu'on finit les bouteilles de calvados parce qu'il n'y a pas de place dans les valises.

En grimpant l'escalier, comme je l'ai dit plus haut, il a mentionné le fait que Maupassant avait vécu ici. La coïncidence semble lui avoir fait impression. Il aimerait croire que c'est dans cette pièce même que

Maupassant a donné naissance à quelques-uns de ces contes épouvantables sur lesquels repose sa réputation. « Ils vivaient comme des porcs, ces pauvres diables », dit-il. Nous sommes assis à la table ronde dans un couple de vieux fauteuils confortables que l'on a requinqués avec des lanières et des bandes; le lit est tout près de nous, si près en vérité que nous pouvons mettre les pieds dessus. L'armoire se dresse dans un coin derrière nous, aussi commodément à portée de la main. Van Norden a vidé son linge sale sur la table; nous sommes assis là, nos pieds enfouis dans ses chaussettes et ses chemises sales, et nous fumons confortablement. Le sordide de l'endroit semble avoir opéré comme un charme sur lui : il est satisfait là! Quand je me lève pour tourner l'interrupteur, il suggère que nous fassions une partie de cartes avant d'aller dîner. Nous voilà donc assis près de la fenêtre, avec le linge sale jonchant le sol et le sandow suspendu au chandelier, et nous jouons quelques tours de bezigue. Van Norden a mis sa pipe de côté, et s'est fourré un tampon de tabac à priser sous la lèvre inférieure. De temps en temps il crache par la fenêtre, de gros jets de salive juteuse qui tombent sur le pavé en claquant. Il a l'air heureux maintenant.

« En Amérique, dit-il, on ne rêverait pas de vivre dans une boîte pareille. Même quand j'étais sur le trimard, je dormais dans des chambres mieux que celle-ci. Mais ici, ça paraît naturel... c'est comme les livres qu'on lit. Si jamais je retourne là-bas, j'oublierai tout de cette vie, comme on oublie un mauvais rêve. Probablement je reprendrai la vieille vie juste là où je l'ai laissée... si jamais je retourne. Quelquefois, dans mon lit, je rêve du passé, et tout est si vivant que je dois me secouer pour me rendre compte de l'endroit où je suis. Surtout quand j'ai une femme à côté de moi ; une femme peut me faire partir mieux que n'importe quoi. C'est tout ce que je leur demande : de me faire m'oublier ! Parfois, je suis si bien perdu dans mes rêveries que je ne peux pas me rappeler le nom de la poule ni où je l'ai ramassée. C'est drôle, hein ? C'est bon d'avoir un bon corps tout frais à côté de soi quand on se réveille le matin. Ça vous donne une impression de netteté. On se spiritualise, jusqu'à ce qu'elles se mettent à vous sortir tous ces boniments à la noix sur l'amour et cætera... Pourquoi toutes ces poules parlent-elles tant d'amour, tu peux me le dire, toi ? Tirer un bon coup ne leur suffit pas, apparemment... elles veulent ton âme par-dessus le marché !... »

Or, ce mot « âme », qui jaillit à l'improviste si fréquemment dans les soliloques de Van Norden, avait sur moi un drôle d'effet au début. Toutes les fois que j'entendais le mot « âme » sortir de ses lèvres, ça me donnait une crise de fou rire ; je ne sais pourquoi, ça avait l'air d'une pièce fausse, plus particulièrement parce qu'il était accompagné d'un jet de salive brune qui laissait un filet de bave au coin de sa bouche. Et comme je n'hésitais jamais à lui rire au nez, il arrivait invariablement que lorsque ce petit mot surgissait, Van Norden s'arrêtait juste assez longtemps pour que j'éclate de rire, puis, comme si de rien n'était, il reprenait son monologue, répétant le mot de plus en plus souvent et chaque fois avec une insistance encore plus tendre. C'était son « âme » à lui que les femmes essayaient de posséder — cela il me l'expliquait très clairement. Il me l'a expliqué maintes et maintes fois, mais il y revient de nouveau à chaque occasion comme un paranoïaque à son obsession. En un sens, Van Norden est fou, de cela je suis convaincu. Sa seule terreur, c'est de rester seul, et cette terreur est si forte et si persistante que, même lorsqu'il est sur une femme, même lorsqu'il s'est soudé à elle, il ne peut pas s'échapper de la prison qu'il s'est créé. « J'essaye toutes sortes de trucs, dit-il. Je me mets à compter quelquefois, ou à penser à un problème de philosophie, mais ça ne rend pas. C'est comme si j'étais deux, et il y en a un qui m'observe constamment. Je deviens si enragé contre moi-même, que je pourrais me tuer... et d'une certaine façon, c'est ce qui m'arrive chaque fois que je jouis. Pendant l'espace d'une seconde, je me détruis. Je n'existe plus... rien n'existe... même pas la poule... C'est comme lorsqu'on reçoit la communion... c'est vrai, je te le jure! Puis, pendant quelques secondes, j'ai comme une espèce de belle ardeur spirituelle... et peut-être ça pourrait continuer comme ça indéfiniment — est-ce qu'on sait? n'était le fait qu'on a une femme à côté de soi, et il y a l'ablution et l'eau qui coule... tous ces petits détails qui vous rendent désespérément conscient de vous-même, désespérément solitaire... Et pour un instant de libération, il vous faut écouter toutes ces conneries sur l'amour... ça me rend fou parfois... J'ai envie de les chasser à coups de pied aussitôt après... Quelquefois, je le fais. Mais ça ne les fait pas foutre le camp. Même qu'elles aiment ça. Moins vous faites attention à elles, plus elles vous pourchassent. Il y a je ne sais quoi de pervers chez les femmes... elles sont toutes masochistes au fond d'elles-mêmes.

— Mais alors, qu'est-ce que tu demandes à une femme ? », lui dis-je.

Il commence à caresser l'air de ses mains ; il fait sa lippe. Il a l'air complètement frustré. Quand il réussit par la suite à sortir à mots entrecoupés quelques phrases bégayées, c'est avec la conviction que derrière ses paroles il n'est qu'accablante futilité. « Je voudrais pouvoir me livrer complètement à une femme, lance-t-il. Je veux qu'elle me sorte de moi-même. Mais pour réussir, il faut qu'elle vaille mieux que moi... il faut qu'elle ait une âme, un esprit, et pas seulement un con. Il faut qu'elle me force à croire à elle... je ne veux pas dire qu'elle devrait m'être fidèle... non, pas ça... mais elle devrait me forcer à croire que j'ai besoin d'elle, que je ne peux pas vivre sans elle. Trouve-m'en une comme ça, veux-tu ? Si tu la trouves, je te cède ma place... peu importe ce qui m'arriverait après... je n'aurais pas besoin de place, d'amis, de livres, de rien du tout. Si elle pouvait seulement me faire croire qu'il y a quelque chose de plus important que moi sur la terre. Merde alors ! ce que je peux me détester ! Mais je déteste ces sales garces encore plus — parce qu'elles ne valent pas mieux que moi !

« Tu vas croire que c'est parce que je m'aime, continue-t-il. Ça montre combien peu tu me connais. Je sais que je suis un grand bonhomme... sinon, je ne serais pas harcelé par ces problèmes. Mais ce qui me ronge, c'est que je ne puis pas m'exprimer. Les gens pensent que je suis un putassier. Voilà comme ils sont superficiels, ces intellectuels assis à la terrasse tout le jour en train de ruminer le bol psychologique... pas si mal, hein? le bol psychologique? Note ça pour moi. Je m'en servirai dans mon papier la semaine prochaine... A propos, as-tu lu Stekel? Vaut-il quelque chose? Ça me paraît rien d'autre que des cas pathologiques. Je voudrais, bon Dieu, avoir assez de cran pour consulter un psychanalyste... un bon naturellement... Je n'ai pas envie de voir ces petits youpins qui portent bouc et redingote, comme ton ami Boris. Comment peux-tu supporter ces types? Est-ce qu'ils ne te rasent pas ferme? Tu parles à tout le monde, toi, je sais. Tu t'en fous royalement. Tu as peut-être raison. Je voudrais bien ne pas avoir mon foutu esprit critique. Mais ces petits merdeux de Juifs qui tournent autour du Dôme, merde alors, ils me débectent! On dirait qu'ils parlent comme des manuels! Si je pouvais causer avec toi tous les jours, peut-être que je pourrais me soulager le cœur. Tu es bon public, toi! Je sais que tu te fous de moi profondément, mais tu as de la patience. Et tu n'as pas de théories à exploiter. Je suppose que tu notes tout ça dans ton carnet, après... Écoute, je me fiche de ce que tu peux dire de moi, mais ne fais pas de moi un putassier — c'est trop facile. Un jour, j'écrirai un livre sur moi... un livre sur mes pensées. Je veux pas dire seulement de l'analyse introspective... Je veux dire que je me coucherai sur la table d'opération, et que je mettrai à nu toutes mes tripes... toute la sacrée saloperie. Est-ce que quelqu'un a déjà fait ça? Pourquoi diable souris-tu? Ça a l'air naïf ce que je dis? »

Je souris parce que toutes les fois que nous touchons au sujet de ce livre qu'il écrira quelque jour, les choses prennent un tour incongru. Il suffit qu'il dise « mon livre », et aussitôt le monde s'amenuise aux dimensions privées de Van Norden et Cie! Il faut que le livre soit absolument original, absolument parfait. C'est pourquoi, entre autres raisons, il lui est impossible de le mettre en train. Dès qu'il a une idée, il se met à la contester. Il se rappelle que Dostoïevski s'en est servi, à moins que ce ne soit Knut Hansum, ou encore un autre. « Je ne dis pas que je veuille mieux faire qu'eux mais je veux être différent. » Ainsi donc, au lieu de s'attaquer à son livre, il lit auteur après auteur afin d'être absolument sûr qu'il ne va pas fouler leurs plates-bandes. Et plus il lit, plus il cède au mépris. Il n'en est point de satisfaisant, point qui atteigne ce degré de perfection qu'il s'est imposé. Et, oubliant complètement qu'il n'a même pas écrit un chapitre, il parle d'eux avec condescendance, exactement comme s'il existait une étagère de livres portant son nom, livres familiers à tous, et dont il est superflu de mentionner les titres.

Quoiqu'il n'ait jamais ouvertement menti à ce sujet, il est évident néanmoins que les gens qu'il accapare pour donner de l'air à sa philosophie personnelle, à sa critique, et à ses griefs, prennent pour assuré que derrière ses remarques détachées se dresse le corps solide d'une œuvre achevée. Surtout les jeunes et sottes pucelles qu'il attire dans sa chambre sous le prétexte de leur lire ses poèmes, ou sous celui, meilleur encore, de leur demander conseil. Sans le moindre sentiment de honte, il leur met en main un morceau de papier souillé sur lequel il a griffonné quelques vers — la base d'un nouveau poème, déclare-t-il — et, sérieux comme un pape, il leur demande l'expression toute franche de leur opinion. Et comme elles n'ont habituellement aucun commentaire à donner, toutes éberluées qu'elles sont par l'absence totale de sens de ces vers, Van Norden profite de l'occasion pour leur exposer ses vues sur l'art, vues qui sont, il est à peine besoin de le dire, spontanément émises pour cadrer avec la situation. Il est devenu si expert à jouer ce rôle, que la transition des *Cantos* d'Ezra Pound au lit se fait aussi simplement, et avec autant de naturel, qu'une modulation d'une clé à une autre. Et vraiment, si elle ne s'opérait pas, il y aurait une dissonance — chose qui arrive de temps en temps, lorsqu'il se trompe sur ces idiotes qu'il appelle des « bascule-moi ». Naturellement, tel qu'il est, il ne mentionne qu'à contre-cœur ces erreurs fatales. Mais quand il se résout à avouer une bévue de ce genre, il le fait avec une franchise absolue. Et même, il semble tirer un plaisir pervers à insister sur sa maladresse. Il y a une femme, par exemple, qu'il essaye de « faire », depuis bientôt dix ans — en Amérique d'abord, puis ici à Paris. C'est la seule personne du sexe opposé avec laquelle il entretient des relations amicales et cordiales. Ils ont l'air, non seulement de s'apprécier, mais encore de se comprendre. Il m'a paru au premier abord que s'il pouvait vraiment « faire » cette créature, son cas pourrait être résolu. Il y avait là tous les éléments pour une union heureuse — tous, sauf un, le fondamental. Bessie était presque aussi extraordinaire à sa façon que lui à la sienne. Elle se souciait aussi peu de se donner à un homme que du dessert qui termine le repas. D'ordinaire, c'est elle qui faisait son choix et c'est elle qui faisait la proposition. Elle n'était pas vilaine, mais on ne pouvait pas dire non plus qu'elle fût belle. Elle avait un beau corps, c'était l'essentiel, — et elle aimait ça, comme on dit.

Ils étaient si copains, ces deux-là, que parfois afin de satisfaire sa curiosité (et aussi dans le vain espoir de l'inspirer par ses prouesses), Van Norden s'arrangeait pour la cacher dans son réduit pendant une de ses séances. Quand c'était fini, Bessie émergeait de sa cachette, et ils discutaient de la chose en toute simplicité, et presque avec une totale indifférence à tout, sauf à la « technique ». La « technique » était un de ses termes favoris, au moins au cours de ces discussions dont j'avais le privilège d'être témoin. « Qu'est-ce qui ne va pas dans ma technique ? » disait-il. Et Bessie répondait : « Tu es trop grossier. Si tu as jamais l'intention de me " faire ", il te faudra gagner en subtilité. »

Il y avait une compréhension si parfaite entre eux, dis-je, que souvent, lorsque je rendais visite à Van Norden vers une heure et demie, je trouvais Bessie assise sur le lit, et Van Norden l'invitant à lui caresser la queue... « rien que quelques petites caresses de velours, disait-il, pour que j'aie le courage de me lever ». Ou alors, il la suppliait de lui souffler dessus, ou, à défaut, il la prenait dans sa main lui-même et la secouait comme une clochette, et tous deux pouffaient de rire.

« Je ne ferai jamais cette garce, disait-il. Elle n'a pas de respect pour moi. Voilà ce que je gagne à lui faire des confidences. » Puis, brusquement, il ajoutait parfois : « Qu'est-ce que tu penses de cette blonde que je t'ai montrée hier soir ? » Il le disait à Bessie, naturellement. Et Bessie ricanait, lui disant qu'il n'avait pas de goût. « Ah ! ne me rabâche pas cette histoire », disait-il. Puis, d'un air enjoué, peut-être pour la millième fois, parce que c'était maintenant devenu une plaisanterie classique entre eux, il ajoutait : « Écoute, Bessie, qu'est-ce que tu dirais d'un petit coup ?... juste un petit coup, non ? » Et quand la tentative avait échoué à la manière habituelle, il ajoutait, du même ton : « Eh bien ! Et *lui ?* Tu veux pas tirer un coup avec lui ? »

Toute la difficulté avec Bessie, c'était qu'elle ne pouvait pas, ou ne voulait pas, se considérer comme un simple coup à tirer. Elle parlait de passion, comme si c'était là un mot flambant neuf. Elle était passionnée pour tout, même pour une chose sans importance comme un petit coup à tirer. Il fallait qu'elle y mît son âme.

« Mais je suis passionné moi aussi, parfois, disait Van Norden.

— Oh ! toi ! répond Bessie. Tu n'es qu'un satyre épuisé. Tu ne sais pas ce que signifie la passion. Quand tu bandes, tu crois que tu es passionné.

— Bon !... peut-être après tout ce n'est pas de la passion, mais tu ne peux pas être passionné sans bander, c'est vrai ou non ? »

Toutes ces histoires sur Bessie et les autres femmes

qu'il traîne dans sa chambre jour après jour occupent mes pensées tout en allant vers le restaurant. Je me suis si bien adapté à ses monologues que, sans interrompre mes propres rêveries, je fais le commentaire requis automatiquement dès que j'entends sa voix s'éteindre. C'est un duo, et comme dans la plupart des duos, on n'écoute attentivement que le signal qui annonce la reprise de sa propre voix. Comme c'est sa nuit de congé, et que je lui ai promis de lui tenir compagnie, je suis déjà immunisé contre ses questions. Je sais que je serai complètement épuisé avant que la soirée soit finie; si j'ai de la veine, ce qui veut dire si je peux le taper de quelques francs sous un prétexte ou sous un autre, je m'esbignerai dès qu'il ira au cabinet. Mais il connaît mon penchant pour les fuites à l'anglaise, et au lieu de se sentir offensé, il s'arme simplement contre une telle possibilité en gardant ses sous. Si je lui demande de l'argent pour acheter des cigarettes, il insiste pour venir les acheter avec moi. Il se débrouille pour ne pas rester seul, fût-ce une seconde. Même lorsqu'il a réussi à agripper une femme, même alors il est terrifié à la pensée que je le laisse seul avec elle. Si la chose était possible, il me demanderait de rester dans la chambre pendant toute la comédie. Exactement comme s'il me priait de l'attendre pendant qu'il se rase.

Pour sa nuit de congé, Van Norden s'arrange ordinairement pour avoir au moins cinquante francs dans sa poche, circonstance qui ne l'empêche pas de courir sa chance toutes les fois qu'il en a l'occasion. « Hello! dit-il, aboule-moi vingt francs... j'en ai besoin. » Il a en même temps une façon de prendre un air désespéré... Et s'il se heurte à un refus, il devient insultant. « Eh bien! quoi! Tu peux toujours me payer un verre! » Et quand il a gagné son verre, il dit plus gentiment : « Écoute... donne-moi cent sous alors... donne-moi quarante sous... » Nous allons de bar en bar, cherchant une petite aventure, et accumulant toujours quelques francs de plus.

A La Coupole nous tombons sur un poivrot du journal. Un des types de la rédaction. Il vient d'y avoir un accident au bureau, nous apprend-il. Un des correcteurs d'épreuves est tombé dans la cage de l'ascenseur. On le croit perdu.

D'abord Van Norden est sous le coup d'un choc, d'un choc profond. Mais quand il apprend que c'est Peckover, l'Anglais, il a l'air soulagé. « Le pauvre diable, dit-il, il est bien mieux mort que vivant. Il venait juste de se faire faire son râtelier l'autre jour... »

L'allusion au râtelier émeut le type de la rédaction jusqu'aux larmes. Il raconte en pleurnichant un petit incident qui a rapport à l'accident. Il en est bouleversé, bien plus bouleversé par ce petit incident que par la catastrophe elle-même. Il paraîtrait que Peckover, quand il arriva en bas de la cage, reprit conscience avant que personne lui portât secours. En dépit du fait que ses jambes étaient cassées et ses côtes éclatées, il s'était débrouillé pour se mettre à quatre pattes et pour chercher son râtelier à tâtons. Dans la voiture d'ambulance, il criait dans son délire, réclamant ses fausses dents. L'incident était pathétique et cocasse à la fois.

Le type de la rédaction ne savait pas s'il devait rire ou pleurer en le racontant. Ce fut un instant délicat, parce que, avec un poivrot comme ça, un faux mouvement, et il vous casse une bouteille sur le crâne. Il n'avait jamais été très cordial avec Peckover — en vérité, il n'avait presque jamais fourré les pieds dans la salle de correction : il y avait un mur invisible entre les types d'en haut et les types d'en bas. Mais maintenant, puisqu'il avait senti le souffle de la mort, il voulait montrer son esprit de camaraderie. Il voulait pleurer même, si possible, pour bien montrer qu'il était un type correct. Et Joe et moi, qui connaissions bien Peckover, et qui savions qu'il ne valait pas un pet de lapin, pas même quelques larmes, nous étions gênés par cette sensiblerie d'ivrogne. Nous voulions le lui dire, mais avec un type comme ça, on ne peut pas se permettre d'être sincère. Il faut acheter une couronne et aller à l'enterrement, et faire semblant d'être ému. Et il faut le féliciter pour le bel article nécrologique qu'il a rédigé. Il portera ce petit article plein de délicatesse sur lui pendant des mois, n'y allant pas avec le dos de la cuillère pour se passer de la pommade. Nous sentions cela, Joe et moi, sans nous dire un mot. Nous étions là, à l'écouter dans un silence méprisant, à le tuer. Et dès que nous pûmes nous échapper, nous le fîmes; nous le laissâmes au bar, à pleurnicher dans son pernod tout seul.

Une fois hors de sa vue, nous voici à rire nerveusement. Les fausses dents! Peu importe ce qu'on put débiter sur le pauvre diable (et on en dit quelques bien bonnes) nous revenions toujours aux fausses dents! Il y a des gens en ce monde qui sont si grotesques, que même la mort les rend ridicules. Et plus horrible la mort, plus ridicules les gens! A quoi bon essayer de jeter un peu de dignité sur la fin, il faudrait être menteur et hypocrite pour découvrir quoi que ce soit de tragique dans leur décès. Et puisque nous n'avions plus besoin de garder le masque, nous pouvions rire tout notre saoul de cet incident. Nous en rîmes toute la soirée, et de temps en temps nous donnions libre cours à notre mépris et à notre dégoût pour les types d'en haut, les grosses têtes qui essayaient de se persuader sans doute que Peckover était un brave type et que sa mort était une catastrophe. Toutes sortes de souvenirs amusants nous vinrent à l'esprit — les points-virgules qu'il pourchassait, et pour lesquels on lui faisait pisser du vinaigre, tellement on l'engueulait. On lui rendait l'existence misérable à cause de ces foutus points-virgules, et de ces fractions pour lesquelles il se trompait toujours. On allait même le foutre à la porte un jour, parce qu'il était venu au bureau avec des relents d'alcool. On le méprisait, parce qu'il avait toujours l'air si misérable, et parce qu'il avait de l'eczéma et des pellicules. Il était tout juste un zéro à leur point de vue, mais maintenant qu'il était mort, ils allaient tous se cotiser vigoureusement, et lui acheter une énorme couronne, et on mettrait son nom en grosses capitales dans *la* colonne des avis de décès. N'importe quoi pour que ça rejaillisse un peu sur eux; ils en feraient une grosse merde, s'ils le pouvaient! Mais malheureusement avec

Peckover il y avait peu à inventer. Il était un zéro, et même le fait qu'il était mort n'ajouterait pas un chiffre à son nom.

« Il n'y a qu'une seule bonne chose dans tout ça, dit Joe. C'est que tu peux avoir sa place. Et si tu as un peu de chance, peut-être que tu tomberas aussi dans l'ascenseur et que tu te casseras le cou. Nous t'achèterons une belle couronne, je t'en donne ma parole! »

Et au point du jour, nous étions assis à la terrasse du Dôme. Nous avions tout oublié du pauvre Peckover depuis longtemps. Nous nous étions un peu amusés au Bal Nègre, et l'esprit de Joe s'est de nouveau envolé vers son éternelle préoccupation : les poules. C'est à cette heure, quand sa nuit de campo tire à sa fin, que son impatience devient fiévreuse. Il pense aux femmes dont il s'est privé plus tôt dans la soirée, et à celles qu'il était sûr d'avoir rien qu'en le leur demandant, n'était qu'il en avait soupé de toutes. Il pense inévitablement à sa Géorgienne — elle l'a traqué ces temps-ci, le suppliant de la prendre chez lui, du moins jusqu'à ce qu'elle puisse trouver du boulot. « Je ne dis pas non... lui donner à bouffer une fois en passant, dit-il, mais je ne pourrais pas l'établir chez moi... ça serait catastrophique pour mes autres poules. » Ce qui le met en rogne contre elle, c'est surtout le fait qu'elle n'engraisse pas. « C'est comme si tu couchais avec un squelette, dit-il, l'autre nuit je l'ai prise... par pitié... et qu'est-ce que tu crois que cette cinglée s'était fait? Elle s'était rasée net! Pas un poil dessus! T'as jamais vu une femme qui s'est rasé le minet?

C'est répugnant, n'est-ce pas? Et c'est rigolo, aussi! C'est fou, quoi! Ça n'a plus du tout l'air d'un minet : c'est comme une moule morte ou je ne sais quoi! » Et il me raconte comment, une fois sa curiosité éveillée, il est sorti du lit pour aller chercher sa lampe électrique. « Je le lui ai fait tenir ouvert, et j'ai dirigé la lampe dedans. Tu aurais dû me voir... c'était cocasse! J'étais si emballé, que j'ai tout oublié d'elle. Je n'avais jamais dans ma vie examiné un con si sérieusement. Tu aurais cru que je n'en avais jamais vu avant. Et plus je le regardais, moins il était intéressant. Ça ne sert qu'à te montrer qu'il n'y a rien du tout là-dedans, surtout lorsqu'il est rasé. C'est les poils qui le rendent mystérieux. Voilà pourquoi les statues te laissent froid. Une fois, j'ai vu un vrai con sur une statue — c'était un Rodin. Tu devrais la voir, une fois ou l'autre... elle a les jambes écartées... Je ne crois pas qu'elle avait une tête. Tout juste un con, pour ainsi dire. Merde alors! Ça t'avait un air effroyable! C'est que, vois-tu... ils sont tous pareils. Quand tu regardes une femme avec des vêtements dessus, tu imagines toutes sortes de choses; tu leur donnes une individualité, quoi! qu'elles n'ont pas naturellement. Il y a tout juste une fente entre les jambes, et tu t'échauffes là-dessus — tu ne la regardes même pas la moitié du temps. Tu sais qu'elle y est, et tu ne penses qu'à y fourrer ton instrument... comme si ton pénis pensait pour toi. C'est une illusion! Tu t'enflammes pour rien... pour une fente avec des poils dessus, ou sans poils... C'est si totalement dépourvu de sens, que ça me fascinait de le regarder. J'ai dû l'étudier dix minutes ou davantage. Quand tu le regardes de cette façon, avec détachement, quoi! il te vient des drôles d'idées dans la tête. Tout ce mystère sur le sexe... et puis tu découvres qu'il n'y a rien... c'est le vide... Ça serait drôle si tu y trouvais un harmonica... ou un calendrier! Mais il n'y a rien là-dedans, absolument rien... C'est dégoûtant. Ça m'a rendu presque fou... Écoute, sais-tu ce que j'ai fait ensuite? J'ai tiré un coup en vitesse, et je lui ai tourné le dos. Oui, mon vieux! j'ai pris un livre, et je me suis mis à lire. Tu peux tirer quelque chose d'un livre, même d'un mauvais livre... mais un con, c'est du temps perdu, absolument!... »

Il arriva justement, que comme il terminait son discours, une grue nous fit de l'œil. Sans la plus légère transition, il me dit brusquement : « Tu aimerais la culbuter? Ça coûterait pas cher... elle nous prendra tous les deux... » Et sans attendre ma réponse, il se met péniblement sur ses pieds et se dirige vers elle. Quelques minutes plus tard, il revient. « C'est arrangé, dit-il, finis ta bière. Elle a faim. Il n'y a plus rien à faire ici à cette heure... elle nous prendra tous les deux pour quinze francs. Allons chez moi. Ça sera meilleur marché. »

En nous rendant à l'hôtel, la fille tremble tellement que nous devons nous arrêter et lui offrir un café. C'est une créature assez douce, et pas du tout vilaine à regarder. Elle connaît Van Norden évidemment, et sait qu'il n'y a rien à attendre d'autre de lui que ces quinze francs. « Toi, tu n'as pas un rond! » me murmure-t-il à voix basse. Comme je n'ai pas un centime en poche, je ne vois pas la nécessité de me dire cela, jusqu'à ce qu'il éclate : « Pour l'amour du ciel, rappelle-toi que nous sommes fauchés! Ne va pas t'attendrir quand nous serons là-haut! Elle va te demander un petit extra — je la connais, cette conasse! Je pourrais l'avoir pour dix francs si je voulais. C'est pas la peine de les gâter! »

« *Il est méchant, celui-là*[1] », me dit-elle, comprenant vaguement où il veut en venir avec ses remarques.

« *Non, il n'est pas méchant. Il est très gentil*[2]. »

Elle fait non de la tête en riant. « *Je le connais bien, ce type.* » Et elle commence à raconter une histoire sur sa déveine, sur l'hôpital, et le terme en retard, et le gosse à la campagne. Mais sans exagérer. Elle sait que nos oreilles sont bouchées, mais la misère est là, en elle, comme une pierre, et il n'y a pas de place pour d'autres pensées. Elle n'essaye pas de faire appel à notre sympathie — elle ne fait que changer de place le lourd fardeau qui est en elle... Elle me plaît assez. J'espère, mon Dieu, qu'elle n'est pas malade...

Dans la chambre, elle fait ses préparatifs mécaniquement. « Il n'y aurait pas une croûte de pain par hasard? » demande-t-elle, en s'accroupissant sur le bidet. Van Norden rit à cette question. « Tiens! Bois un coup », dit-il, poussant une bouteille vers elle. Elle ne veut rien boire; son estomac est déjà assez mal fichu, se plaint-elle.

1, 2. En français dans le texte.

« Elle est comme ça, dit Van Norden. Ne te laisse pas prendre par les sentiments. Tout de même, j'aimerais mieux qu'elle parle d'autre chose. Comment diable peut-on avoir de la passion, quand on a sur les bras une poule qui crève de faim! »

Précisément! Nous n'avons pas de passion, ni l'un ni l'autre! Et quant à elle, on pourrait aussi bien s'attendre à la voir tirer un collier de diamants qu'à voir sortir d'elle une étincelle de passion. Mais il y a les quinze francs, et il faut bien faire quelque chose. C'est comme l'état de guerre : dès qu'on y est arrivé, personne ne pense plus à autre chose qu'à la paix, à en finir au plus vite. Et pourtant personne n'a le courage de déposer les armes, de dire : « J'en ai marre!... je n'en veux plus! » Non! Il y a ces quinze francs quelque part, dont tout le monde se fout royalement, et que personne ne gagnera à la fin, mais les quinze francs, c'est comme la cause première des choses, et plutôt que d'écouter sa propre voix, plutôt que de marcher sur la cause première, on se livre à la situation, on continue de massacrer et de massacrer et plus on se sent pleutre, plus on se conduit héroïquement, jusqu'au jour où le fond s'écroule et brusquement tous les canons se taisent et les brancardiers ramassent les héros mutilés et ensanglantés et épinglent des médailles sur leur poitrine. Alors, on a le reste de sa vie pour penser aux quinze francs. On n'a plus ni yeux ni bras ni jambes, mais on a la consolation de rêver pour le restant de ses jours à ces quinze francs que tout le monde a oubliés.

C'est exactement comme l'état de guerre — je ne

peux pas me le sortir de l'idée. La façon dont elle besogne pour m'insuffler une étincelle de passion, me fait penser quel beau soldat je ferais si j'étais assez bête pour me faire prendre au piège ainsi et traîner jusqu'au front. Je sais, quant à moi, que je livrerais tout, honneur inclus, afin de me sortir de la mélasse. Je n'ai pas de cœur pour ça, un point c'est tout. Mais elle a les quinze francs dans la tête, et si je ne veux pas me battre pour ça, elle va m'y obliger. Mais on ne peut pas mettre le désir de bataille dans les tripes d'un homme s'il n'y a en lui nulle envie de se battre. Quelques-uns d'entre nous sont si lâches qu'on ne peut pas en faire des héros, pas même si on les terrorise jusqu'à la mort. Nous en savons trop, peut-être. Quelques-uns d'entre nous ne vivent pas seulement dans l'instant, ils vivent un peu en avant, ou un peu en arrière. Moi, je pense au traité de paix tout le temps. Je ne peux pas oublier que ce sont les quinze francs qui ont commencé toute l'histoire. Quinze francs! Qu'est-ce que quinze francs peuvent bien me foutre, surtout quand ils ne sont pas à moi!

Van Norden paraît avoir une attitude plus normale. Il se fiche complètement des quinze francs lui aussi maintenant; c'est la situation elle-même qui l'intrigue. On dirait qu'elle exige qu'on fasse montre d'un peu de cran — sa virilité est impliquée. Les quinze francs sont perdus, que nous réussissions ou non. Il y a quelque chose de plus d'impliqué — pas seulement la virilité peut-être, mais la volonté. C'est, de nouveau, comme l'homme dans les tranchées. Il ne sait plus pourquoi il continuerait à vivre, parce que, s'il échappe maintenant, il n'en sera que mieux pris plus tard, mais il continue pareil, et même s'il a l'âme d'une blatte et qu'il ait accepté le fait, qu'on lui donne un fusil ou un poignard, ou même simplement ses ongles tout nus, et il continuera à massacrer et à massacrer, il massacrera un million d'hommes plutôt que de s'arrêter et de demander pourquoi.

A regarder Van Norden l'asticoter, il me semble que je regarde une machine dont les engrenages ont glissé. Laissés à eux-mêmes, ils pourraient continuer ainsi à jamais, à moudre et à glisser sans que jamais rien ne se passe. Jusqu'à ce qu'une main arrête le moteur. Le spectacle qu'ils offrent, accouplés comme deux chèvres, sans la moindre étincelle de passion en eux, moulant et moulant sans aucune raison, sauf celle des quinze francs, balaye le moindre vestige de sentiment que je puis avoir, sauf le sentiment inhumain de satisfaire ma curiosité. La fille est étendue sur le bord du lit, et Van Norden est penché sur elle comme un satyre, les deux pieds solidement plantés sur le sol. Je suis assis sur une chaise derrière lui, à regarder leurs mouvements avec un détachement froid, scientifique. Il m'importe peu que la chose dure éternellement. C'est comme si je regardais une de ces machines en folie qui vomissent les journaux, par millions et milliards et trilliards, avec leurs titres dépourvus de sens. La machine semble plus sensible, toute folle qu'elle soit, et plus fascinante à regarder, que les êtres humains et les événements qui l'ont produite. Mon intérêt pour Van Norden et la fille est nul; si je pouvais être assis comme ça et contempler chaque chose qui se passe à cette minute même dans le monde, mon intérêt serait encore moins que rien. Je ne serais pas capable de différencier ce phénomène de la pluie ou de l'éruption d'un volcan. Tant que cette étincelle de passion sera absente, il n'y aura pas de signification humaine à cette action. Il vaut mieux regarder la machine. Et ces deux sont pareils à une machine dont les engrenages ont glissé. Il y faut l'action d'une main humaine pour la remettre en bon état de marche. Il y faut un mécanicien.

Je me mets à genoux derrière Van Norden et j'examine la machine avec plus d'attention. La fille rejette sa tête de côté et me lance un regard désespéré. « Rien à faire, dit-elle, c'est impossible. » Sur quoi, Van Norden se remet à l'ouvrage avec une énergie redoublée, tout comme un vieux bouc. C'est un type si entêté qu'il se brisera les cornes plutôt que de céder. Et il est agacé maintenant parce que je lui chatouille la croupe. « Pour l'amour du ciel, arrête, Joe! Tu vas tuer la pauvre fille! — Fous-moi la paix! grogne-t-il. J'y étais presque cette fois! »

La posture et le ton déterminé duquel il me jette ces mots, me font brusquement penser, pour la seconde fois, à mon rêve. Sauf que maintenant il semble que ce manche à balai qu'il avait si négligemment mis sous son bras en s'en allant soit perdu à jamais. C'est comme une suite à ce rêve : le même Van Norden, moins la cause première. Il est comme un héros retour de la guerre, un diable de mutilé vivant jusqu'au bout la réalité de ses rêves. Partout où il s'assied, la chaise s'effondre; quelque porte qu'il ouvre, la pièce est vide; tout ce qu'il se met dans la bouche lui donne la nausée. Tout est exactement pareil à ce que c'était auparavant : les éléments sont inchangés, le rêve n'est pas différent de la réalité. Mais entre le temps où il s'est endormi et celui où il vient de s'éveiller, on lui a volé son corps. Il est comme une machine qui vomit des journaux, des millions et des milliards chaque jour, et la première page est chargée de catastrophes, d'émeutes, de meurtres, d'explosions, de collisions, mais il ne sent rien. Si quelqu'un ne tourne pas le bouton, il ne saura jamais ce qu'est la mort; on ne peut pas mourir si on vous vole votre corps. On peut grimper sur une poule et besogner comme un bouc pour l'éternité; on peut aller dans les tranchées et voler en mille morceaux; rien ne créera cette étincelle de passion si ce n'est l'intervention d'une main humaine. Il faut que quelqu'un mette la main dans la machine et risque de la faire coincer pour engrener les dents à nouveau; il faut que quelqu'un le fasse sans espoir de récompense, sans se soucier des quinze francs; quelqu'un dont la poitrine est si frêle qu'une médaille en ferait un bossu. Et il faut que quelqu'un jette de quoi manger dans le ventre d'une putain qui crève de faim, sans craindre de la faire dégorger à nouveau. Sinon, la comédie continuera à jamais. Pas d'autre moyen de sortir de ce pastis...

Après avoir léché le cul du patron pendant plus d'une semaine — c'est la chose à faire ici! — je réussis à me saisir de la place de Peckover. Il mourut en effet, le pauvre diable, quelques heures après avoir atterri au fond de la cage de l'ascenseur. Et comme je l'avais prédit, on lui fit un bel enterrement, avec messe chantée, immenses couronnes, et tout et tout... *Tout compris!* Et quand la cérémonie fut terminée, ils se régalèrent, les types de la rédaction, dans un bistrot. Comme c'était dommage que Peckover ne puisse casser la croûte! — il aurait été si content d'être en compagnie des types de la rédaction et d'entendre son nom si souvent!

Je dois dire, première des choses, que je n'ai à me plaindre de rien. C'est comme si on était dans une maison de fous, avec la permission de se masturber pour le restant de sa vie. On me fourre le monde sous le nez, et tout ce qu'on me demande, c'est de ponctuer les calamités. Il n'y a rien où ces gros malins de la rédaction n'aillent mettre le doigt : aucune joie, aucune misère ne passe inaperçue. Ils vivent au milieu des cruelles réalités de la vie, comme on dit. C'est la réalité d'un marécage et ils sont pareils aux grenouilles qui n'ont rien de mieux à faire que de coasser. Plus ils coassent, plus la vie devient réelle. Magistrat, prêtre, docteur, politicien, journaliste — voilà les charlatans qui mettent le doigt sur le pouls de la vie. Constante atmosphère de calamité. C'est merveilleux. C'est comme si le baromètre ne variait jamais, comme si le pavillon était toujours à mi-mât. On peut voir maintenant comment l'idée du paradis prend racine dans la conscience de l'homme, comment elle gagne du terrain même lorsque tous les étais qui la soutiennent ont été abattus. Il doit y avoir un autre monde outre ce marécage dans lequel tout est jeté pêle-mêle. Il est difficile d'imaginer ce à quoi il peut ressembler, ce paradis dont les hommes rêvent. Un paradis de grenouilles, sans doute. Miasmes, écume, nénuphars, eau stagnante. Trôner sur une feuille aquatique tout le jour sans être molesté, et coasser. Quelque chose comme ça, j'imagine.

Elles ont un merveilleux effet thérapeutique sur moi, ces catastrophes dont je corrige les épreuves. J'imagine un état de parfaite immunité, une existence magique, une vie de sécurité absolue au sein de bacilles empoisonnés. Rien ne me touche, ni séismes, ni explosions, ni émeutes, ni famines, ni collisions, ni guerres, ni révolutions. Je suis vacciné contre toutes les maladies, contre toutes les calamités, toutes les douleurs, toutes les misères. C'est l'apogée d'une vie de fortitude. Assis dans ma petite niche, tous les poisons que le monde répand chaque jour passent à travers mes mains. Je ne me souille même pas le bout de l'ongle. Je suis absolument immunisé. Je suis même plus pépère qu'un gars du laboratoire, parce que je n'ai pas d'odeurs nauséabondes ici, tout juste l'odeur du plomb brûlant. Le monde peut sauter ! — je n'en serai pas moins ici, à mettre une virgule ou un point-virgule. Je peux même toucher un petit supplément, car avec un événement de ce genre il y aura forcément une édition finale supplémentaire. Quand le monde sautera, et que l'édition finale sera partie pour l'impression, nous les correcteurs d'épreuves, nous ramasserons tranquillement toutes les virgules, les points-virgules, les traits d'union, les astérisques, les parenthèses, les guillemets, les points, les points d'exclamation, et nous les mettrons dans une petite boîte au-dessus du fauteuil éditorial. *Comme ça tout est réglé* [1]...

Aucun de mes compagnons ne semble comprendre pourquoi j'ai l'air si content. Ils grognent tout le temps, ils ont de l'ambition, ils veulent montrer leur orgueil et leur cafard. Un bon correcteur d'épreuves n'a ni ambition, ni orgueil, ni cafard. Un bon correcteur d'épreuves est un peu comme Dieu Tout-Puissant : il est dans le monde, mais n'en fait pas partie. Il en tient pour le dimanche seulement. Le dimanche est sa nuit de repos. Le dimanche, il descend de son piédestal et montre son derrière aux fidèles. Une fois par semaine il se met à l'écoute pour capter tous les chagrins privés et la misère du monde; et ça lui suffit pour le reste de la semaine. Le reste de la semaine, il demeure dans les marécages d'hiver glacés, il est l'absolu, l'impeccable absolu, avec seulement une cicatrice de vaccination pour le distinguer de l'immense vide.

La plus grande calamité pour un correcteur, c'est la menace de perdre sa place. Quand nous nous réunissons pendant la pause, la question qui nous fait courir un frisson dans le dos, est : qu'est-ce que tu feras si on te fout à la porte ? Pour l'homme du paddock, qui a pour tâche de balayer le fumier, la terreur suprême est la possibilité d'un monde sans chevaux. Lui dire qu'il est dégoûtant de passer sa vie à remuer à la pelle du crottin fumant est une idiotie. Un homme peut fort bien se mettre à aimer la merde si sa

---

1. En français dans le texte.

vie en dépend, si son bonheur est en question.

Cette vie, qui, si j'étais un homme ayant encore de l'honneur, de l'orgueil, de l'ambition et ainsi de suite, m'apparaîtrait comme le dernier échelon de la dégradation, je l'accueille avec joie maintenant, comme un malade accueille la mort. C'est une réalité négative, juste comme la mort — une espèce de paradis sans la souffrance et la terreur de la mort. Dans ce monde chthonien la seule chose d'importance est l'orthographe et la ponctuation. Peu importe la nature de la calamité, pourvu qu'elle soit orthographiée correctement. Tout est sur le même plan, que ce soit la dernière mode des robes de soirée, un nouveau cuirassé, une peste, un explosif puissant, une découverte astronomique, une banqueroute, un accident ferroviaire, une hausse à la Bourse, un gagnant cent contre un, une exécution, une arrestation, un assassinat, ou je ne sais quoi. Rien n'échappe à l'œil du correcteur, mais rien ne pénètre à travers sa cotte de mailles. Mme Scheer (ex-Mlle Estève) écrit à l'Hindou Agha Mir, pour lui dire qu'elle est satisfaite de son travail. « Je me suis mariée le six juin et je vous remercie. Nous sommes heureux et j'espère que grâce à votre pouvoir il en sera toujours ainsi. Je vous envoie par mandat télégraphique la somme de... pour vous récompenser... » L'Hindou Agha Mir prédit votre avenir et lit toutes vos pensées d'une façon précise et inexplicable. Il vous donne des conseils, il vous aide à vous débarrasser de tous vos ennuis, etc. Écrire, ou se rendre, 20 avenue MacMahon, Paris.

Il lit toutes vos pensées de merveilleuse façon! Je suppose que ça veut dire sans exception, des plus banales jusqu'aux plus éhontées. Il doit avoir beaucoup de loisirs, cet Agha Mir. Ou bien ne se concentre-t-il que sur les pensées des gens qui lui envoient de l'argent par mandat télégraphique? Dans la même édition, je remarque un titre annonçant que « l'univers subit une si rapide extension qu'il pourrait en éclater », et, au-dessous, je trouve la photographie d'une migraine lancinante. Puis, il y a un topo sur la perle, signé Tecla. L'huître en produit deux, annonce-t-on à tout un chacun. La perle sauvage, ou orientale et la perle de culture. Le même jour, dans la cathédrale de Trèves, les Allemands exposent la Tunique du Christ. C'est la première fois qu'on la sort des boules de naphtaline depuis quarante-deux ans. On ne dit rien sur les pantalons et le gilet. A Salzbourg, le même jour également, deux souris sont venues au monde dans le ventre d'un homme, croyable ou non! On montre une célèbre star de cinéma, les jambes croisées : elle se repose à Hyde Park, et au-dessous un peintre bien connu déclare : « Je reconnais que Mme Collidge a tant de charme et de personnalité qu'elle aurait été une des douze Américaines célèbres, même si son mari n'avait pas été Président. » Dans une interview avec M. Humhal, de Vienne, je glane ceci : « Avant de terminer, déclare M. Humhal, j'aimerais ajouter qu'une coupe impeccable ne suffit pas. La preuve d'une parfaite réussite du costume se voit à l'usage. Un costume doit se mouler au corps, et pourtant garder sa ligne, que le porteur marche ou soit assis. » Et chaque fois

215

qu'il y a une explosion dans une mine de charbon — une mine *anglaise* — remarquez, s'il vous plaît, que le roi et la reine envoient leurs condoléances promptement, *par télégramme*. Et ils assistent toujours aux courses importantes, quoique l'autre jour, suivant l'article, c'était au Derby je crois, « de lourdes averses se mirent à tomber, à la grande surprise du Roi et de la Reine. » Mais encore plus déchirante une nouvelle comme celle-ci : « On proclame en Italie que les persécutions ne sont pas dirigées contre l'Église; néanmoins, elles sont dirigées contre les parties les plus exquises de l'Église. On proclame quelles ne sont pas encore contre le Pape, mais elles sont contre le cœur et les yeux mêmes du Pape. »

Il me fallait précisément voyager à travers le monde pour découvrir une niche aussi confortable, aussi agréable que celle-ci. Cela semble presque incroyable. Comment aurais-je pu prévoir en Amérique, avec tous ces pétards qu'on vous fiche au derrière pour vous donner du cran et du courage, que la situation idéale pour un homme de mon tempérament serait de chercher les fautes d'orthographe? Là-bas, on ne pense à rien d'autre qu'à devenir Président des États-Unis quelque jour. Potentiellement, chaque individu est du bois dont on fait les Présidents. Ici, c'est différent. Ici, chaque individu est potentiellement un zéro. Si vous devenez quelque chose ou quelqu'un, c'est un accident, un miracle. Il y a mille chances contre une pour que vous ne quittiez jamais votre village natal. Il y a mille chances contre une pour que vous ayiez les jambes emportées par un obus ou les yeux crevés.

A moins que le miracle ne se produise, et que vous vous trouviez être général ou vice-amiral.

Mais c'est justement parce que les chances sont toutes contre vous, justement parce qu'il y a si peu d'espoir, que la vie est douce ici. Au jour le jour. Pas de hiers et pas de demains. Le baromètre ne change jamais, le pavillon est toujours à mi-mât. On porte un morceau de crêpe noir autour du bras, on a un petit bout de ruban à sa boutonnière, et si on est assez veinard pour pouvoir le faire, on s'achète une paire de membres artificiels poids léger, en aluminium de préférence. Ce qui ne vous empêche pas de jouir d'un apéritif, ou de regarder les animaux au Jardin zoologique, ou de flirter avec les rapaces qui parcourent les boulevards, toujours en éveil pour trouver de la charogne de rechange. Le temps passe. Si vous êtes étranger et que vos papiers sont en règle, vous pouvez vous exposer à l'infection sans craindre d'être contaminé. Il vaut mieux, si possible, dégotter une place de correcteur. *Comme ça, tout s'arrange*[1]. Cela signifie que, si, par hasard, vous rentrez chez vous à trois heures du matin, et que vous soyez arrêté par les agents cyclistes, vous pouvez leur rire au nez. Le matin, quand le marché va grand train, vous pouvez acheter des œufs importés de Belgique, à dix sous pièce. Un correcteur ne se lève d'ordinaire pas avant midi, ou un peu plus tard. Il est bien de choisir un hôtel près d'un cinéma, parce que si vous avez une tendance à ne pas vous réveiller, la sonnerie vous appel-

---

1. En français dans le texte

lera assez tôt pour la matinée. Ou si vous n'en trouvez pas près d'un cinéma, prenez-en un près d'un cimetière, cela revient au même. Par-dessus tout, ne désespérez jamais. *Il ne faut jamais désespérer* [1] !

C'est que ce j'essaye de corner aux oreilles de Van Norden chaque soir. Un monde sans espoir, soit, mais pas de désespoir. C'est comme si j'avais été converti à une nouvelle religion, comme si je faisais une neuvaine annuelle tous les soirs à Notre-Dame des Consolations. Je n'imagine pas ce qu'il y aurait à gagner si l'on faisait de moi le rédacteur en chef du journal, ou même le Président des États-Unis. Je suis au fond d'un cul-de-sac, et c'est douillet et confortable. Un bout d'article entre les mains, j'écoute la musique autour de moi, le bourdonnement et le ronron des voix, le cliquetis des linotypes, comme s'il y avait mille bracelets d'argent passant à travers une essoreuse ; de temps en temps un rat passe en trottinant à nos pieds, ou bien une blatte descend contre le mur en face de nous, agile et dégingandée sur ses pattes délicates. Les événements du jour vous sont glissés sous le nez, tranquillement, sans ostentation, avec par-ci par-là un « par Un Tel » pour marquer la présence d'une main humaine, d'un moi, d'un rien de vanité. La procession défile avec sérénité, comme un cortège qui passe les grilles d'un cimetière. Le papier entassé sous le bureau à copie est si épais qu'il donne l'impression d'un tapis à la douce laine. Sous le bureau de

---

1. En français dans le texte.

Van Norden, il y a des taches de jus brun. Vers onze heures, arrive le marchand de cacahouètes, un Arménien faible d'esprit qui est aussi content de son sort.

De temps en temps je reçois un câblogramme de Mona disant qu'elle arrive par le prochain paquebot. « Lettre suit », dit-elle chaque fois. Ça continue comme ça depuis neuf mois, mais je ne vois jamais son nom sur la liste des passagers à l'arrivée d'un bateau, et le garçon ne m'apporte jamais non plus une lettre sur un plateau d'argent. Je n'ai plus guère d'espoir de ce côté non plus. Si jamais elle arrive, elle pourra me chercher en bas, juste derrière les cabinets. Elle dira probablement tout de suite que c'est contraire à l'hygiène. C'est la première chose qui frappe une Américaine en Europe — que c'est contraire à l'hygiène. Il leur est impossible de concevoir un Paradis sans plomberie moderne. Si elles trouvent une punaise dans leur lit, elles veulent sur-le-champ écrire une lettre à la Chambre de Commerce. Comment vais-je jamais lui expliquer que je suis content ici ? Elle dira que je suis devenu un dégénéré. Je connais son histoire par cœur. Elle voudra trouver un studio avec jardin — et salle de bains aussi, j'en suis sûr. Elle veut être pauvre à la romantique. Je la connais. Mais je suis prêt à la recevoir cette fois-ci !

Il y a des jours néanmoins, quand le soleil brille et que je sors des sentiers battus, où je pense à elle ardemment. De temps en temps, en dépit de mon contentement farouche, je me prends à penser à un autre genre de vie, et je me demande si ça ferait une différence d'avoir près de moi une créature jeune et agitée. L'ennui est que je peux à peine me rappeler son visage, ni même évoquer la sensation de passer mes bras autour de son corps. Tout ce qui appartient au passé semble avoir sombré dans la mer; j'ai des souvenirs, mais les images ont perdu leur intensité, elles me semblent mortes et désordonnées, comme des momies rongées par le temps, figées dans une fondrière. Si j'essaye de me rappeler ma vie de New York, j'obtiens quelques fragments déchiquetés, couleur de cauchemar et recouverts de vert-de-gris. Il semble que ma propre existence soit venue à sa fin quelque part, exactement où, je n'en sais rien. Je ne suis plus Américain, ni New-Yorkais, encore moins Européen ou Parisien. Je n'ai plus d'allégeance, plus de responsabilités, plus de haines, plus de tourments, plus de préjugés, plus de passions. Je ne suis ni pour ni contre : je suis neutre.

Quand nous rentrons la nuit, tous les trois, il arrive souvent qu'après les premiers spasmes de dégoût nous nous mettions à parler de la condition des choses avec cet enthousiasme que seuls ont à leur disposition ceux qui ne prennent aucune part active à la vie. Ce qui me paraît étrange parfois, quand je me glisse dans le lit, c'est que tout cet enthousiasme n'est engendré que pour tuer le temps, pour annihiler les trois quarts d'heure qu'il faut pour aller à pied du bureau à Montparnasse. Nous pourrions avoir les idées les plus brillantes, les plus faisables pour l'amélioration de ceci ou de cela, mais il n'y a pas de véhicule à quoi les accrocher. Et ce qui est encore plus étrange, c'est que l'absence de tout rapport entre les idées et la vie ne nous cause ni angoisse ni malaise. Nous sommes devenus si adaptables, que si demain on nous disait de marcher sur les mains, nous le ferions sans la moindre protestation. Pourvu, naturellement, que le journal sortît comme d'habitude. Et que nous touchions notre salaire régulièrement. Par ailleurs, rien n'a d'importance. Rien. Nous sommes orientalisés. Nous sommes devenus des coolies, des coolies à faux cols empesés, réduits au silence avec une poignée de riz par jour. Un caractère spécial des crânes américains, lisais-je l'autre jour, c'est la présence de l'os épactal, ou *os Incœ*, dans l'occiput. La présence de cet os, continuait le savant, est due à la persistance de la suture occipitale tranversale qui se referme habituellement dans la vie du fœtus. Donc, c'est le signe d'un arrêt dans le développement, qui indique une race inférieure. « La capacité cubique moyenne d'un crâne américain, disait la suite, est au-dessous de celle de la race blanche, mais au-dessus de celle de la race noire. En prenant les deux sexes, les Parisiens d'aujourd'hui ont une capacité crânienne de 1448 centimètres cubes; les nègres 1344; les Indiens d'Amérique 1376. » De tout cela, je ne conclus rien, parce que je suis Américain, et non pas Indien. Mais il est malin d'expliquer les choses de cette façon, par un os, un *os Incœ*, par exemple. Ça ne dérange pas du tout sa théorie, d'admettre qu'il y a des exemples isolés de crânes indiens qui ont donné 1920 centimètres cubes, capacité crânienne qu'aucune autre race ne dépasse. Ce que je note avec satisfaction, c'est que les Parisiens des deux sexes semblent avoir une capacité crânienne normale. La suture occipitale transversale n'est évidemment pas persistante chez eux. Ils savent comment jouir d'un apéritif, et ils ne se tourmentent pas si les maisons ne sont pas peintes. Il n'y a rien d'extraordinaire dans leurs crânes, pour ce qui est des indices crâniens. Il doit y avoir une autre façon d'expliquer l'art de vivre qu'ils ont amené à un tel degré de perfection.

Chez Monsieur Paul, le bistrot d'en face, il y a une arrière-salle réservée aux employés du journal où nous pouvons manger à crédit. C'est une agréable petite salle, avec de la sciure sur le plancher et des mouches en toute saison. Quand je dis qu'elle est réservée aux employés du journal, je ne veux pas dire que nous y mangeons dans le privé; au contraire, cela veut dire que nous avons le privilège de nous associer aux grues et aux maquereaux qui forment l'élément le plus substantiel de la clientèle de M. Paul. Cet arrangement va aux types de la rédaction comme un gant, parce qu'ils sont toujours à courir après la fesse, et que même ceux qui ont une petite Française attitrée ne sont pas fâchés de changer de temps en temps. L'essentiel, c'est de ne pas attraper la chaude-pisse; parfois, on dirait qu'une épidémie a balayé le bureau, ou peut-être cela s'explique-t-il par le simple fait qu'ils ont tous couché avec la même femme. En tout cas, il est réconfortant de constater comme ils ont l'air misérable lorsqu'ils sont obligés de s'asseoir à côté d'un maquereau qui, en dépit des petites difficultés du métier, mène une vie luxueuse, comparée à la leur.

Je pense particulièrement à un grand type blond, qui porte les messages de chez Havas à bicyclette. Il est toujours un peu en retard pour le repas; il arrive, le visage couvert de sueur et de saleté. Il a une démarche magnifique, un peu gauche, en entrant; il salue à la ronde des deux doigts, et se dirige droit vers l'évier, qui se trouve juste entre les toilettes et la cuisine. Tout en s'essuyant la figure, il jette un rapide coup d'œil sur les provisions; s'il voit un beau bifteck sur la pierre, il le prend et le renifle, ou bien il vous plonge la louche dans la marmite et en goûte une gorgée. Il est comme un fin lévrier, le nez à terre tout le temps. Les préliminaires terminés, ayant fait pipi et s'étant vigoureusement mouché, il se dirige nonchalamment vers sa poule et lui donne un bécot retentissant, en même temps qu'une tape affectueuse sur la croupe. Elle, la poule, je ne l'ai jamais vue autrement qu'immaculée — même à trois heures du matin, après une nuit de travail. Elle a très exactement l'air de sortir d'un bain turc. C'est un plaisir de contempler des brutes aussi saines, de voir un tel repos, une telle affection, un tel appétit. C'est du repas du soir que je parle maintenant, le petit casse-croûte qu'elle prend avant de se mettre à la besogne. D'ici quelques instants, elle sera obligée de prendre congé de sa grande brute blonde, de s'installer quelque part sur le boulevard à siroter son digestif. Si la besogne est ennuyeuse, ou fatigante, ou épuisante, elle ne le montre certainement pas. Quand le grand pendard arrive, affamé comme un loup, elle lui jette les bras autour du cou, et l'embrasse avec voracité : les yeux, le nez, les joues, la nuque; elle lui baiserait le cul si ça pouvait se faire en public. Elle lui est reconnaissante, c'est évident. Elle n'est pas esclave à gages. Tout le long du repas elle rit convulsivement. A croire qu'elle n'a pas de souci au monde. Et de temps en temps, en manière d'affection, elle lui donne une claque sonore sur la joue, une gifle qui enverrait rouler n'importe quel correcteur !

Ils n'ont pas l'air de se soucier de qui que ce soit, sauf d'eux-mêmes et de la nourriture qu'ils ingurgitent à la pelle. Un contentement si parfait, une telle harmonie, une telle compréhension réciproque, que ça rend Van Norden fou de les regarder ! Surtout quand elle glisse la main dans la braguette du grand gars et le caresse, à quoi il répond habituellement en lui prenant le nichon pour le presser avec enjouement.

Il y a un autre couple qui arrive ordinairement vers la même heure, et qui se conduit tout comme un ménage établi. Ils s'engueulent, ils lavent leur linge sale en public, et après avoir rendu la situation désagréable pour eux-mêmes et pour tous les autres, après des menaces et des malédictions, des reproches et des récriminations, ils compensent la chose en se béquetant et en roucoulant, comme une paire de tourterelles. Lucienne, comme il l'appelle, est une lourde blonde platinée, avec un air mauvais et taciturne. Elle a une grosse lèvre inférieure, qu'elle mord méchamment quand la colère lui monte à la tête. Et un œil froid, brillant, porcelaine bleue fanée, qui lui donne les sueurs froides lorsqu'elle le fixe sur lui. Mais elle est gentille, Lucienne, malgré le profil de condor qu'elle nous offre lorsque la bataille commence. Elle a toujours un plein sac de galette, et si elle la dépense si prudemment, c'est uniquement parce qu'elle ne veut pas encourager ses mauvaises habitudes. Il est faible de caractère, à en croire les tirades de Lucienne. Il dépensera cinquante francs par soirée, à attendre qu'elle ait fini. Quand la serveuse vient prendre sa commande, il n'a pas d'appétit. « Ah! tu n'as pas faim encore! grogne Lucienne. Hum! Tu m'attendais, je pense, au faubourg Montmartre. Tu t'es donné du bon temps, j'espère, pendant que je trimais! *Parle imbécile, où étais-tu?* »

Quand elle prend feu comme ça, quand elle se met en rage, il la regarde timidement, puis, comme s'il avait décidé que le silence est la meilleure attitude à prendre, il baisse la tête et tripote sa serviette. Mais ce petit geste, qu'elle connaît si bien et qui, naturellement, lui est secrètement agréable, parce qu'elle est convaincue maintenant qu'il est coupable, ne fait qu'accroître le courroux de Lucienne. « *Parle, imbécile!* » hurle-t-elle. Et d'une petite voix aiguë, timide, il lui explique péniblement que, pendant qu'il l'attendait, il a eu si faim, qu'il a été obligé de s'arrêter pour prendre un sandwich et un bock. Ça a suffi pour lui couper l'appétit — il le dit avec un air de martyr, quoiqu'il soit évident que la nourriture maintenant est le moindre de ses ennuis. « Mais — et il essaye de donner à sa voix un timbre plus convaincant — mais je t'ai attendue tout le temps! » lâche-t-il.

« Menteur! crie-t-elle à tue-tête. Menteur! Ah! heureusement moi aussi je sais mentir... et *bien* mentir! Tu me rends malade avec tes petits mensonges mesquins. Pourquoi ne me dis-tu pas un gros mensonge? »

Il baisse la tête de nouveau, et, d'un air distrait, il ramasse quelques miettes de pain et les porte à la bouche. Sur quoi, elle lui tape sur la main. « Ne fais pas ça! Tu me fatigues! Tu es si bête! Menteur! Attends un peu! J'ai autre chose à dire! Je dis des mensonges moi aussi, mais je ne suis pas une imbécile! »

Peu après, cependant, les voici l'un tout près de l'autre, la main dans la main, et elle murmure doucement : « Ah! mon petit lapin, c'est dur de te quitter. Viens, embrasse-moi! Que vas-tu faire ce soir? Dis-moi la vérité, mon mignon... je regrette d'avoir si mauvais caractère! » Il l'embrasse timidement, tout comme un petit lapin aux longues oreilles roses; lui donne un petit coup de bec sur les lèvres, comme s'il mordillait une feuille de chou. Et au même moment ses yeux ronds et brillants caressent du regard sa bourse qui se trouve ouverte sur la banquette. Il n'attend que le moment où il pourra gentiment filer; ça lui démange de s'en aller, de s'installer dans quelque café tranquille de la rue du Faubourg-Montmartre.

Je le connais, l'innocent petit bougre, avec ses yeux ronds de lapin effaré. Et je sais quelle rue du diable est la rue du Faubourg-Montmartre, avec ses plaques de cuivre et sa camelote de caoutchouc, les lumières qui scintillent toute la nuit et la fesse qui ruisselle dans la rue comme un égout. Aller à pied de la rue Lafayette jusqu'au boulevard, c'est comme passer par les baguettes; les grognasses s'attachent à vous comme des arapèdes, elles vous dévorent comme les fourmis, elles vous enjôlent, vous câlinent, vous cajolent, vous implorent, vous supplient, elles essayent l'allemand, l'anglais, l'espagnol, elles vous montrent leurs cœurs déchirés et leurs souliers éclatés, et longtemps après que vous avez tranché les tentacules, longtemps après que le bouillonnement s'est calmé, l'odeur du lavabo vous tient encore aux narines — c'est l'odeur du *Parfum de la danse* dont l'efficacité n'est garantie qu'à une distance de vingt centimètres! On pourrait gaspiller sa vie entière dans cette petite distance, entre le boulevard et la rue Lafayette. Chaque bar palpite de vie, les dés sont chargés. Les caissiers, perchés comme des vautours sur leurs immenses tabourets, et l'argent qu'ils manient est imprégné de puanteur humaine. Il n'y a pas d'équivalent à la Banque de France pour cette dîme du sang qui est monnaie courante ici, cet argent qui reluit de sueur humaine, qui passe comme un feu de brousse de main en main, et laisse derrière lui fumée et puanteur. Celui qui peut traverser le faubourg Montmartre le soir, sans haleter ou sans suer, sans prière ou sans malédiction sur les lèvres, celui-là n'a pas de couilles, et, s'il en a, on devrait les lui couper!

Et si le petit lapin timide dépense ses cinquante francs, le soir, en attendant Lucienne? Et si la faim lui vient, et qu'il prenne un sandwich et un bock, ou qu'il s'arrête pour bavarder avec la régulière d'un autre? Vous pensez qu'il devrait être las de cette ronde, nuit après nuit? Vous pensez que cela devrait lui peser, l'oppresser, l'ennuyer à mort? Vous ne pensez pas qu'un maquereau est inhumain, j'espère? Un maquereau a ses chagrins et ses misères privés aussi, ne l'oubliez pas! Peut-être qu'il n'aimerait pas mieux que de se tenir au coin de la rue chaque soir avec un couple de chiens blancs et de les regarder faire pipi. Peut-être qu'il aimerait, en ouvrant la porte, de la voir là, en train de lire *Paris-Soir*, les yeux déjà un peu lourds de sommeil. Peut-être n'est-ce pas si merveilleux, quand il se penche sur sa Lucienne, de goûter le souffle d'un autre homme. Mieux vaudrait peut-être n'avoir que trois francs en poche et ce couple de chiens blancs qui font pipi au coin, que de goûter à ces lèvres meurtries. Je vous parie, quand elle le serre à l'étouffer, quand elle mendie cette petite ration d'amour qu'il est seul à savoir donner, je vous parie qu'il se débat comme cent mille diables pour se mettre en forme, pour effacer ce régiment qui a défilé entre ses jambes. Peut-être, quand il prend son corps et joue un air nouveau, peut-être n'est-ce pas uniquement passion et curiosité chez lui, mais lutte dans les ténèbres, combat seul à seul contre toute l'armée qui a forcé les portes, l'armée qui a marché sur son corps, l'armée qui l'a foulée aux pieds, qui lui a laissé une faim si dévorante que pas même un Rudolph Valentino ne pourrait l'apaiser. Quand j'écoute les reproches que l'on dirige contre une fille comme Lucienne, quand je l'entends dénigrée ou méprisée, parce qu'elle est froide ou mercenaire, parce qu'elle est trop mécanique, ou parce qu'elle est trop pressée, ou parce que ceci et parce que cela, je me dis arrête, mon pot', pas si vite! Rappelle-toi que tu es loin en arrière dans la procession; rappelle-toi qu'un corps d'armée tout entier l'a assiégée, qu'elle a été dévastée, pillée, mise à sac. Je me dis, écoute, mon pot', ne lui plains pas les cinquante balles que tu lui donnes parce que tu sais que son maquereau les fiche en l'air au faubourg Montmartre. C'est son argent, et son maquereau à elle. C'est la dîme du sang. C'est de l'argent qui ne sera jamais retiré de la circulation parce qu'il n'y a pas de contrepartie à la Banque de France pour le racheter.

C'est ainsi que je considère souvent la chose quand je suis assis dans ma petite niche, à jongler avec les rapports Havas, ou à débrouiller les câbles de Chicago, de Londres ou de Montréal. Entre les marchés du caoutchouc et de la soie et les céréales de Winnipeg, voici que suinte un peu du bouillonnement du faubourg Montmartre. Quand les titres faiblissent et flanchent, que les valeurs de résistance s'affaissent, que les spéculatives sont en effervescence, quand le marché des grains glisse et dégringole et que les haussiers commencent à hurler, quand toutes les foutues catastrophes, toutes les annonces, toutes les chroniques sportives, tous les articles de mode, toutes les arrivées de bateaux, tous les documentaires de voyage, tous les potins et cancans ont été ponctués, collationnés, relus, accrochés et pressés entre les agrafes d'argent, quand j'entends qu'on met en place à coups de maillet les caractères de la première page et que je vois les mangeurs de grenouilles [1] danser tout autour comme des pétards ivres, je pense à Lucienne balayant le boulevard, ailes déployées, énorme condor argenté, suspendu au-dessus du flux stagnant de la circulation,

1. Sobriquet donné aux Français = frogs, froggies.

étrange volatile venu des sommets de la Cordillère avec un ventre rose pâle et une petite caboche tenace, grosse comme le poing. Parfois, je rentre seul à pied, et je la suis le long des rues ténébreuses à travers la cour du Louvre, de l'autre côté du Pont des Arts, sous les arcades, à travers fentes et crevasses, somnolence, blême ivresse, grilles du Luxembourg, branches entremêlées, ronflements et gémissements, persiennes vertes, bourdon et carillons, piqûres des étoiles, rutilements, jetées, tentes rayées bleu et blanc — tout ce qu'elle a effleuré du bout des ailes.

Dans la lumière bleuâtre d'une aube métallique, les coquilles de cacahouètes ont l'air blêmes et froissées; le long de la grève à Montparnasse, les nénuphars se penchent et cassent. Lorsque la vague reflue et qu'il ne reste que quelques sirènes syphilitiques échouées dans le limon, Le Dôme a l'air d'un stand de tir ravagé par un cyclone. Tout dégouline à nouveau lentement vers l'égout. Pendant une bonne demi-heure, il y règne un calme de mort, et l'on éponge les vomissures. Soudain, les arbres se mettent à ululer. D'un bout du boulevard à l'autre, se lève une chanson démentielle. C'est comme le signal qui annonce la fermeture de la Bourse. Tous les espoirs qui restent sont balayés. L'heure est venue de vider la dernière poche d'urine. Le jour entre en scène, à la dérobée, comme un lépreux...

Une des choses dont il faut se garder quand on travaille la nuit, c'est de ne pas faire infraction à son emploi du temps. Si vous n'allez pas vous coucher avant que les oiseaux se mettent à piailler, il est complètement inutile d'y aller. Ce matin, n'ayant rien de mieux à faire, j'ai rendu visite au Jardin des Plantes. Vu de merveilleux pélicans de Chapultepec et des paons aux plumes diaprées, qui vous regardent de leurs yeux bêtes. Tout à coup, il s'est mis à pleuvoir.

Retour à Montparnasse dans l'autobus. Je remarque une petite Française en face de moi, assise raide, le buste droit, comme si elle se préparait à lisser ses plumes. Elle n'occupait que le bord du siège, comme si elle avait peur de froisser sa queue somptueuse. Ça serait magnifique, pensais-je, si tout à coup elle allait se secouer et faire jaillir de son derrière une énorme queue diaprée aux longues plumes de soie.

Au Café de l'Avenue, où je m'arrête pour casser la croûte, une femme au ventre enflé s'efforce de m'intéresser à sa « position ». Elle aimerait bien prendre une chambre avec moi, et passer une heure ou deux. C'est la première fois qu'une femme enceinte me fait des propositions. Je suis presque tenté d'essayer. Dès que le bébé sera né et mis à l'assistance, elle retournera à son métier, me dit-elle. Elle fait des chapeaux. Elle remarque que mon intérêt décroît, aussi me prend-elle la main pour me la mettre sur son ventre. Je sens quelque chose qui s'agite dedans. Ça me coupe l'appétit.

Je n'ai jamais vu une ville comme Paris pour la variété de la pâture sexuelle. Dès qu'une femme perd une incisive, un œil, ou une jambe, elle se fait prostituée. En Amérique, elle crèverait de faim, si elle n'avait rien d'autre que sa mutilation pour la recommander. Ici, c'est différent. Une dent qui manque ou un nez rongé ou une chute de matrice, bref toute infortune qui aggrave la laideur naturelle, semble être considérée comme un attrait supplémentaire, comme un stimulant pour l'appétit fatigué du mâle.

Je parle naturellement de ce monde particulier aux grandes villes, le monde des hommes et des femmes dont la machine a exprimé la dernière goutte de jus — ces martyrs du progrès moderne. C'est sur cette masse d'os et de boutons de faux cols, que le peintre moderne a tant de difficulté à mettre de la chair. Ce n'est que plus tard seulement, au cours de l'après-midi, quand je me trouve dans une galerie de peinture de la rue de Sèze, environné par les hommes et les femmes de Matisse, que je suis ramené entre les véritables limites de l'humanité. Sur le seuil de cette grande salle, dont les murs flamboient maintenant, je m'arrête un moment pour me remettre du choc que l'on ressent lorsque le gris habituel du monde se déchire subitement, et que la couleur de la vie s'étale en chant et en poésie. Je me trouve dans un monde si naturel, si complet, que je suis perdu. J'ai la sensation d'être immergé dans le plexus même de la vie, de me trouver au foyer central, quelle que soit la place, la position ou l'attitude que je prenne.

Perdu, comme le jour où je m'enfonçai dans l'ombre des jeunes filles en fleurs, et où je m'assis dans la salle à manger de ce gigantesque monde de Balbec, saisissant pour la première fois le sens profond de ces silences intérieurs qui manifestent leur présence par l'exorcisme de la vue et du toucher. Debout sur le seuil de ce monde que Matisse a créé, je ressentis une nouvelle fois la puissance de cette révélation qui avait permis à Proust de déformer l'image de la vie au point que, seuls ceux-là qui, comme lui, sont sensibles à l'alchimie du son et du sens, peuvent transformer la réalité négative de la vie et lui donner les formes substantielles et significatives de l'art. Seuls ceux qui peuvent admettre la lumière dans leurs entrailles peuvent traduire ce qui se trouve dans le cœur. Je me rappelle maintenant avec intensité comment l'éclat et les mille jeux de la lumière carambolant des chandeliers massifs rejaillissaient en pluie de sang, éclaboussant la crête des vagues qui se brisaient avec monotonie sur l'or terne du dehors. Sur la plage, mâts et cheminées s'entrelaçaient, et pareille à une ombre fuligineuse, la silhouette d'Albertine glissait à travers la houle, fondue dans le vif mystérieux et dans le prisme d'un royaume protoplasmique, unissant son ombre au rêve, messager de la mort. Avec la fin du jour, la douleur montant comme une brume de la terre, le chagrin enveloppant tout, et obturant la perspective infinie du ciel et de la mer. Deux mains de cire posées nonchalamment sur les draps, et tout au long des veines pâles, le murmure flûté d'un coquillage qui répète la légende de sa naissance.

Dans chaque poème de Matisse, se trouve l'histoire d'une particule de chair humaine qui a refusé la consommation de la mort. Le flux tout entier de la chair, des ongles aux cheveux, exprime le miracle de la respiration, comme si l'œil intérieur, dans sa soif d'une réalité plus grande, avait converti les pores de la chair en bouches affamées et douées de la vue. Par quelque vision que l'on passe, il y a l'odeur et les bruits de voyage. Il est impossible de regarder, ne fût-ce qu'un coin de ses rêves, sans sentir le soulèvement de la vague et la fraîcheur des embruns volants. Il se dresse à la barre, scrutant de ses yeux bleus immobiles le portefeuille du temps. Dans quels recoins éloignés n'a-t-il pas jeté son long regard oblique? Du haut du vaste promontoire de son nez, il a tout contemplé — les Cordillères qui se perdent dans le Pacifique, l'histoire de la Diaspora contée sur vélin, les volets qui sussurent le frou-frou de la plage, le piano qui se recourbe comme une conque, les corolles émettant des diapasons de lumière, des caméléons écrasés sous le presse-livres, sérails expirant dans des océans de luxure, musique jaillissant comme du feu de la chromosphère secrète de la douleur, spores et madrépores fécondant la terre, nombrils vomissant leur éclatante semence d'angoisse... Il est le sage à l'esprit clair, le voyant léger, qui, d'un mouvement du pinceau, détruit l'échafaud hideux auquel le corps de l'homme est enchaîné par les faits irréversibles de la vie. Il est l'homme qui, si quelqu'un possède ce don de nos jours, a le courage de sacrifier une ligne harmonieuse afin de déceler le rythme et le murmure du sang; il est celui qui saisit la lumière réfractée en lui et lui laisse inonder le clavier des couleurs. Derrière les minutes, le chaos, la dérision de la vie, il décèle la trame invisible; il annonce ses découvertes par le pigment métaphysique de l'espace. Aucune recherche de formules, pas de crucifixion d'idées, pas d'autre obligation que créer. Même alors que le monde court à sa perte, il reste un homme établi bien au centre, plus solidement ancré, plus inébranlable, à mesure que s'accélère le processus de dissolution.

De plus en plus le monde ressemble au rêve d'un entomologiste. La terre se déplace hors de son orbite, l'axe en est changé; poussée par la bise, la neige nous vient du nord en lourdes rafales bleues d'acier. Un nouvel âge glaciaire s'installe, les sutures transversales se referment, et partout, d'un bout à l'autre de la zone des céréales, le monde embryonnaire se meurt, et peu à peu devient squelette desséché. Un jour nouveau se lève, un jour métallurgique, où, sur la terre, retentiront les averses d'un minerai jaune éclatant. A mesure que le thermomètre baisse, la forme du monde s'estompe; l'osmose est encore possible, et, par-ci, par-là, les articulations jouent, mais à la périphérie, les veines sont variqueuses, à la périphérie, les vagues de lumière s'abaissent et le soleil saigne comme un rectum déchiré.

Au moyeu même de cette roue qui va se désagrégeant, se trouve Matisse. Et il continuera de rouler jusqu'à ce que tout ce qui a contribué à former la roue se soit désintégré. Il a déjà roulé sur une bonne partie du globe, sur la Perse et les Indes et la Chine, et, comme un aimant il s'est attaché des particules microscopiques de Kurdistan, de Beloutchistan, de Tombouctou, de la Terre des Somalis, d'Angkor, et de la Terre de Feu. Les odalisques, il les a incrustées de malachite et de jaspe, il a voilé leur chair avec des milliers d'yeux, des yeux parfumés dans le sperme des baleines. Partout où souffle une brise, il y a des seins glacés comme de la gelée, et des pigeons blancs viennent voleter et s'accoupler dans les veines bleu-de-glace de l'Himalaya.

Le papier peint avec lequel les hommes de science ont recouvert le monde de la réalité tombe en lambeaux. Le lupanar grandiose qu'ils ont fait de la vie ne requiert aucune décoration. Pourvu que les tuyaux d'écoulement fonctionnent bien, voilà l'essentiel! La beauté, cette beauté féline qui nous tient par les couilles en Amérique, est finie. Pour sonder la nouvelle réalité, il est d'abord nécessaire de démonter les tuyaux, de débrider les conduites gangrenées qui composent le système génito-urinaire par où s'écoulent les excrétions de l'art. L'odeur du jour est celle du permanganate et de l'acide phénique. Les tuyaux sont obstrués par des embryons étranglés.

Le monde de Matisse est encore beau à la façon d'une chambre à coucher passée de mode. On n'y voit pas de roulements à billes, ni de plaques de chaudière, ni de piston, ni de clé anglaise. C'est le même bon vieux monde qui s'en allait gaiement au Bois, aux jours pastoraux du vin et de la fornication. Je trouve apaisant et rafraîchissant de bouger au milieu de ces créatures qui vivent, et respirent par les pores, sur un fond aussi stable et solide que la lumière elle-même. Je le sens d'une manière poignante lorsque je me promène le long du boulevard de la Madeleine et que les prostituées me frôlent, en passant; alors, rien que de les regarder, je suis pris d'un tremblement. Est-ce parce qu'elles sont exotiques et bien nourries? Non, il est rare de rencontrer une belle femme sur le boulevard de la Madeleine. Mais le pinceau de Matisse explore un monde qui papillote et étincelle, monde qui n'exige que la présence de la femme pour cristalliser les aspirations les plus fugitives. Rencontrer une femme qui s'offre devant un urinoir où l'on trouve des affiches de papier à cigarettes, de rhum, d'acrobates et de courses de chevaux, où le lourd feuillage des arbres empiète sur la lourde masse des murs et des toits, c'est une expérience humaine qui commence là où s'arrêtent les limites du monde connu. Le soir, de temps en temps, frôlant les murs du cimetière, je tombe sur les odalisques fantomatiques de Matisse attachées aux arbres, avec leurs crinières embrouillées trempées de sève. Quelques pas plus loin, à la distance d'incalculables éons de temps, gît le fantôme prostré d'un Baudelaire, emmailloté dans des bandelettes, fantôme d'un monde qui jamais plus ne vomira. Dans les coins obscurs des cafés, voici des hommes et des femmes aux mains scellées, aux reins tachés de mousse... tout à côté se dresse le garçon, son tablier plein de sous : il attend patiemment l'entracte pour tomber sur sa femme et la pourfendre... Et même pendant que le monde s'écroule, le Paris qui appartient à Matisse frémit dans le halètement des orgasmes, l'air lui-même est pris de sperme stagnant, les arbres tout emmêlés comme des chevelures. Sur son essieu capricieux, la roue descend sereinement la pente : pas de freins, pas de roulements à billes, pas de pneus ballons. La roue se désagrège, mais la révolution de la roue va son train...

IX

Par un ciel serein, voici qu'arrive un jour une lettre de Boris que je n'avais pas vu depuis des mois. C'est un étrange document, et je n'ai pas la prétention de le comprendre en entier clairement. « Ce qui s'est passé entre nous — du moins, en ce qui me concerne — c'est que tu m'as touché, tu as touché ma vie, au seul endroit veux-je dire où je suis encore vivant : ma mort. Grâce à ce courant d'émotion je suis passé par une autre immersion. Je revis maintenant comme un vivant. Non plus par réminiscence, comme il m'arrive avec les autres, mais vivant. »

Voilà comment elle commençait. Pas un mot de politesse, pas de date, pas d'adresse. Tracée d'une écriture fine et ampoulée à la fois, sur du papier rayé arraché à un cahier. « Voilà pourquoi, que je te plaise ou non (au fond de moi, je pense plutôt que tu me détestes) tu es très près de moi. Par toi, je sais comment je suis mort : je me revois en train de mourir : je meurs. C'est quelque chose. C'est plus que d'être mort tout simplement. C'est peut-être la raison pour laquelle j'ai tellement peur de te voir. Tu peux m'avoir joué ce tour, et être mort! Les événements arrivent si vite d'aujourd'hui. »

Je la relis, ligne à ligne, devant le marbre. Ça me paraît idiot, tout ce qu'il dégoise sur la vie et la mort et les événements qui arrivent si vite! Rien n'arrive, à ce que je vois, sauf les habituelles calamités de première page. Il a vécu tout seul ces six derniers mois, blotti dans une petite chambre bon marché — entretenant sans doute des communications télépathiques avec Cronstadt. Il me parle de recul de la ligne, de secteur évacué, et patati et patata, comme s'il était enterré dans une tranchée en train de rédiger un rapport pour l'état-major. Il avait probablement sa redingote, lorsqu'il s'est assis pour calligraphier ce message, et il s'est probablement frotté les mains deux ou trois fois, comme il le faisait chaque fois qu'un client venait pour louer l'appartement. « La raison pour laquelle je voulais que tu te suicides... » commence-t-il encore. A ces mots, j'éclate de rire. Il allait de long en large, une main fourrée dans la poche arrière du pan de sa redingote à la Villa Borghese, ou chez Cronstadt — partout où il avait du large, pour ainsi dire — et il débobinait ces conneries sur la vie et la mort tout à son aise. Je n'en ai jamais compris un traître mot, je l'avoue, mais c'était beau à voir, et en ma qualité de Gentil, je m'intéressais naturellement à ce qui se passait dans cette ménagerie sous son crâne. Parfois, il se couchait de tout son long sur le divan, épuisé par la houle des idées qui déferlait à travers sa caboche. Ses pieds effleuraient l'étagère des livres où il tenait son Platon et son Spinoza... il ne pouvait pas comprendre pourquoi ils ne m'intéressaient pas. Je dois avouer qu'il savait les rendre intéressants, quoique je n'eusse pas la moindre idée de ce qu'il y avait dedans. Parfois, je jetais un coup d'œil furtif à un volume, pour repérer ces idées extravagantes qu'il leur imputait — mais le lien était frêle et ténu. Il avait un langage bien à lui, Boris, en tout cas, quand il était seul avec moi; mais quand j'écoutais Cronstadt, il me semblait que Boris avait plagié ses idées merveilleuses. Ces deux-là parlaient une sorte de mathématique supérieure. Jamais une once de chair et de sang ne s'y insinuait : c'était sinistre, spectral, lugubre dans l'abstrait. Quand ils arrivaient à l'histoire de la mort, ça devenait un peu plus concret : après tout, le couperet, ou le hachoir, ça doit bien avoir une poignée. Je goûtais énormément ces séances. C'était la première fois de ma vie où la mort m'ait jamais parue fascinante — toutes ces morts abstraites qui impliquaient je ne sais quelle exsangue agonie. De temps en temps, ils me complimentaient sur le fait que je fusse vivant, mais tant et si bien que je me sentais embarrassé. Ils me faisaient sentir que je vivais au XIXe siècle, que j'étais une espèce de résidu atavique, un lambeau romantique, un *pithecanthropus erectus* pourvu d'âme. Boris, surtout, semblait recevoir un grand choc quand il me touchait; il voulait que je fusse vivant, afin de pouvoir mourir, lui, à cœur joie. Vous auriez pensé que tous ces millions de gens dans la rue n'étaient que des ruminants crevés, à la façon dont il me regardait et me touchait. Mais la lettre... j'oublie la lettre...

« La raison pour laquelle je voulais que tu te suicides ce soir-là chez les Cronstadt, quand Moldorf est devenu Dieu, c'est qu'alors j'étais très près de toi. Plus près peut-être que je ne le serai jamais. Et j'avais peur, j'avais terriblement peur, que quelque jour tu ne me reviennes, et ne meures sur mes bras. Et je serais resté en l'air, avec mon idée de toi simplement, sans rien pour la soutenir. Je ne te l'aurais jamais pardonné. »

Peut-être pouvez-vous le voir disant une chose comme ça! Pour moi, je ne vois pas clairement quelle idée il se faisait de moi, ou du moins, il est clair que je n'étais qu'une idée pure, une idée qui se tenait en vie sans manger. Il n'a jamais attaché beaucoup d'importance, Boris, au problème de la nourriture. Il essayait de me nourrir avec des idées. Tout était idée. Tout de même, lorsqu'il avait à cœur de louer son appartement, il n'oubliait pas de mettre un nouvel écrou au cabinet. En tout cas, il ne voulait pas que je lui meure sur les bras. « Tu dois être vie pour moi jusqu'au dernier moment », écrit-il! « C'est ta seule façon de continuer à donner corps à l'idée que j'ai de toi. Parce que, comprends-tu, tu es devenu si intimement lié à quelque chose de vital en moi, que je ne pense pas que je pourrai jamais me débarrasser de toi. Et je n'en ai pas envie non plus. Je veux que tu vives avec encore plus de vitalité, chaque jour, comme moi je suis mort. Voilà pourquoi, quand je parle de toi à d'autres, j'ai un tout petit peu honte. C'est difficile de parler de soi si intimement. »

Vous croirez peut-être qu'il désirait vivement me voir, ou aimait savoir ce que je faisais — mais non, pas une ligne sur le concret ou le personnel, sauf dans ce langage mort-vivant, rien d'autre que ce petit message des tranchées, cette bouffée de gaz empoisonné pour notifier à tout un chacun que la guerre continuait. Je me demande parfois comment il se fait que je n'attire que les types fêlés, les neurasthéniques, les névrosés, les psychopathes — et les Juifs surtout! Il doit y avoir quelque chose chez un Gentil bien portant qui excite l'esprit juif, comme lorsqu'il voit du pain de seigle aigri. Tenez, Moldorf, par exemple, qui s'était fait Dieu, à en croire Boris et Cronstadt. Il me détestait positivement, la petite vipère — et pourtant il ne pouvait pas me quitter. Il venait régulièrement chercher sa petite dose d'insultes — c'était pour lui un tonique. Au début, il est vrai, j'étais gentil avec lui; après tout, il me payait pour l'écouter. Et quoique je ne lui aie jamais montré beaucoup de sympathie, je savais me taire lorsqu'il était question d'un repas et d'un peu d'argent de poche. Au bout de quelque temps, néanmoins, voyant quel masochiste il était, je me permis de lui rire au nez de temps en temps; c'était comme un coup de fouet pour lui, et le chagrin et la souffrance jaillissaient avec une énergie renouvelée. Et peut-être tout se serait bien passé entre nous, s'il n'avait pas senti de son devoir de protéger Tania. Mais Tania, étant Juive, faisait surgir une question morale. Il voulait que je m'en tienne à Mlle Claude, pour qui j'avoue que j'avais une affection sincère. Il me donnait même de l'argent de temps à autre pour coucher avec elle. Jusqu'au jour où il s'aperçut que j'étais un jouisseur invétéré.

Je mentionne Tania maintenant parce qu'elle est justement revenue de Russie — il y a à peine quelques jours. Sylvestre est resté pour essayer de trouver une situation. Il a complètement abandonné la littérature. Il s'est donné corps et âme à la nouvelle Utopie. Tania voudrait que j'aille avec elle là-bas, en Crimée de préférence, pour recommencer une nouvelle vie. Nous avons tenu une magnifique beuverie chez Carl l'autre jour pour discuter des possibilités. Je voulais savoir ce que je pourrais faire pour gagner ma vie là-bas — si je pourrais être correcteur d'épreuves par exemple. Elle m'a dit de ne pas me soucier du tout de ce que je ferais — on me trouverait un emploi, pourvu que je fusse sérieux et sincère. J'essayai de paraître sérieux, mais ne réussis qu'à paraître pathétique. On n'aime pas voir des visages tristes en Russie; on veut que vous soyez joyeux, enthousiaste, allègre, optimiste. Ça ressemblait terriblement à l'Amérique, à mes yeux! Je ne suis pas né avec ce genre d'enthousiasme. Je ne lui en laissai rien paraître, naturellement, mais secrètement je souhaitais me retrouver seul, retourner à ma petite niche, et y rester jusqu'à ce que la guerre éclatât. Tout cet inepte déconnage sur la Russie me troublait un peu. Elle se monta tellement le ciboulot, Tania, que nous achevâmes presque une demi-douzaine de bouteilles de vin rouge ordinaire. Carl bondissait comme une sauterelle! Il a tout juste assez de Juif en lui pour perdre la tête sur une idée comme la Russie. Le salut, c'était de nous marier — *subito presto!* « Vas-y! disait-il, tu n'as rien à perdre! » Et il fait semblant d'aller faire une petite commission pour que nous puissions tirer un petit coup. Elle voulait bien, Tania, mais tout de même cette histoire de la Russie s'était si solidement implantée dans son crâne, qu'elle gaspilla tout le temps qui nous était laissé à me mordiller l'oreille, ce qui me flanqua quelque peu de mauvaise humeur et une nuit mal à l'aise. Peu importe, il fallait penser à bouffer et à aller au bureau — donc nous nous empilâmes dans un taxi sur le boulevard Edgar-Quinet, à un jet de pierre du cimetière, et pfuit! en route! C'était bien la belle heure pour filer à travers Paris dans un taxi découvert, et le vin qui roulait dans nos panses nous le fit paraître encore plus adorable que d'habitude. Carl était assis en face de nous, sur le strapontin, le visage rouge comme une betterave. Il était heureux, le pauvre diable, de penser quelle nouvelle vie magnifique il mènerait à l'autre bout de l'Europe. Et en même temps, il se sentait un peu triste aussi — je le voyais bien. Il n'avait vraiment pas envie de quitter Paris, pas plus que moi. Paris ne lui avait pas été bien favorable, pas plus qu'à moi, pas plus qu'à n'importe qui en somme, mais quand on a souffert et enduré des choses ici, c'est alors que Paris s'est emparé de vous, qu'il vous a saisi par les couilles pourrait-on dire, comme quelque garce crevant d'amour qui aimerait mieux mourir que de vous lâcher. Voilà sous quel aspect la chose lui apparaissait, je le voyais bien. En traversant la Seine, un gros rire idiot lui tordit le visage et il regarda les bâtiments et les statues autour de lui comme s'il les voyait en rêve. Pour moi, c'était comme un rêve aussi : j'avais la main sur le sein de Tania et je lui pressais les nichons de toutes mes forces, et je remarquais l'eau sous le pont, et les chalands, et Notre-Dame juste au-dessous, exactement comme sur les cartes postales et je pensais dans mon ivresse : voilà comment on se fait baiser, mais j'étais prudent aussi sur l'affaire et je savais que je ne ferais jamais commerce de tout ce tourbillon d'idées dans ma tête sur la Russie ou le ciel ou n'importe quoi. C'était un bel après-midi, pensais-je, et bientôt nous nous ferions descendre un bon petit repas dans le bide, et que pourrions-nous commander de spécial pour nous régaler ?... un bon vin bien chargé qui noierait toutes ces histoires sur la Russie. Avec une femme comme Tania, pleine de sève et tout et tout, elles se foutent pas mal de ce qui vous arrive une fois qu'elles se sont fourré une idée dans la tête. Lâchez-leur la bride, et elles vous déculottent en plein taxi. C'était épatant tout de même de rouler lentement à travers les autos, le visage barbouillé de rouge et le vin gargouillant dans nos tripes comme un trou d'évier, surtout lorsque nous virâmes pour prendre la rue Laffitte qui est juste assez large pour encadrer le petit temple au bout de la rue et au-dessus le Sacré-Cœur, une espèce de fouillis architectural exotique, claire idée française qui transperce droit votre ivresse et vous laisse barbotant dans le passé éperdument, dans un rêve fluide qui vous éveille complètement sans que vos nerfs en frémissent.

Avec la rentrée en scène de Tania, une situation fixe, le déconnage ivrognesque sur la Russie, les retours à pied la nuit, et le Paris de plein été, la vie semble relever un peu la tête. Voilà pourquoi, peut-être, une lettre comme celle que Boris m'a adressée me semble complètement dérailler. Presque tous les jours je rencontre Tania à cinq heures, pour prendre le porto avec elle comme elle dit. Je me laisse emmener à des endroits où je ne suis jamais allé auparavant, les bars chics autour des Champs-Élysées, où les accents du jazz et des voix enfantines qui roucoulent bouche close semblent imbiber les boiseries d'acajou. Même quand on va au lavabo, ces accents pulpeux, pleins de sève, vous poursuivent, passent aériens dans le cabinet par les ventilateurs et font la vie chouette et toute en douces bulles de savon iridescentes. Et que ce soit parce que Sylvestre est absent et qu'elle se sent libre maintenant, ou pour toute autre raison, Tania certainement essaye de se conduire comme un ange. « Tu as été pouilleux avec moi juste avant mon départ, me dit-elle un jour, pourquoi t'es-tu conduit comme ça ? Je ne t'ai jamais fait de mal, n'est-ce pas ? » Nous devenons sentimentaux, peut-être à cause des éclairages doux et de cette crémeuse musique d'acajou dont tout le bar est saturé. Il était presque l'heure d'aller au travail, et nous n'avions pas encore mangé. Les tickets étaient devant nous — six francs, quatre francs cinquante, sept francs, deux francs cinquante — je les comptais machinalement, tout en me demandant si j'aimerais mieux être barman. Souvent comme ça, quand elle me parlait, inépuisable sur la Russie, l'avenir, l'amour et toutes ces sornettes, je me mettais à penser aux choses les plus extravagantes, à cirer des souliers ou à être employé aux lavabos, à cela surtout je suppose, parce qu'il faisait si bon dans ces boîtes où elle m'entraînait, et l'idée ne me venait pas que je pourrais alors être tout à fait dégrisé et peut-être vieux et voûté...

non, j'imaginais toujours que l'avenir, si humble soit-il, connaîtrait toujours cette espèce d'ambiance, avec les mêmes airs me tournant dans la tête et le tintement des verres et derrière chacun de ces culs somptueux une traînée de parfum d'un mètre de large, qui chasserait la puanteur de la vie, même en bas, dans les lavabos.

Étrange que trotter ainsi dans les bars chics avec elle ne m'ait jamais gâté. C'était dur de la quitter, bien sûr. Je la menais jusqu'au porche d'une église près du bureau, et là, debout dans l'obscurité, nous nous embrassions une dernière fois, et elle me murmurait : « Mon Dieu, qu'est-ce que je vais faire maintenant ? » Elle voulait que je quitte ma place pour que nous puissions faire l'amour nuit et jour ; elle ne se souciait plus de la Russie maintenant, pourvu que nous fussions ensemble. Mais dès que je la quittais, j'avais l'esprit clair de nouveau. C'était une autre sorte de musique, pas si langoureuse, mais bonne tout de même, qui accueillait mes oreilles lorsque je poussais la porte ballante. Et une autre espèce de parfum aussi, qui n'avait pas seulement un mètre de large, mais qui était omniprésent, sueur et patchouli mêlés, qui semblait venir des machines. Comme j'entrais habituellement gavé, c'était comme si je retombais subitement à une basse altitude. En général, j'allais droit aux lavabos, et cela me remontait un peu. Il y faisait un peu plus frais, ou tout au moins le bruit de l'eau courante me le faisait croire. C'était toujours une douche froide, ces lavabos. C'était la réalité. Avant d'y parvenir, il fallait traverser une rangée de Français qui se déshabillaient. Pouah! comme ils puaient, les cochons! Et ils étaient bien payés pour ça, aussi! Mais ils étaient là, tout de même, à moitié nus, les uns avec des caleçons longs, les autres avec des barbes, presque tous blêmes, rats écorchés avec du plomb dans les veines. Dans les cabinets, on pouvait faire un inventaire de leurs pensées vagabondes. Les murs étaient couverts de dessins et d'épithètes, tout ça obscène et drôle à la fois, facile à comprendre et, somme toute, assez rigolo et sympathique. Il avait dû leur falloir une échelle pour arriver à certains endroits, mais je suppose que ça valait la peine, même du simple point de vue psychologique. Parfois, lorsque j'étais en train de pisser, je me demandais quelle impression ça ferait sur ces dames chics que j'avais vu entrer et sortir des magnifiques cabinets des Champs-Élysées. Je me demandais si elles se monteraient autant le cou si elles pouvaient voir ce qu'on pensait des culs dans ce lieu. Dans leur univers, sans doute, tout était gaze et velours — ou, du moins, elle vous le donnaient à penser avec les fins parfums qu'elles exhalaient en glissant près de vous. Quelques-unes n'avaient pas toujours été de si belles dames non plus; quelques-unes allaient et venaient ainsi tout simplement pour se faire de la réclame. Et peut-être, quand elles se trouvaient laissées à elles-mêmes, quand elles parlaient à haute voix dans la privauté de leurs boudoirs, peut-être bien que quelques paroles étranges devaient leur tomber des lèvres aussi; parce que dans ce monde, comme dans n'importe quel monde, la plupart des choses qui arrivent sont tout juste merde et saloperie, aussi moche que toute

249

ordure, seulement voilà, elles ont assez de veine pour pouvoir mettre un couvercle sur la boîte !

Donc, cette vie d'après-midi avec Tania n'eut jamais de mauvais effet sur moi. Il m'arrivait parfois de m'être trop gavé, et je devais me fourrer les doigts dans la gorge — parce qu'il est difficile de corriger des épreuves quand on n'est pas tout entier à la besogne. Il faut plus de concentration d'esprit pour découvrir une virgule qui manque, que pour résumer la philosophie de Nietzsche. On peut être brillant parfois quand on est saoul, mais il est déplacé de l'être dans la salle des correcteurs. Dates, fractions, points-virgules : voilà des choses qui comptent. Et ces choses-là sont les plus difficiles à traquer quand on a l'esprit en feu. De temps en temps, je faisais de sales gaffes, et n'était que j'avais appris à lécher le cul au contremaître, j'aurais été foutu dehors, pas l'ombre d'un doute ! J'ai même reçu un mot du grand patron d'en-haut, un type que je n'avais même jamais vu, tellement il planait haut, et entre quelques phrases sarcastiques sur mon intelligence supérieure à la moyenne, il me fit comprendre assez clairement que je ferais mieux d'apprendre mon boulot et de le faire ric-rac, sinon je verrais ce que je verrais. Franchement, il me fit une trouille du diable. Par la suite, je ne me servis plus de polysyllabes dans la conversation; à dire vrai, je n'ouvrais plus la gueule de toute la nuit. Je jouais au minus de grande classe, puisque c'était ce qu'on nous demandait. De temps en temps, pour me concilier le contremaître en quelque sorte, j'allais lui demander poliment ce que tel ou tel mot voulait dire. Il aimait ça. Il avait du dictionnaire et de l'indicateur, ce type-là! Il pouvait ingurgiter autant de bière qu'il lui plaisait pendant le repos — et il prenait ses pauses privées pour ainsi dire, à voir comment il menait la barque — on ne pouvait jamais le prendre en défaut sur une date ou une définition. Il était correcteur-né. Mon seul regret était d'être trop savant. Ça transparaissait de temps à autre, malgré toutes les précautions que je prenais. S'il m'arrivait de venir au travail avec un livre sous le bras, ce chameau de contremaître le remarquait, et si c'était un bon livre, ça le rendait virulent. Mais je n'ai jamais rien fait pour lui déplaire. J'aimais trop ce boulot pour me passer la corde autour du cou. Tout de même, c'est dur de parler à un bonhomme quand on n'a rien de commun avec lui; on se trahit, même en n'usant que de monosyllabes. Il le savait foutrement bien, le contremaître, que je ne prenais pas le moindre intérêt à ses boniments; et pourtant, expliquez ça comme vous voudrez, ça lui faisait plaisir de me sevrer de mes rêves et de me bourrer de dates et de faits historiques. C'était sa façon à lui de se venger, je suppose.

Le résultat fut que je fis un peu de névrose. Dès que je revenais à l'air, je tournais à l'extravagant. Quel que fût le sujet de la conversation, en rentrant à Montparnasse, au petit jour, le braquais aussitôt la lance à incendie dessus, je l'étouffais, afin de pouvoir faire trotter mes rêves pervers. J'aimais mieux parler de choses dont nous ignorions tous le premier mot. J'avais cultivé une espèce de douce folie, l'écholalie je crois qu'on l'appelle. Tous les bouts de phrases de mon travail de la nuit me dansaient sur le bout de la langue. La *Dalmatie* — j'avais eu entre les mains de la copie pour une annonce sur ce joyau du tourisme. Très bien, la Dalmatie! Vous prenez le train, et au matin vous transpirez de tous vos pores, et les raisins font éclater leurs peaux. Je pouvais débobiner sur la Dalmatie du grand boulevard jusqu'au palais Mazarin, et plus loin même si je voulais. Je ne sais même pas où c'est sur la carte, et je ne veux pas le savoir, mais à trois heures du matin, avec tout ce plomb dans vos veines et vos vêtements saturés de sueur et de patchouli et le cliquetis des *bracelets passant à travers l'essoreuse* et ces radotages issus de la bière avec lesquels on me remontait le moral pour des bagatelles comme la géographie, le costume, le langage, avec tout cela, dis-je, l'architecture ne vaut pas un radis! La Dalmatie appartient à une certaine heure de la nuit, où ces gongs bruyants se sont éteints et où la cour du Louvre semble si merveilleusement ridicule qu'on a envie de pleurer sans raison, simplement parce que le silence est magnifique, si vide, si totalement différent de la « première page » et des types de la salle de rédaction jouant aux dés. Avec ce petit morceau de Dalmatie posé sur mes nerfs palpitants comme une froide lame de couteau, je pouvais ressentir les plus merveilleuses impressions de voyage. Et le drôle, c'est que je pouvais faire le tour du globe sans que l'Amérique entrât jamais dans ma cervelle. Elle était encore plus perdue qu'un continent perdu, parce que je me sentais quelque affinité mystérieuse avec les continents engloutis, tandis qu'avec l'Amérique je ne me sentais rien du tout, mais rien du tout! De temps en temps, il est vrai, je pensais à Mona, non pas comme à une personne dans une aura définie de temps et d'espace, mais séparée, détachée, comme si elle s'était dilatée en je ne sais quel nuage qui oblitérait le passé. Je ne pouvais pas me permettre de penser à elle très longtemps, sinon, j'aurais sauté par-dessus le pont. Comme c'est étrange! Je m'étais tellement réconcilié avec la vie sans elle... et pourtant si je pensais à elle, ne fût-ce qu'une minute, cela suffisait pour transpercer ma joie jusqu'à la moelle des os, et me rejeter dans le ruisseau douloureux de mon misérable passé.

Pendant sept ans j'ai vaqué à mes affaires, nuit et jour, avec une seule chose en tête : elle! S'il y avait un chrétien aussi fidèle à son Dieu que moi à elle, nous serions tous Le Christ aujourd'hui. Nuit et jour je pensais à elle, même quand je la trompais. Et maintenant quelquefois, en plein cœur des choses, quelquefois quand je me sens absolument libéré de tout, brusquement, en tournant le coin d'une rue, voici peut-être que va surgir une petite place, quelques arbres et un banc, un endroit désert où nous sommes venus nous chamailler, où nous nous sommes rendus fous tous les deux de nos cruelles scènes de jalousie. Toujours quelque endroit désert, comme la place de l'Estrapade entre autres, ou ces rues sordides et lugubres à quelques pas de la Mosquée, ou encore le long de ce tombeau béant qu'est l'avenue de Breteuil, qui, à dix heures du soir, est si silencieuse, si morte, qu'elle vous fait penser au meurtre ou au suicide, à tout ce qui pourrait créer un vestige de tragédie humaine.

Quand je me rends compte qu'elle est partie, peut-être à jamais, un grand vide s'entrouvre, et je me sens tomber, tomber, tomber dans un insondable abîme noir. Et c'est pire que les larmes, plus profond que le regret ou le chagrin ou la douleur : c'est l'abîme dans lequel Satan fut précipité. On n'en remonte pas, il n'y a pas un rayon de lumière, pas de son de voix humaine, pas de contact de main humaine.

Que de fois et que de fois, me promenant à travers les rues en pleine nuit, me suis-je demandé si le jour reviendrait jamais où elle serait à côté de moi... tous ces regards de brûlante tendresse que je tournais vers les monuments et les statues... je les ai regardés si ardemment, si désespérément, que mes pensées ont bien dû devenir partie intégrante de ces monuments et de ces statues, lesquels doivent être saturés de mon angoisse. Je ne pouvais m'empêcher de penser aussi que, lorsque nous nous promenions côte à côte à travers ces rues sordides et lugubres, tellement saturées maintenant de mes rêves et de ma nostalgie, elle n'avait rien remarqué, rien senti; elles lui étaient comme d'autres rues, un peu plus sordides peut-être, et c'est tout. Elle ne se rappellerait pas qu'à un certain coin je m'étais arrêté pour ramasser une de ses épingles à cheveux, ou que, lorsque je me baissais pour renouer ses lacets, j'incrustais dans mon souvenir l'endroit où son pied s'était posé, et qu'il y resterait à jamais, même après que les cathédrales auraient été démolies et que la civilisation latine tout entière aurait été rasée pour l'éternité.

En descendant la rue Lhomond une nuit, dans une

crise d'angoisse et de désolation inaccoutumée, certaines choses me furent révélées avec une poignante clarté. Était-ce parce que j'avais si souvent parcouru cette rue dans l'amertume et le désespoir, ou était-ce souvenir d'une phrase qu'elle avait dite un soir que nous étions place Lucien-Herr, je n'en sais rien. « Pourquoi ne me montrez-vous pas ce Paris, dit-elle, sur lequel vous avez écrit ? » Je sais bien une chose, c'est qu'au souvenir de ces paroles, je me rendis compte brusquement de l'impossibilité où j'étais de jamais lui révéler ce Paris que j'avais appris à connaître, ce Paris dont les arrondissements sont indécis, un Paris qui n'a jamais existé que par la vertu de ma solitude et de ma faim pour cette femme. Quel immense Paris ! Il y faudrait une vie entière pour l'explorer à nouveau ! Ce Paris, dont moi seul avais la clé, se prête mal à une visite, même avec la meilleure des intentions; c'est un Paris qui doit être vécu, qui doit être senti jour par jour sous mille formes différentes de torture, un Paris qui vous pousse dans le corps comme un cancer, et qui grandit, grandit, jusqu'à ce qu'il vous ait dévoré.

Dégringolant la rue Mouffetard, tout en agitant ces réflexions dans ma cervelle, je me rappelai un autre incident étrange du passé, tiré de ce guide dont elle m'avait demandé de tourner les feuillets, mais que, parce que la couverture pesait d'un tel poids, je trouvais alors impossible à forcer. Sans aucune raison — parce que, à ce moment, mes pensées étaient occupées avec Salavin dont je parcourais alors le domaine sacré — sans aucune raison, dis-je, il me vint à l'esprit le souvenir d'un jour où, inspiré par la plaque devant laquelle je passais jour après jour, j'entrais poussé par une impulsion dans la Pension Orfila, et demandais à voir la chambre que Strindberg avait occupée. Jusqu'à cette époque, rien de bien terrible ne m'était arrivé, bien que j'eusse déjà perdu tous mes biens terrestres, et appris à connaître ce que signifie errer affamé dans les rues avec la peur de la police. Jusqu'à cette époque, je n'avais pas trouvé un seul ami à Paris, circonstance qui était plus étonnante que déprimante, car partout où j'ai bourlingué dans ce vaste monde la chose la plus aisée à découvrir pour moi a toujours été un ami. Mais en réalité, rien de bien terrible ne m'était encore arrivé. On peut vivre sans amis, comme on peut vivre sans amour, et même sans argent, encore qu'on juge celui-ci indispensable. On peut vivre à Paris — c'est cela que je découvris ! — juste de chagrin et d'angoisse. Amère nourriture — peut-être la meilleure qui soit pour certains êtres. En tout cas, je n'étais pas encore au bout de mon rouleau. Je flirtais avec le désastre, tout juste. J'avais assez de temps et de sentiments pour jeter un coup d'œil dans la vie des autres, pour m'amuser avec la matière morte du romantique, qui, si morbide soit-il, lorsqu'il est emmitouflé sous les couvertures d'un livre, vous paraît délicieusement lointain et anonyme. En sortant de cet endroit, je sentis un sourire ironique effleurer mes lèvres, comme si je me disais : « Pas encore, la Pension Orfila ! »

Depuis lors, bien sûr, j'ai appris ce que tout insensé à Paris apprend tôt ou tard — qu'il n'y a pas d'enfers de confection pour les tourmentés.

Il me semble que je comprends un peu mieux maintenant pourquoi elle se délectait tant à la lecture de Strindberg. Je la vois encore lever les yeux de son livre après avoir lu un passage *délicieux* et, le rire lui faisant monter les larmes aux yeux, déclarer : « Tu es juste aussi fou que lui... tu *veux* être châtié ! » Quelle joie cela doit être pour la sadique lorsqu'elle découvre son propre masochiste ! Quand elle se mord elle-même, pour ainsi dire, pour éprouver le fil de ses dents ! A cette époque, quand je commençais à la connaître, elle était saturée de Strindberg. Ce farouche tourbillon de larves dans lequel il se complaisait, cet éternel duel des sexes, cette férocité d'araignée qui l'a rendu cher aux rustres abrutis de Scandinavie, c'est cela qui nous avait rapprochés. Nous entrâmes ensemble dans la danse de mort, et je fus si vite englouti dans le tourbillon, que, lorsque je remontai à la surface, je ne reconnus plus le monde. Quand je me retrouvai libre, la musique avait cessé ; la sarabande était finie et j'avais été nettoyé !

Après avoir quitté la Pension Orfila cet après-midi-là, j'entrai à la bibliothèque, et là, après un bain dans le Gange et une méditation sur les signes du zodiaque, je me mis à réfléchir sur le sens de cet enfer que Strindberg a si impitoyablement décrit. Et comme je ruminais là-dessus, le jour se fit en moi peu à peu sur le mystère de son pèlerinage, la fuite qui chasse le poète aux quatre coins de la terre, puis, comme si on lui avait ordonné de rejouer un drame perdu, l'héroïque plongeon jusqu'aux entrailles mêmes de la terre, le sombre et terrifiant séjour dans le ventre de la baleine, la lutte sanglante pour se libérer, pour émerger sain et sauf du passé, Dieu-Soleil éclatant et ensanglanté, rejeté sur un rivage étranger. Ce ne m'était plus un mystère maintenant, de savoir pourquoi lui et d'autres (Dante, Rabelais, Van Gogh, etc.) avaient fait leur pèlerinage à Paris. Je compris alors pourquoi Paris attire les torturés, les hallucinés, les grands maniaques de l'amour. Je compris alors pourquoi ici, au moyeu même de la roue, on peut embrasser les théories les plus fantastiques, les plus impossibles, sans les trouver le moins du monde étranges; pourquoi ici on relit les livres de sa jeunesse et pourquoi les énigmes prennent un sens nouveau, un pour chaque cheveu blanc. On chemine à travers les rues non sans savoir qu'on est fou, possédé, parce qu'il n'est que trop évident que ces visages froids et indifférents sont ceux de vos gardiens. Ici, toutes les frontières sont effacées, et le monde se révèle pour le farouche abattoir qu'il est. La torture des prisonniers s'étend à l'infini, les écoutilles sont barricadées, et la logique s'élance cabrée tandis que flamboie son couperet sanglant. L'air est glacé, stagnant; le langage apocalyptique. Pas d'indication de sortie nulle part; pas d'issue, sauf la mort. Cul-de-sac au bout duquel se dresse l'échafaud.

Cité éternelle, Paris! Plus éternelle que Rome, plus somptueuse que Ninive! Nombril de l'univers, on se traîne vers toi sur les mains et les genoux, comme un idiot aveugle et balbutiant! Et comme un bouchon qui a fini par dériver au centre mort de l'océan, on flotte ici dans l'écume et les épaves des mers, indifférent, sans espoir, sans même se tourner vers un

Christophe Colomb qui passerait. Les berceaux de la civilisation sont les égouts putrides du monde, le charnier auquel les matrices empuanties confient leurs paquets sanglants de chair et d'os!

Les rues étaient mon refuge. Et nul ne peut comprendre la magie des rues jusqu'à ce qu'il soit forcé d'y chercher refuge, jusqu'à ce qu'il soit devenu la paille ballottée de-ci de-là par le moindre zéphyr. On passe le long d'une rue par un jour d'hiver, et à voir un chien à vendre, on est ému aux larmes. Tandis que de l'autre côté, joyeuse comme un cimetière, se dresse une misérable cabane qui s'intitule « Hôtel du Tombeau des Lapins ». Cela vous fait rire, rire à en mourir. Jusqu'à ce qu'on remarque qu'il y a des hôtels partout, pour les lapins, les chiens, les poux, les empereurs, les ministres, les prêteurs sur gages, les équarrisseurs et ainsi de suite. Et presque un sur deux s'appelle « Hôtel de l'Avenir ». Ce qui vous rend encore plus hystérique! Tant d'hôtels du futur! Pas d'hôtels au participe passé, pas de mode subjonctif, pas de conjonctif! Tout est blême, hideux, hérissé de joie, gonflé du futur, comme un abcès dans la gencive. Ivre de cet eczéma lubrique de l'avenir, je vais en titubant vers la place Violet, toutes couleurs mauve et ardoise, les portes si basses que seuls des nains ou des lutins pourraient y entrer à cloche-pied; sur le crâne sombre de Zola, les cheminées vomissent leur coke pur tandis que la Madone des Sandwichs écoute de ses oreilles en choux-fleurs le bouillonnement des réservoirs à gaz, magnifiques crapauds boursouflés accroupis au bord de la route.

Pourquoi me rappelé-je soudain le passage des Thermopyles ? Parce que, ce jour-là, une femme parlait à son chiot dans le langage apocalyptique de l'abattoir, et la petite chienne, elle, comprenait ce que cette salope de sage-femme lui disait. Comme cela me déprima ! Plus encore que le spectacle de ces roquets pleins de geignements que l'on vendait rue Brancion, parce que ce n'étaient pas les chiens qui me faisaient tellement pitié, mais bien l'immense grille de fer, mais bien ces pieux rouillés qui semblaient se dresser entre moi et ma vie légitime. Dans l'agréable petite ruelle près de l'Abattoir de Vaugirard — Abattoir hippophagique ! — que l'on appelle rue des Périchaux, j'avais remarqué par-ci par-là des taches de sang. Et comme Strindberg dans sa folie avait reconnu des présages sinistres dans le carrelage même de la Pension Orfila, ainsi j'errais à l'abandon à travers cette ruelle boueuse, éclaboussée de fragments sanglants du passé qui s'étaient détachés et flottaient à l'aventure devant mes yeux, me harcelant des présages les plus affreux. Je vis mon propre sang répandu, le chemin boueux tout maculé, aussi loin que je pouvais remonter, tout maculé de mon sang depuis ses origines mêmes. On est éjecté dans le monde comme une petite momie sale ; les chemins sont gluants de sang et personne ne sait pourquoi. Chacun va de son côté, et quoique la terre soit pourrie de bonnes choses, on n'a pas le temps de cueillir les fruits. Le défilé grouille vers la sortie, et il y a une telle panique, une telle ruée pour s'échapper, que les faibles et les impuissants sont foulés aux pieds dans la fange et leurs cris sont inentendus.

Mon univers d'êtres vivants avait péri; j'étais absolument seul au monde, et j'avais les rues pour amies, et les rues me parlaient ce langage triste et amer de la misère humaine, du désir, du regret, de l'échec, de l'effort gaspillé. En passant sous le viaduc le long de la rue Broca une nuit, ayant appris que Mona était malade et misérable, je me souvins brusquement que c'était ici, dans la hideur et la pénombre maussade de cette rue en contre-bas, terrorisée peut-être par la prémonition de l'avenir, que Mona se cramponna à moi et d'une voix frémissante me supplia de lui promettre que je ne la quitterai jamais, jamais, quoi qu'il arrive! Et seulement quelques jours plus tard, j'étais sur le quai de la gare Saint Lazare, à regarder partir le train, le train qui l'emportait; elle se penchait par la portière, comme elle s'était penchée par la fenêtre quand je l'avais quittée à New York, et il y avait le même sourire triste et indéchiffrable sur son visage, cet air de la dernière minute que l'on charge d'exprimer tant de choses, mais qui n'est qu'un masque pincé par un sourire vide. A peine quelques jours auparavant, elle s'était accrochée désespérément à moi, et puis quelque chose était arrivé, quelque chose qui n'est pas clair pour moi, même à l'heure actuelle, et de sa propre volonté voilà qu'elle montait dans un train, et qu'elle me regardait pour la seconde fois avec ce sourire triste et énigmatique qui me dépasse, qui est injuste, artificiel, dont je me défie de toute mon âme. Et maintenant c'est moi, debout à l'ombre de ce viaduc, qui m'élance vers elle, qui m'accroche à elle désespérément, et il y a ce même sourire inexplicable sur mes lèvres, ce masque que j'ai collé sur mon chagrin. Je peux rester là et sourire dans le vide et mes prières auront beau être ferventes, désespérée ma nostalgie, il y a un océan entre nous; là-bas elle restera et crèvera de faim, et moi, ici, j'irai d'une rue à l'autre, le visage brûlé de larmes de feu.

C'est cette espèce de cruauté qui est incrustée dans les rues; c'est *cela* que les murs nous envoient en pleine figure et qui nous terrifie quand brusquement une peur sans nom nous traverse, quand brusquement une panique torturante nous envahit l'âme. C'est *cela* qui donne aux réverbères leurs contorsions démoniaques, qui les pousse à nous faire signe pour nous attirer dans leur étreinte suffocante; c'est *cela* qui fait que certaines maisons paraissent être les gardiennes de crimes secrets, et leurs fenêtres aveuglées les orbites vides d'yeux qui ont trop vu... C'est cette espèce de chose, inscrite dans la physionomie humaine des rues qui me fait fuir lorsque je lis brusquement au-dessus de ma tête « Impasse Satan ». Cela qui me remplit de frissons lorsqu'à l'entrée même de la Mosquée je lis écrit : « Lundi et jeudi, *tuberculose;* mercredi et vendredi, *syphilis.* » Dans chaque station de métro, il y a des masques grimaçants qui vous accueillent avec : « *Défendez-vous contre la syphilis!* » Partout où il y a des murs, il y a des affiches avec d'éclatants crabes venimeux qui prophétisent l'arrivée du cancer. Où que vous alliez, quoi que vous touchiez, il y a le cancer et la syphilis. C'est écrit dans le ciel; cela danse et flamboie comme un présage sinistre. Nos âmes en sont rongées, et nous ne sommes rien d'autre qu'un monde mort comme la lune.

X

Je crois bien que c'était le 4 juillet qu'ils me flanquèrent cul par-dessus bord. Pas un mot d'avertissement. Un des gros nababs de l'autre côté de l'eau avait décidé de faire des économies. Rabioter sur les correcteurs et les petites dactylos sans défense lui permettait de payer les dépenses de ses voyages aller-retour et les appartements somptueux qu'il occupait au Ritz. Après avoir réglé les petites dettes que j'avais accumulées parmi les linotypistes, et donné un acompte au bistrot en face, afin de conserver mon crédit, il ne me restait presque rien de mon salaire final. J'eus à notifier au patron de l'hôtel que j'allais le quitter — sans lui dire pourquoi, parce qu'il se serait fait du mauvais sang pour ses miteux deux cents francs.

« Que feras-tu si tu perds ton emploi ? » C'était la phrase qui me sonnait continuellement aux oreilles. *Ça y est maintenant*[1] *! Ausgespielt !* Rien à faire que de retourner à la rue, marcher, baguenauder, t'asseoir

1. En français dans le texte.

sur les bancs, tuer le temps. Depuis tout ce temps, bien sûr, ma tête était familière à Montparnasse; je pourrais faire croire un moment que je travaillais toujours au journal. Cela me rendrait un peu plus facile de trouver la galette pour un déjeuner ou un dîner. On était en été, et les touristes arrivaient en trombe. J'avais mille tours dans mon sac pour les rançonner. « Que feras-tu...? » Eh bien, ne pas crever de faim, et d'un! Si je ne faisais rien d'autre que de me concentrer sur la boustifaille, cela m'empêcherait de me déconfire. Pour une semaine ou deux, je pouvais encore aller chez M. Paul et me tasser un bon repas tous les soirs; il ne saurait pas si je travaillais ou non. L'essentiel, c'est de bouffer. A la garde de Dieu pour le reste!

Naturellement, j'ouvrais l'oreille à tout ce qui pouvait vouloir dire un peu de fric. Et je cultivais une nouvelle floppée de connaissances — des raseurs que j'avais soigneusement évités jusqu'ici, des poivrots que je détestais, des artistes qui avaient un peu de galette, des Prix Guggenheim, etc. Ça n'est pas difficile de se faire des amis quand on a le cul sur une chaise douze heures par jour à la terrasse d'un café. On arrive à connaître tous les poivrots de Montparnasse. Ils s'accrochent à vous comme des poux, même si vous n'avez rien d'autre à leur offrir que vos oreilles.

Maintenant que j'avais perdu mon emploi, Carl et Van Norden avaient une nouvelle phrase pour moi : « Et si ta femme arrivait? » Eh bien, et après? Deux bouches à nourrir au lieu d'une. J'aurais un compagnon de misère. Et si elle n'avait pas perdu sa bonne mine, je réussirais probablement mieux à deux sous le harnois que tout seul : le monde ne laisse jamais une jolie femme mourir de faim. Tania, je ne pouvais pas trop compter sur elle : elle envoyait de l'argent à Sylvestre. J'avais pensé d'abord qu'elle pourrait me laisser partager sa chambre, mais elle avait peur de se compromettre, il fallait qu'elle soit chic avec son patron.

Les premières personnes vers qui se tourner quand on est à plat, ce sont les Juifs. J'en eu trois sur les bras presque tout de suite. Des types sympathiques. L'un d'eux était un marchand de fourrures retiré des affaires qui avait la démangeaison de voir son nom dans les journaux; il me proposa d'écrire une série d'articles sous son nom pour un journal Yiddish de New York. Je dus battre Le Dôme et La Coupole à la recherche de Juifs éminents. Le premier sur qui je tombai était un célèbre mathématicien; il ne parlait pas un mot d'anglais. Je dus disserter sur la théorie du choc d'après les diagrammes qu'il dessinait sur les serviettes en papier; je dus décrire les mouvements des corps astraux et démolir en même temps la conception einsteinienne. Le tout pour vingt-cinq francs. Quand je voyais mes articles dans les journaux, je ne pouvais pas les lire; mais ils étaient impressionnants tout de même, surtout avec le pseudonyme du marchand de fourrures!

J'écrivis beaucoup sous l'anonymat pendant cette période. Quand le nouveau bordel s'ouvrit sur le boulevard Edgar-Quinet, je rabiotai quelque chose à écrire les prospectus. A savoir, une bouteille de champagne et un coup pour rien dans une des chambres égyptiennes. Si je réussissais à amener un client, on me donnait ma commission, comme celle de Képi autrefois. Un soir, j'amenais Van Norden; il allait me faire gagner un peu d'argent en s'amusant dans les chambres! Mais quand « Madame » apprit qu'il était journaliste, elle ne voulut rien entendre pour encaisser son argent; ce fut encore une bouteille de champagne et un coup gratis. Pas un sou de profit. Et même il me fallut écrire l'article pour lui, parce qu'il n'arrivait pas à traiter le sujet sans mentionner la qualité de la boîte! Une chose après l'autre comme ça. J'étais bel et bien baisé.

Le pire de tout fut une thèse que j'entrepris d'écrire pour un psychologue sourd-muet. Un traité sur les soins à donner aux enfants infirmes. J'avais la tête pleine de maladies et de gouttières et d'établis de travail et de théories de plein air. Cela me prit six bonnes semaines d'affilée, et, pour couronner le tout, il me fallut corriger les épreuves de cette saloperie. C'était en français, mais un français que je n'avais jamais de ma vie lu ni entendu. Mais cela me rapporta un bon déjeuner tous les jours, un déjeuner américain, avec du jus d'oranges, du Quaker Oats, de la crème, du café, de temps en temps du jambon et des œufs pour varier le menu. Ce fut la seule période de mes jours à Paris où je me payai jamais un déjeuner convenable, grâce aux enfants infirmes de Rockway Beach, d'East Side, et de toutes les criques ou bras de mer de ces endroits misérables.

Puis un jour, je fis la connaissance d'un photographe; il faisait une collection de tous les bordels à cent sous de Paris pour un dégénéré munichois. Il voulait savoir si je consentirais à poser les pantalons rabattus, et en d'autres postures. Je pensais à ces petits nabots maigrichons, qui ressemblent à des grooms ou à des chasseurs d'hôtel, que l'on voit de temps en temps sur les cartes postales pornographiques dans les vitrines de petites boutiques, fantômes mystérieux qui habitent la rue de la Lune, et autres quartiers malodorants de la cité. Je n'aimais pas beaucoup l'idée de promener ma gue-gueule en compagnie de cette élite. Mais, puisqu'on m'assurait que les photographies étaient pour une collection strictement privée, et puisqu'elle était destinée à Munich, je donnai mon consentement. Quand on n'est pas dans sa ville natale, on peut se permettre de petites libertés, surtout pour le motif si honorable de gagner son pain quotidien. Après tout, je n'avais pas fait tant le délicat, quand j'y pense, même à New York. Il y avait des nuits où j'étais si terriblement désespéré là-bas, que j'étais obligé d'aller dans mon propre quartier pour mendier!

Nous n'allâmes pas dans les boîtes connues familières aux touristes, mais dans les petits foutoirs où l'atmosphère était plus sympathique, où nous pouvions faire une partie de cartes l'après-midi avant de nous mettre au boulot. C'était un bon compagnon que ce photographe. Il connaissait la ville de fond en comble, les murs particulièrement. Il me parlait souvent de Goethe, et des jours de Hohenstaufen, et des massacres des Juifs pendant le règne de la Peste noire. Sujets intéressants, et toujours reliés obscurément aux choses qu'il faisait. Il avait des idées pour des scénarios aussi, des idées stupéfiantes, mais personne n'avait le courage de les exécuter. La vue d'un cheval fendu en deux lui inspirait des choses sur Dante ou Léonard de Vinci ou Rembrandt; des abattoirs de la Villette, il sautait dans un taxi et m'emmenait dare-dare au musée du Trocadéro, afin de me montrer un crâne ou une momie qui l'avait fasciné. Nous explorâmes le cinquième, le treizième, le dix-neuvième et le vingtième arrondissement dans tous les sens. Nos endroits favoris pour souffler étaient de petits coins lugubres comme la place Nationale, la place des Peupliers, la place de la Contrescarpe, la place Paul-Verlaine. Beaucoup de ces endroits m'étaient déjà familiers, mais je les voyais tous maintenant sous une lumière différente grâce à la rare saveur de sa conversation. Si aujourd'hui il m'arrivait par exemple de descendre en me promenant la rue du Château-des-Rentiers, à respirer la fétidité des lits d'hôpital qui empuantit le treizième arrondissement, mes narines sans doute se dilateraient de plaisir parce que, mêlées à cette odeur d'urine rance et d'acide phénique, il y aurait les odeurs de nos voyages imaginaires à travers le charnier de l'Europe que la Peste noire avait créé.

Grâce à lui, j'en vins à connaître un invididu tout empreint de spiritualité nommé Kruger, qui était sculpteur et peintre. Kruger se prit de béguin pour moi, je ne sais pour quelle raison. Il me fut impossible de me débarrasser de lui quand il eut découvert que je consentais à écouter ses idées « ésotériques ». Il y a des gens en ce monde pour qui le mot « ésotérique » a l'air d'agir comme un fluide divin. Comme « réglé » pour Herr Peeperkorn de la *Montagne magique*. Kruger était un de ces saints qui ont mal tourné, un masochiste, un type anal dont la loi est scrupule, rectitude et conscience, et qui, un jour de relâchement, vous fait sauter la mâchoire d'un homme sans sourciller. Il semblait croire que j'étais mûr pour passer sur un autre plan, un « plan *supérieur* », comme il disait. J'étais prêt à passer sur n'importe quel plan par lui désigné, pourvu qu'on ne mangeât et qu'on ne bût pas moins. Il me rompait la tête avec le « fil de l'âme », le « corps causal », l'« oblation », les Upanishads, Plotin, Krishnamurti, la « vêture karmique de l'âme », la « conscience nirvânique », toutes ces couillonnades que l'Orient exhale comme une haleine s'exhale de la peste. Parfois il entrait en transe et divaguait sur les incarnations antérieures, ou du moins ce qu'il imaginait qu'elles avaient été. Ou alors, il racontait ses rêves, qui, à mon avis, étaient complètement insipides, prosaïques, et n'étaient même pas dignes d'attirer l'attention d'un freudien, mais pour lui il y avait de vastes merveilles ésotériques cachées dans leurs profondeurs que je devais l'aider à déchiffrer. Il s'était complètement retourné, comme un costume dont la pelure est usée.

Petit à petit, à mesure que je gagnais sa confiance, je m'insinuais dans son cœur. Je le possédais à un tel point qu'il courait après moi dans la rue pour me demander s'il pouvait me prêter quelques francs. Il voulait m'aider à tenir, pour que je puisse survivre à la transition vers le plan supérieur. J'étais comme la poire qui mûrit sur l'arbre. De temps en temps j'avais des rechutes, et j'avouais le besoin que j'avais de plus de nourriture terrestre — une visite au Sphinx ou à la rue Sainte-Apolline où je savais qu'il se rendait à ses moments de faiblesse, lorsque les exigences de la chair étaient devenues trop véhémentes.

En tant que peintre, il était nul; en tant que sculpteur, moins que nul. Il était bon maître de maison, ça je puis le dire... et économe, par-dessus le marché. Rien ne se perdait, pas même le papier qui enveloppait la viande. Les vendredis soir, il ouvrait son studio à ses amis artistes; il y avait toujours à boire à flots et de bons sandwichs, et si par hasard on laissait quelque chose, j'étais là le lendemain pour tout nettoyer.

Derrière le bal Bullier, il y avait un autre studio que je pris l'habitude de fréquenter : celui de Mark Swift. S'il n'était pas un génie, c'était certainement un excentrique, cet Irlandais caustique. Il avait pour modèle une Juive qui avait vécu avec lui pendant des années; il était fatigué d'elle maintenant, et il cherchait un prétexte pour se débarrasser d'elle. Mais comme il avait mangé le pécule qu'elle avait apporté avec elle au début, il se demandait comment se débarrasser d'elle sans rien lui rembourser. Le moyen le plus simple était de la maltraiter au point qu'elle préférerait mourir de faim plutôt que de supporter ses cruautés.

Elle n'était pas mal du tout, sa maîtresse. Le pire qu'on pouvait dire d'elle, c'est qu'elle avait perdu sa ligne, et surtout sa possibilité de l'entretenir davantage. Elle était peintre elle aussi, et, parmi les connaisseurs, on disait qu'elle avait beaucoup plus de talent que lui. Mais si misérable qu'il lui rendît l'existence, elle était juste : elle ne permettait jamais à qui que ce fût de dire qu'il n'était pas un grand peintre. C'est parce qu'il avait vraiment du génie, disait-elle, qu'il était un si piètre individu. On ne voyait jamais ses toiles à elle sur les murs — seulement les siennes. Ses choses, on les fourrait dans la cuisine. Il arriva une fois en ma présence que quelqu'un insista pour voir son travail. Le résultat fut pénible. « Vous voyez ce personnage, dit Swift, désignant une des toiles avec son pied pataud. L'homme debout sur le seuil de la porte, là, il va sortir pour pisser. Il ne retrouvera jamais sa route, parce que sa tête est mal placée.. Et maintenant, regardez ce nu, là-bas... c'était pas mal jusqu'au moment où elle s'est mise à peindre le con. Je ne sais pas à quoi elle pensait, mais elle l'a fait si gros que son pinceau a glissé dedans et elle n'a jamais pu le rattraper. »

Et pour nous montrer ce qu'un nu devrait être, il sort une énorme toile qu'il a récemment terminée. C'est son portrait *à elle*, morceau magnifiquement vengeur, inspiré par une conscience coupable. L'œuvre d'un fou — vicieux, mesquin, méchant, brillant. On avait l'impression qu'il l'avait épiée par le trou de la serrure, qu'il l'avait surprise à un moment de détente, quand elle se curait distraitement le nez, ou se grattait le cul. Elle était assise sur le canapé de crin, dans une pièce sans ventilation, une énorme pièce sans fenêtre, qui aurait pu aussi bien être le lobe antérieur de la glande pinéale. Derrière elle, courait l'escalier en zig-zag conduisant au balcon; escalier couvert d'un tapis vert-bile, un vert qui ne pouvait émaner que d'un univers foutu. La chose la plus remarquable, c'était ses fesses, qui étaient inégales et pleines de croûtes; elle semblait avoir légèrement relevé le derrière sur le sofa, comme pour lâcher un pet sonore. Son visage, il l'avait idéalisé : il était doux et virginal, pur comme une gomme pour le rhume. Mais ses seins étaient distendus, gonflés de gaz d'égout; elle semblait nager dans une mer menstruelle, fœtus agrandi, avec l'apparence bornée et sirupeuse d'un ange.

Néanmoins, on ne pouvait que l'aimer. C'était un travailleur infatigable, un homme qui n'avait qu'une seule idée en tête : peindre. Et rusé comme un lynx, par surcroît. C'est lui qui me mit dans la tête de cultiver l'amitié de Fillmore, un jeune homme du service diplomatique, qui avait échoué dans ce petit groupe qui entourait Kruger et Swift. « Fais-toi aider, disait-il, il ne sait pas que faire de son argent. »

Quand on dépense ce qu'on possède pour soi, quand on mène la bonne vie avec sa propre galette, les gens sont portés à dire « il ne sait pas que faire de son argent ». Quant à moi, je ne vois pas à quel meilleur usage on pourrait mettre son argent. De tels individus, on ne peut pas dire qu'ils soient généreux ou avares. Ils font circuler l'argent : c'est l'essentiel. Fillmore savait que ses jours en France étaient comptés; il était décidé à bien les employer. Et comme on s'amuse toujours bien mieux en compagnie d'un ami, il n'était que naturel qu'il se tournât vers quelqu'un comme moi, sachant que faire de son temps, pour lui servir de ce compagnon dont il avait besoin. Les gens disaient que c'était un raseur, et il l'était, je veux bien le croire, mais quand on a besoin de bouffer, on peut s'accommoder de choses pires que d'être rasé. Après tout, en dépit du fait qu'il parlait sans arrêt, et généralement de lui-même ou des auteurs qu'il admirait servilement — des oiseaux genre Anatole France, et Joseph Conrad — néanmoins il rendait mes nuits intéressantes d'une autre façon. Il aimait danser, il aimait les bons vins, et il aimait les femmes. Qu'il aimât aussi Victor Hugo et Byron, on pouvait le lui pardonner; il n'avait quitté l'université que depuis quelques années, et il avait du temps devant lui pour se guérir de tels goûts. Ce qui me plaisait en lui, c'était le sens de l'aventure.

Nous fîmes plus ample connaissance et devînmes amis plus intimes, dirais-je, grâce à un incident particulier qui se produisit pendant mon bref séjour chez Kruger. Il advint juste après l'arrivée de Collins, marin que Fillmore avait connu par hasard en venant d'Amérique. Nous nous réunissions régulièrement à la terrasse de la Rotonde avant d'aller dîner. C'était toujours du pernod, consommation qui mettait Collins de bonne humeur et fournissait une base, pour ainsi dire, au vin, à la bière et aux fines, etc. que nous ingurgitions ensuite. Pendant tout le séjour de Collins à Paris, je vécus comme un duc! rien que de la volaille et des vins fins et des desserts dont je n'avais jamais entendu parler auparavant. Un mois de ce régime, et j'aurais été obligé d'aller à Baden-Baden, à Vichy ou à Aix-les-Bains. Pendant tout ce temps c'est Kruger qui m'hébergea dans son studio. Je commençais à être encombrant, parce que je ne me montrais jamais avant trois heures du matin, et il était difficile de me faire sortir du lit avant midi. Kruger ne me dit jamais un mot de reproche ouvertement, mais sa manière indiquait clairement que je devenais un vaurien.

Un jour, je tombai malade. Le régime trop riche faisait son effet. Je ne sais pas ce qui me faisait mal, mais je ne pus me tirer du lit. J'avais perdu toute résistance, et le peu de courage que je possédais. Kruger dût me soigner, me faire des bouillons, et ainsi de suite... Ce fut une période pénible pour lui, d'autant plus qu'il était à la veille de faire une exposition importante dans son studio, une exposition privée pour quelques riches connaisseurs desquels il attendait du soutien. Le divan sur lequel j'étais couché était dans le studio; il n'y avait pas d'autre endroit où le mettre.

Le matin du jour où il devait donner son exposition, Kruger s'éveilla de très mauvaise humeur. Si j'avais pu me tenir sur mes pieds, je sais bien qu'il m'aurait flanqué une baffe et foutu dehors à coups de pied. Mais j'étais abattu, et faible comme un chien malade. Il essaya de me tirer du lit avec de douces paroles; avec l'idée de m'enfermer à clé dans la cuisine à l'arrivée de ses visiteurs. Je comprenais bien que j'allais lui foutre la poisse. Les gens ne peuvent pas regarder des tableaux et des statues avec enthousiasme pendant qu'un homme est en train de crever sous leurs yeux. Kruger croyait sérieusement que j'allais mourir. Et moi aussi. C'est pourquoi, bien que je me sentisse coupable, je ne pus rassembler une once d'enthousiasme quand il me proposa de faire venir l'ambulance et de me transbahuter à l'Hôpital américain. Je voulais mourir là confortablement, en plein studio, je ne voulais pas qu'on me force à me lever pour trouver un meilleur endroit pour mourir. Peu m'importait où mourir, en vérité, pourvu qu'il ne fût pas nécessaire de me lever.

Quand il m'entendit parler ainsi, Kruger fut sérieusement alarmé. Il était pire d'avoir un mort qu'un malade dans le studio, si les visiteurs arrivaient. Cela réduirait à néant ses espérances, qui étaient déjà bien minces. Il ne me présenta pas la chose ainsi, naturellement, mais je pus voir à son agitation que c'était ça qui le tourmentait. Et cela me rendait têtu. Je refusais de le laisser appeler l'hôpital. Je refusais de le laisser appeler le docteur. Je refusais tout!

Il prit une telle rogne contre moi que finalement, malgré mes protestations, il se mit à m'habiller. J'étais trop faible pour résister. Tout ce que je pouvais faire, c'était de murmurer à voix basse — « espèce de salaud!... salaud!... » Bien qu'il fît chaud dehors, je tremblais comme un saule. Quand il m'eût complètement habillé, ile me jeta un pardessus sur les épaules et disparut pour téléphoner. « Je ne veux pas partir! Je ne veux pas partir! », ne cessais-je de crier, mais il me claqua la porte au nez. Il revint au bout de quelques minutes, et, sans me dire un mot, il s'affaira dans son studio. Préparatifs de la dernière minute. Peu de temps après, on frappa à la porte. C'était Fillmore. Collins attendait en bas, m'informa-t-il.

Tous les deux, Fillmore et Kruger, glissèrent leurs bras sous les miens, et me hissèrent debout. En me traînant vers l'ascenseur, Kruger devint plus gentil. « C'est pour ton bien, disait-il. Et puis, ça ne serait pas chic pour moi. Tu sais quelle lutte j'ai menée toutes ces années. Tu devrais penser à moi aussi. » Il était vraiment au bord des larmes.

Misérable et abattu que j'étais, ses paroles me firent presque sourire. Il était beaucoup plus âgé que moi, et bien qu'il fût un pitoyable peintre, un pitoyable artiste en tout et pour tout, il méritait un coup de chance — au moins une fois dans sa vie!

« Je ne t'en veux pas, murmurais-je. Je comprends ce qui en est...

— Tu sais que tu m'as toujours plu, répondit-il. Quand tu iras mieux, tu pourras revenir ici... tu pourras rester autant que tu voudras.

— Bien sûr, je sais... je ne vais pas encore crever... » finis-je par dire.

Je ne sais pourquoi, quand je vis Collins en bas, mon courage revint. Si jamais quelqu'un a jamais paru complètement vivant, sain, joyeux, magnanime, c'était lui! Il me reçut comme si j'étais une poupée, et me posa sur le siège du taxi — doucement, ce que j'appréciai, après la rude poigne de Kruger.

Quand nous nous arrêtâmes devant l'hôtel — l'hôtel de Collins — il y eut une courte discussion avec le propriétaire, pendant laquelle je restai étendu sur le canapé du bureau. Je pouvais entendre Collins expliquer au patron que ça n'était rien... tout juste un petit malaise... que j'irai bien dans quelques jours. Je le vis glisser un billet craquant entre les doigts du bonhomme, puis, se tournant rapidement, avec vivacité, il revint à moi et me dit : « Allons, du cran! Ne lui laisse pas croire que tu vas crever! » Et, avec ces mots, il me mit vivement sur mes pieds, et, me soutenant d'un bras, me conduisit vers l'ascenseur.

Ne lui laisse pas croire que tu vas crever! Évidemment, c'était de mauvais goût de mourir sur les bras des gens. On doit mourir au sein de sa famille, en privé, si on peut dire. Ses paroles étaient encourageantes. Je commençais à prendre la chose pour une mauvaise plaisanterie. En haut, la porte fermée, ils me déshabillèrent et me mirent entre les draps. « Tu peux pas mourir maintenant, merde alors! dit Collins avec ardeur. Tu me flanquerais dans un pétrin!... Et puis zut, qu'est-ce que tu as? Tu peux pas supporter la bonne chère? Lève donc le nez! Tu mangeras un bon bifteck dans trois jours! Tu crois que tu es malade!... Attends mon vieux d'avoir une bonne dose de syphilis! Alors tu auras de quoi t'en faire! » Et il se mit à me raconter avec humour sa descente du Yang-Tseu-Kiang, perdant ses cheveux, et ses dents rongées par la carie. Dans l'état de faiblesse où j'étais, l'histoire qu'il dévidait eut un effet extraordinairement apaisant sur moi. Je m'oubliai complètement moi-même. Il avait du cœur au ventre, ce type! Peut-être qu'il charriait un peu, pour mon bien, mais je ne l'écoutais pas avec l'esprit critique à ce moment-là. J'étais tout yeux et tout oreilles. Je vis l'immonde embouchure jaune du fleuve, les lumières montant à Hankow, l'océan des faces jaunes, les sampans descendant comme l'éclair à travers les gorges, et les rapides flamboyant de l'haleine sulfureuse du dragon. Quelle histoire! Les coolies grouillant autour de l'embarcation tous les jours, draguant les ordures que l'on jetait par-dessus bord, Tom Slaterry se levant sur son lit de mort pour jeter un dernier regard aux lumières de Hankow, la belle Eurasienne qui gisait dans une pièce obscure et lui remplissait les veines de poison, la monotonie des cottes bleues et des visages jaunes, par millions et par millions creusés par la famine, ravagés par la maladie, subsistant de rats, de chiens, et de racines, broutant l'herbe sur la terre, dévorant leurs propres enfants. Il était difficile d'imaginer que le corps de cet homme avait été dans le passé une masse de maux, qu'on l'avait fui comme un lépreux; sa voix était si calme et si douce, comme si son esprit avait été purifié par toutes les souffrances qu'il avait endurées. Comme il étendait la main pour boire, son visage s'adoucissait de plus en plus, et ses paroles semblèrent vraiment me caresser. Et pendant tout le temps, la Chine planait sur nous comme le Destin en personne. Une Chine en putréfaction, croulant en poussière comme un dinosaure gigantesque, mais conservant jusqu'à la fin la magie, l'enchantement, le mystère, la cruauté de ses blêmes légendes.

Je ne pouvais plus suivre son histoire; mon esprit avait glissé vers un Quatorze Juillet du passé, où j'avais acheté mon premier paquet de serpenteaux et avec, de longs morceaux d'amadou friable pour les allumer, cet amadou sur lequel on souffle pour avoir une bonne braise, amadou dont l'odeur colle aux doigts des jours et des jours, et vous fait rêver à d'étranges choses. Le Quatorze Juillet, les rues sont jonchées de papier rouge marqué de dessins noir et or, et partout il y a de petits serpenteaux qui ont les intestins les plus curieux; il y en a des paquets et des paquets, ficelés ensemble avec ces petits boyaux minces et plats de la couleur de la cervelle humaine. Tout le long du jour il y a l'odeur de la poudre, et l'amadou et la poussière d'or des éclatantes enveloppes rouges vous colle aux doigts. On ne pense jamais à la Chine, mais elle est là tout le temps au bout de vos doigts, et ça vous fait démanger le nez, et longtemps après, quand on a presque oublié ce que sent un serpenteau, on se réveille un jour avec cette feuille d'or qui vous étouffe, et les fragments d'amadou exhalent vers vous leur odeur piquante, et les éclatantes enveloppes rouges vous remplissent de nostalgie pour un peuple et un sol que l'on n'a jamais vus, mais qui est dans votre sang, mystérieusement là dans votre sang, comme le sentiment de l'espace et du temps, valeur fugitive et constante vers laquelle on se tourne de plus en plus en vieillissant, que l'on essaye de saisir avec l'esprit, mais sans résultat, parce que dans tout ce qui est Chinois il y a sagesse et mystère, et que l'on ne peut jamais s'en emparer des deux mains ou avec l'esprit, mais il faut les laisser s'effacer, les laisser coller à vos doigts, les laisser s'infiltrer lentement dans vos veines...

Quelques semaines plus tard, ayant reçu une invitation pressante de Collins qui était retourné au Havre, Fillmore et moi montâmes dans le train un beau matin pour aller passer le week-end avec lui. C'était la première fois que je quittais Paris depuis mon arrivée. Nous étions de belle humeur, et bûmes de l'anjou tout le long du trajet jusqu'à la côte. Collins nous avait donné l'adresse d'un bar où nous devions nous retrouver ; c'était un endroit appelé Jimmy's Bar, que tout le monde au Havre devait connaître.

A la gare, nous entrâmes dans un fiacre découvert, et partîmes bon trot pour notre rendez-vous ; il restait encore une demi-bouteille d'anjou, que nous liquidâmes en route. Le Havre avait l'air gai sous le soleil ; l'air était revigorant, avec un fort goût de saumure qui me donna presque la nostalgie de New York. Il surgissait des mâts et des coques de toutes parts, avec des pavillons aux vives couleurs, de grandes places découvertes et des cafés hauts de plafond comme on en voit seulement en province. Magnifique impression au premier abord : la ville nous accueillait à bras ouverts.

Avant même d'avoir gagné le bar, nous aperçûmes Collins descendant la rue au trot, se dirigeant vers la gare sans doute, et un peu en retard comme d'habitude. Fillmore aussitôt proposa un pernod ; nous nous donnions de grandes claques dans le dos, riant et vociférant, déjà ivres du soleil et de l'air marin. Collins parut indécis pour le pernod d'abord : il avait une petite dose de chaude-pisse, nous apprit-il. Rien de très sérieux — « un écoulement, quoi ! » Il nous montra une bouteille qu'il avait dans sa poche — « Vénitienne », il y avait écrit, si je me rappelle bien. Le remède du marin pour la chaude-pisse.

Nous nous arrêtâmes au restaurant pour casser la croûte avant d'aller au Jimmy's Bar. C'était une immense taverne avec de grosses poutres noircies par la fumée et des tables chargées de nourriture. Nous bûmes copieusement des vins que Collins nous recommanda. Puis, nous nous assîmes à une terrasse pour prendre café et liqueurs. Collins parlait du baron de Charlus, un homme selon son cœur, disait-il. Il avait vécu au Havre depuis bientôt une année maintenant, dépensant l'argent qu'il avait accumulé pendant ses jours de bootlegger. Ses goûts étaient simples : bouffer, boire, des femmes et des livres. Et une baignoire pour lui seul ! Ça, c'était essentiel !

Nous parlions encore du baron de Charlus quand nous arrivâmes au Jimmy's Bar. C'était tard dans l'après-midi, et l'endroit commençait à se garnir. Jimmy y était, rouge comme une betterave, et à côté de lui son épouse, une belle Française avenante, aux yeux brillants. Tout le monde nous fit le plus merveilleux accueil. Nous fûmes assis de nouveau devant des pernods, le gramophone criaillait, des gens baragouinaient en anglais, français, hollandais, norvégien et espagnol, et Jimmy et sa femme, tous deux très vifs et pleins de chic, se donnaient des tapes et s'embrassaient cordialement, levant leurs verres et trinquant ensemble — bref, il y avait un tel remue-ménage de gaieté qu'on avait envie de se foutre à poil et de danser la danse du scalp. Les femmes du bar s'étaient rassemblées autour de nous comme des mouches. Si nous étions des amis de Collins, cela voulait dire que nous étions riches. Peu importait que nous fussions venus dans nos vieux costumes : tous les *Angliches* s'habillent comme ça. Je n'avais pas un sou en poche, ce qui n'avait pas d'importance, puisque j'étais l'invité d'honneur. Néanmoins, je me sentis un peu embarrassé avec deux filles épatantes sur les bras, qui attendaient que je commande quelque chose. Je décidai de prendre le taureau par les cornes. On ne savait plus dire quelles consommations nous étaient offertes par la maison, et quelles étaient à notre compte. Je devais me conduire en *gentleman*, même si je n'avais pas un sou vaillant.

Yvette — c'était la femme de Jimmy — était extraordinairement gracieuse et gentille avec nous. Elle préparait un petit gueuleton en notre honneur. Ça prendrait encore un peu de temps, et nous ne devions pas être trop ivres, car elle voulait que nous puissions apprécier le repas. Le gramophone allait comme le diable, et Fillmore s'était mis à danser avec une belle mulâtresse qui portait une robe de velours collante, laquelle révélait tous ses charmes. Collins se glissa près de moi et me murmura quelques mots concernant la fille à mes côtés : « La patronne l'invitera à dîner, dit-il, si tu la veux. » C'était une ex-putain propriétaire d'une belle maison à la lisière de la ville. Maîtresse d'un capitaine de marine maintenant. Il était absent, et il n'y avait rien à craindre. « Si tu lui plais, elle t'invitera à rester avec elle », ajouta-t-il.

Ça me suffisait! Je me retournai aussitôt vers Marcelle, et me mis à lui faire des compliments. Nous étions au coin du bar, faisant semblant de danser, mais nous pelotant furieusement. Jimmy me fit un clignement d'œil pépère, et de la tête approuva. Quelle petite chienne amoureuse, cette Marcelle, et en même temps agréable! Elle se débarrassa bientôt de l'autre fille, remarquai-je, et alors nous nous installâmes pour une longue conversation intime qui fut malheureusement interrompue par l'annonce que le dîner était prêt.

Nous étions une vingtaine à table, et Marcelle et moi étions placés à un bout, en face de Jimmy et de sa femme. L'explosion des bouchons de champagne ouvrit le feu, et fut bientôt suivie par des discours de pochards au cours desquels Marcelle et moi nous chatouillions sous la table. Quand mon tour vint de me lever et de dire quelques mots, je dus mettre une serviette devant moi. C'était pénible et exaltant à la fois. Je dus abréger mon discours, parce que Marcelle me taquinait la fourche sans arrêt.

Le dîner dura presque jusqu'à minuit. Je me préparais à passer la nuit avec Marcelle dans cette belle maison sur la falaise. Mais la chose ne devait pas être. Collins avait fait le plan de nous emmener bourlinguer en ville, et je ne pouvais guère refuser. « T'en fais pas pour elle, me dit-il. Tu en auras soupé avant de ficher le camp. Dis-lui d'attendre que nous revenions. »

Elle se mit un peu en rogne, Marcelle, mais quand

je lui eus dit que nous avions plusieurs jours devant nous, elle reprit sa belle humeur. Une fois dehors, Fillmore très solennellement nous prit par le bras et nous dit qu'il avait un petit aveu à nous faire. Il avait l'air pâle et ennuyé.

« Eh bien, qu'est-ce que c'est ? dit Collins gaiement. Accouche ! »

Fillmore ne pouvait pas accoucher comme ça d'emblée. Il fit « hum ! » et il fit « ah ! » plusieurs fois de suite, puis, tout à coup lâcha tout. « Eh bien, quand je suis allé au chiotte tout à l'heure, j'ai remarqué quelque chose...

— Alors, tu l'as choppée ! dit Collins d'un air de triomphe, et, sur ces mots, il brandit sa fiole de *Vénitienne*. Ne va pas voir un toubib, ajouta-t-il férocement. Il te saignerait à mort, le salaud ! Et ne t'arrête pas de boire non plus ! Tout ça, c'est de la blague. Prends ça deux fois par jour... Agiter avant de s'en servir !... Et rien de pire que de s'en faire, compris ? Allons, en route maintenant ! Je te donnerai une seringue et du permanganate quand on reviendra. »

Et donc nous partîmes dans la nuit, jusque vers le bord de l'eau, où l'on entendait la musique et des cris et des jurons de matelots ivres. Collins parlait tranquillement tout le long de ceci et de cela, d'un garçon dont il était tombé amoureux et des ennuis du diable qu'il avait eus pour se tirer d'affaire quand ses parents l'avaient appris. De là, il revint au baron de Charlus et puis à Kurtz qui avait remonté le fleuve et s'était perdu. Son thème favori. J'aimais la façon dont Collins évoluait sur cet arrière-plan de littérature continuellement; c'était comme un millionnaire qui n'est jamais descendu de sa Rolls. Il n'y avait pas de royaume intermédiaire pour lui entre la réalité et les idées. Quand nous entrâmes dans le bordel du quai Voltaire, après qu'il se fut jeté sur le divan, qu'il eut sonné les filles et commandé des boissons, il pagayait encore sur la rivière avec Kurtz, et ce ne fut que lorsque les filles se furent jetées sur le divan à côté de lui, lui bourrant la bouche de baisers, qu'il cessa ses divagations. Puis, comme s'il s'était subitement rendu compte de l'endroit où il se trouvait, il se tourna vers la matronne qui tenait le bordel, et lui fit un éloquent laïus sur ses deux amis qui étaient venus exprès de Paris pour voir sa boîte. Il y avait environ une demi-douzaine de filles dans la salle, toutes nues, et fort belles à regarder, je dois l'avouer. Elles sautillaient comme des oiseaux tandis que nous trois essayions de continuer la conversation avec l'aïeule. Finalement, celle-ci prit congé et nous dit de nous mettre à l'aise. Je fus complètement séduit par cette femme, tellement elle était douce et aimable, si parfaitement gentille et maternelle. Et comme elle était bien élevée! Si elle avait été un peu plus jeune, je lui aurais fait des avances. Certainement on n'aurait pas cru qu'on était dans un « repaire du vice », comme on dit!

Nous y restâmes une heure ou deux, et comme j'étais le seul en condition de pouvoir jouir des privilèges de la maison, Collins et Fillmore restèrent en bas à bavarder avec les filles. Quand je revins, je les trouvai étendus tous les deux sur le divan; les filles avaient formé un demi-cercle autour d'eux, et chantaient avec les voix les plus angéliques le chœur des *Roses de Picardie*. Nous étions sentimentalement très déprimés quand nous quittâmes la maison — surtout Fillmore. Collins nous emmena rapidement dans une boîte gargote, bourrée de marins saouls tirant leur bordée, et nous y restâmes quelque temps, à nous divertir du déchaînement homosexuel qui battait son plein. Quand nous filâmes, il nous fallut traverser le quartier aux lanternes rouges, où d'autres aïeules avec des châles sur les épaules, assises au seuil des portes, s'éventaient et faisaient d'aimables signes de tête aux passants. Et toutes si apparemment gentilles, si gentilles, qu'on aurait pensé qu'elles montaient la garde devant une nursery. De petits groupes de matelots passaient en zigzaguant et pénétraient bruyamment dans les boîtes tape-à-l'œil. Le sexe partout : il débordait de toutes parts, marée montante qui emportait les pilotis des fondations de la ville. On s'arrêta pour flânocher au bord du bassin, où tout était mélangé et enchevêtré : on avait l'impression que tous ces bateaux, ces chalutiers, ces yachts, ces goélettes et ces chalands avaient été chassés à terre par une violente tempête.

Dans l'espace de vingt-quatre heures, il nous était arrivé tant de choses qu'il nous semblait que nous étions au Havre depuis un mois ou plus. Nous nous disposions à partir tôt le lundi matin, car Fillmore devait être rentré pour son travail. Nous passâmes le dimanche à boire et à bambocher, chaude-pisse ou pas. Cet après-midi-là, Collins nous confia qu'il pensait à retourner à son ranch dans l'Idaho. Il n'avait pas été en Amérique depuis huit ans et il voulait revoir les montagnes avant d'entreprendre un autre voyage en Orient. Nous étions au bordel à ce moment, en train d'attendre une fille à qui il avait promis de refiler un peu de cocaïne. Il en avait marre du Havre, nous disait-il. Trop de vautours agrippés à son cou. En outre, la femme de Jimmy était tombée amoureuse de lui, et elle lui rendait la situation terriblement dure avec ses crises de jalousie. Il y avait une scène presque chaque nuit. Elle était dans ses bons jours depuis notre arrivée, mais cela ne durerait pas, il nous le promettait! Elle était surtout jalouse d'une Russe qui venait au bar de temps en temps quand elle était ivre. Une emmerdeuse. Et pour couronner le tout, il était désespérément amoureux du garçon dont il nous avait parlé le premier jour. « Un garçon peut vous briser le cœur », disait-il. Il est si foutrement beau! Et si cruel! » Cela nous fit rire. Ça paraissait si absurde. Mais Collins était sérieux.

Le dimanche vers minuit, Fillmore et moi nous nous retirâmes. On nous avait donné une chambre juste au-dessus du bar. Par les fenêtres ouvertes, nous pouvions les entendre crier en bas, et le gramophone marchait continuellement. Tout à coup, un orage éclata — un véritable déluge. Et entre les coups de tonnerre et les rafales qui cinglaient les carreaux, monta à nos oreilles le bruit d'un autre orage déchaîné en bas dans le bar. Cela nous paraissait terriblement proche et sinistre; les femmes hurlaient à tue-tête, des bouteilles volaient contre les murs, les tables étaient renversées, et il y avait ce bruit sourd, familier et répugnant, que fait le corps humain lorsqu'il s'affale contre terre.

Vers six heures, Collins passa la tête à la porte. Il avait le visage couvert d'emplâtres et un bras écharpé. Il souriait de toutes ses dents.

« Juste ce que je vous avais dit! annonça-t-il. Elle s'est déchaînée hier soir. Vous avez entendu le boucan? »

Nous nous habillâmes rapidement et descendîmes dire au revoir à Jimmy. L'endroit était complètement démoli, pas une bouteille debout, pas une chaise entière. Le miroir et la devanture étaient brisés en miettes. Jimmy se faisait un porto-flip.

En allant à la gare, nous reconstituâmes l'histoire. La Russe avait fait son apparition quand nous étions partis titubant jusqu'à nos lits, et Yvette l'avait promptement insultée, sans même attendre une excuse. Elles avaient commencé par se tirer les cheveux, et, au beau milieu, voilà qu'un grand Suédois était entré et avait flanqué à la Russe un bon coup dans la mâchoire — histoire de lui rendre ses esprits. Ça mit le feu aux poudres. Collins voulut savoir quel droit avait ce gros malotru de se mêler d'une querelle privée. Il reçut un direct dans la mâchoire en guise de réponse, un direct bien sec qui l'envoya dinguer à l'autre bout de la pièce. « Bien fait pour toi! », hurlait Yvette, saisissant l'occasion pour balancer une bouteille à la tête de la Russe. Et à ce moment, l'orage éclata. Pendant quelques instants, ce fut un vrai pandemonium, les femmes toutes enragées et avides de profiter de l'occasion pour régler des rancunes privées. Il n'y a rien de tel comme une bonne rixe de bar... si facile de planter un couteau dans le dos d'un type, ou de l'assommer avec une bouteille quand il gît sous une table. Le pauvre Suédois s'était fourré dans un guêpier. Tout le monde là le détestait, et surtout ses copains. Ils voulaient en finir avec lui. Donc, ils fermèrent la porte à clé, et, poussant les tables de côté, dégagèrent un peu le devant du bar pour que les deux adversaires puissent s'expliquer. Et ils s'expliquèrent! On dut transporter le pauvre diable à l'hôpital quand tout fut fini. Collins en sortit avec assez de chance — rien de plus qu'un poignet foulé, quelques doigts démis, le nez en sang et un œil au beurre noir. Juste quelques égratignures, comme il disait. Mais si jamais il s'engageait sur le même bateau que ce Suédois, il le tuerait. Ça n'était pas fini. Il nous l'assura!

Et ce ne fut pas la fin du tapage non plus. Après cela, Yvette dut sortir, et alla s'imbiber dans un autre bar. On l'avait insultée, il fallait en finir. Donc, voilà qu'elle loue un taxi et donne au chauffeur l'ordre de la conduire au bord de la falaise qui surplombe la mer. Elle allait se tuer, voilà ce qu'elle allait faire. Mais aussi, elle était si ivre que, lorsqu'elle eut dégringolé de son taxi, elle se mit à chougner, et avant qu'on pût intervenir elle commença à se dévêtir. Le chauffeur la ramena chez elle dans cet état, demi-nue, et quand Jimmy vit ça, il devint si furieux qu'il prit son cuir à rasoir et se mit à la fouetter à lui faire pisser le sang!... et elle aimait ça, la salope! « Encore! Encore! » suppliait-elle, à genoux qu'elle était, et se cramponnant à ses jambes des deux bras. Mais Jimmy en avait assez. « Tu es une vieille truie! », dit-il, et avec le pied il lui donna une telle poussée dans les tripes qu'il lui coupa le souffle — peut-être aussi un peu de ses stupidités sexuelles.

Il était grand temps de partir. La ville avait l'air différente à la lumière du grand matin. La dernière chose dont nous parlâmes, en attendant que le train s'ébranlât, fut l'Idaho. Tous les trois, nous étions américains. Nous venions d'endroits différents, chacun de nous, mais nous avions quelque chose de commun — beaucoup, puis-je dire. Nous glissions à la sentimentalité, comme les Américains le font quand il est l'heure de se séparer. Nous devenions tout à fait idiots avec les vaches et les moutons et les grands espaces libres où les hommes sont des hommes et toutes ces sornettes! S'il y avait eu un bateau levant l'ancre au lieu du train, nous aurions sauté à bord et dit au revoir à toute la boutique. Mais Collins ne devait jamais revoir l'Amérique, comme je l'appris plus tard, et Fillmore... eh bien Fillmore, il dut recevoir son châtiment aussi d'une façon que nul d'entre nous n'aurait pu prévoir alors. Il vaut mieux garder l'Amérique ainsi, toujours à l'arrière-plan, une sorte de gravure carte postale, que l'on regarde dans ses moments de faiblesse. Comme ça, on imagine qu'elle est toujours là, à vous attendre, inchangée, intacte, vaste espace patriotique avec des vaches, des moutons et des hommes au cœur tendre, prêts à enculer tout ce qui se présente, homme, femme ou bête! Ça n'existe pas, l'Amérique! C'est un nom qu'on donne à une idée abstraite...

XI

Paris est comme une prostituée. De loin, elle vous paraît ravissante, vous n'avez de cesse que vous la teniez entre vos bras. Au bout de cinq minutes, vous vous sentez vide, dégoûté de vous-même. Vous avez l'impression d'avoir été roulé.

Je regagnai Paris avec de l'argent — quelques centaines de francs que Collins m'avait fourré dans la poche au moment où je montais dans le train. Ça suffisait pour payer une chambre et au moins une semaine de plantureux repas. C'était plus que je n'avais eu entre les mains à la fois depuis plusieurs années. Je me sentais transporté, comme si peut-être une vie nouvelle allait s'ouvrir devant moi. Je voulais le conserver aussi, c'est pourquoi je me mis à la recherche d'un hôtel bon marché au-dessus d'une boulangerie dans la rue du Château, juste après la rue de Vanves, endroit qu'Eugène m'avait indiqué autrefois. Quelques mètres plus loin se trouvait le pont qui traverse les voies de Montparnasse. Quartier familier.

J'aurais pu avoir là une chambre pour cent francs par mois, chambre sans commodités bien sûr — sans même une fenêtre — et peut-être je l'aurais prise, pour être sûr d'avoir un endroit pour me reposer un moment, n'avait été le fait qu'il m'aurait fallu, pour y parvenir, traverser d'abord la chambre d'un aveugle. La pensée de passer devant son lit tous les soirs me produisit l'effet le plus déprimant. Je décidai de chercher ailleurs. Je me rendis à la rue Cels, juste derrière le cimetière, et je regardai une espèce de piège à rats avec des balcons faisant le tour sur l'arrière-cour. Il y avait des cages d'oiseaux suspendues au balcon, tout le long de l'étage inférieur. Spectacle réconfortant sans doute, mais il me parut ressembler à une salle commune d'hôpital. Le propriétaire ne paraissait pas avoir tous ses esprits non plus. Je décidai d'attendre la nuit, de bien chercher, et de choisir quelque petit coin attrayant dans une paisible rue écartée.

Au dîner, je dépensai quinze francs pour le repas, deux fois la somme que je m'étais proposé d'y consacrer. Cela me rendit si malheureux que je me refusai le luxe de m'asseoir quelque part pour prendre un café, même en dépit du fait qu'il avait commencé à pleuvoir. Non! Je me promènerai un peu, puis j'irai tranquillement me coucher, à une heure raisonnable. J'étais déjà malheureux, à essayer de ménager ainsi mes ressources. Je ne l'avais jamais fait de ma vie; ce n'était pas dans ma nature.

Finalement, il se mit à en tomber à seaux. J'étais content. Cela me donnerait l'excuse de me réfugier quelque part et de me détendre un peu les jambes. Il était encore trop tôt pour aller au lit. Je hâtai le pas, revenant vers le boulevard Raspail. Tout à coup, une femme vient vers moi et m'aborde, sous la pluie battante. Elle me demande l'heure. Je lui réponds que je n'avais pas de montre. Et alors, elle éclate, exactement en ces termes : « Oh! mon bon monsieur, parlez-vous anglais par hasard? » Je fais oui de la tête. Ça tombe à torrents maintenant. « Peut-être, mon cher monsieur, aurez-vous assez bon cœur pour m'emmener dans un café. Il pleut tellement, et je n'ai pas d'argent pour m'asseoir quelque part. Excusez-moi, mon bon monsieur, mais vous avez l'air si gentil... j'ai compris tout de suite que vous étiez anglais. » Et avec ces mots, elle me fait un sourire, étrange et à demi dément. « Peut-être vous pourrez me donner un petit conseil, mon cher monsieur. Je suis toute seule au monde... Mon Dieu, c'est terrible de n'avoir pas d'argent... »

Ces « cher monsieur », et « mon bon monsieur », et « cher monsieur » me mirent au bord d'une crise de fou rire. Je la plaignais, et pourtant je fus forcé de rire. Je me mis à rire. Je lui ris en pleine figure. Et alors elle se mit à rire aussi, d'un rire étrange, suraigu, rire détraqué, éclat cascadant d'un rire entièrement inattendu. Je la pris par le bras, et nous ne fîmes qu'un bond vers le café le plus proche. Elle gloussait encore de rire quand nous entrâmes dans le bistrot. « Mon cher bon monsieur, reprit-elle, peut-être vous penserez que je ne vous dis pas la vérité. Je suis une fille honnête... Je viens d'une bonne famille. Seulement... et ici, elle me donna le même sourire pâle et grimaçant, seulement, je suis si misérable que je n'ai pas un endroit où m'asseoir. » A ces mots, je me remis à rire. Je n'y pouvais rien — les phrases qu'elle employait,

295

l'accent bizarre, le chapeau tordu qu'elle avait, ce sourire de démente...

« Écoutez, lui dis-je, de quelle nationalité êtes-vous ?

— Je suis anglaise, répondit-elle. C'est-à-dire, je suis née en Pologne, mais mon père est irlandais...

— Et c'est ça qui vous fait anglaise ?

— Oui, dit-elle, et elle se remit à glousser, d'un air apeuré, faisant semblant d'être timide.

— Je suppose que vous connaissez un bon petit hôtel où vous pourrez m'emmener ? » Je dis cela, non pas parce que j'avais l'intention d'aller avec elle, mais juste pour lui épargner les préliminaires habituels.

« Oh ! mon cher monsieur, dit-elle, comme si j'avais commis la plus cruelle erreur. Je suis bien sûre que ce n'est pas votre vraie pensée ! Je ne suis pas cette espèce de fille ! Vous plaisantez avec moi, je le vois bien !... Vous êtes si bon... vous avez un visage si gentil... Je n'oserais pas parler à un Français comme je vous ai parlé. Ils vous insultent tout de suite... »

Elle continua cette chanson quelque temps. Je voulais me débarrasser d'elle. Mais elle ne voulait pas rester seule. Elle avait peur — ses papiers n'étaient pas en règle. Est-ce que je serais assez gentil pour l'accompagner à son hôtel ? Peut-être, je pourrais lui *prêter* quinze ou vingt francs, pour calmer le patron ? Je l'accompagnai à l'hôtel où elle disait habiter, et je lui mis un billet de cinquante francs dans la main. Ou bien elle était très habile, ou très innocente — c'est difficile à dire parfois — mais, en tout cas, elle voulut que j'attende qu'elle soit allée en courant faire de la monnaie au bistrot. Je lui dis de ne pas s'en faire. Et là-dessus, elle me prit la main impulsivement, et la porta à ses lèvres. Je fus stupéfait. J'avais envie de lui donner toute la foutue galette que j'avais! Ça me touchait, ce petit geste insensé! Je pensais en moi-même, c'est chic d'être riche une fois par hasard, ne serait-ce que pour un frisson pareil! Tout de même, je ne perdis pas la tête. Cinquante francs! C'était bien assez gaspillé par une nuit de pluie! Comme je m'éloignais, elle agita cette petite toque tordue qu'elle ne savait pas comment porter. C'était comme si nous étions de vieux copains. Je me sentis sot et un peu ivre. « Mon cher bon monsieur... vous avez l'air si gentil... vous êtes si bon... » etc. Je me pris pour un saint!

Quand on se sent tout remonté là-dedans, il n'est pas facile d'aller se coucher tout de suite. On a l'impression qu'on doit se racheter pour des accès si inattendus de bonté. En passant devant La Jungle, je jetai un coup d'œil à la salle de bal; des femmes le dos nu, étranglées par des cordées de perles (du moins il me le parut), tortillaient leurs magnifiques fesses devant moi. J'allai droit au bar, et commandai une coupe de champagne. Quand la musique s'arrêta, une belle blonde — elle avait l'air d'une Norvégienne — s'assit à côté de moi. L'endroit n'était pas si bondé ni aussi gai qu'il m'avait paru de l'extérieur. Il n'y avait qu'une demi-douzaine de couples — ils avaient dû danser tous à la fois. Je commandai une seconde coupe de champagne, afin de ne pas laisser mon courage s'effriter.

Quand je me levai pour danser avec la blonde, il n'y avait personne sur le parquet que nous. A tout autre moment, j'aurais été embarrassé, mais le champagne, et la façon dont elle s'accrochait à moi, les lumières voilées et le solide sentiment de sécurité que me donnaient les quelques centaines de francs, tout ça, vous me comprenez... Nous dansâmes une autre danse, une espèce d'exhibition privée, puis nous engageâmes la conversation. Elle s'était mise à pleurer — voilà comment la chose débuta! Je crus qu'elle avait peut-être trop bu, je fis donc semblant de n'y pas faire attention. Et pendant ce temps, je parcourais la salle des yeux pour voir s'il y avait d'autre cheptel disponible. Mais la boîte était complètement déserte.

La chose à faire quand on est coincé dans un piège, c'est de s'esbigner — sans attendre! Sinon, on est foutu. Ce qui me retint, c'est assez curieux, ce fut la pensée d'avoir à payer encore une fois pour mon ticket de vestiaire. On se laisse toujours prendre pour des bagatelles!

La raison pour laquelle elle pleurait, je l'appris bien assez tôt, c'est qu'elle venait d'enterrer son enfant. Elle n'était pas norvégienne non plus, mais française, et sage-femme par-dessus le marché! Une sage-femme chic, je dois dire, même avec ces larmes ruisselant sur son visage. Je lui demandai si une petite consommation l'aiderait à la consoler, sur quoi elle commanda promptement un whisky et l'engloutit en un clin d'œil. « En voudriez-vous un autre? », suggérai-je gentiment. Elle croyait que oui, elle se sentait si déprimée, si terriblement bas. Elle pensait qu'elle aimerait aussi un paquet de Camels... « Non! attendez un peu, dit-elle. Je crois que j'aimerais mieux les Pall Mall. » Prends ce qui te plaît, pensai-je, mais cesse de pleurer pour l'amour du ciel, ça me donne le cafard. Je la mis debout pour une autre danse. Une fois sur ses pieds, elle semblait une tout autre femme. Peut-être que le chagrin vous rend plus lascif, je n'en sais rien. Je lui murmurai quelques mots pour nous en aller. « Où donc? » dit-elle vivement. « Oh! n'importe où. Un endroit tranquille où nous pourrons causer. »

J'allai à la toilette et comptai mon argent encore une fois. Je cachai les billets de cent francs dans le gousset de mon pantalon et gardai un billet de cinquante et la menue monnaie dans les poches de mon pantalon. Je revins au bar décidé à parler affaires.

Elle me facilita les choses parce qu'elle introduisit elle-même le sujet. Elle était dans une mauvaise passe. Non seulement elle avait perdu son enfant, mais sa mère était malade chez elle, très malade, et il fallait payer le docteur et acheter les médicaments, et patati et patata. Je n'en crus pas un traître mot, bien entendu. Et puisque j'avais à me trouver un hôtel, je suggérai qu'elle vint passer la nuit avec moi. Une petite économie ce faisant, pensai-je. Mais elle ne voulut pas. Elle insista pour rentrer chez elle, dit qu'elle avait un appartement à elle — et de plus elle devait s'occuper de sa mère. Réflexion faite, je pensai qu'il serait encore meilleur marché de dormir chez elle, donc je dis oui, et en route tout de suite. Avant de partir, cependant, je décidai qu'il valait mieux lui faire connaître ma situation précise, afin qu'il n'y ait pas de chipotage à la dernière minute. Je pensais qu'elle allait s'évanouir quand je lui dis combien j'avais dans ma poche. « Non, mais sans blague! » dit-elle. Elle se trouvait bigrement insultée. Je crus qu'il allait y avoir une scène... Sans me troubler cependant, je gardai ma position. « Très bien, dis-je tranquillement. Je me suis peut-être trompé.

— Je pense bien que oui! s'écria-t-elle, mais elle m'agrippa par la manche en même temps. *Écoute chéri... sois raisonnable* [1] ! » A ces mots, toute ma confiance me revint. Je savais qu'il suffirait simplement de lui promettre un petit supplément et tout irait sur des roulettes. « Très bien, dis-je d'un air las, je serai gentil avec toi, tu verras.

— Tu m'as menti, alors, tout de suite ? dit-elle.

— Oui, dis-je en souriant, j'ai menti... »

Avant même que j'eusse mis mon chapeau, elle avait appelé un taxi. Je lui entendis donner le boulevard de Clichy comme adresse. C'était plus que le prix d'une chambre, pensai-je. Oh très bien! j'avais encore le temps... nous verrions bien. Je ne sais pas comment ça se remit en marche, mais bientôt elle délirait sur Henry Bordeaux. (Je n'ai pas encore rencontré une grue qui ne connaisse pas Henry Bordeaux!) Mais celle-ci était naturellement inspirée; son langage était si beau maintenant, si tendre, si plein de discernement, que je débattais en moi-même combien lui donner. Il me sembla que je l'avais entendu dire : « *quand*

---

[1]. En français dans le texte.

il n'y aura plus de temps[1] ». Quelque chose comme ça, en tout cas. Dans l'état où j'étais, une phrase comme ça valait cent balles! Je me demandai si elle était à elle, ou si elle l'avait chipée à Henry Bordeaux. Peu importe. C'était bien la phrase qu'il fallait pour rouler au pied de Montmartre. « Bonsoir, mère, disais-je en moi-même, la petite et moi allons vous soigner — *quand il n'y aura plus de temps*[1]*!* » Elle me montrerait son diplôme, aussi, je me le rappelle!

Elle était toute en émoi, une fois que la porte se fut refermée derrière nous. Comme folle. Se tordant les mains, et prenant des poses à la Sarah Bernhardt, à demi-nue aussi, et s'arrêtant de temps en temps pour me supplier de me presser, de me déshabiller, de faire ceci, de faire cela. Finalement, quand elle fut à poil, farfouillant de tous côtés, sa chemise à la main, à la recherche de son kimono, je me saisis d'elle et la serrai fort dans mes bras. Elle eut un éclair d'angoisse sur le visage quand je la lâchai. « Mon Dieu! Mon Dieu! Il faut que je descende jeter un coup d'œil sur maman! s'écria-t-elle. Tu peux prendre un bain si tu veux, *chéri*. Là! Je reviens dans cinq minutes. » A la porte, je l'enlaçai de nouveau. J'étais en caleçon et je bandais comme un âne. Je ne sais pourquoi, toute cette angoisse et cette agitation, ce chagrin et cette comédie, ne faisaient qu'aiguiser mon appétit. Peut-être elle descendait seulement pour tranquilliser son *maquereau*. J'avais le sentiment que quelque chose de peu commun se passait, une espèce de

---

1. En français dans le texte.

drame dont je lirais le récit dans le journal du lendemain. Je fis une rapide inspection de l'appartement. Il y avait deux pièces et une salle de bains, pas trop mal meublées. Plutôt coquet. Il y avait son diplôme sur le mur. « Première classe », comme ils le sont tous. Et il y avait la photographie d'un enfant, une petite fille avec de belles boucles, sur la coiffeuse. Je fis couler l'eau pour le bain, puis je changeai d'avis. Si quelque chose arrivait et qu'on me trouve dans la baignoire... L'idée me déplut. J'arpentais la chambre, de plus en plus mal à l'aide à mesure que les minutes passaient.

Quand elle revint, elle était encore plus agitée que jamais. « Elle va mourir... elle va mourir!... », ne cessait-elle de gémir. Pendant une seconde, je fus sur le point de m'en aller. Comment diable peut-on grimper sur une femme quand sa mère meurt à l'étage au-dessous, peut-être exactement sous vous? Je la pris dans mes bras, à moitié par sympathie, à moitié décidé à obtenir ce pour quoi j'étais venu. Comme nous nous tenions ainsi, elle murmura, comme si elle était réellement en détresse, qu'elle avait besoin de l'argent que je lui avais promis. C'était pour « *maman* ». Merde! Je n'eus pas le cœur de marchander à un pareil moment. J'allais à la chaise sur laquelle se trouvaient mes vêtements, et sortis de mon gousset un billet de cent francs, en restant soigneusement le dos tourné tout le temps. Et, par surcroît de précaution, je mis mon pantalon du côté du lit où je savais que j'allais m'étendre. Les cent francs ne la satisfirent pas tout à fait, mais je pus voir à la faiblesse de sa protestation, que c'était suffisant. Puis, avec une énergie qui m'étonna, elle jeta son kimono et sauta dans le lit. Dès que j'eus placé mes bras autour d'elle et que je l'eus attirée à moi, elle tourna l'interrupteur, et hop! dans le noir! Elle m'embrassait passionnément, et gémissait en même temps comme font toutes les poules françaises quand elles vous ont au lit. Elle m'excitait terriblement avec ce truc, nouveau pour moi, d'éteindre la lumière... ça me paraissait l'idéal. Mais j'étais méfiant aussi, et dès que je le pus commodément, je me débrouillai de sortir mon bras pour voir si mon pantalon était toujours sur la chaise.

Je pensais que j'étais installé pour la nuit. Le lit était très confortable, plus doux qu'un lit ordinaire d'hôtel — et les draps étaient propres, je l'avais remarqué. Si seulement elle voulait ne pas tant gigoter! On aurait dit qu'elle n'avait pas couché avec un homme depuis un mois! Je voulais faire durer le plaisir. J'en voulais pour mes cent francs. Mais elle marmonnait toutes sortes de choses dans cette folle langue du lit qui vous touche au sang encore plus vite quand la lumière est éteinte. Je me défendais comme je pouvais, mais c'était impossible avec ses gémissements et ses halètements ininterrompus, et ses murmures de : « *Vite, chéri! Vite chéri! Oh! c'est bon! Oh! Oh! Vite, vite, chéri*[1]*!* » J'essayai de compter, mais c'était comme la cloche des pompiers en marche. « *Vite, chéri*[2]*!* » Et cette fois elle eut un frisson si saccadé que Pfuit! J'entendis les étoiles carillonner, et voilà mes cent

1, 2. En français dans le texte.

francs foutus le camp et les cinquante que j'avais oubliés, et les lumières furent rallumées, et avec la même agilité avec laquelle elle avait bondi dans le lit, la voilà bondissant hors du lit, grognant et piaulant comme une vieille truie! Je restai étendu sur le dos, tirant des bouffées de ma cigarette, sans cesser de contempler amèrement mon pantalon. Il était terriblement froissé. A l'instant, elle fut de retour, s'enveloppant dans son kimono, et me disant, de cette façon agitée qui commençait à me porter sur les nerfs, de faire comme chez moi. « Je descends voir maman », dit-elle, *mais faites comme chez vous, chéri, je reviens tout de suite* [1]. »

Quand un quart d'heure se fut écoulé, je commençai à me sentir tout à fait inquiet. J'entrai dans la seconde pièce, et lus une lettre qui se trouvait sur la table. Rien d'intéressant : une lettre d'amour. Dans la salle de bains, j'examinai toutes les bouteilles sur l'étagère. Elle avait tout ce dont une femme a besoin pour sentir bon. J'espérais encore qu'elle reviendrait et m'en donnerait pour cinquante autres francs. Mais le temps passait, et elle ne se montrait pas. Je commençais à m'inquiéter. Peut-être y avait-il quelqu'un en bas en train de vraiment mourir. Distraitement, par instinct de conservation je suppose, je me mis à m'habiller. Comme je bouclais ma ceinture, l'idée me vint comme un éclair qu'elle avait mis les cent francs dans son sac. Dans l'affairement du moment, elle avait fourré son sac dans l'armoire, sur la plus haute étagère. Je

[1]. En français dans le texte.

me rappelai le geste qu'elle avait fait... debout sur la pointe des pieds pour arriver à l'étagère. Il ne me fallut pas une minute pour ouvrir l'armoire et tâter le sac Il y était encore. Je l'ouvris en hâte, et je vis mon billet de cent francs douillettement caché entre les doublures de soie. Je remis le sac juste où je l'avais trouvé, enfilai ma veste et mes souliers, puis me dirigeai vers le palier et tendis l'oreille attentivement. Je n'entendis pas le moindre bruit. Où était-elle allée, Dieu seul le sait! En un clin d'œil, je revins à l'armoire, et fouillai dans son sac. J'empochai les cent francs et toute la monnaie en plus. Puis, fermant la porte sans bruit, je descendis l'escalier sur la pointe des pieds, et quand j'eus atteint la rue, je me mis à ripatonner aussi vite que mes jambes pouvaient me porter. Au café Boudon, je m'arrêtai pour manger un morceau. Les grues passaient un bon moment à bombarder un gros type qui s'était endormi sur son repas. Il dormait à poings fermés — il ronflait même, et pourtant ses mâchoires allaient et venaient automatiquement. Le café était en révolution. On criait : « Tout le monde à bord! » et on frappait en cadence couteaux et fourchettes sur les tables. Il ouvrit les yeux un moment, cligna d'un air stupide, puis sa tête roula de nouveau sur sa poitrine. Je plaçai mes cent francs soigneusement dans mon gousset, et comptai la monnaie. Le tapage autour de moi reprenait de plus belle, et j'eus quelque difficulté à me rappeler si j'avais vu « Première classe » sur son diplôme ou non. Ça m'intriguait. Sa mère, je m'en foutais pas mal! J'espérais qu'elle était en train de crever maintenant! Ça serait drôle si ce qu'elle m'avait dit était vrai. Trop beau pour être vrai! « *Vite, chéri... vite, vite*[1]*!* » Et cette autre idiote avec son « mon bon monsieur », et son « vous avez l'air si gentil! » Je me demandais si elle avait vraiment pris une chambre dans cet hôtel où on s'était arrêté.

XII

Ce fut vers la fin de l'été que Fillmore m'invita à venir habiter avec lui. Il avait un grand studio donnant sur la caserne de cavalerie juste à côté de la place Dupleix. Nous nous étions beaucoup vus depuis le petit voyage au Havre. N'avait été Fillmore, je ne sais pas où je serais aujourd'hui — mort probablement.

« Je t'aurais demandé de venir depuis longtemps, me dit-il, sans cette petite garce de Jackie. Je ne savais pas comment m'en débarrasser. »

Je ne pus m'empêcher de sourire. C'était toujours comme ça avec Fillmore. Il avait le génie d'attirer les chiennes perdues. Quoi qu'il en soit, Jackie avait finalement fichu le camp de son propre gré.

La saison pluvieuse s'avançait, avec ses interminables et lugubres périodes de brouillard gras et d'averses brusques, qui vous imbibent d'humidité et vous rendent si misérable. Quel affreux séjour l'hiver, Paris! Un climat qui vous ronge l'âme, vous laisse aussi désolé que la côte du Labrador. Je remarquai avec quelque anxiété que le seul moyen de chauffer le studio était le petit poêle. Tout de même, c'était assez confortable. Et la vue par la fenêtre était superbe.

Le matin, Fillmore me secouait brutalement, et laissait un billet de dix francs sur l'oreiller. Dès qu'il était parti, je m'installais pour piquer un dernier roupillon. Parfois, je restais au lit jusqu'à midi. Rien ne pressait, sauf que j'avais le livre à finir, et cela ne m'inquiétait pas beaucoup, parce que j'étais déjà convaincu que personne ne l'accepterait. Néanmoins, Fillmore en était très impressionné. Quand il rappliquait le soir, une bouteille sous le bras, son premier geste était d'aller jusqu'à la table pour voir combien de pages j'avais abattues. Au début, j'étais heureux de cet enthousiasme, mais plus tard, quand je commençais à tarir, ça me fichait bougrement mal au cœur de le voir farfouiller partout, à chercher les pages qui devaient dégoutter de ma plume comme l'eau d'un robinet. Quand il n'y avait rien à montrer, j'avais exactement l'impression d'être quelque chienne qu'il aurait hébergée. Il avait coutume de dire de Jackie, je me souviens : « ç'aurait été très bien si de temps en temps elle m'avait refilé ses fesses... » Si j'avais été une femme, je n'aurais été que trop content de lui refiler mes fesses : je l'aurais eu bien plus facile que de nourrir les pages qu'il attendait.

Néanmoins, il essayait de me mettre à l'aise. Il y avait toujours à boire et à manger en abondance, et de temps en temps il insistait pour que je l'accompagne au dancing. Il aimait beaucoup aller dans une boîte à nègres rue d'Odessa, où il y avait une mulâtresse bien foutue qui rentrait parfois avec nous au studio. La seule chose ennuyeuse pour lui, c'était qu'il n'arrivait pas à trouver une Française qui aimât boire. Elles étaient toutes trop abstinentes pour son gré. Il aimait amener une femme au studio et siffler des bouteilles avec elle avant de se mettre au bisness. Il aimait aussi lui faire croire qu'il était artiste. Comme le bonhomme à qui il avait loué le studio était peintre, il ne lui était pas difficile de créer une impression. Les toiles qu'il avait trouvées dans l'armoire étaient bientôt collées quelque part, et il en mettait une inachevée, bien en vue, sur le chevalet. Malheureusement, elles étaient toutes de qualité surréaliste, et l'impression qu'elles créaient était généralement défavorable. Entre une grue, une concierge et un ministre, il n'y a pas grande différence de goût en ce qui concerne les tableaux. Ce fut un grand soulagement pour Fillmore lorsque Mark Swift se mit à nous rendre visite régulièrement avec l'intention de faire mon portrait. Fillmore avait une grande admiration pour Swift. C'était un génie, disait-il. Et, bien qu'il y eût quelque chose de féroce dans tout ce qu'il entreprenait, néanmoins, quand il peignait un homme ou un objet, on pouvait toujours reconnaître ce que c'était.

A la demande de Swift, j'avais commencé à laisser pousser ma barbe. La forme de mon crâne, disait-il, exigeait une barbe. Il me força à poser près de la fenêtre, avec la tour Eiffel dans le dos, parce qu'il voulait aussi mettre la tour Eiffel dans le tableau. Il voulait aussi y fourrer la machine à écrire. Kruger prit également l'habitude de venir au studio à cette époque. Il soutenait que Swift n'entendait rien à la peinture. Ça l'exaspérait de voir des choses sans proportion.

Il croyait aux lois de la nature, implicitement. Swift se foutait pas mal de la nature ; il voulait peindre ce qu'il avait dans la tête. Quoi qu'il en soit, voilà maintenant mon portrait par Swift plaqué sur le chevalet, et quoique tout y fût sans aucune espèce de proportion, même un ministre aurait pu voir qu'il s'agissait d'une tête humaine, d'un homme avec une barbe. La concierge, en vérité, se mit à prendre beaucoup d'intérêt au tableau ; elle était d'avis que la ressemblance était frappante. Et l'idée de montrer la tour Eiffel dans le fond lui plaisait infiniment.

Les choses roulèrent ainsi plan-plan un mois ou deux. Les alentours m'étaient sympathiques, la nuit surtout, quand leur lugubre hideur se faisait pleinement sentir. La petite place, si charmante et si tranquille au crépuscule, pouvait revêtir le caractère le plus lugubre, le plus sinistre, quand l'obscurité tombait. Il y avait ce long mur très haut, couvrant un côté de la caserne, contre lequel un couple était toujours en train de s'embrasser furtivement — souvent sous la pluie. Spectacle déprimant que de voir deux amoureux pressés contre un mur de prison, sous un mélancolique réverbère : comme s'ils avaient été chassés hors du monde... Ce qui se passait par derrière le mur était aussi déprimant. Quand il pleuvait, je restais près de la fenêtre à regarder le mouvement en bas, tout comme s'il avait lieu dans une autre planète. Ça me paraissait incompréhensible. Tout se déroulait suivant un programme, mais un programme qui avait dû être établi par un fou. Ils étaient là, à patauger dans la boue, clairons sonnant, chevaux chargeant — tout ça entre quatre murs. Bataille pour rire. Bataillon de soldats de plomb, qui n'avaient pas le moindre intérêt à apprendre à tuer, à cirer leurs bottes, à étriller leurs chevaux. Toute la comédie parfaitement ridicule, mais faisant partie de l'ordre des choses. Quand ils n'avaient rien à faire, ils avaient l'air encore plus ridicules; ils se grattaient, ils se promenaient les mains dans les poches, ils levaient les yeux vers le ciel. Et quand un officier passait, ils faisaient claquer les talons et saluaient. Une maison de fous, me semblait-il. Même les chevaux avaient l'air idiot. Et puis, parfois, on sortait les canons dehors, et on défilait dans la rue à grand fracas, et les gens faisaient la haie, bouche bée, et admiraient les beaux uniformes. Pour moi, ils m'ont toujours paru semblables à un corps d'armée en retraite; quelque chose de moche, de crotté, de résigné en eux... uniformes trop grands pour leurs corps... toute cette vivacité qu'ils possèdent en tant qu'individus à un degré si remarquable, tout cela semblait disparu.

Quand le soleil se montrait, cependant, les choses avaient un air différent. Il y avait un rayon d'espoir dans leurs yeux, ils marchaient avec plus d'élasticité, ils montraient un peu d'enthousiasme. Alors, la couleur des choses perçait gracieusement et il y avait cette agitation désordonnée si caractéristique des Français; au bistrot du coin, ils bavardaient joyeusement devant leurs verres, et les officiers avaient un air plus humain, plus Français, si je puis dire. Quand le soleil se montre, n'importe quel endroit de Paris peut paraître beau; et s'il y a un bistrot avec sa tente déroulée, quelques tables sur la chaussée et des boissons colorées dans les verres, alors les gens ont bien l'air humain. Et ils le sont vraiment — gens les plus épatants du monde quand le soleil brille! Si intelligents, si indolents, si insouciants! C'est un crime que de parquer un tel peuple dans des casernes, de leur faire faire l'exercice, de les échelonner en soldats de deuxième classe, sergents, colonels et je ne sais quoi.

Ainsi que je le dis, les choses allaient sur des roulettes. De temps en temps, Carl arrivait avec un peu d'ouvrage pour moi : articles de voyage qu'il avait en horreur d'écrire lui-même. Ils n'étaient payés que cinquante francs chaque, mais ils étaient faciles à faire, parce qu'il me suffisait de consulter les vieux numéros et de refondre les articles. Les gens ne lisent ces choses que lorsqu'ils sont assis sur la lunette du water ou en train de tuer le temps dans une salle d'attente. L'essentiel était de bien fourbir les adjectifs. Le reste n'était qu'une question de dates et de statistiques. Si c'était un article important, le chef du service le signait lui-même; c'était un minus qui ne pouvait parler correctement aucune langue, mais qui savait bien critiquer. S'il découvrait un paragraphe qui lui semblait bien écrit, il disait : « Voilà comment je veux que vous écriviez! C'est magnifique! Je vous permets de vous en servir dans votre livre. » Ces paragraphes magnifiques étaient parfois tirés de l'encyclopédie ou d'un vieux guide. Quelques-uns furent vraiment insérés par Carl dans son livre — ils avaient un caractère surréaliste!

Puis, un soir, comme j'étais sorti pour me promener, j'ouvre la porte, et voici qu'une femme jaillit de la chambre à coucher. « Ah! c'est vous l'écrivain! s'écrie-t-elle aussitôt, et elle regarda ma barbe comme pour corroborer son impression. Quelle affreuse barbe! dit-elle. Je crois que vous devez être fous par ici. » Fillmore se traîne après elle, une couverture à la main. « C'est une princesse! » dit-il, en faisant claquer sa langue comme s'il venait de goûter à quelque caviar de choix. Tous deux étaient habillés pour sortir; je ne comprenais pas ce qu'ils fabriquaient avec cette literie. Alors l'idée me vint tout de suite que Fillmore avait dû l'entraîner dans la chambre pour lui montrer son sac de blanchissage. Il agissait toujours ainsi, surtout avec une Française. « *No tickee, no shirtee!* » — « *pas de galette, pas de liquette!* » : voilà ce qui était écrit sur son sac, et Fillmore avait l'obsession d'expliquer cette devise à toute femme qui arrivait. Mais cette dame n'était pas française — il me le fit comprendre tout de suite. Elle était russe, et princesse, pas moins!

Il était tout pétillant de joie, comme un enfant qui a trouvé un nouveau jouet. « Elle parle cinq langues! dit-il, évidemment émerveillé par un tel talent.

— Non, quatre! corrigea-t-elle promptement.

— Soit, quatre... En tout cas, elle est diablement intelligente. Si tu l'entendais parler! »

La princesse était nerveuse — elle ne cessait de se gratter la cuisse et de se frotter le nez. « Pourquoi veut-il faire ce lit maintenant? me demanda-t-elle brusquement. Pense-t-il qu'il m'aura ainsi? C'est un grand enfant! Il se conduit que c'est une honte! Je l'ai emmené dans un restaurant russe, il a dansé comme un nègre. » Elle tortilla du derrière pour me montrer comment. « Et il parle trop. Trop fort. Il dit des bêtises. » Elle glissait vivement dans la pièce, examinant les tableaux et les livres, le nez en l'air tout le temps, mais se grattant par intermittences. De temps en temps, elle virait de bord comme un bateau de guerre, et lâchait une bordée. Fillmore ne la quittait pas, une bouteille dans une main, un verre dans l'autre. « Cessez de me suivre comme ça! s'écriait-elle. Et vous n'avez rien d'autre à boire? Vous ne pouvez pas avoir du champagne? Il me faut du champagne! Mes nerfs! oh! mes nerfs! »

Fillmore essaye de me murmurer quelques mots à l'oreille. « Une actrice... une star de cinéma... un type l'a balancée et elle peut pas s'en remettre... Je vais lui saouler la gueule!

— Je m'en vais alors, dis-je, lorsque la princesse nous interrompit d'un grand cri. Pourquoi chuchotez-vous comme ça, cria-t-elle, frappant du pied. Vous ne savez pas que c'est impoli? Et vous, je croyais que vous alliez sortir avec moi? Il faut que je me saoule la gueule ce soir, je vous l'ai déjà dit!

— Oui, oui, dit Fillmore. Nous partons dans une minute. Encore un dernier verre!...

— Vous êtes un porc! glapit-elle. Mais vous êtes gentil aussi? Seulement, vous parlez trop fort. Vous n'avez pas de manières. (Elle se tourna vers moi.) Puis-je avoir confiance qu'il va bien se tenir? Il faut que je me saoule la gueule, mais je ne veux pas qu'il me fasse honte. Peut-être que je reviendrai ici après.

J'aimerais vous parler. Vous avez l'air plus intelligent. »

Comme ils sortaient, la princesse me serra cordialement la main, et me promit de venir dîner un soir — « quand je serai dans mes esprits, dit-elle.

— Parfait! dis-je. Amenez une autre princesse — ou une comtesse au moins. Nous changeons les draps tous les samedis. »

Vers trois heures du matin, Fillmore entre en titubant... seul. Tous feux dehors comme un transatlantique, et faisant un boucan du diable, comme un aveugle avec sa canne. Tap, tap, tap, le long du chemin de la vie... « Je file au plumard, dit-il, passant à côté de moi. Te raconterai demain. » Il entre dans sa chambre et découvre le lit. Je l'entends gémir : « Quelle femme! quelle femme! » En une seconde le voilà dehors de nouveau, son chapeau sur la tête et sa canne à la main. « Je savais bien que quelque chose arriverait... Elle est timbrée! »

Il fourrage dans la cuisine un moment, puis revient dans le studio avec une bouteille d'anjou. Je suis forcé de m'asseoir sur mon lit, et de boire un verre avec lui.

Pour autant que je puisse reconstituer l'histoire, tout a commencé au rond-point des Champs-Élysées, où il s'était arrêté pour boire un coup en rentrant. Comme d'habitude à cette heure-là, la terrasse était bondée de vautours. Il y en avait un assis en plein milieu de l'allée avec une pile de soucoupes devant elle; elle se cuitait tranquillement toute seule lorsque Fillmore survint et rencontra son regard. « Je suis schlass, dit-elle en gloussant de rire, ne voulez-vous pas vous asseoir ? » Et puis, comme si c'était la chose du monde la plus naturelle, elle se mit d'emblée à débiter son histoire du directeur de cinéma, comment il l'avait foutue dehors, et comment elle s'était jetée dans la Seine, et patati patata. Elle ne pouvait plus se rappeler le pont, mais seulement qu'il y avait toute une foule quand on l'avait repêchée. D'ailleurs, elle ne voyait pas quelle différence ça faisait qu'elle se fût jetée de ce pont-ci ou de ce pont-là — pourquoi poser de pareilles questions ? Elle en riait nerveusement, et puis, tout à coup, elle eut le désir de s'en aller... elle voulait danser. Voyant qu'il hésitait, elle ouvre son sac impulsivement, et en tire un billet de cent francs. L'instant d'après, cependant, elle décide que cent francs ne vont pas loin. « N'avez-vous pas du tout d'argent ? » demande-t-elle. Non, il n'avait pas grand-chose dans sa poche, mais il avait un carnet de chèques chez lui. Donc, ils firent un saut pour aller chercher le carnet, et alors, naturellement, il avait dû lui expliquer l'histoire de « *pas de galette, pas de liquette* ».

En rentrant, ils s'étaient arrêtés au Poisson d'Or pour manger un morceau, qu'elle avait arrosé avec quelques vodkas. Elle était dans son élément, là, avec tous ces gens qui lui baisaient la main en murmurant : Princesse, Princesse ! Ivre comme elle était, elle réussit à rassembler sa dignité. « Ne tortille pas du derrière comme ça ! » ne cessait-elle de lui dire tout en dansant.

C'était l'idée de Fillmore, en la ramenant au studio, d'y rester. Mais puisqu'elle était si intelligente et si évasive, il avait décidé de se conformer à ses caprices et de remettre le grand événement. Il avait même envisagé la perspective de rencontrer une autre princesse et de les ramener toutes les deux. Quand ils sortirent pour la soirée, il était par conséquent de bonne humeur et préparé, si besoin était, à dépenser quelques centaines de francs pour elle. Après tout, on ne rencontre pas une princesse tous les jours.

Cette fois, elle l'entraîna dans un autre endroit, un endroit où elle était encore mieux connue, et où on n'aurait aucun ennui pour faire encaisser un chèque, disait-elle. Tout le monde était en costume de soirée, et il y eut encore des courbettes, et des baise-mains, tandis que le garçon les escortait à une table.

Au milieu d'une danse, elle quitte soudain le parquet, les yeux pleins de larmes. « Qu'est-ce qu'il y a? dit-il. Qu'est-ce que j'ai fait cette fois? » Et instinctivement il porte la main à son derrière, comme si peut-être, il se tortillait encore. « Ce n'est rien, dit-elle. Vous n'avez rien fait. Venez, vous êtes gentil », et avec ces mots, elle le ramène sur le parquet et recommence à danser avec abandon. « Mais qu'avez-vous? », murmure-t-il. « Rien, répète-t-elle. J'ai vu quelqu'un, c'est tout. — Puis, avec un soudain éclat de colère — Pourquoi me faites-vous boire? Vous ne savez pas que ça me rend folle?

— Avez-vous un chèque? dit-elle. Allons-nous-en d'ici! » Elle appelle le garçon, et lui murmure quelque chose en russe. « Il est bon? », demanda-t-elle, quand le garçon eut disparu. Puis, sur une impulsion : « Attendez-moi en bas au vestiaire. Il faut que j'aille téléphoner. »

Quand le garçon eut apporté la monnaie, Fillmore sans se presser descendit au vestiaire pour l'attendre. Il faisait les cent pas, fredonnant et sifflotant doucement, et faisant claquer sa langue en songeant au caviar proche. Cinq minutes passèrent. Dix minutes. Il sifflait toujours doucement. Quand vingt minutes se furent écoulées et toujours pas de princesse, il devint enfin méfiant. La dame du vestiaire lui dit qu'elle était partie depuis longtemps. Il se rua dehors. Il y avait un nègre en livrée debout, là, avec un vaste sourire. Le nègre savait-il où elle avait foutu le camp? Sourire du nègre. Nègre dit : « Moi entendu Coupole, c'est tout Mossieu! »

A La Coupole, en bas, il la trouve assise devant un cocktail avec une expression de rêve sur le visage, comme en transe. Elle sourit en le voyant.

« C'était un tour à me jouer, dit-il, de vous débiner comme ça! Vous auriez pu me dire que je ne vous plaisais pas. »

Elle prend feu à ces mots, monte sur ses grands chevaux. Et après un torrent de paroles, elle se met à gémir et à chialer. « Je suis timbrée, pleurniche-t-elle, et vous aussi. Vous voulez que je couche avec vous, et je ne veux pas coucher avec vous! » Et alors elle se mit à délirer sur son amant, le directeur de cinéma qu'elle a aperçu en dansant. Voilà pourquoi elle a dû se sauver de cet endroit! Voilà pourquoi elle se droguait et s'enivrait tous les soirs. Voilà pourquoi elle s'était jetée dans la Seine. Elle dégoisa sur ce ton, disant qu'elle avait perdu la tête... puis, tout à coup, elle eut une idée. « Allons chez Bricktop! » Il y avait un homme là qu'elle connaissait... il lui avait promis du travail autrefois... Elle était sûre qu'il l'aiderait...

« Qu'est-ce que ça va coûter ? » demande Fillmore prudemment.

Ça coûterait beaucoup, elle le lui fit savoir sur-le-champ. « Mais, écoutez, si vous m'emmenez chez Bricktop, je vous promets de rentrer avec vous. » Elle fut assez honnête pour ajouter que ça lui coûterait dans les cinq ou six cents francs. « Mais je les vaux ! Vous ne savez pas quelle femme je suis ! Il n'y a pas une autre femme comme moi dans tout Paris !...

— C'est ce que vous pensez, vous ! » Son sang de Yankee se réveillait. « Mais je n'en sais rien. Je ne sache pas que vous vailliez une guigne. Vous êtes tout juste une pauvre garce timbrée. Franchement, j'aimerais mieux donner cinquante francs à quelque pauvre grue française : au moins, elles vous donnent quelque chose en compensation ! »

Elle bondit au plafond quand il fit allusion aux Françaises. « Ne me parlez pas de ces femmes ! Je les déteste ! Elles sont idiotes... elles sont laides... elles sont mercenaires... Arrêtez ça, je vous le dis ! »

L'instant d'après, elle était de nouveau calmée. Elle avait viré de bord. « Chéri, murmurait-elle, vous ne savez pas comment je suis quand je suis déshabillée ! Je suis *belle !* » Et elle se prit les seins dans les mains.

Mais Fillmore restait impassible « Vous êtes une garce ! dit-il froidement. Ça me serait égal de dépenser quelques billets de cent francs pour vous, mais vous êtes timbrée. Vous ne vous êtes pas même lavé la figure. Vous puez du bec. Je me fous complètement que vous soyez princesse ou non.. Je n'en veux pas de votre variété haute-fesse russe. Vous devriez faire le trottoir et vous débrouiller. Vous ne valez pas mieux que n'importe quelle poule française. Vous ne les valez même pas. Je n'ai pas l'intention de dépenser un centime de plus pour vous. Vous devriez aller en Amérique — c'est tout à fait l'endroit pour une sangsue buveuse de sang comme vous... »

Elle ne parut pas du tout démontée par ce discours. « Je crois que vous avez un peu peur de moi, dit-elle.

— Peur de vous?... de *vous?*

— Vous n'êtes qu'un enfant, dit-elle. Vous n'avez pas de manières. Quand vous me connaîtrez mieux, vous parlerez autrement... Vous ne voulez pas être gentil? Si vous ne désirez pas passer la nuit avec moi, très bien. Je serai au Rond-Point demain entre cinq et sept. Vous me plaisez.

— Je n'ai pas l'intention d'être au Rond-Point demain, ni aucun autre soir. Je ne désire pas vous revoir... jamais. J'en ai marre de vous. Je vais me trouver une belle petite poule française. Vous pouvez aller au diable! »

Elle le regarda et eut un sourire las. « C'est ce que vous dites maintenant. Mais attendez! Attendez d'avoir passé une nuit avec moi. Vous ne savez pas encore quel corps magnifique j'ai! Vous croyez que les Françaises savent faire l'amour... attendez! Je vous rendrai fou de moi! Vous me plaisez, seulement, vous n'êtes pas civilisé. Vous n'êtes qu'un enfant. Vous parlez trop...

— Vous êtes cinglée, dit Fillmore. Je n'aurais pas le béguin même si vous étiez la dernière femme sur terre. Rentrez chez vous, et allez vous laver la gueule! »

Et il s'en fut, sans payer les consommations.

Quelques jours plus tard, cependant, la princesse était installée. C'était une vraie princesse, de cela nous étions assez sûrs. Mais elle avait la chaude-pisse. Qu'importe, la vie est loin d'être monotone ici! Fillmore a de la bronchite, la princesse, comme je viens de le dire, a la chaude-pisse, et moi, j'ai des hémorroïdes. Je viens d'échanger six bouteilles vides à l'épicerie russe en face. Pas une goutte n'a coulé dans mon œsophage. Pas de viande, pas de vin, pas de gibier, pas de femmes. Rien que des fruits et de l'huile de paraffine, des gouttes d'arnica et de l'onguent à l'adrénaline. Et pas une chaise dans la cambuse qui soit assez confortable. Tenez, justement en ce moment, tout en regardant la princesse, je suis accoté comme un pacha. Un pacha! Ça me rappelle son nom : Macha. Ça ne me paraît pas tellement aristocratique. Ça me fait penser au *Cadavre vivant*.

Au début, je crus que ça allait devenir gênant, ce ménage à trois, mais pas du tout. Je pensais, quand je la vis s'installer, que c'en était encore fait de moi, qu'il me faudrait trouver un autre gîte, mais Fillmore me donna bientôt à comprendre qu'il ne la logeait que jusqu'à ce qu'elle se remît d'aplomb sur ses pieds. Avec une femme comme elle, je ne sais pas ce qu'une telle expression peut signifier : d'après ce que je comprends, elle a marché les pieds en l'air toute sa vie. Elle disait que la Révolution l'avait chassée de Russie ; mais je suis sûr que s'il n'y avait pas eu la Révolution, il y aurait eu autre chose. Elle vit sous l'impression qu'elle est une grande actrice ; nous ne la contredisons jamais, quoi qu'elle puisse dire, parce que c'est du temps perdu. Fillmore la trouve amusante. Quand il part au bureau le matin, il jette dix francs sur son oreiller et dix francs sur le mien. Le soir, nous allons tous les trois au restaurant russe en bas. Le quartier est plein de Russes, et Macha a déjà trouvé un endroit où on lui fait un peu crédit. Naturellement, dix francs par jour, ce n'est rien pour une princesse ; il lui faut du caviar de temps en temps et du champagne, et elle a besoin d'une garde-robe complète afin de retrouver du travail pour le cinéma. Elle n'a rien d'autre à faire que de tuer le temps. Elle engraisse.

Ce matin, j'ai eu très peur. Après m'être débarbouillé, je me suis emparé de sa serviette par erreur. Il paraît impossible de la dresser à accrocher sa serviette de toilette à son propre porte-serviettes. Et quand je l'eus engueulée, elle répondit suavement : « Mon cher, si on devenait aveugle comme ça, il y a des années que je n'y verrais plus ! »

Et puis, il y a le cabinet, qui est le même pour tous. J'essaye de lui parler de façon paternelle au sujet du siège. « Oh ! zut ! dit-elle. Si vous avez si peur, j'irai dans un café. » Mais ça n'est pas nécessaire, lui expliquai-je. Il suffit de prendre les précautions ordinaires.

« Tut tut! dit-elle, puisque c'est comme ça, je ne m'assiérai pas... Je resterai debout. »

Tout va de travers, depuis que cette femme est là! D'abord, elle n'a pas voulu céder parce qu'elle avait ses règles. Huit jours de temps. Nous commencions à penser qu'elle simulait. Mais non, elle ne simulait pas. Un jour, alors que j'essayais de faire un peu de ménage, je découvris des paquets de coton sous le lit, tachés de sang. Elle fourre tout sous le lit : pelures d'oranges, paquets d'ouate, bouchons, bouteilles vides, ciseaux, préservatifs usagés, livres, coussins... Elle ne fait le lit que lorsqu'il est l'heure de sortir. La plupart du temps, elle est étendue sur son lit à lire ses journaux russes. « Mon cher, me dit-elle, si ça n'était pas pour aller chercher mes journaux, je resterais couchée toute la journée. » C'est bien ça! Rien que des journaux russes! Pas le moindre lambeau de papier hygiénique : rien que des journaux russes pour torcher le cul!

En tout cas, puisqu'il s'agit de ses idiosyncrasies, après l'arrêt du flux menstruel, après un bon repos, et après qu'il lui soit venu une bonne couche de graisse autour du ventre, elle refusait encore de céder. Elle assurait qu'elle n'aimait que les femmes. Pour prendre un homme, il fallait d'abord qu'elle eût été convenablement stimulée. Elle nous demanda de l'emmener dans un foutoir où l'on voit des femmes se faire enculer par des chiens. Ou encore mieux, dit-elle, Léda et le cygne : le battement des ailes l'excitait terriblement.

Un soir, pour la mettre à l'épreuve, nous l'accompagnâmes dans une de ces boîtes. Mais avant que nous eussions eu le temps d'aborder le sujet avec la patronne, un Anglais saoul, assis à la table voisine, engagea la conversation avec nous. Il était déjà monté deux fois, mais il en voulait encore un coup. Il ne lui restait plus qu'une vingtaine de francs en poche, et, comme il ne parlait pas français, il nous demanda si nous ne voudrions pas l'aider à marchander avec la fille qu'il convoitait. Il se trouvait que c'était une négresse, une puissante Martiniquaise, belle comme une panthère. Et bien disposée aussi. Afin de l'induire à accepter les derniers sous du Britannique, Fillmore dut promettre de monter avec elle dès qu'elle aurait fini avec lui. La princesse nous observait, entendait tout ce qu'on disait, et alors elle monta sur ses grands chevaux. Elle se sentait insultée. « Eh bien, dit Fillmore, vous voulez vous exciter — vous pourrez toujours me regarder faire ! » Elle ne voulait pas le regarder faire, elle voulait regarder un cygne. « Merde alors ! dit-il, je vaux bien un cygne, le dimanche comme en semaine, et peut-être mieux... » Et ainsi, de fil en aiguille, il fallut en arriver pour la calmer à appeler une des filles et les faire se caresser mutuellement... Quand Fillmore revint avec sa négresse, elle avait les yeux de braise. Je compris à la façon dont Fillmore la regardait, qu'elle avait dû en mettre un sacré coup, et je commençai à me sentir en appétit moi aussi. Fillmore dut se rendre compte de mes sentiments, et quelle épreuve ce devait être pour un homme de rester là, rien qu'à regarder tout le temps, car brusquement il tira un billet de cent francs de sa poche et, le faisant claquer sur la table, il dit : « Écoute, vieux, tu as probablement plus besoin de tirer un coup que nous tous. Prends ça, et choisis celle que tu veux ! » Je ne sais pourquoi, ce geste me le rendit cher plus que tout ce qu'il avait jamais pu faire pour moi, et il avait fait beaucoup ! J'acceptai l'argent dans l'esprit où il m'était donné, et je fis promptement signe à la négresse de se préparer pour une autre passe. Cela mit la Princesse encore plus en rage que n'importe quoi, sembla-t-il. Elle voulait savoir s'il n'y avait personne dans ce bordel d'assez bon pour nous, hormis la négresse ! Je lui répondis brutalement : « *Non !* » Et c'était vrai — la négresse était la reine du harem. Il suffisait de la regarder pour se mettre à bander. Ses yeux semblaient nager dans le sperme. Elle était saoule de toutes les demandes qu'on lui faisait. Elle ne pouvait plus se tenir droite — du moins me le semblait-il. En montant l'étroit petit escalier tournant derrière elle, je ne pus résister à la tentation de lui glisser ma main entre les jambes : et ainsi nous continuâmes à monter, elle se retournant pour me regarder avec un sourire joyeux, et tortillant un peu le cul quand ça la chatouillait trop fort.

Ce fut une bonne soirée de toute façon. Tout le monde était content. Macha semblait aussi de bonne humeur. Par conséquent, le lendemain soir, après qu'elle eût reçu sa ration de champagne et de caviar, après qu'elle nous eût donné un autre chapitre de l'histoire de sa vie, Fillmore se mit à l'ouvrage sur elle. Il sembla d'abord qu'il allait recevoir enfin sa récompense. Elle avait cessé de résister. Elle était étendue, jambes écartées, et le laissait badiner et badiner, et puis, juste comme il allait l'enfourcher, juste comme il allait le lui mettre, voilà qu'elle l'informe non chalamment qu'elle a une bonne chaude-pisse. Il roula par terre comme une bûche. Je l'entendis farfouiller dans la cuisine pour mettre la main sur le savon noir dont il usait en des occasions spéciales, et quelques moments plus tard il était debout à côté de mon lit, une serviette à la main, et me disait : « Tu imagines ? Cette putain de Princesse a la chaude-pisse! » Il en paraissait effaré. La Princesse, pendant ce temps, croquait une pomme et réclamait ses journaux russes. Pour elle, c'était une bonne blague. « Il y a des choses pires que ça », disait-elle, étendue sur son lit et nous parlant à travers la porte ouverte. Finalement, Fillmore se mit aussi à le prendre à la blague, et, débouchant une autre bouteille d'anjou, il s'en versa un verre et l'engloutit d'un trait. Il n'était qu'une heure du matin environ, il resta donc à me parler un moment. Il n'allait pas se laisser démonter par une chose comme ça, me dit-il. Naturellement, il faudrait faire attention, car il y avait la dose du Havre, déjà. Il ne pouvait pas se rappeler comment la chose était arrivée. Parfois, quand il était ivre, il oubliait de se laver. Ça n'était rien de terrible, mais on ne sait jamais ce qui pourrait en sortir plus tard. Il ne voulait pas qu'on vienne lui masser la prostate! Non! Ça ne lui chantait pas du tout. La première atteinte, il l'avait eue à l'Université. Il ne savait pas si la poule la lui avait donnée ou s'il l'avait donnée à la poule. Il se passait tant de choses bizarres dans la cour de collège, qu'on ne savait qui croire. Presque toutes les étudiantes s'étaient fait faire un gosse une fois ou l'autre. Trop ignorantes, les imbéciles... même les profs étaient ignorants. Un des profs s'était fait châtrer, disait la rumeur publique...

En tout cas, le lendemain soir il se décida à risquer le coup — avec une capote anglaise. Pas grand risque avec ça, à moins que ça ne crève. Il s'en était acheté quelques-unes de fabrication spéciale « écaille de poisson » — les plus solides, m'assura-t-il. Mais alors, ça ne marcha pas non plus! Elle était trop étroite! « Merde! dit-il, je n'ai pourtant rien d'anormal! Comment comprends-tu ça? Quelqu'un a bien dû le lui mettre pour lui flanquer cette dose! Il devait être anormalement petit! »

Et ainsi, puisque tout échouait, il y renonça complètement. Les voilà couchés maintenant comme frère et sœur, avec des rêves incestueux. Macha dit, à sa manière philosophique : « En Russie, il arrive souvent qu'un homme dort avec une femme sans la toucher. Ils peuvent continuer ainsi des semaines et des semaines, et ne jamais y penser. Jusqu'à ce que paff! Une fois qu'il la touche... Paff! Paff! Et après ça, paff, paff, paff! »

Tous les efforts sont maintenant concentrés pour mettre Macha en forme. Fillmore pense que s'il la guérit de sa chaude-pisse, ça la disposera mieux. Idée étrange. Donc, il lui achète un caoutchouc à douches, un paquet de permanganate, une seringue à vagin, et autres petits objets à lui recommandés par un docteur hongrois, un petit charlatan d'avorteur près de la place d'Aligre. Il ressort que son patron a fait un gosse à une poule de seize ans une fois, et elle l'a présenté au Hongrois; et après ça, le patron a récolté un magnifique chancre, et nous re-voilà chez le Hongrois. Voilà comment on fait connaissance à Paris — amitiés génito-urinaires. Quoi qu'il en soit, sous notre stricte surveillance, Macha se soigne. L'autre nuit, par exemple, nous avons eu un moment d'alarme. Elle s'était mis un suppositoire, et voilà qu'elle ne pouvait plus retrouver la ficelle y-attachée. « Mon Dieu! hurlait-elle, où est cette ficelle? Mon Dieu! Je ne trouve plus cette ficelle.

— Avez-vous regardé sous le lit? » dit Fillmore.

Enfin elle se calme. Mais seulement pour quelques minutes. Tout à coup, elle fit : « Mon Dieu! voilà que je saigne encore! Je viens d'avoir mes époques, et voilà encore des gouttes! Ça doit être ce champagne bon marché que vous achetez. Mon Dieu, vous voulez me saigner à mort? » Elle s'amène avec un kimono, et une serviette fourrée entre les cuisses, essayant d'avoir l'air digne comme d'habitude. « Toute ma vie, c'est comme ça, dit-elle. Je suis neurasthénique. Toute la journée, je roule, et le soir je suis encore schlass. Quand je suis arrivée à Paris, j'étais encore innocente. Je ne lisais que Villon et Baudelaire. Mais comme j'avais 300 000 francs suisses en banque, j'étais folle de m'amuser, parce qu'en Russie on m'avait toujours tenue serrée. Et comme j'étais encore plus belle que je ne suis maintenant, tous les hommes tombaient à mes pieds. » Ici, elle remonta le bourrelet de chair flasque qui s'était accumulée autour de son ventre. « Ne pensez pas que j'avais un ventre comme ça quand je suis arrivée ici... c'est tout le poison qu'on m'a donné à boire... ces horribles apéritifs que les Français aiment à la folie... C'est alors que j'ai rencontré mon directeur de cinéma, et il a voulu que je tienne un rôle pour lui. Il a dit que j'étais la créature la plus magnifique du monde, et il me suppliait toutes les nuits. J'étais alors une stupide petite vierge, et une nuit je me suis laissée violer. Je voulais être une grande actrice, et je ne savais pas qu'il était plein de poison. Il m'a donné la chaude-pisse... et maintenant je voudrais bien qu'il la re-choppe. C'est de sa faute si je me suis suicidée dans la Seine... Pourquoi riez-vous ? Vous ne croyez pas que je me suis suicidée ? Je peux vous montrer les journaux, ... il y a mon portrait dans tous les journaux. Je vous montrerai les journaux russes quelque jour... ils m'ont fait des articles merveilleux... Mais, mon chéri, vous savez qu'il me faut d'abord une robe neuve, je ne puis pas séduire cet homme avec des guenilles. D'ailleurs, je dois encore 12 000 balles à ma couturière. »

A partir de là, c'est toute une histoire au sujet de l'héritage qu'elle essaye de recueillir. Elle a un jeune avocat, un Français, qui est assez timide, semble-t-il, et qui tente de lui regagner sa fortune. De temps en temps, il lui donnait un acompte de cent ou deux cents balles. « Il est rat, comme tous les Français, dit-elle, et j'étais si belle, aussi, qu'il ne pouvait me quitter des yeux. Il ne cessait de me supplier de faire l'amour avec lui. J'en avais tellement marre de l'écouter qu'un soir je lui dis oui, juste pour le calmer, et pour ne pas perdre mes cent balles de temps en temps. » Elle s'arrêta un instant pour rire nerveusement. « Mon cher, continua-t-elle, c'est trop drôle ce qui lui est arrivé ! Il m'appelle un jour au téléphone et me dit : " Il faut que je vous voie tout de suite... c'est très important. " Et quand je le vois il me montre un papier du docteur — et c'est la gonorrhée ! Mon cher, je lu ai ri au nez ! Comment pouvais-je savoir que j'avais encore la chaude-pisse ? " Vous avez voulu me baiser, et c'est moi qui vous ai baisé ! " Ça l'a fait se tenir tranquille. Voilà comment les choses arrivent dans la vie ! Vous ne soupçonnez rien, et tout à coup, paff, paff, paff ! Il était si bête qu'il est retombé amoureux de moi. Seulement il m'a priée de me tenir bien et de ne pas vadrouiller à Montparnasse toute la nuit à boire et à faire l'amour. Il disait que je le rendais fou. Il voulait m'épouser et c'est alors que sa famille a entendu parler de moi, et on l'a persuadé de partir pour l'Indochine. »

De là, Macha passe à une liaison qu'elle a eue avec une gousse. « C'était très drôle, mon cher, la façon dont elle m'a cueillie une nuit. J'étais au Fétiche, et schlass comme d'habitude. Elle m'a emmenée d'un endroit à un autre, et elle me car ssait sous la table tout le temps, jusqu'au moment où je n'ai plus pu le supporter. Alors, elle m'a emmenée à son appartement, et pour deux cents balles je l'ai laissée me sucer. Elle voulait vivre avec moi, mais je ne voulais pas qu'elle me suce tous les soirs... ça vous affaiblit trop. D'ailleurs, je peux vous dire que j'aime moins les lesbiennes qu'autrefois. J'aime mieux coucher avec un homme, quoique ça me fasse mal. Quand je suis très excitée, je ne peux plus me retenir... trois, quatre, cinq fois... c'est comme ça! Paff! Paff! Paff! Et alors je saigne et c'est très mauvais pour ma santé parce que je suis portée à l'anémie. Donc, vous voyez, je suis obligée une fois en passant de me laisser sucer par une gousse... »

XIII

Quand le froid arriva, la Princesse disparut. Ça commençait à devenir inconfortable, avec tout juste ce petit poêle dans le studio. Le lit était une glacière, et la cuisine ne valait guère mieux. Il y avait juste un tout petit espace autour du poêle où il faisait vraiment chaud. Donc, Macha s'était trouvé un sculpteur qui était châtré. Elle nous en parla avant de nous quitter. Au bout de quelques jours, elle essaya de revenir chez nous, mais Fillmore ne voulut pas en entendre parler. Elle se plaignait que le sculpteur la tînt éveillée toute la nuit, à l'embrasser. Et puis, il n'y avait pas d'eau chaude pour ses lavages. Mais finalement, elle décida que c'était tout aussi bien de ne pas revenir. « Je ne veux plus de ce braquemard à côté de moi, dit-elle. Toujours ce braquemard... ça me rendait nerveuse. Si vous n'aviez été qu'une tapette, je serais restée avec vous. »

Macha partie, nos soirées prirent un caractère différent. Souvent, nous restions assis autour du feu à boire des grogs chauds, et à discuter de la vie, là-bas, aux États-Unis. Nous en parlions comme si nous ne devions jamais y retourner. Fillmore avait un plan de New York qu'il avait fixé au mur; nous passions des soirées entières à discuter des valeurs relatives de Paris et de New York. Et, inévitablement, se glissait toujours dans nos discussions la figure de Whitman, la seule et unique figure que l'Amérique eût produite dans le cours de sa brève existence. Chez Whitman, le drame américain tout entier prend vie, son passé et son futur, sa naissance et sa mort. Whitman a exprimé tout ce qui a quelque valeur en Amérique, et il n'y a rien d'autre à dire. L'avenir appartient à la machine, aux Robots. Il était le Poète du Corps et de l'Ame, Whitman! Le premier et le dernier poète. Il est presque indéchiffrable aujourd'hui, monument couvert de hiéroglyphes grossiers, pour lesquels il n'existe point de clé. Il paraît étrange de mentionner son nom en Europe. Car il n'y a pas d'équivalent dans les langues d'Europe pour l'esprit qu'il a immortalisé. L'Europe est saturée d'art et son sol est plein d'ossements et ses musées éclatent de trésors volés, mais ce que l'Europe n'a jamais eu, c'est un esprit libre, sain, ce que vous pourriez appeler un *homme*. Gœthe s'en rapprochait le plus, mais Gœthe était un vrai pompier en comparaison. Gœthe était un citoyen respectable, un pédant, un raseur, un esprit universel, mais estampillé de la marque de fabrique allemande, avec l'aigle à deux têtes. La sérénité de Gœthe, son attitude calme, olympienne, ne sont rien de plus que la stupeur indolente d'une déité bourgeoise allemande. Gœthe est la fin de quelque chose, Whitman est un commencement.

Après une discussion de cette nature, je me couvrais pour sortir faire un tour, emmitouflé dans un sweater, un pardessus demi-saison de Fillmore et une cape par-dessus tout ça. Il faisait un froid ignoble, humide, contre lequel il n'est pas d'autre protection que celle d'un esprit solide. On dit que l'Amérique est un pays voué aux extrêmes, et il est vrai que le thermomètre enregistre des degrés de froid qui sont pratiquement inconnus ici; mais le froid de Paris en hiver est un froid inconnu en Amérique, il est psychologique, il est intérieur aussi bien qu'extérieur. S'il ne gèle jamais ici, il n'y dégèle jamais non plus. Tout comme les gens ont appris à se protéger contre l'invasion de leur domicile privé par leurs hautes murailles, leurs verrous et leurs persiennes, leurs concierges grognons, crasseux et médisants, de même ils ont appris à se protéger contre le froid et l'ardeur d'un climat vigoureux et revigorant. Ils se sont fortifiés : le mot clé est : « protection ». Protection et sécurité. Afin qu'ils puissent pourrir confortablement. Par une nuit d'hiver humide, il n'est pas nécessaire de regarder sur une carte pour découvrir la latitude de Paris. C'est une ville nordique, un avant-poste dressé sur un marécage jonché de crânes et d'ossements. Le long du boulevard, il y a une froide imitation électrique de la chaleur. *Tout Va Bien*[1] en rayons ultra-violets, qui font ressembler les clients des cafés Dupont à des cadavres gangrenés. *Tout Va Bien!* C'est la devise qui nourrit les mendiants abandonnés, vadrouillant toute la nuit

1. En français dans le texte.

sous la fine averse des rayons violets. Partout où il y a des rayons, il y a un peu de chaleur. On se réchauffe à regarder les salauds, pleins de graisse et bien tranquilles, s'enfiler leurs grogs, ou leurs cafés noirs fumants. Là où sont les lumières, là sont les gens sur les trottoirs, se bousculant, se transmettant un peu de chaleur animale à travers leurs sous-vêtements sales, et par leurs haleines puantes et chargées de malédictions. Il se peut que pour une distance de huit ou dix blocs de maisons il y ait une apparence de gaieté, et puis on retombe dans la nuit, lugubre, ignoble, la nuit noire, pareille à de la graisse gelée dans une soupière. Il y a des blocs et des blocs de taudis déchiquetés, chaque fenêtre fermée hermétiquement, chaque boutique barrée et verrouillée. Kilomètres et kilomètres de prisons de pierre sans la moindre lueur de chaleur; les chiens et les chats, tous enfermés avec les canaris. Les cafards et les punaises sont eux aussi incarcérés en sécurité. *Tout Va Bien!* Si vous n'avez pas le sou, eh bien prenez quelques vieux journaux et faites-vous un lit sur les marches de quelque cathédrale. Les portes sont bien verrouillées, et il n'y aura pas de courant d'air pour vous déranger. Il vaut encore mieux dormir devant les grilles du métro; là, vous aurez de la compagnie. Regardez-les par une nuit de pluie, couchés là, raides comme des matelas — hommes, femmes, poux, tous pressés les uns contre les autres, et protégés par les journaux contre les crachats de la vermine qui marche sans pattes. Regardez-les sous les ponts, ou sous les hangars des marchés. Comme ils ont l'air vil, comparés aux légumes nets et propres, dressés pour la montre comme des bijoux. Même les carcasses des chevaux, des vaches et des moutons, suspendues aux crochets graisseux ont l'air plus engageantes. Du moins, nous les mangerons demain, et même les intestins serviront à quelque chose. Mais ces mendiants crasseux couchés sous la pluie, à quoi servent-ils? quel bien peuvent-ils nous faire? Ils nous font saigner le cœur cinq minutes, et c'est tout!

Oh! après tout, ce sont là pensées nocturnes provoquées par une promenade sous la pluie après deux mille ans de Christianisme. Du moins, maintenant, les oiseaux sont bien pourvus, et les chats et les chiens. Chaque fois que je passe devant la loge de ma concierge et que je subis le choc glacial de son regard, j'ai un désir insensé d'étrangler tous les oiseaux de la créaion. Au fond de tout cœur glacé, il y a une goutte out deux d'amour — juste de quoi nourrir les oiseaux.

Pourtant, je ne puis m'ôter de l'esprit la différence énorme qui sépare les idées de la vie. Dislocation permanente, quoique nous essayions de recouvrir les deux d'une magnifique couverture. Ça ne colle pas. Il faut marier les idées à l'action; s'il n'y a pas de sexe, pas de vitalité en elles, il n'y a pas d'action. Les idées ne peuvent pas exister seules dans le vide de l'esprit. Les idées sont reliées à la vie : idées du foie, idées des reins, idées intersticielles, etc. Si une idée avait été seule en question, Copernic n'aurait jamais réduit en miettes le macrocosme existant, et Christophe Colomb eût sombré dans la mer des Sargasses. L'esthétique de l'idée produit les pots de fleurs, et les pots de fleurs, on les met sur la fenêtre. Mais s'il n'y a pas de soleil ni de pluie, à quoi bon mettre les pots de fleurs sur la fenêtre ?

Fillmore est plein d'idées sur l'or. Le « mythe » de l'or, dit-il. J'aime le « mythe », et j'aime l'idée de l'or, mais je ne suis pas obsédé par le sujet, et je ne vois pas pourquoi nous ferions des pots de fleurs, même en or. Il me dit que les Français thésaurisent leur or au fond de compartiments étanches, bien au-dessous de la surface de la terre. Il me dit qu'il y a une petite locomotive qui circule dans ces voûtes et ces couloirs souterrains. J'aime énormément cette idée. Un silence profond, ininterrompu, dans lequel l'or roupille doucement à une température de 17 degrés centigrades 1/4. Il me dit qu'une armée travaillant quarante-six jours et trente-sept heures ne suffirait pas pour compter tout l'or qui est enterré sous la Banque de France, et qu'il y a une réserve pour les fausses dents, les bracelets, les alliances, etc. Des réserves de nourriture pour durer au moins quatre-vingts jours, et un lac au-dessus de tout cet or entassé pour résister au choc des explosifs les plus violents. L'or, dit-il, tend à devenir de plus en plus invisible, un mythe, et plus de dévalorisation! Bravo! Je me demande ce qui arrivera au monde quand nous serons écartés de l'étalon or pour les idées, les vêtements, la morale, etc. *L'étalon or de l'amour!*

Jusqu'à présent, mon idée en collaborant avec moi-même, a été de m'écarter de l'étalon or de la littérature. En peu de mots, mon idée a été de présenter une résurrection des émotions, de dépeindre la conduite d'un être humain dans la stratosphère des idées, c'est-à-dire, sous l'empire du délire. De peindre un être présocratique, une créature mi-chèvre, mi-Titan. Bref, d'ériger un monde sur la base de *l'omphalos*, et non sur une idée abstraite clouée à une croix. Çà et là, vous avez pu rencontrer des statues négligées, des oasis encore non cultivées, des moulins à vent oubliés par Cervantès, des rivières qui coulent vers l'amont, des femmes avec cinq ou six seins rangés longitudinalement le long du buste. (Écrivant à Gauguin Strandberg disait : « *J'ai vu des arbres que ne retrouverait aucun botaniste, des animaux que Cuvier n'a jamais soupçonnés et des hommes que vous seul avez pu créer* [1]. »)

Quand Rembrandt monta au pair, il fut enfoui avec les lingots d'or et le pemmican et les lits portatifs. L'or est un mot nocturne qui appartient à l'esprit chthonien : il y a du rêve et du mythe en lui. Nous revenons à l'alchimie, à cette fausse sagesse alexandrine qui a produit nos symboles gonflés d'air. La réelle sagesse c'est d'être emmagasiné dans les antres souterrains par les avares du savoir. Le jour vient où on tournera en rond au milieu des airs avec des magnétiseurs : pour trouver un morceau de minerai il faudra aller à dix mille pieds de haut avec une paire d'instruments — sous une latitude glacée de préférence — et établir une communication télépathique avec les entrailles de la terre et les ombres des morts. Plus de Klondikes. Plus de bonace. Il faudra apprendre à chan-

[1]. En français dans le texte.

ter et à cabrioler un peu, à lire le zodiaque et à examiner ses propres entrailles. Tout l'or qui est fourré dans les poches de la terre, il faudra l'extraire à nouveau; tout ce symbolisme devra être à nouveau tiré des entrailles de l'homme. Mais d'abord, il faudra perfectionner les instruments. D'abord, il sera nécessaire d'inventer de meilleurs aéroplanes, de distinguer *d'où* vient le bruit et non perdre la boule parce que vous aurez entendu une explosion sous votre cul. Et secondement, il sera nécessaire de s'adapter aux couches froides de la stratosphère, de devenir un poisson à sang froid de l'air. Pas de respect. Pas de piété. Pas de nostalgie. Pas de regrets. Pas d'hystérie. Par-dessus tout, comme dit Philippe Datz — « *Pas de découragement !* »

Ce sont là pensées ensoleillées inspirées par un vermouth-cassis sur la place de la Trinité. Un samedi après-midi, avec un livre succès-raté entre les mains. Tout nage dans un muco-pus divin. La boisson me laisse un goût amer d'herbe à la bouche, la lie de notre grande civilisation occidentale, qui va pourrissant maintenant comme les orteils des saints. Des femmes défilent — par régiments — toutes balançant leurs fesses devant moi; les carillons sonnent, et les autobus remontent la chaussée, se bousculant les uns les autres. Le garçon essuie la table avec un torchon sale tandis que la patronne chatouille la caisse automatique avec une allégresse diabolique. Un air absent sur mon visage, abruti, vague dans l'acuité, attaché aux fesses qui me frôlent. Dans le beffroi en face, un bossu frappe avec un maillet d'or et les pigeons poussent des cris aigus d'alarme. J'ouvre le livre — le livre que Nietzsche appelait « le meilleur livre allemand qui soit » — et il dit :

« *Les hommes deviendront plus habiles et plus rusés ; mais pas meilleurs, ni plus heureux, ni plus forts dans l'action — ou du moins seulement à certaines époques. Je prévois le temps où Dieu n'aura plus de joie en eux, mais détruira toute chose pour une nouvelle création. Je suis certain que tout est prévu pour cette fin, et que le temps et l'heure dans le lointain avenir où se produira cette rénovation sont déjà fixés. Mais un long temps s'écoulera auparavant, et nous pouvons encore pour des milliers et des milliers d'années nous amuser sur cette chère vieille terre.* »

Bravo ! Du moins, il y a un siècle, se trouvait un homme à la vision assez claire pour voir que le monde était foutu. *Notre monde occidental !* Quand je vois ces hommes et ces femmes s'agitant sans but derrière les murs de leur prison, bien à l'abri, bien reclus pendant quelques heures fugitives, je suis épouvanté par le potentiel de drame encore inclus dans ces faibles corps. Derrière ces murs gris, se trouvent les étincelles humaines, et pourtant jamais un incendie ne se déclare. Sont-ce là des hommes et des femmes, me demandé-je, ou bien sont-ce des ombres, des ombres de marionnettes tirées par d'invisibles ficelles ? Elles se meuvent apparemment sans contrainte, mais n'ont nulle part où aller. Dans un seul royaume elles sont libres et peuvent vagabonder en liberté — mais elles n'ont pas encore appris à prendre l'essor. Jusqu'à présent, il n'est point de rêve qui ait pris l'essor. Pas un seul homme n'est venu au monde assez léger, assez *gai*, pour quitter la terre! Les aigles qui ont fait claquer leurs puissantes ailes pendant quelque temps se sont écrasés sur la terre. Ils nous ont donné le vertige avec le battement et le ronflement de leurs ailes. Restez sur la terre, ô aigles de l'avenir! Les cieux ont été explorés et ils sont vides. Et ce qui gît sous la terre est vide aussi, empli seulement d'ossements et d'ombres. Restez sur la terre, et nagez donc encore quelques centaines de milliers d'années!

Et maintenant il est trois heures du matin, et nous avons un couple de traînées ici, qui font des sauts périlleux sur le plancher. Fillmore circule tout nu, un gobelet à la main, et sa panse est tendue comme une peau de tambour, dure comme une fistule. Tout le pernod et le champagne et le cognac et l'anjou qu'il a ingurgités depuis trois heures de l'après-midi gargouille dans son bide comme un égout. Les poules collent leurs oreilles contre son ventre comme sur une boîte à musique. Ouvrez-lui la bouche avec un crochet à bottines, et glissez un jeton dans la fente. Quand l'égout gargouille, j'entends les chauve-souris s'envoler du beffroi et le rêve glisse dans l'artifice...

Les poules se sont déshabillées et nous examinons le parquet pour nous assurer qu'elles ne vont pas se planter des épines dans le cul! Elles portent encore leurs bottines à haut talons. Mais le cul! Le cul est usé, gratté, passé au papier-verre, lisse, dur, brillant comme une boule de billard ou comme le crâne d'un lépreux. Sur le mur, le portrait de Mona; elle fait face au Nord-Est, en ligne avec Cracovie écrit à l'encre verte. A sa gauche, la Dordogne, cerclée d'un coup de crayon rouge. Soudain, j'aperçois une fente noire et poilue devant moi, enchâssée dans une boule de billard brillante et polie; les jambes me serrent comme une paire de ciseaux. Un regard à cette blessure noire et béante, et une profonde fissure s'entrouvre dans mon cerveau; tous les souvenirs, toutes les images que j'avais laborieusement ou distraitement assorties, étiquetées, rangées, classées, scellées et marquées font irruption pêle-mêle comme des fourmis qui jaillissent d'une crevasse dans la chaussée; le monde cesse sa révolution, le temps s'arrête, l'enchaînement même de mes rêves se disloque et se dissout, et mes entrailles s'épandent en un immense flux schizophrénique, évacuation qui me laisse face à face avec l'absolu. Je revois les grandes matrones aux membres épandus de Picasso, les seins couverts d'araignées, leur légende profondément enfouie dans le labyrinthe. Et Molly Bloom étendue sur un matelas maculé pour l'éternité. Sur la porte du cabinet, des membres virils à la craie rouge, et la madone chantonne au diapason de la douleur. J'entends un rire déchaîné, hystérique, pièce bondée de fous à la mâchoire contractée, et le corps qui était noir luit comme du phosphore. Rire sauvage, sauvage, absolument incoercible, et cette fente se rit de moi aussi, se rit à travers ses moustaches de mousse, rire qui plisse la surface brillante et polie de la boule de billard. Grande putain et mère de l'homme avec du gin dans les veines. Mère de toutes les prostituées, araignée qui nous roule dans sa tombe logarithmique, insatiable, démon dont le rire me déchire. J'abaisse mon regard dans ce cratère effondré, monde perdu sans laisser de traces, et j'entends les cloches carillonner, deux nonnes sur la place Stanislas avec l'odeur du beurre rance sous leurs robes, manifeste jamais imprimé parce qu'il pleuvait, guerre livrée pour avancer la cause de la chirurgie plastique, le prince de Galles volant autour du monde pour décorer les tombes des héros inconnus. Toutes les chauves-souris s'envolant du beffroi, causes perdues; tous les « Allez-hop! » gémissements diffusés des tranchées privées des damnés. De cette blessure noire et béante, cloaque de l'abomination, berceau des cités aux noirs essaims où la musique des idées se noie dans la graisse froide, de ces utopies strangulées un clown est né, un être partagé entre la beauté et la laideur, entre la lumière et le chaos, un clown qui, lorsqu'il abaisse son regard oblique est Satan lui-même, et qui lorsqu'il regarde vers le ciel voit un ange beurré, escargot ailé...

Quand j'abaisse mon regard vers cette fente, je vois un signe d'équation, le monde mis avec le signe « égale », un monde réduit à zéro, et pas de trace de reste. Pas le zéro sur lequel Van Norden a tourné sa torche électrique, pas la fente vide de l'homme prématurément déçu, mais un zéro arabe plutôt, le signe duquel jaillissent d'infinis mondes mathématiques, le point d'appui qui équilibre les étoiles et les rêves légers et les machines plus légères que l'air et les membres poids plume et les explosifs qui les ont produits. J'aimerais pénétrer dans cette fente jusqu'aux yeux, et les faire rouler férocement, chers yeux métallurgiques, chers yeux fous. Quand les yeux rouleront, alors j'entendrai de nouveau les mots de Dostoïevsky, je les entendrai courir page après page, portant l'observation la plus minutieuse, l'introspection la plus folle, avec toutes les demi-teintes de la misère, tantôt légèrement posées, tantôt avec humour, tantôt gonflées jusqu'au tonnerre de l'orgue, jusqu'à ce que le cœur éclate et qu'il ne reste rien qu'une lumière aveuglante, brûlant les yeux, la lumière radieuse qui charrie dans l'espace la semence féconde des astres. Histoire de l'art dont les racines baignent dans le carnage.

Quand j'abaisse les yeux vers cette vulve de putain tant de fois bourriquée, je sens le monde entier sous mes pieds, un monde branlant et croulant, un monde usé jusqu'à la corde et poli comme le crâne d'un lépreux. S'il y avait un homme qui osât dire tout ce qu'il a pu penser de ce monde, il ne lui resterait pas un pouce carré de terrain pour s'y tenir. Quand un homme apparaît, le monde l'écrase et lui rompt l'échine. Il reste toujours trop de piliers pourris debout, trop d'humanité infectée pour que l'homme puisse fleurir. La superstructure est un mensonge, et la fondation une énorme peur haletante. Si de siècle en siècle paraît un homme avec un regard désespéré, avide, dans les yeux, un homme qui mettrait le monde sens dessus dessous afin de créer une nouvelle race, l'amour qu'il apporte au monde est changé en bile et devient un fléau. Si de temps en temps nous rencontrons des pages qui font explosion, des pages qui déchirent et meurtrissent, qui arrachent des gémissements, des larmes et des malédictions, sachez qu'elles viennent d'un homme acculé au mur, un homme dont les mots constituent la seule défense, et ses mots sont toujours plus forts que le poids mensonger et écrasant du monde, plus forts que tous les chevalets et toutes les roues que les poltrons inventent pour écraser le miracle de la personnalité. Si un homme osait jamais traduire tout ce qui est dans son cœur, nous mettre sous le nez ce qui est vraiment son expérience, ce qui est vraiment sa vérité, je crois alors que le monde s'en irait en pièces, qu'il sauterait en mille miettes, et aucun Dieu, aucun accident, aucune volonté ne pourraient jamais rassembler les morceaux, les atomes, les éléments indestructibles qui ont servi à faire le monde.

Dans les quatre siècles révolus depuis l'apparition de la dernière âme dévorante, depuis le dernier homme à connaître le sens de l'extase, il y a eu un déclin constant et régulier de l'homme dans l'art, dans la pensée, dans l'action. Le monde est foutu : il n'en reste pas un pet de lapin. Qui donc de ceux qui ont l'œil avide et désespéré peut avoir le plus infime respect pour ces gouvernements existants, ces lois, ces codes, ces principes, ces idéaux, ces idées, ces totems et ces tabous ? Si quelqu'un savait ce que signifie lire l'énigme de cette chose que l'on appelle aujourd'hui une « fente » ou un « trou », si quelqu'un avait le moindre sentiment de mystère au sujet des phénomènes que l'on étiquette « obscènes », le monde s'ouvrirait en deux. C'est l'horreur obscène, l'aspect desséché, enculé des choses, qui fait que cette civilisation insensée ressemble à un cratère. C'est le grand gouffre, gueule béante du néant, que les esprits créateurs et les mères de la race portent entre leurs jambes. Quand un esprit avide et désespéré apparaît et fait couiner les cobayes, c'est parce qu'il sait où mettre le câble à haute tension du sexe, parce qu'il sait que sous la dure carapace de l'indifférence se cache la plaie hideuse, la blessure inguérissable. Et il met *le câble chargé* bien entre les jambes; il frappe en dessous de la ceinture, il enflamme les tripes même. Rien ne sert de mettre des gants de caoutchouc : tout ce qui peut être froidement et intellectuellement manipulé appartient à la carapace, et un homme qui brûle de créer plonge toujours au-dessous, vers la blessure ouverte, vers l'horreur obscène et infectée. Il accroche sa dynamo aux parties les plus tendres; s'il n'en sort que du sang et du pus, c'est quelque chose. Le cratère desséché et enfilé est obscène. Plus obscène que tout est l'inertie. Plus blasphématoire que le juron le plus sanglant est la paralysie. S'il ne reste qu'une seule blessure béante, il faut qu'elle coule, dût-elle produire rien d'autre que crapauds, chauves-souris et *homunculi*.

Toute chose est contenue dans une seconde qui est consommée ou non consommée. La terre n'est pas un plateau aride de santé et de confort, mais une grande femelle aux membres étendus avec un torse de velours qui s'enfle et se soulève avec les vagues de l'océan; elle frémit sous un diadème de sueur et d'angoisse. Nue et forte de son sexe, elle roule parmi les nuages dans la lumière violette des astres. Tout en elle, depuis ses seins généreux jusqu'à ses cuisses étincelantes, flamboie d'une ardeur furieuse. Elle se meut parmi les saisons et les années avec un grand « Allez-hop! » qui saisit le torse d'un paroxysme de rage qui fait tomber les toiles d'araignées du ciel; elle retombe sur son orbite pivotal avec des frémissements volcaniques. Elle est pareille à une biche parfois, une biche qui serait prise au piège et qui attend, le cœur battant que les cymbales retentissent et que les chiens donnent de la voix. Amour et haine, désespoir, pitié, rage, dégoût — que sont ces choses parmi les fornications des planètes ? Qu'est la guerre, la maladie, la terreur, quand la nuit offre l'extase de myriades de soleils flamboyants ? Qu'est-ce donc que cette paille remâchée dans votre sommeil si elle n'est pas le souvenir des meurtrissures des crocs du serpent et des amas de constellations ?

Elle me disait souvent, Mona, dans ses crises d'exaltation : « Tu es un grand être humain », et bien qu'elle m'ait laissé ici pour y périr, bien qu'elle ait creusé sous mes pieds un grand gouffre hurlant de vide, les mots qui gisent au fond de mon âme bondissent et illuminent les ombres au-dessous de moi. Je suis quelqu'un qui a été perdu dans la foule, à qui les lumières qui fusent ont donné le vertige, un zéro qui a tout vu autour de lui tourné en dérision. Ont passé près de moi des hommes et des femmes allumés de soufre, des portiers en livrée de calcium ouvrant la gueule de l'enfer, la renommée portée par des béquilles, nanifiée par les gratte-ciel, broyée jusqu'au néant par les bouches hérissées des machines. J'ai marché entre les bâtiments géants vers le frais de la rivière et j'ai vu les lumières jaillir entre les côtes des squelettes comme des fusées. Si j'étais vraiment un « grand être humain », comme elle disait, que voulait dire alors cet abrutissement baveux que j'avais autour de moi ? J'étais un homme avec un corps et une âme, j'avais un cœur qui n'était pas protégé par une voûte d'acier. J'avais des moments d'extase et je chantais avec des étincelles brûlantes. Je chantais l'Équateur, ses jambes aux plumes rouges et les îles qui s'en vont à perte de vue. Mais personne n'entendait. Un coup de canon qu'on tire à travers le Pacifique se perd dans l'espace parce que la terre est ronde et que les pigeons volent la tête en bas. Je l'ai vue me regarder à travers la table avec des yeux devenus l'image du chagrin ; la douleur gagnant en profondeur s'aplatissait le nez contre ses vertèbres ; la moelle barattée jusqu'à la pitié était devenue liquide. Elle était légère comme un cadavre qui flotte sur la mer Morte. Ses doigts saignaient d'angoisse et le sang se changeait en bave. Avec l'aube mouillée vint le tintement des cloches et le long des fibres de mes nerfs les cloches jouaient sans arrêt et leurs battants pilaient dans mon cœur et retentissaient avec une malice de fer. Étrange que les cloches tintent ainsi, mais plus étrange encore cet éclatement du corps, cette femme changée en nuit et ses larves de mots rongeant à travers le matelas. Je me mouvais sous l'Équateur, j'entendais le rire hideux de la hyène aux mâchoires vertes, je voyais le chacal à la queue soyeuse et le léopard tacheté, tous laissés dans le jardin du Paradis terrestre. Et alors son chagrin s'élargit, comme l'avant d'un dreadnought et le poids de son naufrage submergea mes oreilles. Remous de vase et glissements de saphirs, s'écoulant le long des neurones gris, et spectre effiloché et les plats-bords plongeant. A pas aussi feutrés que le lion, j'entendis les affûts de canon tourner, je les vis vomir et baver; le firmament s'affaissa et tous les astres devinrent noirs. L'océan noir saignait et les astres accroupis proliféraient des nœuds de chair fraîche-gonflée tandis que dans le ciel les oiseaux tournoyaient et du firmament halluciné tombait la balance et le pilon et le mortier et tes yeux bandés ô Justice! Tout çe qu'on vous raconte ici se meut avec des pieds imaginaires le long des parallèles de planètes moribondes; tout ce qu'on voit avec l'orbite vide éclate comme les fleurs de l'herbe. Du néant surgit le signe de l'infini; au creux des spirales éternellement ascendantes lentement sombre le gouffre béant. La terre et l'eau font des nombres en se joignant, poème écrit avec de la chair, et plus fort que l'acier ou le granit. A travers la nuit sans fin la terre tourbillonne vers une création inconnue...

Aujourd'hui, je suis sorti d'un sommeil profond avec des malédictions joyeuses sur les lèvres, avec ma langue baragouinant, répétant comme une litanie — « *Fay ce que vouldras!... Fay ce que vouldras*[1]*!* » Fais n'importe quoi, mais qu'il en sorte de la joie! Fais n'importe quoi, mais que cela donne l'extase! Tant de choses grouillent dans ma tête quand je me dis cela : images, des gaies, des terribles, des affolantes, le loup

---

[1]. En français dans le texte.

et la chèvre, l'araignée, le crabe, la syphilis avec ses ailes étendues et la porte du vagin toujours sans loquet, toujours ouverte, prête comme la tombe. Luxure, crime, sainteté : la vie de mes chers adorés, les échecs de mes chers adorés, les mots qu'ils ont laissés derrière eux, les mots qu'ils ont laissés inachevés; le bien qu'ils ont entraîné après eux et le mal, le chagrin, la discorde, la rancœur, la lutte qu'ils ont créés. Mais par-dessus tout, l'extase !

Des choses, certaines choses à propos de mes vieilles idoles me font monter les larmes aux yeux : les interruptions, le désordre, la violence, par-dessus tout la haine qu'elles ont suscitée. Quand je pense à leurs difformités, aux styles monstrueux qu'elles choisissaient, à la flatulence et à l'ennui de leurs besognes, au chaos et à la confusion dans lesquels elles se vautraient, aux obstacles qu'elles ont accumulés sur elles-mêmes, je sens venir une exaltation. Elles baignaient toutes dans leur propre fumier. Tous des hommes qui « sur-faisaient ». Cela est si vrai que je suis presque tenté de dire : « Montrez-moi un homme qui " surfait ", et je vous montrerai un grand homme ! » Ce qu'on appelle leur « exagération » est mon aliment : c'est le signe de la lutte, c'est la lutte elle-même avec les fibres qui s'y agrippent, l'aura et l'ambiance de l'esprit discordant. Et quand vous me montrerez quelqu'un qui s'exprime à la perfection, je ne dirai pas qu'il n'est pas grand, mais je dirai que je ne suis pas séduit... Il me manque les défauts qui me rassasient. Quand je pense que la tâche que l'artiste assume implicitement est de renverser les valeurs existantes, de faire du chaos qui l'entoure un ordre qui soit le sien, de semer la lutte et le ferment si bien que par la détente émotive ceux qui sont morts puissent être rendus à la vie, alors je cours avec joie vers les grands qui sont imparfaits, leur confusion me nourrit, leur balbutiement est musique divine à mes oreilles. Je vois dans les pages magnifiquement boursouflées qui font suite aux interruptions, je vois qu'ils ont rayé les mesquines intrusions, les marques de pas sales, si l'on peut dire, des lâches, des menteurs, des voleurs, des vandales, des calomniateurs. Je vois dans les muscles gonflés de leurs gorges lyriques l'effort étourdissant qu'il faut faire pour lancer la roue, pour reprendre l'allure là où l'on s'est arrêté. Je vois que derrière les ennuis et les intrusions quotidiens, derrière la malice mesquine et clinquante des faibles et des inertes, se dresse le symbole du pouvoir décevant de la vie, et que celui qui veut créer l'ordre, celui qui veut semer la lutte et la discorde, parce qu'il est tout imbu de volonté, un tel homme se doit d'être conduit encore et encore au bûcher et au gibet. Je vois que derrière la noblesse de ses gestes se tapit le spectre du ridicule de tout ça — je vois qu'il n'est pas seulement sublime, mais encore absurde.

J'ai cru autrefois que le but le plus élevé qu'un homme se pouvait proposer était d'être humain, mais je vois maintenant que ce but n'avait d'autre raison d'être que de me détruire. Aujourd'hui, je suis fier de dire que je suis *inhumain*, que je n'appartiens ni aux hommes ni aux gouvernements, que je n'ai rien à faire avec les croyances et les principes. Je n'ai rien à faire avec la machinerie grinçante de l'humanité — j'appartiens à la terre! Je le dis couché sur mon oreiller et je peux sentir les cornes qui germent à mes tempes. Je vois autour de moi tous ces ancêtres timbrés qui sont les miens dansant autour du lit, me consolant, m'éperonnant, me cinglant de leurs langues de serpent, ricanant et louchant vers moi de leurs crânes tapis. *Je suis inhumain!* Je le dis avec une grimace folle et hallucinée, et je continuerai de le dire, dût-il pleuvoir des crocodiles! Derrière mes mots se trouvent tous ces crânes ricanant, louchant, tapis, les uns morts ayant un vieux rictus, d'autres ricanant comme s'ils avaient la mâchoire nouée, d'autres ricanant d'une grimace de sourire, avant-goût et regain de ce qui éternellement arrive. Plus clair que tout je vois mon propre crâne ricanant, je vois le squelette qui danse dans le vent, des serpents qui sortent de la langue pourrie et les pages boursouflées d'extase souillées d'excréments. Et je joins mon limon, mes excréments, ma folie, mon extase, au grand circuit qui circule à travers les voûtes souterraines de la chair. Toute cette vomissure gratuite, dont on ne veut pas, vomissure d'ivrogne, coulera sans fin à travers les esprits de ceux qui viendront dans l'inépuisable vaisseau qui contient l'histoire de la race. Côte à côte avec la race humaine, coule une autre race d'individus, les inhumains, la race des artistes qui, aiguillonnés par des impulsions inconnues, prennent la masse amorphe de l'humanité et, par la fièvre et le ferment qu'ils lui infusent, changent cette pâte détrempée en pain et le pain en vin et le vin en chansons. De ce compost mort et de ces scories inertes ils font lever un chant qui contamine. Je vois cette autre race d'individus mettre l'univers à sac, tourner tout sens dessus dessous, leurs pieds toujours pataugeant dans le sang et les larmes, leurs mains toujours vides, toujours essayant de saisir, d'agripper l'au-delà, le Dieu hors d'atteinte : massacrant tout à leur portée afin de calmer le monstre qui ronge leurs parties vitales. Je vois que lorsqu'ils s'arrachent les cheveux de l'effort de comprendre, de saisir l'à-jamais inaccessible, je vois que lorsqu'ils mugissent comme des bêtes affolées et qu'ils éventrent de leurs griffes et de leurs cornes, je vois que c'est bien ainsi, et qu'il n'y a pas d'autre voie. Un homme qui appartient à cette race doit se dresser sur les sommets, le charabia à la bouche, et se déchirer les entrailles. C'est bien et c'est juste, parce qu'il le faut! Et tout ce qui reste en dehors de ce spectacle effrayant, tout ce qui est moins terrifiant, moins épouvantable, moins fou, moins délirant, moins contaminant, n'est pas de l'art. Tout le reste est contrefaçon. Le reste est humain. Le reste appartient à la vie et à l'absence de vie.

Quand je pense à Stavroguine, par exemple, je pense à quelque monstre divin dressé sur un sommet, et qui nous jette ses entrailles lacérées. Dans *Les Possédés* la terre tremble : ce n'est pas la catastrophe qui s'abat sur l'individu imaginatif, mais un cataclysme dans lequel une vaste portion de l'humanité est ensevelie, effacée à jamais. Stavroguine était Dostoïevsky, et Dostoïevsky était la somme de toutes ces contradictions qui paralysent un homme ou le conduisent jusqu'aux sommets. Il n'y avait pas de monde trop bas qu'il n'y entrât, pas d'endroit trop haut qu'il craignît d'y monter. Il parcourait toute la gamme, des abîmes jusqu'aux étoiles. Dommage que nous n'ayons plus jamais l'occasion de voir un homme placé au cœur même du mystère, qui, par les éclairs qu'il jette, illuminerait pour nous la profondeur et l'immensité des ténèbres.

Aujourd'hui, j'ai conscience de ma lignée. Je n'ai pas besoin de consulter mon horoscope ni ma carte généalogique. Ce qui est écrit dans les étoiles ou dans mon sang, je n'en sais rien. Je sais que je jaillis des fondateurs mythologiques de la race. L'homme qui porte la dive bouteille à ses lèvres, le criminel qui s'agenouille sur la place du Marché, l'innocent qui découvre que *tous* les cadavres sans exception puent, le fou qui danse le tonnerre entre les mains, le moine qui soulève les pans de son froc pour pissoter sur le monde, le fanatique qui met les bibliothèques à sac afin de trouver le Verbe — tous sont fondus en moi, tous produisent ma confusion, mon extase. Si je suis inhumain, c'est parce que mon univers a débordé par-dessus ses frontières humaines, parce que n'être qu'humain me paraît une si pauvre, une si piètre, une si misérable affaire, limitée par les sens, restreinte par les systèmes moraux et les codes, définie par les platitudes et les « ismes ». Je verse le jus de la grappe au fond de mon gosier et j'y trouve la sagesse, mais ma sagesse n'est pas née de la grappe, mon ivresse ne doit rien au vin...

Je veux faire le tour de ces hautes chaînes de montagnes arides où l'on meurt de soif et de froid, de cette histoire « extra-temporelle », de cet absolu du temps et de l'espace, où l'on ne trouve ni homme ni bête, ni plante, où l'on va fou de solitude, avec un langage qui n'est que mots, où tout est décroché, débrayé, hors de prise avec le temps. Je veux un monde d'hommes et de femmes, d'arbres qui ne parlent pas (parce qu'il y a trop de bavardage dans le monde comme il est), de fleuves qui vous apportent des pays, non des rivières qui soient des légendes, mais des fleuves qui vous mettent en contact avec des hommes et des femmes, avec l'architecture, la religion, les plantes, les animaux — des fleuves avec des embarcations dessus, des fleuves dans lesquels des hommes se noient, se noient non pas dans les mythes et les légendes et les livres et la poussière du passé, mais dans le temps et dans l'espace et dans l'histoire. Je veux des fleuves qui fassent des océans comme Shakespeare et Dante, des fleuves qui ne tarissent pas dans le vide du passé. Oui, des océans ! Qu'on nous donne d'autres océans, de nouveaux océans, des océans qui créent de nouvelles formations géologiques, de nouvelles perspectives topographiques, et des continents étranges et terrifiants, des océans qui détruisent et préservent en même temps, des océans sur lesquels naviguer, prendre le large vers de nouvelles découvertes, de nouveaux horizons. Ayons encore des océans, encore des soulèvements, des guerres, des holocaustes ! Ayons un monde d'hommes et de femmes avec des dynamos entre les jambes, un monde de fureur naturelle, de passion, d'action, de drame, de rêves, de folie, un monde qui produise l'extase et non des pets de lapin! Je crois qu'aujourd'hui plus que jamais on doit rechercher un livre même s'il n'a qu'une seule belle page : nous devons rechercher les fragments, les éclats, les rognures d'ongles, bref tout ce qui peut contenir un peu de minerai, tout ce qui est capable de ressusciter le corps et l'âme.

Il se peut que nous soyons condamnés, qu'il n'y ait aucun espoir pour nous, *pour personne d'entre nous*, mais s'il en est ainsi, entonnons un dernier hurlement, hurlement de souffrance atroce, à glacer le sang, un cri déchirant de défi, un cri de guerre! Au diable les lamentations! Au diable les élégies et les chants funèbres! Au diable les biographies et les histoires, les bibliothèques et les musées! Que les morts dévorent les morts! Nous les vivants, dansons sur le bord du cratère, dansons une dernière danse d'agonie! Mais que ce soit une danse!

« J'aime tout ce qui coule », dit le grand Milton aveugle de notre temps. Je pensais à lui ce matin quand je me suis éveillé avec un grand cri sanglant de joie : je pensais à ses fleuves et à ses arbres et à tout ce monde de la nuit qu'il est en train d'explorer. Oui, me disais-je, moi aussi j'aime tout ce qui coule : les fleuves, les égouts, la lave, le sperme, le sang, la bile, les mots, les phrases. J'aime le liquide amniotique quand la poche des eaux se crève, j'aime le rein avec ses calculs douloureux, sa gravelle et je ne sais quoi; j'aime l'urine qui jaillit brûlante, et j'aime la blennorragie qui s'écoule indéfiniment; j'aime les mots des hystériques et les phrases qui coulent comme la dysenterie et reflètent toutes les images des maladies de l'âme; j'aime les grands fleuves comme l'Amazone et l'Orinoco, où des hommes timbrés comme Moravagine vont flottant à travers rêve et légende sur un canot et se noient aux bouches aveugles du fleuve. J'aime tout ce qui coule, même le flux menstruel qui emporte les œufs non fécondés. J'aime les écritures qui coulent, qu'elles soient hiératiques, ésotériques, perverses, polymorphes ou unilatérales. J'aime tout ce qui coule, tout ce qui porte en soi le temps et le devenir, tout ce qui nous ramène au commencement où ne se trouve point de fin : la violence des prophètes, l'obscénité qui est extase, la sagesse des fanatiques, le prêtre avec sa litanie gommeuse, les mots ignobles de la putain, la salive qui s'écoule dans le ruisseau de la rue, le lait du sein et le miel amer qui coule de la matrice, tout ce qui est fluide, tout ce qui se fond, tout ce qui est dissous et dissolvant, tout le pus et la saleté qui en coulant se purifient, tout ce qui perd le sens de son origine, tout ce qui parcourt le grand circuit vers la mort et la dissolution. Le grand désir incestueux est de continuer à couler, ne faire qu'un avec le temps, et fondre ensemble la grande image de l'au-delà avec « ici et maintenant ». Désir infatué, désir de suicide, constipé par les mots et paralysé par la pensée.

XIV

L'aube n'était pas loin, ce jour de Noël où nous rentrâmes de la rue d'Odessa avec deux négresses de la compagnie du téléphone. Le feu était éteint et nous étions tous si fatigués que nous nous jetâmes sur le lit tout habillés. La mienne, qui avait bondi comme un léopard toute la soirée, s'endormit profondément dès que je fus sur elle. Pendant quelques instants je besognai sur son corps comme on besogne sur un noyé ou un asphyxié. Puis j'y renonçai et m'endormis profondément moi aussi.

Pendant toutes les fêtes, nous eûmes du champagne le matin, à midi et le soir... du meilleur marché et de grande marque. Au tournant de l'année, je devais partir pour Dijon, où l'on m'avait offert un poste banal de professeur d'anglais d'échange, un de ces arrangements de l'amitié franco-américaine que l'on suppose travailler à la compréhension et à la bonne volonté réciproques des républiques sœurs. Fillmore était plus emballé que moi par cette perspective — il avait de bonnes raisons pour cela. Pour moi, c'était tout juste un transfert d'un purgatoire à un autre. Il n'y avait pas d'avenir; pas même des appointements attachés au poste. On devait s'estimer très heureux de jouir du privilège de répandre l'évangile de l'amitié franco-américaine. C'était là un poste pour fils de riche.

La veille de mon départ, nous avons bien rigolé. Vers l'aube il se mit à neiger; nous vadrouillâmes d'un quartier à l'autre pour dire adieu à Paris. En traversant la rue Saint-Dominique, nous tombons subitement sur une petite place, et voilà l'église Sainte-Clotilde. Les gens allaient à la messe. Fillmore dont la tête était encore un peu embuée, avait envie d'aller aussi à la messe. « Pour rigoler! », comme il me dit. Ça ne me plaisait pas trop; d'abord parce que je n'avais jamais assisté à une messe, et en second lieu parce que j'avais l'air vaseux et me sentais vaseux. Fillmore lui aussi avait un air assez démoli, il était encore moins recommandable que moi : son grand chapeau aux bords baissés était tout de travers, et son pardessus encore saupoudré de la sciure de la dernière boîte où nous avions été. Cependant, en avant marche! Le pire qu'on pouvait nous faire, c'était de nous flanquer à la rue.

Je fus si stupéfait par le spectacle qui me fut offert, que mon malaise s'évanouit. Il me fallut un peu de temps pour m'habituer à la pénombre. Je suivais Fillmore en trébuchant, accroché à sa manche. Un bruit étrange, surnaturel, assaillit mes oreilles, une sorte de bourdonnement sourd qui s'élevait des dalles froides. C'était une tombe immense, lugubre, avec des affligés allant et venant, traînant les pieds. Une espèce d'antichambre du monde infernal. Température dans les 55 ou 60 degrés Fahrenheit. Pas de musique, sauf cette indéfinissable marche funèbre manufacturée dans la cave souterraine — comme si des millions de choux-fleurs gémissaient dans les ténèbres. Des gens enveloppés de linceuls, marmonnant éperdument avec cet air désespéré, découragé, des mendiants en transe qui tendent la main, et bafouillent une inintelligible supplication.

Que cette sorte de chose existât, je le savais, mais on sait aussi bien qu'il existe des abattoirs, des morgues et des salles de dissection. On évite instinctivement ces endroits-là. Dans la rue, j'avais souvent dépassé un prêtre avec son petit bréviaire à la main, en train de rabâcher laborieusement ses versets. *Idiot*, me disais-je en moi-même, et puis c'était tout. Dans la rue, on rencontre toutes les formes de la démence, et le prêtre n'est pas du tout la plus frappante. Deux mille ans de cette histoire nous ont endurcis à la stupidité de tout ça. Cependant, quand on est brusquement transporté au beau milieu de son domaine, quand on voit le petit monde dans lequel le prêtre fonctionne comme un réveille-matin, on est enclin à avoir des sensations entièrement différentes.

Pendant quelques instants, ce salivage et ces contorsions labiales furent presque sur le point d'avoir un sens. Quelque chose se passait, une espèce de pantomime qui, sans me stupéfier complètement, me tenait sous le charme. Dans le monde entier, partout où l'on trouve ces tombes mal éclairées, on rencontre ce spectacle incroyable — la même température médiocre, la même lueur crépusculaire, le même bourdonnement. Partout dans la Chrétienté, à certaines heures fixes, des gens en noir rampent devant l'autel où le prêtre se dresse, un petit livre à la main et une clochette ou un vaporisateur de l'autre, et leur marmonne dans une langue qui, même si elle était compréhensible, ne contient plus un seul lambeau de sens. Il les bénit, très probablement. Il bénit le pays, il bénit le chef de l'État, il bénit les armes à feu et les cuirassés et les munitions et les grenades. Tout autour de lui sur l'autel se trouvent des petits garçons vêtus comme des anges du Seigneur, et qui chantent alto ou soprano. Innocents agneaux. Tous en robes, sans sexe, comme le prêtre lui-même, qui a souvent les pieds plats et qui est myope par surcroît. Un beau charivari épicène! Sexe en suspensoir, en *bi* bémol.

J'en prenais autant que mes yeux pouvaient voir dans la demi-obscurité. Fascinant et stupéfiant à la fois. A travers tout le monde civilisé, pensais-je. A travers le monde entier. Merveilleux! Pluie ou soleil, grêle, neige, tonnerre, éclairs, guerre, famine, peste — ça ne change à rien. Toujours la même médiocre température, le même jargon abracadabrant, les mêmes souliers à tiges, et les petits anges du Seigneur chantant soprano ou alto. Près de la sortie, une petite boîte avec une fente, pour faire marcher la céleste besogne. Afin que la bénédiction de Dieu puisse pleuvoir sur le Roi et le pays et les cuirassés et les explosifs à grande puissance et les tanks et les aéroplanes; afin que le travailleur puisse avoir plus de force dans les bras, force pour égorger les chevaux les vaches et les moutons, force pour percer des trous dans des poutres de fer, force pour coudre des boutons aux culottes des autres, force pour vendre des carottes, des machines à coudre et des automobiles, force pour exterminer les insectes et nettoyer les écuries et décharger les boîtes à ordures et frotter les cabinets, force pour écrire des en-têtes et poinçonner les billets dans le métro. Force... force. Tout ce marmonnage et ces prestidigitations pour fournir un peu de force!

Nous allions d'un endroit à un autre, examinant ce qui se passait avec la lucidité qui survient après une bombe de toute la nuit. Nous avions dû nous faire assez remarquer à traînasser ainsi, le col de nos pardessus remonté, sans jamais faire le signe de la croix et sans remuer les lèvres, sauf pour chuchoter quelque grossière remarque. Peut-être que tout se serait bien passé si Fillmore n'avait insisté pour passer devant l'autel en plein milieu de la cérémonie. Il cherchait la sortie, et il pensa que puisqu'il y était, il pouvait aussi bien jeter un bon coup d'œil au saint des saints, le voir en gros plan pour ainsi dire. Nous étions arrivés sans encombre tout près, et nous nous dirigions vers une raie de lumière qui devait être la sortie, lorsqu'un curé émergea brusquement de la pénombre et nous barra le chemin. Il voulait savoir où nous allions et ce que nous faisions. Nous lui dîmes assez poliment que nous cherchions « *l'exit* ». Nous dîmes « *exit* » parce que sur le moment nous fûmes pris de si court que nous ne trouvâmes pas le mot français pour « *exit* ». Sans un mot de réponse, il nous saisit solidement par le bras et, ouvrant la porte — c'était une porte latérale — il nous donna une poussée et nous voilà trébuchant dans la lumière aveuglante du jour. La chose arriva si soudainement, et de façon si inattendue, que lorsque nous cognâmes contre le trottoir nous étions tout éberlués. Nous fîmes quelques pas, les yeux clignotants, et puis nous nous retournâmes tous deux instinctivement. Le curé était encore debout sur le seuil, pâle comme un spectre, et nous regardant d'un air courroucé comme le diable en personne. Il devait être bougrement fâché! Plus tard, quand j'y repensai, je ne pus pas lui en vouloir. Mais à ce moment, à le voir avec sa longue soutane et sa petite calotte sur le crâne, il me parut si ridicule que j'éclatai de rire. Je me tournai vers Fillmore, et il se mit aussi à rire. Pendant une bonne minute nous restâmes à rire ainsi au nez du pauvre couillon. Il fut si étonné, je crois, que pour quelques instants il resta interdit, ne sachant que faire; brusquement, pourtant, il descendit les marches au pas de course, nous menaçant du poing comme si c'était pour de bon. Quand il sortit de la grille, il était lancé au galop. A ce moment mon instinct de conservation m'avertit qu'il fallait les mettre. Je saisis Fillmore par la manche et me mis à courir. Fillmore me disait, comme un idiot : « Non! Non! Je ne veux pas courir! — Viens, hurlai-je, il vaut mieux foutre le camp! Ce type est complètement cinglé! » Et nous filâmes, aussi vite que nos jambes voulaient nous porter.

Sur le chemin de Dijon, riant encore de cette histoire, mes pensées revinrent à un incident cocasse, assez semblable à celui-là, qui m'arriva pendant mon bref séjour en Floride. C'était pendant le fameux boom où, comme des milliers d'autres, je fus bel et bien baisé. Essayant de m'en sortir, je fus choppé, avec un de mes amis, dans le goulot de la bouteille. Jacksonville, où nous fûmes enfermés pendant environ six semaines, était pratiquement en état de siège. Tous les trimardeurs de la terre, et un tas de types qui n'avaient jamais été sur le trimard auparavant, semblaient avoir dérivé jusqu'à Jacksonville. L'Y.M.C.A., l'Armée du Salut, les casernes des pompiers, les commissariats de police, les hôtels, les pensions, tout était bondé. *Complet*, absolument bondé, et partout des écriteaux à cet effet. Les habitants de Jacksonville étaient si endurcis qu'ils me semblaient cheminer avec des cottes de mailles. C'était la vieille histoire de la boustifaille à nouveau. Bouffer, et trouver un endroit pour roupiller. La boustifaille venait du Sud à pleins trains — oranges, pamplemousses, et toutes sortes de comestibles à jus. Nous avions l'habitude de passer près des hangars de chargement, pour y chercher les fruits pourris — mais même ça devenait rare.

Une nuit, poussé par le désespoir, je traînai mon ami Joe à la synagogue pendant le service. C'était une congrégation réformée, et le rabbin m'impressionna favorablement. La musique me conquit aussi — cette lamentation perçante des Juifs. Dès que le service fut terminé, je m'en allai au bureau du rabbin, et demandai une entrevue. Il me reçut assez bien, jusqu'au moment où l'objet de ma visite lui apparut clairement.

Alors, il fut absolument épouvanté. Je ne lui avais demandé qu'un petit secours, pour mon ami Joe et moi-même. On aurait pu croire, à la façon dont il me regarda, que je lui avais demandé à louer la synagogue pour en faire un jeu de boules. Et le comble, c'est qu'il me demanda de but en blanc si j'étais Juif ou non. Quand j'eus répondu non, il parut outragé, ni plus ni moins! Pourquoi diable étais-je venu à un prêtre juif demander du secours? Je lui dis naïvement que j'avais toujours eu plus de foi dans les Juifs que dans les Gentils. Je le dis avec modestie, comme si c'était là un de mes défauts particuliers. C'était la vérité, aussi! Mais il ne fut pas un brin flatté. Non Mossieu! Il fut horrifié! Pour se débarrasser de moi, il écrivit un mot pour les gens de l'Armée du Salut. « Voilà l'endroit où il faut vous adresser », dit-il, et brusquement il tourna les talons pour s'occuper de ses ouailles.

L'Armée du Salut, naturellement, n'avait rien à nous offrir. Si nous avions eu cinq sous chacun, nous aurions pu louer un matelas sur le parquet. Mais nous n'avions pas un rotin à nous deux. Nous allâmes au Parc et nous couchâmes sur un banc. Il pleuvait, et nous nous couvrîmes avec des journaux. Nous n'y étions pas depuis plus d'une demi-heure, je pense, qu'un flic s'amène et sans un mot d'avertissement nous distribue une telle volée que nous fûmes sur nos pieds en un clin d'œil, et nous mîmes à danser aussi, quoique le cœur n'y était pas! Je me sentais si foutrement endolori et si misérable, si découragé et si pouilleux, après avoir été bastonné sur le cul par cette espèce d'abruti, que j'aurais pu faire sauter l'Hôtel de Ville!

Le lendemain, afin de nous mettre bien avec ces putains de gens charitables, nous nous présentâmes de bonne heure à la porte d'un prêtre catholique. Cette fois, je laissai la parole à Joe. Il était Irlandais, et avait un peu d'accent. Il avait des yeux bleus, très doux, aussi, et il pouvait se faire monter la larme à l'œil quand il le voulait. Une sœur en noir nous ouvrit la porte; elle ne nous fit pas entrer, cependant. Nous dûmes attendre dans le vestibule qu'elle allât chercher le bon père. Il vint au bout de quelques minutes, le bon père, soufflant comme une locomotive. Et qu'est-ce que c'est que nous voulions, à le déranger ainsi à cette heure matinale? Quelque chose à manger, et un endroit pour nous coucher, répondîmes-nous innocemment. Et d'où venions-nous donc, voulut savoir le bon père aussitôt? De New York. Ah! de New York? Alors vous feriez mieux d'y retourner aussi vite que vous le pouvez, les gars, et sans ajouter un autre mot, ce grand saligaud, à la gueule toute bouffie et blême comme un navet, nous claqua la porte au nez.

Une heure plus tard environ, errant à l'aventure comme deux goélettes ivres, nous repassâmes par hasard devant le presbytère. Que Dieu me vienne en aide si ne voilà pas le gros navet à la face immonde sortant à reculons de l'allée dans sa limousine. Et en tournant près de nous, il nous envoya un nuage de fumée dans les yeux. Comme pour nous dire : « Voilà pour vous! » C'était une belle limousine, avec deux roues de rechange à l'arrière et le bon père était assis au volant avec un gros cigare à la bouche. Ça devait être un super-Corona tant il était gros et parfumé ! Il était bien à l'aise le salaud, pas de doute là-dessus ! Je ne pus pas voir s'il avait ses jupes ou non. Je n'aperçus que le jus qui coulait de sa bouche — et le gros cigare avec cet arôme de dix balles !

Tout le long de mon voyage vers Dijon, je me mis à évoquer le passé. Je pensais à toutes les choses que j'aurais pu dire ou faire, que je n'avais ni dites ni faites, dans ces moments amers et humiliants où, demander une croûte de pain, c'est se faire moins qu'un ver. L'estomac creux et la tête bien à moi, je pouvais encore sentir la douleur cuisante de ces insultes et ces injures d'autrefois. Je pouvais encore sentir cette volée sur le derrière que le flic me donna dans le parc — quoique ce fut une simple bagatelle, une petite leçon de danse si on veut ! J'ai vagabondé à travers tous les États-Unis, et jusqu'au Canada et au Mexique. La même histoire partout. Si vous voulez du pain, il faut entrer sous le harnais, il faut marcher au pas de chaîne. Sur toute la terre s'étend un désert gris, un tapis d'acier et de ciment. Production ! Encore des écrous et des boulons, encore du fil de fer barbelé, encore des biscuits pour chiens, encore des faucheuses mécaniques pour pelouse, encore des roulements à billes, encore des explosifs à grande puissance, encore des tanks, des gaz asphyxiants, du savon, de la pâte dentifrice, des journaux, de l'éducation, des églises, des bibliothèques, des musées, encore, encore, encore ! *En avant !* Le temps presse. L'embryon se pousse dans le col de la matrice, et il n'y a même pas un peu de salive pour faciliter le passage. C'est une naissance sèche, qui étrangle. Pas un gémissement, pas un cri! *Salut au monde*[1]*!* Salve de vingt et un coups de canon pétaradant au rectum. « Je porte mon chapeau comme il me plaît, dedans ou dehors », disait Walt. C'était une époque où l'on pouvait encore trouver un chapeau qui vous aille. Mais le temps passe. Pour trouver un chapeau qui vous aille maintenant, il faut marcher au fauteuil électrique. On vous donne une calotte. Elle serre un peu, dites-vous? Peu importe! Elle vous va!

Il faut vraiment être dans un pays étrange comme la France, à parcourir le méridien qui sépare les hémisphères de la vie et de la mort, pour savoir quelles incalculables perspectives s'entrouvrent béantes devant vous. *Le corps électrique! L'âme démocratique! Raz de marée*[2]*!* Sainte Mère de Dieu, que veulent dire ces sornettes? La terre est brûlée et craquelée. Hommes et femmes vont ensemble, comme des nichées de vautours sur une charogne, s'appareillant, puis se séparant. Vautours tombés des nuages comme de pesantes pierres. Serres et bec, voilà ce que nous sommes! Énorme appareil intestinal avec un nez pour la charogne. *En avant!* En avant sans pitié, sans compassion, sans amour, sans pardon! Ne demandez pas quartier, et ne donnez pas quartier! Encore des cuirassés, encore des gaz asphyxiants, encore des explosifs à grande

1. En français dans le texte.
2. Walt Whitman

puissance! Encore des gonocoques! Encore des streptocoques! Encore des machines à bombarder! Encore et encore!... jusqu'à ce que toute la putain de boutique vole en éclats, et la terre avec!

En descendant du train, je sus immédiatement que j'avais commis une erreur fatale. Le lycée était à peu de distance de la gare; je descendis la rue principale dans la pénombre grise d'un après-midi d'hiver, cheminant à tâtons vers ma destination. Il tombait quelques flocons de neige, les arbres étincelaient de glaçons. Passai devant deux immenses cafés vides, qui avaient l'air de lugubres salles d'attente. Tristesse silencieuse, vide : voilà l'impression que j'eus. Ville sans ressource, insignifiante, où l'on fabrique des tonnes de moutarde, que l'on livre dans des cuves, des tonneaux, des barils, des jarres et des petits pots à l'air malin.

Le premier coup d'œil au lycée me fit frissonner. Je me sentais si hésitant, que devant la porte je m'arrêtai pour débattre si j'entrerais ou non. Mais comme je n'avais pas l'argent d'un billet de retour, ça ne servait pas à grand-chose de débattre le problème. Je pensai un instant à envoyer un télégramme à Fillmore, mais j'étais bien embarrassé pour savoir quelle excuse donner. La seule chose à faire était d'entrer les yeux fermés.

Il se trouva que M. le Proviseur était sorti — c'était son jour de congé, me dit-on. Un petit bossu s'avança et s'offrit pour m'escorter au bureau de M. le Censeur, le chef en second. Je marchai un peu derrière lui, fasciné par la façon grotesque dont il boitillait.

C'était un petit monstre, comme on peut en voir sur les porches de n'importe quelle cathédrale de quatre sous en Europe.

Le bureau de M. le Censeur était vaste et nu. Je m'assis dans une chaise au dossier rigide, à attendre, pendant que le bossu se précipitait à sa recherche. Je me sentais presque chez moi. L'atmosphère de l'endroit me rappelait avec force certains bureaux de bienfaisance, là-bas, aux États-Unis, où je restais pendant des heures à attendre que quelque imbécile vasouillard vint me faire subir un contre-interrogatoire.

Soudain la porte s'ouvrit, et, le pas sautillant, M. le Censeur entra, fièrement cabré. Je fis tous mes efforts pour arrêter un petit rire. Il portait exactement la même redingote que Boris, et, par-dessus le front, étaient plaquées deux mèches de cheveux plats, séparés par une raie, comme Smerdiakov aurait pu en porter. Grave et frêle, avec un œil de lynx, il ne gaspilla pas des mots de bienvenue avec moi. Tout de suite, il tira les feuilles sur lesquelles étaient inscrits d'une écriture méticuleuse les noms des élèves, les heures, les classes, etc. Il me dit combien de bois et de charbon j'avais le droit de recevoir, après quoi il m'informa promptement que j'étais libre de faire ce qui me plaisait à mes heures de loisir. C'était la première chose agréable qui sortait de ses lèvres. Cela me parut si rassurant que je m'empressai de dire une prière pour la France — pour l'armée et la marine, le système éducatif, les bistrots, et toute la sacrée boutique.

Ces formalités cocasses terminées, il agita une petite

clochette, sur quoi le bossu réapparut aussitôt pour m'escorter au bureau de M. l'Économe. L'atmosphère y était quelque peu différente. Ça faisait assez bureau d'expéditions, avec des connaissements et des tampons de caoutchouc partout, et des employés au visage en mie-de-pain gribouillant à perte de vue, avec des plumes boiteuses, sur d'énormes registres encombrants. Ma portion de charbon et de bois m'ayant été distribuée, en avant! le bossu et moi, poussant une brouette, en direction du dortoir. Je devais avoir une chambre au dernier étage, dans la même aile que les *pions*[1]. La situation revêtait un aspect humoristique. Je me demandais quoi diable pouvait encore m'attendre. Peut-être un crachoir! Tout ça avait un petit relent de préparatifs pour une campagne; les seules choses qui manquaient étaient le sac et le fusil — et la plaque d'identité.

La chambre qui m'était assignée était assez grande, avec un petit poêle auquel était fixé un tuyau tordu faisant un coude, juste au-dessus du plumard en fer. Un grand coffre pour le bois et le charbon se trouvait près de la porte. Les fenêtres donnaient sur une rangée de petites maisons désolées, toutes en pierres, où habitaient l'épicier, le boulanger, le cordonnier, le boucher, etc. — tous des butors à l'air idiot. Je jetai un coup d'œil par-dessus les toitures vers les collines dénudées où passait un train à grand bruit de ferraille. Le sifflement strident de la locomotive retentit, morne et saccadé.

[1]. En français dans le texte.

Après que le bossu m'eût allumé le feu, je m'informai de la bectance. Il n'était pas tout à fait l'heure du dîner. Donc, je m'étendis sur le lit, sans quitter mon pardessus, et ramenai les couvertures sur moi. A côté de moi, se trouvait l'éternelle table de nuit rachitique, où l'on cache le pot de chambre. Je mis le réveil sur la table, et regardai les minutes tique-tacquer. Dans ce puisard de chambre, filtrait une lumière bleuâtre venant de la rue. J'écoutais les wagons de marchandise passer à grand fracas, tout en contemplant d'un regard vide le tuyau du poêle, au coude maintenu par des bouts de fil de fer. La caisse à charbon m'intriguait. Je n'avais jamais de ma vie occupé une chambre avec une caisse à charbon. Et jamais de ma vie je n'avais allumé un feu ni fait travailler des enfants. Pas plus d'ailleurs que je n'avais travaillé sans être payé. Je me sentais libre et enchaîné en même temps... comme avant les élections, lorsque toutes les crapules ont été nommées, et qu'on vous supplie de voter pour le type qu'il faut. J'avais le sentiment d'être un homme à la louée, un factotum, un chasseur, un pirate, un galérien, un pédagogue, un ver et un pou. J'étais libre, mais mes membres étaient entravés. Ame démocratique avec un ticket gratuit pour les repas, mais sans pouvoir de locomotion, sans voix. Je me sentais comme une méduse clouée sur une planche. Et surtout, j'avais faim. Les aiguilles avançaient lentement. Encore dix minutes à tuer avant que ne retentît l'alerte au feu! Les ombres de la chambre s'épaississaient. Le silence devenait effrayant, immobilité tendue de tout, qui bandait mes nerfs.

Des traces de neige étaient encore accrochées aux carreaux. Au loin, une locomotive fit retentir un cri aigu. Puis, un silence de mort retomba. Le poêle avait commencé à prendre, mais aucune chaleur n'en venait. Je craignis de m'être endormi et d'avoir manqué le dîner. Ça voudrait dire qu'il faudrait passer toute la nuit éveillé, le ventre creux! J'en conçus une peur panique.

Juste un instant avant que le gong ne sonnât, je bondis hors du lit et, fermant la porte à clé derrière moi, je déboulinai l'escalier jusque dans la cour comme une flèche. Là, je me perdis. Une cour, une autre cour; un escalier, un autre escalier. J'entrais et je sortais, tous les bâtiments l'un après l'autre, cherchant frénétiquement le réfectoire. Je passai à côté d'une longue file de jeunes gens marchant en rangs vers Dieu sait où; ils allaient comme des prisonniers enchaînés, avec un garde-chiourme à la tête de la colonne. Finalement, je rencontrai un individu à l'air énergique, avec un melon, se dirigeant de mon côté. Je l'arrêtai pour lui demander où se trouvait le réfectoire. Par hasard, j'avais arrêté celui qu'il fallait. C'était M. le Proviseur, et il parut enchanté d'être tombé sur moi. Il voulut savoir tout de suite si j'étais installé confortablement, s'il pouvait faire quelque chose de plus pour moi. Je lui dis que tout était parfait. Sauf que, il faisait un tout petit peu froid, eus-je le courage de dire. Il m'assura que c'était plutôt exceptionnel, ce temps-là. De temps en temps on avait du brouillard et un peu de neige, et alors c'était désagréable un moment, et patati et patata... Et il me tenait toujours par le bras, tout en me conduisant vers le réfectoire. Il me parut un très chic type. Un vrai copain, pensai-je en moi-même. J'allai même jusqu'à imaginer que le ménage irait bien avec lui plus tard, et qu'il m'inviterait chez lui par une âpre nuit d'hiver et me ferait un grog brûlant. J'imaginai toutes sortes de choses amicales dans les quelques instants qu'il nous fallut pour arriver à la porte du réfectoire. Là, mon esprit galopant à une vitesse folle, il me serra brusquement la main et, ôtant son chapeau hop! me souhaita le bonsoir. Je fus si étonné, que je soulevai aussi mon chapeau hop! C'était la chose à faire. Je m'en aperçus par la suite. Toutes les fois qu'on rencontre un prof., ou même M. l'Économe, hop! on soulève son chapeau. On peut passer une douzaine de fois par jour à côté du même type. Ça ne fait rien. Il faut faire le salut, hop! même si votre chapeau est usé. C'est la politesse à faire, hop!

En tout cas, j'avais trouvé le réfectoire. Il ressemblait à une clinique des quartiers pauvres, avec ses murs à carreaux rouges, ses lampes nues, ses tables de marbre. Et, naturellement, un énorme poêle avec un tuyau coudé. Le dîner n'était pas encore servi. Un boiteux entrait et sortait en courant avec des plats et des couteaux et des fourchettes et des bouteilles de vin. Dans un coin, il y avait des jeunes gens conversant avec animation. Ils me firent une réception très cordiale. Presque trop cordiale, vraiment. Je ne pouvais tout à fait comprendre. En un clin d'œil, la salle se remplit; on me présenta de l'un à l'autre en vitesse. Puis, ils formèrent un cercle autour de moi, et, remplissant les verres, se mirent à chanter :

> *L'autre soir l'idée m'est venue*
> *Cré nom de Zeus d'enculer un pendu ;*
> *Le vent se lève sur la potence,*
> *Voilà mon pendu qui se balance,*
> *J'ai dû l'enculer en sautant,*
> *Cré nom de Zeus on n'est jamais content.*
>
> *Baiser dans un con trop petit,*
> *Cré nom de Zeus on s'écorche le vit ;*
> *Baiser dans un con trop large,*
> *On ne sait pas où l'on décharge ;*
> *Se branler étant bien emmerdant,*
> *Cré nom de Zeus on n'est jamais content* [1].

Là-dessus, Quasimodo annonça le dîner.

C'était des joyeux drilles, *les surveillants* [2]. Il y avait Kroa qui éructait comme un porc et lâchait toujours un pet sonore quand il s'asseyait à table. Il pouvait péter treize fois de suite, me dit-on. Il tenait le record. Puis il y avait M. le Prince, un athlète qui aimait porter un smoking le soir quand il allait en ville ; il avait un teint magnifique, comme une fille, et ne touchait jamais au vin, ni ne lisait rien qui pût lui charger la cervelle. Près de lui, était assis Petit Paul, un du Midi, qui ne pensait qu'aux poules tout le temps ; il nous disait tous les jours : « *à partir de jeudi je ne parlerai plus*

1, 2. En français dans le texte.

376

de femmes[1] ». Lui et M. le Prince étaient inséparables. Puis, il y avait Passeleau, un vrai chenapan qui étudiait la médecine et empruntait à droite et à gauche; il parlait sans cesse de Ronsard, Villon et Rabelais. En face de moi était assis Mollesse, l'agitateur et l'organisateur des pions, qui voulait à tout prix peser la viande, pour voir s'il ne manquait pas quelques grammes. Il occupait une petite chambre à l'infirmerie. Son ennemi juré était M. l'Économe, ce qui ne lui faisait pas honneur particulièrement, puisque tout le monde détestait ce personnage. Pour compagnon, Mollesse avait un certain Le Pénible, un type à l'air coriace, avec un profil de faucon, qui pratiquait la plus stricte économie et servait de banquier. Il était pareil à une gravure d'Albert Dürer — image composite de tous les diables sévères, aigres, moroses, amers, infortunés, malheureux et introspectifs qui composent le panthéon des chevaliers allemands médiévaux. Un Juif, sans aucun doute. Quoi qu'il en soit, il fut tué dans un accident d'automobile peu après mon arrivée, circonstance qui me fit gagner vingt-trois francs. A l'exception de Renaud qui était assis à côté de moi, tous les autres se sont effacés de ma mémoire. Ils appartenaient à cette catégorie d'individus incolores qui constituent le monde des ingénieurs, des architectes, des dentistes, des pharmaciens, des professeurs, etc. Il n'y avait rien en eux qui pût les distinguer des mottes de terre sur lesquelles ils essuieraient leurs chaussures plus tard. Ils étaient des zéros dans tous

---

1. En français dans le texte.

les sens du mot, des chiffres qui forment le noyau d'une bourgeoisie respectable et lamentable. Ils mangeaient la tête dans leur assiette, et étaient les premiers à réclamer du rabiot. Ils avaient le sommeil profond, et ne se plaignaient jamais; ils n'étaient jamais ni gais ni misérables. Les indifférents que Dante a consignés dans le vestibule de son Enfer. Le dessus du panier.

C'était la coutume après le dîner d'aller immédiatement en ville, à moins qu'on ne soit de service au dortoir. Au centre de la ville, il y avait les cafés — immenses salles lugubres où les marchands somnolents de Dijon se réunissaient pour jouer aux cartes et écouter la musique. Il faisait chaud dans les cafés, c'est tout ce que je puis dire à leur avantage. Les sièges étaient confortables aussi. Et il y avait toujours quelque putain qui, pour un bock ou une tasse de café, venait s'asseoir et faire la causette avec vous. La musique, d'autre part, était atroce. Quelle musique! Par une nuit d'hiver, dans un sale trou comme Dijon, rien ne peut être plus assommant, plus suppliciant pour les nerfs, que les sons d'un orchestre français. Surtout un de ces lugubres orchestres de femmes, où tout sort en piaulements et en pets, avec un rythme sec, algébrique, et la consistance hygiénique de la pâte dentifrice. Ça ronfle et ça gratte à tant de francs l'heure, et que le diable emporte celle qui lambine! Quelle tristesse! Comme si le vieil Euclide s'était dressé sur ses pattes de derrière pour avaler de l'acide prussique. Le royaume tout entier de l'Idée est si totalement exploité par la raison qu'il n'en reste rien pour y faire de la musique, sauf les feuilletages de l'accordéon à travers lequel le vent siffle, déchirant l'éther en lambeaux. Cependant, parler de musique à propos de ce poste avancé où j'étais, c'est comme rêver de champagne quand on est dans la cellule du condamné à mort. La musique était le dernier de mes soucis. Je ne pensais même pas aux femmes, tellement tout était lugubre, glacé, dénudé, grisaille. En rentrant le premier soir, je remarquai sur la porte d'un café une inscription tirée de *Gargantua*. A l'intérieur, le café ressemblait à une morgue. Malgré tout, en avant, marche, bourrique!

J'avais beaucoup de loisirs, et pas un rotin à dépenser. Deux ou trois heures de classes de conversation par jour, et c'était tout. Et à quoi donc ça servait d'apprendre l'anglais à ces pauvres couillons? J'en avais mal au cœur pour eux! Tout le matin à chiader sur la *Chevauchée de John Gilpin*, et l'après-midi, les voilà chez moi à pratiquer une langue morte! Je pensais à tout le bon temps que j'avais gaspillé à lire Virgile, ou à patauger dans des couillonnades aussi incompréhensibles que *Hermann und Dorothea*. Quelle folie! Le savoir, corbeille à pain vide! Je pensais à Carl qui peut réciter *Faust* en commençant par la fin, et qui n'écrit jamais un livre sans en faire tout un plat sur son Gœthe incorruptible et immortel. Et pourtant ce type-là n'était pas assez malin pour se procurer une riche pouffiasse qui lui permettrait de changer de linge de corps. Il y a quelque chose d'obscène dans cet amour du passé qui finit par des files de gens faisant la queue pour avoir du pain et par les cagnas des tranchées. Quelque chose d'obscène dans tout ce raffut spirituel qui permet à un crétin d'asperger d'eau bénite les grosses Berthas, les dreadnoughts et les explosifs. Tout homme qui a des classiques plein le bide est un ennemi de la race humaine!

Et voilà! J'étais supposé répandre l'évangile de l'amitié franco-américaine — j'étais l'émissaire d'un cadavre qui, après avoir pillé de tous côtés, après avoir causé des souffrances et des misères indicibles, rêvait d'établir la paix universelle. Pfuit! De quoi voulaient-ils donc que je parle, je me le demande! Des *Feuilles d'herbe?* des barrières douanières, de la Déclaration d'Indépendance, de la dernière guerre des gangsters? De quoi? de quoi? j'aimerais bien le savoir! Eh bien, j'aime autant vous le dire, je n'ai jamais soufflé mot de ces choses-là! J'ai commencé séance tenante par une leçon sur la physiologie de l'amour. Comment les éléphants faisaient l'amour — et les voilà servis! Le succès fut étourdissant. Le second jour, pas un banc de vide. Après cette première leçon d'anglais, ils étaient tous à la porte à m'attendre. Nous étions copains comme cochons. Ils me posaient toutes sortes de questions, comme s'ils n'avaient jamais rien appris de leur garce de vie. Je les laissais pétarader leurs questions. Je leur appris à m'en poser d'autres encore plus épineuses. *Demandez n'importe quoi :* telle était ma devise! Je suis ici le plénipotentiaire des esprits libres. Je suis ici pour créer une force et un ferment. « De quelque manière, dit un astronome éminent, l'univers matériel semble passer comme un conte qui vous est conté, et se dissoudre dans le néant comme une vision. » Tel semble être le sentiment général qui soustend le panier à pain vide du savoir. Moi-même, je n'y crois pas. Je ne crois pas à une seule des sornettes que ces abrutis essayent de nous faire ingurgiter.

Entre les heures de travail, si je n'avais rien à lire, j'allais au dortoir bavarder avec les pions. Ils étaient délicieusement ignorants de tout ce qui se passait — surtout dans le domaine de l'art. Presque aussi ignorants que les élèves eux-mêmes. C'était comme si j'étais entré dans une petite maison de fous privée, sans aucun écriteau pour indiquer la sortie. Parfois, je rôdais furtivement sous les arcades, à regarder les gosses défiler avec d'énormes quignons de pain fourrés dans leurs gueules mal lavées. J'avais toujours faim moi-même, puisqu'il m'était impossible d'aller au petit déjeuner que l'on prenait à une heure impie le matin, juste au moment où le lit devient croustillant. Énormes bols de café bleu, avec des quignons de pain blanc, sans beurre pour les accompagner. A midi, des haricots ou des lentilles, avec des morceaux de viande dedans pour leur donner un air appétissant. Nourriture digne de forçats à la chaîne, de casseurs de cailloux. Même le vin était miteux. Les choses étaient ou bien diluées, ou bien boursouflées. C'était des calories, mais pas de la cuisine. M. l'Économe était responsable de tout ça. Du moins, on le disait. Je ne le crois pas non plus. Il était payé pour nous tenir la tête au-dessus de la ligne de flottaison. Il ne s'inquiétait pas de savoir si nous souffrions d'hémorroïdes ou d'ulcères; il ne s'inquiétait pas de savoir si nous avions le palais délicat ou des intestins de loup. Pourquoi l'aurait-il fait? Il était loué à tant de grammes la portion pour produire tant de kilowatts d'énergie. Tout en termes de chevaux-vapeur. C'était tout soigneusement calculé dans d'épais registres, où des employés au visage de carton-pâte scribouillaient à longueur de journée. *Doit* et *Avoir*, avec une ligne rouge au milieu de la page.

A rôdailler autour de la cour le ventre creux, la plupart du temps, je me sentais devenir légèrement dingo. Comme Charles le Fou, le pauvre diable! — seulement, je n'avais pas d'Odette Champsdivers pour jouer à touche-pipi. La moitié du temps, il me fallait mendier des cigarettes aux élèves, et, pendant les leçons, il m'arrivait de mâcher un morceau de pain sec avec eux. Comme mon feu s'éteignait tout le temps, j'eus bientôt usé ma ration de bois. C'était le diable pour extirper un peu de bois à force de cajoleries aux scribouilleurs des registres. Finalement, ça me mettait dans une telle rogne que je sortais dans la rue et ramassais des débris de bois, comme un chiffonnier! C'est stupéfiant comme on trouve peu de bois dans les rues de Dijon! Cependant, ces petites expéditions de ravitaillement me conduisaient dans d'étranges endroits. J'en vins à connaître la petite rue qui a reçu le nom d'un certain M. Philibert Papillon — un musicien mort, je crois — où il y avait toute une nichée de bordels. Là, c'était toujours un peu plus sympathique : il y avait des odeurs de cuisine, et du linge étendu à sécher. Une fois ou deux, j'aperçus une de ces pauvres idiotes qui attendaient le client dans leur chambre. Elles me parurent mieux et plus à l'aise que les pauvres bougresses du centre de la ville contre lesquelles je me cognais toutes les fois que je visitais un grand magasin. J'y allais souvent pour me réchauffer. Elles aussi, je suppose. Elles cherchaient quelqu'un pour leur payer un café. Elles avaient l'air un peu timbrées, avec ce froid et la solitude. Toute la ville avait l'air un peu timbrée aussi, quand le bleu du soir tombait sur elle. On pouvait aller et venir sur la grande artère tous les jeudis de la semaine jusqu'au Jugement Dernier sans rencontrer une âme expansive! Soixante ou soixante-dix mille habitants, et peut-être plus, enveloppés dans des tricots et des caleçons de laine, et nulle part où aller, et rien à faire. Produire de la moutarde à la charrette. Orchestres de femmes moulant et remoulant *La Veuve joyeuse*. Argenterie dans les grands hôtels. Le palais ducal pourrissant, pierre à pierre, membre après membre. Les arbres grinçant de froid. Un incessant tapage de sabots de bois. L'Université célébrant la mort de Gœthe ou la naissance, je ne sais plus bien (généralement, c'est la mort qu'on célèbre!) En tout cas, une idiotie. Tout le monde à bâiller et à s'étirer.

En entrant dans la cour par la grande allée, un sentiment d'insondable futilité m'envahissait toujours Dehors, c'était blême et vide; dedans, blême et vide. Une stérilité écumeuse était épandue sur la ville, un brouillard de science livresque. Scorie et cendres du passé. Tout autour des cours intérieures, étaient distribuées les salles de classe, petites cabines comme on pourrait en voir dans les forêts nordiques, où les pédagogues lâchaient les rênes à leurs vices. Sur le tableau, le futile abracadabra que les futurs citoyens de la République devraient passer leur vie à oublier. De temps en temps, les parents étaient reçus dans le grand parloir; à côté de la grande allée, où il y avait les bustes des héros de l'antiquité, comme Molière, Racine, Corneille, Voltaire, etc. tous les épouvantails que les ministres mentionnent d'une lèvre humide chaque fois qu'un immortel s'ajoute aux figures de cire. (Pas de buste de Villon, pas de buste de Rabelais, pas de buste de Rimbaud). Quoi qu'il en soit, ils se rencontraient là en conclave solennel, les parents et les pompiers que l'État appointe pour infléchir les esprits des jeunes. Toujours ce même procédé d'infléchissement, ce tripotage du paysage pour rendre l'esprit plus attrayant. Et les jeunes gens y venaient aussi de temps à autre — petits tournesols que l'on transplanterait bientôt de la chambre d'enfant pour aller décorer les pelouses municipales. Quelques-uns d'entre eux ne valaient pas mieux que des plantes de caoutchouc que l'on époussette aisément avec une chemise déchirée. Et tous se branlant à corps perdu dans les dortoirs dès que la nuit venait. Les dortoirs! où les lumières rouges luisaient, où la cloche sonnait comme une alarme à l'incendie, où les marches étaient creusées par la ruée pour atteindre aux petites cellules d'enseignement!

Et puis, il y avait les profs! Pendant les quelques premiers jours, je m'avançais jusqu'à leur serrer la main à quelques-uns d'entre eux; et naturellement, il y avait toujours le petit coup de chapeau, hop! toutes les fois qu'on se rencontrait sous les arcades.

Mais quant à parler à cœur ouvert, quant à s'en aller ensemble jusqu'au coin trinquer un coup, rien à faire! C'était simplement inimaginable! La plupart avaient l'air d'être dévorés de je ne sais quelle trouille. Quoi qu'il en soit, j'appartenais à une autre classe. Ils n'auraient même pas partagé une merde sèche avec mes pareils! Ça me foutait dans une telle rage rien que de les regarder, que je les maudissais in petto toutes les fois que j'en voyais un venir. Je m'accotais contre un pilier, la cigarette au coin du bec et le chapeau sur les yeux, et quand ils passaient à bonne distance, pour les saluer je lâchais un bon jet de salive, et hop! coup de chapeau! Je ne me donnais même pas la peine d'ouvrir le bec et de leur dire bonjour. A mi-voix, je disais simplement : « Va te faire enculer, vieux con! » et ça suffisait.

Au bout d'une semaine, il me sembla que j'avais été là toute ma vie. C'était comme un affreux putain de cauchemar dont on ne peut pas se débarrasser. J'en tombais dans le coma rien que d'y penser. Et je n'étais là que depuis quelques jours! La nuit tombe. Les gens déguerpissent comme des rats chez eux, sous les becs de gaz embrumés. Les arbres étincellent avec une malice de diamant. Je repassais tout ça dans ma tête, mille et mille fois. De la gare au lycée, c'était comme une promenade à travers le couloir de Dantzig, aux bords mal rognés, plein de crevasses, tout couturé de nerfs. Ruelle pleine d'ossements desséchés, de silhouettes recroquevillées, apeurées, ensevelies sous des linceuls. Échine faite d'arêtes de sardines. Le lycée lui-même semblait émerger d'un lac de neige légère, montagne la tête en bas, la pointe dirigée vers le centre de la terre, où Dieu, ou le Diable, travaille à corps perdu dans sa camisole de force, à broyer sa mouture pour ce paradis qui n'est qu'un rêve mouillé. Je ne me souviens pas que le soleil ait jamais brillé. Je ne me souviens de rien d'autre que de ces brouillards gras et froids, venus des marécages glacés là-bas, dans ces régions où les rails du chemin de fer s'en allaient creusant des sillons à travers les collines spectrales. En bas, près de la gare, se trouvait un canal, ou était-ce une rivière ? qui s'enfuyait sous un ciel jaune, avec de petites cahutes plaquées contre le rebord surélevé de ses rives. Il y avait une caserne quelque part aussi, la chose me frappa, parce que de temps à autre je rencontrais de petits bonhommes jaunes venus de la Cochinchine — nains frétillants au visage couleur d'opium, qui faisaient coucou dans leurs uniformes trop vastes, pareils à des squelettes colorés empaquetés dans de la bourre d'emballage. Le satané caractère médiéval de la ville était là à vous chatouiller férocement et à s'agiter sans arrêt, avec des balancements accompagnés de gémissements sourds, bondissant sur vous du bord des toitures, suspendu comme des criminels au cou rompu sur les gargouilles. Je ne cessais de me retourner tout le temps, je marchais comme un crabe que l'on asticote avec une fourchette sale. Tous ces petits monstres gras, ces effigies en médaillon de pierre collées sur la façade de l'église Saint-Michel, me suivaient le long des ruelles tortueuses et à tous les coins. La façade tout entière de Saint-Michel semblait s'ouvrir comme un album la nuit, vous laissant face à face avec les horreurs de la page imprimée. Quand les lumières s'éteignaient et que les caractères s'effaçaient, devenaient plats, morts comme des mots, alors elle était magnifique, cette façade. Dans chaque crevasse du vieux fronton noueux, il y avait les accents solennels et sourds du vent nocturne, et sur la dentelure déchiquetée des vêtements froids et roides, coulait comme une bave d'absinthe toute embuée de brouillard et de givre.

Là où se trouvait l'église, tout semblait retourné sens devant derrière. L'église elle-même, des siècles de progrès dans la pluie et dans la neige avaient dû la retourner sur sa base. Elle gisait sur la place Edgar-Quinet, accroupie contre le vent, comme un mulet crevé. Le long de la rue de la Monnaie, le vent se ruait comme une chevelure blanche follement agitée; il tourbillonnait autour des poteaux qui obstruaient le passage aux omnibus et aux attelages de la Malle des Indes. Si je sortais par cette porte aux petites heures, il m'arrivait de tomber sur M. Renaud qui, enveloppé dans son capuchon comme un moine glouton, me faisait des ouvertures dans la langue du XVIe siècle. Emboîtant le pas à M. Renaud, comme la lune éclatait à travers le ciel graisseux pareille à un ballon crevé, je tombais immédiatement dans le royaume du transcendantal. M. Renaud avait un langage précis, sec comme des pruneaux, avec une lourde voix de basse pegnotique. Il se jette sur moi lance baissée, au sortir de Goethe ou de Fichte, avec des intonations profondes qui grondaient dans les coins venteux de la place comme des coups de tonnerre de l'année d'avant. Hommes du Yucatan, hommes de Zanzibar, hommes de la Terre de Feu, sauvez-moi de cette couenne glauque! Le Septentrion s'entasse autour de moi, fiords glaciaux, crêtes à l'extrémité bleue, lumières folles, obscène charabia chrétien qui s'étend comme une avalanche depuis l'Etna jusqu'à la mer Égée. Tout est gelé, dur comme de l'écume, l'esprit est enchaîné et tout blanc de givre, et à travers les mélancoliques paquets de savant déconnage, j'entends le gargouillis étouffant des saints dévorés par les poux. Je suis tout blanc et enveloppé de laine, je suis emmailloté, entravé, j'ai le jarret coupé, mais je n'y suis pour rien. Blanc jusqu'à l'os, mais avec une base froide alcali, avec le bout des doigts safran. Blanc, oui, mais pas frère du savoir, pas cœur catholique. Blanc et impitoyable, comme les hommes qui avant moi firent voile des bords de l'Elbe. Je me tourne vers la mer, vers le ciel, je me tourne vers ce qui est inintelligible, vers ce qui est si proche et si lointain.

La neige sous les pieds s'éparpille au gré du vent, vole, chatouille, pique, volète, tourbillonne et s'élève, retombe en giboulées, en flocons épars, en gerbes d'écume. Pas de soleil, pas de grondement de ressac, pas de houle de brisants. La bise glacée, hérissée de dards acérés, aiguilles de glace, maligne, vorace, dévastatrice, paralysante. Les rues s'en vont en tournant sur leurs coudes tordus, elles fuient le regard rapide, le coup d'œil sévère. Elles s'en vont en boitillant le long du treillis enneigé des façades, faisant tourner l'église sens devant derrière, fauchant les statues, aplatissant les monuments, déracinant les arbres, raidissant l'herbe, suçant le parfum de la terre. Les feuilles sont ternes comme du ciment, feuilles qu'aucune rosée ne fera resplendir. Aucun clair de lune n'argentera jamais leur indifférente matité. Les saisons en sont venues au point mort, les arbres blêmissent et se dessèchent, les wagons roulent dans des ornières de mica avec des grondements sourds et glissants comme des pincements de harpe. Dans la cuvette des collines aux blancs sommets, sommeille un Dijon fantômatique et invertébré. Pas un homme vivant qui se promène à travers la nuit, excepté les esprits inquiets qui s'en vont vers le sud en direction des entrecroisements de saphir des tropiques. Et pourtant me voici debout en route, fantôme qui marche, homme blanc terrorisé par la froide raison de cette géométrie d'abattoir. Qui suis-je ? Qu'est-ce que je fais ici ? Je tombe entre les murailles froides de la malignité humaine, blanche silhouette qui bat des ailes, sombrant jusqu'au fond du lac glacé, avec une montagne de crânes au-dessus de moi. Je m'installe dans les latitudes glacées, sur les marches de craie barbouillées d'indigo. Les corridors obscurs de la terre reconnaissent mon pas, sentent un pied en marche, une aile en mouvement, un halètement de terreur et d'angoisse. J'entends qu'on décortique et qu'on hachote le savoir, les chiffres montent vers le ciel, les chauves-souris lâchent leurs ordures et font claquer dans l'air leurs ailes en carton doré ; j'entends les trains entrer en collision, les chaînes cliqueter, les locomotives chouchoquer, renacler, renifler, lâcher leur vapeur et purger leur eau. Toutes choses m'arrivent à travers le brouillard clair avec l'odeur de la répétition, dans un brouillamini jaune et confus de trente-six chandelles et cul par-dessus tête. Au centre immobile et sans vie, loin au-dessous de Dijon, loin au-dessous des régions hyperboréennes, se dresse le dieu Ajax, attelé de l'épaule à la meule, et les olives craquent sous la pierre, et l'eau verte et gluante est toute grouillante de coassants batraciens.

Le brouillard et la neige, la froide latitude, le pesant savoir, le café bleu, le pain sans beurre, la soupe aux lentilles, les fayots indigestibles, le fromage rance, le rata spongieux, le vin miteux, tout cela avait collé une constipation carabinée à tout le pénitencier. Et au moment où tout le monde était bourré de merde, voilà que le gel se met aux tuyaux des chiottes. La merde s'empile et monte en petites collines; il faut s'écarter des appuie-pieds et chier par terre. Et voilà l'étron qui demeure raide et congelé, attendant le dégel. Les jeudis, le polichinelle s'amène avec sa petite brouette, il déblaie les crottes froides et roides, avec son balai et sa pelle, puis il s'éloigne, traînant sa guibole flétrie et roulant sa brouette. Les couloirs sont jonchés de papier-cul; ça vous colle aux pieds comme du papier-mouches. Quand le temps se radoucit, l'odeur mûrit; on peut la sentir à quarante milles à la ronde! Debout près de ce fumier mûr, à l'heure de la toilette, une brosse à dents à la bouche, la puanteur est si puissante qu'elle vous fait tourner la tête. Nous sommes là debout, en chemises de flanelle rouges, attendant notre tour pour cracher dans le trou; c'est comme une aria des opéras de Verdi — un chœur d'enclumes avec des poulies et des seringues. La nuit, quand je suis pris de court, je galope au cabinet privé de M. le Censeur, juste à côté de la grande allée. Mes selles sont toujours pleines de sang. Ce cabinet n'a pas d'eau non plus, mais c'est du moins un plaisir que de s'asseoir. Je lui laisse mon petit paquet en signe d'estime.

Chaque soir, vers la fin du repas, le veilleur de nuit fait son apparition pour son petit coup à boire. Il est le seul être humain de tout l'établissement avec lequel je me sente en parenté. C'est un zéro. Il porte une lanterne et un trousseau de clés. Il fait des rondes toute la nuit, raide comme un automate. A peu près au moment où l'on passe le fromage rance, hop il arrive chercher son verre de vin. Il se tient là, patte tendue, le poil raide et hérissé comme un chien de garde, les joues en feu, la moustache luisante de neige. Il marmonne un mot ou deux, et Quasimodo lui apporte la bouteille. Alors, les pieds solidement plantés, il rejette la tête en arrière et ça descend, lentement, en une seule longue goulée. Pour moi, c'est comme s'il se versait des rubis dans la gargamelle. Il y a quelque chose dans ce geste qui me prend aux cheveux. C'est presque comme s'il engloutissait la lie de la sympathie humaine, comme si tout l'amour et toute la compassion du monde pouvaient ainsi être ingurgités, d'une seule lampée — comme si c'était là tout ce que l'on peut extraire de la suite des jours. On a fait de lui un peu moins qu'un lapin.

Dans le plan de l'univers, il ne vaut même pas la saumure pour saler les harengs. Il est tout juste un peu de fumier vivant. Et il le sait. Quand il regarde autour de lui, après sa lampée, et qu'il nous sourit, le monde semble s'écrouler. C'est un sourire jeté par-dessus un abîme. Le monde civilisé gît, nauséabond comme une fondrière au creux du gouffre, et par-dessus, comme un mirage, plane ce sourire hésitant.

C'était le même sourire qui m'accueillait la nuit quand je rentrais de mes promenades. Je me souviens d'une pareille nuit, alors que, debout devant la porte, à attendre que le vieux bonhomme ait fini sa ronde, j'avais un tel sentiment de bien-être que j'aurais pu attendre ainsi pour l'éternité. Je dus attendre peut-être une demi-heure avant qu'il vînt ouvrir. Je regardais autour de moi, calme et sans me presser, je buvais tout du regard, l'arbre mort devant le lycée avec ses branches sèches et contorsionnées, les maisons d'en face qui avaient changé de couleur pendant la nuit, et qui maintenant s'incurvaient de façon plus nette, le fracas d'un train roulant à travers les étendues sibériennes, les grilles peintes par Utrillo, le ciel, les profondes ornières des charrettes. Soudain, sortis de nulle part, deux amoureux apparurent; tous les quelques mètres, ils s'arrêtaient et s'embrassaient, et quand je ne pus plus les suivre des yeux, je suivis le bruit de leurs pas, j'entendais l'arrêt brusque et puis à nouveau leur marche lente et zigzagante. Je pouvais sentir l'abandon mou de leurs corps quand ils s'appuyaient contre une grille, j'entendais leurs souliers craquer lorsque leurs muscles se raidissaient pour l'étreinte. A travers la ville ils errèrent, à travers les rues tortueuses, en direction du canal vitreux où l'eau gisait, noire comme du charbon. Il y avait quelque chose de phénoménal dans tout ça. Dans tout Dijon, ils n'avaient pas leurs pareils!

Pendant ce temps, le vieux bonhomme continuait sa ronde; je pouvais entendre le tintement de ses clés, l'écrasement du sable sous ses souliers, son pas ferme et automatique. Finalement, je l'entendis s'avancer dans la grande allée pour venir ouvrir la porte, un énorme portail voûté, mais dépourvu de fossé. Je l'entendis tâtonner de ses mains raides pour trouver la serrure, l'esprit engourdi. Comme la porte s'entrouvrait, j'aperçus au-dessus de sa tête une constellation brillante couronnant la chapelle. Toutes les portes étaient fermées à clé, toutes les cellules verrouillées. Les livres étaient fermés eux aussi. La nuit était suspendue au-dessus de nous, serrée, en lame de poignard, ivre comme une folle. La voilà bien, l'infinitude du vide! Par-dessus la chapelle, comme une mître d'évêque était suspendue la constellation; chaque nuit, pendant les mois d'hiver, elle était là, très bas au-dessus de la chapelle. Éclatante et basse, poignée de pointes acérées, étincellement du vide pur. Le vieux bonhomme me suivit jusqu'au tournant de l'allée. La porte se referma silencieusement. Comme je lui souhaitais bonne nuit, je saisis ce sourire désespéré à nouveau, ce sourire sans espoir, pareil à un éclair de météore fulgurant sur le bord d'un monde perdu.

Et je le revis debout dans le réfectoire, la tête rejetée en arrière, et les rubis ruisselant dans sa gargamelle. La Méditerranée tout entière semblait être engloutie en lui — les bosquets d'orangers, les cyprès, les statues ailées, les temples en bois, la mer bleue, les masques rigides, les nombres mystiques, les oiseaux mythologiques, les cieux de saphir, les aiglons, les criques ensoleillées, les bardes aveugles, les héros barbus. Parti, tout ça! Enfoui sous l'avalanche venue du nord. Enterré, mort à jamais! Un souvenir! Un espoir farouche!

Pendant quelques instants, je m'attarde à l'allée des voitures. Le linceul, le voile funèbre, le vide indicible, le vide féroce de tout ça! Puis, je marche rapidement le long du sentier de gravier près du mur, je passe devant les arches et les colonnes, l'escalier de fer, d'une cour à une autre. Tout est hermétiquement clos. Clos pour l'hiver. Je m'engage sous l'arcade qui mène au dortoir. Une lumière maladive coule sur les marches à travers les fenêtres sales et givrées. Partout la peinture s'écaille. Les pierres sont creusées par les pas, les rampes craquent. Une sueur grasse suinte des dalles et forme une espèce d'aura pâle et mousseuse, percée par la faible lumière rouge au sommet de l'escalier. Je monte le dernier palier, tout suant de terreur. Dans une obscurité de poix je me dirige à tâtons le long du couloir désert, chaque porte vide, fermée à clé, moisissant. Ma main glisse le long du mur, à la recherche du trou de la serrure. Une peur panique m'envahit comme je serre le bouton de la porte. Il y a toujours une main sur ma nuque, prête à me saisir brutalement. Une fois dans ma chambre, je me verrouille. C'est un miracle que j'accomplis tous les soirs, le miracle d'entrer chez moi sans être étranglé, sans être abattu à coups de hache. J'entends les rats qui déboulinent dans le couloir, qui rongent au-dessus de moi, entre les poutres épaisses. La lumière a des lueurs de soufre embrasé, et il y a l'odeur douce et écœurante d'une pièce qui n'est jamais aérée. Dans le coin, la caisse à charbon, exactement comme je l'ai laissée. Le feu est éteint. Un silence si intense qu'il retentit à mes oreilles comme les chutes du Niagara. Seul, avec une épouvante et une nostalgie effroyablement vides. Toute la chambre pour y loger mes pensées. Rien que moi-même, ce que je pense, ce que je crains. Je pourrais penser les choses les plus fantastiques, je pourrais danser, cracher, grimacer, maudire, gémir — personne n'entendrait, personne ne saurait jamais. La pensée d'une privauté si absolue suffit à me rendre fou. C'est comme à la naissance. Tout est coupé. Séparé, nu, seul. La félicité et la torture simultanément. Le temps pesant sur vous. Chaque seconde vous écrasant comme une montagne. On s'y noie. Déserts, lacs, océans. Le temps bat comme un hachoir. Le néant. Le monde. Le moi et le non-moi. *Omaharomoomo!* Tout doit avoir un nom. Tout dit être appris, éprouvé, expérimenté. *Faites comme chez vous, chéri!*

Le silence descend en chutes volcaniques. Là-bas, sur les collines arides, roulant vers les grandes régions métallurgiques, les locomotives tirent leur charge commerciale. Sur des lits de fer et d'acier, le sol parsemé de scories et de cendres et de minerai pourpre. Dans les wagons de marchandises, des éclisses, des traversières, des tôles, des traverses, des tringles de fer, des plaques d'acier, du fer laminé, des cercles forgés au rouge, des timons, des affûts de mortier, du minerai Zorès. Les roues U-80 millimètres ou au-dessus. Passent de splendides spécimens d'architecture anglo-normande, passent des piétons et des pédérastes, des fourneaux à ciel ouvert, des usines à four Bessemer, dynamos et transformateurs, moulages de fonte, lingots d'acier. Le public, piétons et pédérastes, poissons dorés et palmiers en verre filé, ânes pleins de sanglots, tout cela circule en liberté à travers les allées en quinconce. A la place du Brésil, un œil lavande.

Je repasse dans un éclair toutes les femmes que j'ai connues. C'est comme une chaîne que j'ai forgée de ma propre misère. Chacune liée à l'autre. Terreur de vivre séparé, de rester né. La porte de la matrice et sa chevillette. Terreur et nostalgie. Au profond du sang, l'attirance du Paradis. L'au-delà. Toujours l'au-delà. Ça a dû commencer avec le nombril. On vous coupe le cordon ombilical, on vous donne une claque sur les fesses, et presto! vous voilà dans le monde à la dérive, navire sans gouvernail. Vous regardez les étoiles et vous regardez votre nombril. Il vous pousse des yeux partout — sous les aisselles, entre les lèvres, à la racine des cheveux, sur la plante des pieds. Ce qui est lointain devient proche, ce qui est proche s'éloigne. Entrer-sortir, flux incessant, mue perpétuelle, le dedans devient le dehors. On dérive comme ça pendant des années et des années, jusqu'à ce qu'on se trouve au centre mort, et là, on pourrit lentement, on s'émiette lentement, de soi tout se disperse. Seul reste votre nom.

XV

Je ne réussis à m'échapper du pénitencier qu'au printemps, et encore ce ne fut que par un heureux hasard. Un télégramme de Carl m'informa un jour qu'il y avait une vacance à la rédaction; il ajoutait qu'il m'enverrait l'argent du billet de retour si je me décidais à accepter. Je répondis aussitôt par télégramme, et dès que le fric arriva, je les mis en vitesse vers la gare. Pas un mot à M. le Proviseur ou à n'importe qui. On appelle ça filer à l'anglaise!

Je me rendis immédiatement à l'hôtel, au 1 bis, dans la chambre de Carl. Il vint à la porte complètement à poil. C'était sa nuit de campo, et il y avait une poule dans son lit comme d'habitude. « Fais pas attention à elle, dit-il, elle roupille. Si tu as besoin de tirer un coup, tu peux y aller. Elle n'est pas mal. » Et il renverse les couvertures pour me la montrer. Cependant, je ne pensais pas à tirer un coup tout de suite. J'étais trop excité. Exactement comme quelqu'un qui vient de s'échapper de prison. Je voulais voir et entendre des choses. Venir de la gare me fut comme un long rêve. Il me semblait que j'avais été absent des années.

Il me fallut m'asseoir et examiner longuement la pièce : alors je me rendis compte que j'étais revenu à Paris. C'était bien la chambre de Carl, pas d'erreur possible là-dessus. Cage à écureuil et chiotte tout à la fois. Il y avait à peine de la place sur la table pour la machine portative dont il usait. C'était toujours comme ça, qu'il eût une poule ou non. Toujours un dictionnaire ouvert posé sur un volume de *Faust* doré sur tranches, toujours une blague à tabac, un béret, une bouteille de vin rouge, des lettres, des manuscrits, des aquarelles, de vieux journaux, une théière, des chaussettes sales, des cure-dents, des sels Kruschen, des capotes anglaises, etc. Dans le bidet des pelures d'orange, et les restes d'un sandwich au jambon.

« Il y a de quoi bouffer dans le placard, dit-il, sers-toi! J'allais justement me faire une injection. »

Je trouvai le sandwich dont il parlait, et un morceau de fromage qu'il avait un peu grignoté. Tandis qu'il était assis sur le rebord de son lit, à se fourrer sa dose d'argyrol, je me fis descendre dans l'estomac le sandwich et le fromgi à l'aide d'un peu de vin.

« J'ai bien aimé cette lettre que tu m'as écrite sur Goethe, me dit-il, s'essuyant la queue avec un caleçon sale. Je vais te montrer la réponse dans une minute — je la mets dans mon livre. L'ennui, c'est que tu n'es pas allemand. Il faut être allemand pour comprendre Goethe. Merde! Je ne vais pas t'expliquer tout ça maintenant. Je l'ai tout mis dans mon livre... A propos, j'ai une nouvelle poule en ce moment

— pas celle-là, celle-là est une idiote. Du moins, je l'avais jusqu'à il y a quelques jours. Je ne suis pas sûr si elle reviendra ou non. Elle a habité avec moi pendant tout le temps que tu étais absent. L'autre jour, ses parents sont venus et l'ont emmenée. Ils disent qu'elle n'a que quinze ans. Tu imagines ça? Ils m'ont foutu une de ces trouilles! »

Je me mets à rire. C'était bien de Carl de se fourrer dans un pareil pétrin.

« Pourquoi rigoles-tu? dit-il. Je suis passible de prison pour un truc comme ça! Heureusement que je lui ai pas foutu un gosse. Et c'est marrant, n'empêche, parce qu'elle a jamais pris de précautions. Mais sais-tu ce qui m'a sauvé? Du moins, je le crois. C'est *Faust*! Parfaitement! Son vieux l'a vu par hasard sur la table. Il m'a demandé si je comprenais l'allemand. De fil en aiguille, avant que je m'en aperçoive, le voilà qui jette un coup d'œil dans mes livres. Par chance, j'avais aussi un Shakespeare ouvert. Ça l'a impressionné le tonnerre. Il a dit que j'étais évidemment un type très " sérieux ".

— Et la fille? qu'est-ce qu'elle a dit, elle?

— Elle avait une frousse du diable. Comprends-tu, elle avait une petite montre en venant ici; avec toutes ces émotions, nous n'avons pas pu retrouver la montre, et sa mère la voulait à tout prix, sinon, elle appelait la police, disait-elle. Tu vois comment sont les choses ici : j'ai tout mis sens dessus dessous — mais pas de putain de montre! La mère était furieuse. Elle me plaisait beaucoup, malgré ça. Elle était même bien mieux foutue que la fille. Tiens! Je vais te montrer une

lettre que j'ai commencée pour elle... J'ai le béguin.
— Quoi! pour la mère?
— Tu parles! Pourquoi pas! Si j'avais vu la mère la première, je n'aurais jamais jeté un regard à la fille. Comment savais-je qu'elle n'avait que quinze ans? Tu ne demandes pas à une poule son âge avant de l'enfiler, n'est-ce pas?
— Joe, il y a quelque chose de bizarre dans tout ça. Tu te fous pas de ma gueule?
— Me foutre de ta gueule? Tiens! regarde-moi ça! »
Et il me montre les aquarelles que la petite avait faites, des petits trucs pas mal du tout, un couteau et une miche de pain, la table et la théière, tout ça dressé vers le ciel. « Elle était folle de moi, dit-il. Elle était comme un enfant. Je devais lui dire quand il fallait se brosser les dents et comment mettre son chapeau. Tiens! — regarde les sucres d'orge! Je lui achetais quelques sucres d'orge tous les jours — elle adorait ça.
— Eh bien, qu'est-ce qu'elle a fait quand ses parents sont venus la chercher? Elle a fait du raffut?
— Elle a un peu chougné, c'est tout. Qu'est-ce qu'elle pouvait faire? Elle est mineure... J'ai dû promettre de ne jamais la revoir, de ne jamais lui écrire non plus. C'est ce que j'attends de voir maintenant — si elle restera loin de moi, ou si elle reviendra. Elle était pucelle en venant ici. La question est de savoir combien elle pourra tenir sans se le faire mettre. Elle n'en avait jamais assez quand elle était ici. Elle m'a presque épuisé. »
A ce moment, celle qu'il avait au lit s'était réveillée

et se frottait les yeux. Elle me parut assez jeune aussi. Pas mal, mais bête comme ses pieds. Elle voulut savoir de quoi nous parlions.

« Elle habite ici à l'hôtel, me dit Carl. Au troisième. Veux-tu aller dans sa chambre ? J'arrangerai ça pour toi. »

Je ne savais pas si j'avais envie ou non, mais quand je vis Carl recommencer les préliminaires, je décidai que oui. Je lui demandai d'abord si elle n'était pas trop fatiguée. Question inutile. Une grue n'est jamais trop fatiguée pour ouvrir les jambes. Certaines peuvent s'endormir tandis que vous les enfilez. Quoi qu'il en soit, il fut décidé que j'irais dormir dans sa chambre. Comme ça, je n'aurais pas à payer le patron pour la nuit.

Le lendemain, je louai une chambre donnant sur le petit jardin public au-dessous, où les hommes-sandwich viennent toujours manger leur déjeuner. A midi, je rendis visite à Carl pour aller déjeuner avec lui. Lui et Van Norden s'étaient créé une nouvelle habitude pendant mon absence. Ils allaient déjeuner à La Coupole tous les jours. « Pourquoi La Coupole ?, demandai-je. — Pourquoi La Coupole, dit Carl. Parce que La Coupole sert du porridge à toute heure du jour, et que le porridge, ça vous fait chier. — Ah ! je comprends ! », dis-je.

Donc, tout est redevenu comme avant. Tous les trois, nous allons au travail et en revenons ensemble. Petites discussions, petites rivalités. Van Norden a toujours la colique pour ses poules, et parle toujours de s'enlever la merde des tripes. Seulement, il a trouvé un nouveau divertissement. Il a découvert que c'est moins ennuyeux de se masturber. Je fus stupéfait quand il m'annonça la nouvelle. Je ne pensais pas qu'il fût possible qu'un type comme lui trouvât quelque plaisir à se branler. Je fus encore plus stupéfait quand il m'expliqua comment il s'y prenait. Il avait « inventé » un nouveau truc, pour ainsi dire. « Tu prends une pomme, dit-il, et tu en ôtes le cœur. Puis, tu enduis le dedans d'un peu de cold-cream de façon à ce que ça ne fonde pas trop vite. Essaye une fois! Tu verras, ça te rend fou! En tout cas, c'est bon marché, et tu ne gaspilles pas ton temps!

« A propos, dit-il, changeant de sujet, ton ami, Fillmore, est à l'hôpital. Je crois qu'il a perdu la boule. En tout cas, c'est ce que sa poule m'a dit. Il avait pris une Française, tu sais, pendant que tu étais absent. Ils se battaient comme le diable. C'est une grosse vache bien portante — un peu sauvage. Je l'aurais volontiers culbutée, mais j'avais peur qu'elle me crève les yeux à coups de griffes. Il se baladait toujours avec des égratignures plein la gueule et les mains. Elle avait l'air d'avoir reçu des marrons, elle aussi, de temps en temps. Tu sais comment elles sont, ces putains de Françaises — quand elles aiment, elles deviennent folles! »

Apparemment, il en était arrivé des choses pendant mon absence! La nouvelle touchant Fillmore me fit de la peine. Il avait été foutrement gentil pour moi. Quand je quittai Van Norden, je sautai dans un autobus et filai droit à l'hôpital.

Ils n'avaient pas encore décidé s'il avait complètement perdu la boule ou non, je crois, car je le trouvai en haut, dans une chambre privée, jouissant de toutes les libertés d'un malade ordinaire. Il sortait du bain quand j'arrivai. Quand il me vit, il fondit en larmes. « C'est fini, dit-il immédiatement. Ils disent que je suis dingo — et il se peut que j'aie la vérole aussi. Ils disent que j'ai la folie des grandeurs. » Il se laissa tomber sur le lit, et pleura tranquillement. Quand il eut pleuré un moment, il leva la tête et me fit un sourire — juste comme un oiseau qui sort de son sommeil. « Pourquoi me mettent-ils dans une chambre si chère? dit-il. Pourquoi ne me mettent-ils pas dans la salle commune? ou au cabanon? Je ne peux pas payer si cher. J'en suis à mes cinq cents derniers dollars. »

— C'est pourquoi on te garde ici, dis-je. Ils t'emporteront ailleurs assez vite quand ta galette sera épuisée. T'en fais pas! »

Mes paroles parurent l'impressionner, car je n'eus pas plus tôt fini de parler qu'il me donna sa montre et sa chaîne, son portefeuille, et son insigne d'argent. « Garde-moi ça, dit-il, ces salauds me voleront tout ce que j'ai. » Puis, tout à coup, il se mit à rire, un de ces rires étranges, sans joie, qui vous font croire qu'un type est détraqué, qu'il le soit ou non. « Je sais que tu crois que je suis dingo, ajouta-t-il, mais je veux racheter ce que j'ai fait. Je veux me marier. Tu comprends, je ne savais pas que j'avais la chaude-pisse. Je lui ai donné la chaude-pisse, et je lui ai foutu un gosse. J'ai dit au docteur que je me fous de ce qui m'arrivera, mais je veux qu'il me laisse me marier d'abord. Il me répète d'attendre que j'aille mieux —

mais je sais bien que je n'irai jamais mieux. C'est la fin. »

Je ne pus m'empêcher de rire moi aussi, à l'entendre parler de la sorte. Je ne pouvais pas comprendre ce qui lui était arrivé. Quoi qu'il en soit, je dus lui promettre de voir la fille et de lui expliquer la situation. Il me demanda de la soutenir, de la consoler. Il me dit qu'il pouvait avoir confiance en moi, etc. Je dis oui à tout, afin de le calmer. Il ne me parut pas exactement avoir perdu la boule, à moi, mais être seulement effondré. Crise typiquement anglo-saxonne. Éruption de moralité. J'étais plutôt curieux de voir la fille, pour avoir le cœur net sur toute l'affaire.

Le lendemain, je me mis à sa recherche. Elle habitait le Quartier latin. Dès qu'elle comprit qui j'étais, elle devint cordiale à l'excès. Elle s'appelait Ginette. Plutôt grosse, assez grossière de carcasse, type paysan sain, avec une dent de devant à moitié cariée. Pleine de vitalité et une flamme un peu folle dans le regard. La première chose qu'elle fit fut de pleurer. Puis, voyant que j'étais un vieil ami de son Jojo (c'est ainsi qu'elle l'appelait) elle descendit en courant et remonta avec deux bouteilles de vin blanc. Je dus rester dîner avec elle — tellement elle insista. A mesure qu'elle buvait, elle devint tour à tour gaie et larmoyante. Je n'avais pas à lui poser de questions — elle allait comme une mécanique qui se remonte toute seule. Ce qui l'ennuyait le plus, c'était de savoir s'il retrouverait sa place quand il quitterait l'hôpital. Elle me dit que ses parents étaient riches, mais qu'ils étaient fâchés avec elle. Ils n'aimaient pas ses façons trop libres. Ils n'aimaient pas Jojo non plus — il était mal élevé, et il était américain. Elle me supplia de l'assurer qu'il retrouverait sa place — ce que je fis sans hésitation. Et puis, elle me supplia de m'assurer si elle pouvait croire ce qu'il disait — qu'il allait l'épouser. Parce que maintenant, avec un gosse dans le ventre, et une bonne chaude-pisse par-dessus le marché, elle n'était plus en mesure de contracter mariage — avec un Français en tout cas. C'était clair, n'est-ce pas ? Naturellement, lui assurai-je. C'était d'une clarté aveuglante pour moi — sauf que je ne comprenais foutre pas comment Fillmore avait jamais pu en pincer pour elle.

Cependant, chaque chose en son temps ! C'était mon devoir maintenant de la réconforter, et alors je lui servis une bonne ration de balivernes, je lui dis que tout se terminerait très bien, et que je serai le parrain du gosse, etc. Puis, soudain, il me parut étrange qu'elle dût avoir l'enfant — surtout s'il devait naître aveugle. Je le lui dis avec tout le tact nécessaire. « Ça ne fait rien, dit-elle, je veux un enfant de lui !

— Même s'il est aveugle ? demandai-je.

— *Mon Dieu, ne dites pas ça !* gémit-elle. *Ne dites pas ça* [1] ! »

Tout de même, il était de mon devoir de le dire. Elle eut une crise de nerfs, et se mit à pleurer comme un phoque. Je servis encore du vin. Au bout de quelques instants, elle riait bruyamment. Elle riait à penser comme ils se battaient quand ils se mettaient au lit. « Il aimait que je me batte avec lui, dit-elle. Quelle brute ! »

1. En français dans le texte.

Comme nous nous mettions à table, une de ses amies entra — une petite grue qui vivait au bout du vestibule. Ginette m'envoya chercher du vin en bas. Quand je revins, elles avaient évidemment pas mal bavardé. Son amie Yvette travaillait dans la police : elle mouchardait, d'après ce que je pus comprendre. En tout cas, c'est ce qu'elle s'efforça de me faire croire. Il était assez visible qu'elle était tout juste une petite grue. Mais elle était obsédée par la police et ce qu'on y faisait. Tout le long du repas elles me pressèrent de les accompagner à un bal musette. Elles voulaient rigoler un peu — Ginette était si seule depuis que Jojo était à l'hôpital. Je leur dis que j'avais à travailler, mais que ma nuit de congé je reviendrai et je les sortirai. Je leur fis bien entendre aussi que je n'avais pas d'argent à dépenser pour elles. Ginette, qui fut en vérité abasourdie de m'entendre parler ainsi, prétendit que ça n'avait pas la moindre importance. De fait, juste pour me montrer combien elle était sport, elle insista pour me conduire au journal en taxi. Elle le faisait parce que j'étais un ami de Jojo. Et par conséquent j'étais aussi son ami à elle. « Et puis aussi, pensai-je, s'il y a quelque chose qui cloche avec ton Jojo, c'est à moi que tu viendras au pas gymnastique. Alors tu verras quel ami je puis être! » Je dois dire que lorsque nous descendîmes du taxi devant le bureau, je me laissai persuader de prendre un dernier pernod avec elles. Yvette voulait savoir si elle ne pourrait pas venir me chercher après mon travail. Elle avait beaucoup de choses à me dire en confidence, dit-elle. Mais je réussis à refuser sans blesser ses sentiments. Malheureusement, je fus assez faible pour lui donner mon adresse.

Je dis *malheureusement*. En vérité, je suis assez content de l'avoir fait quand j'y repense. Parce que le lendemain même, il se passa des choses. Le lendemain même, avant même que je sois sorti du lit, toutes les deux me rendirent visite. Jojo avait été sorti de l'hôpital — on l'avait incarcéré dans un petit château à la campagne, à quelques kilomètres de Paris. On appelait ça le « château ». Façon polie de dire le cabanon. Elles me forcèrent à m'habiller tout de suite et à sortir avec elles. Elles étaient en pleine panique.

Peut-être j'y serais allé tout seul — mais je ne pouvais pas me résoudre à y aller avec ces deux poules. Je leur demandai de m'attendre en bas pendant que je m'habillerais, croyant que ça me donnerait le temps d'inventer quelque excuse pour ne pas y aller. Mais elles ne voulurent pas quitter ma chambre. Elles s'assirent et me regardèrent faire ma toilette et m'habiller, comme si c'était une habitude quotidienne. Au beau milieu, voilà que Carl arrive. Je lui expliquai brièvement la situation, en anglais, et alors nous trouvâmes une excuse : j'avais un travail important à faire. Tout de même, pour arranger un peu les choses, nous apportâmes du vin, et nous commençâmes à les amuser en leur montrant un recueil de dessins obscènes. Yvette avait déjà perdu tout désir d'aller au château. Elle et Carl, ça marchait fameusement bien! Quand l'heure vint de partir, Carl décida de les accompagner. Il pensait que ça serait drôle de voir Fillmore au milieu d'un tas de détraqués. Il voulait voir comment c'était au cabanon. Donc, les voilà partis, un peu schlass, et de la meilleure humeur du monde.

Je n'allai pas une seule fois voir Fillmore pendant tout le temps qu'il passa au château. Ça n'était pas nécessaire, parce que Ginette y allait tous les jours et me donnait les nouvelles. On espérait le guérir en quelques mois, disait-elle. On pensait que c'était une intoxication par l'alcool — rien de plus. Naturellement, il avait la chaude-pisse. Mais ça n'était pas difficile à soigner. Autant qu'ils pouvaient le savoir, il n'avait pas la syphilis. C'était quelque chose. Donc, pour commencer, on lui fit des lavages d'estomac. On lui nettoya le système de fond en comble. Il fut si faible pendant quelque temps qu'il ne pouvait pas sortir du lit. Il était déprimé aussi. Il disait qu'il ne voulait pas être guéri. Qu'il voulait mourir. Et il ne cessait de répéter ces idioties, tant et si bien qu'on s'alarma. Je crois que ça n'aurait pas été une bonne recommandation s'il s'était suicidé. Quoi qu'il en soit on se mit à lui faire subir un traitement mental. Et entre-temps, on lui arrachait les dents, encore et encore, jusqu'à ce qu'il ne lui restât pas une dent dans la mâchoire. On supposait qu'après ça il se sentirait très bien, et cependant il était étrange que non : il fut plus mélancolique que jamais. Puis, ses cheveux se mirent à tomber. Finalement, il fit une crise de paranoïa : il se mit à les accuser de toutes sortes de choses, exigea qu'on lui dise de quel droit on le détenait, ce qu'il avait fait pour justifier qu'on l'enfermât, etc. Après une terrible crise de découragement, il reprit soudain de l'énergie et menaça de faire tout sauter si on ne le relâchait pas. Et le pis est, en ce qui concernait Ginette, qu'il avait complètement laissé tomber son idée de l'épouser. Il lui dit sans ambages qu'il n'avait pas l'intention de l'épouser, et que si elle était assez toquée pour aller se mettre à avoir un enfant, alors elle pouvait bien le nourrir toute seule!

Les docteurs interprétèrent tout ça comme un bon signe. Ils dirent qu'il revenait à lui. Ginette, naturellement, pensait qu'il était plus détraqué que jamais, mais elle priait pour qu'il soit libéré, afin de pouvoir l'emmener à la campagne où il serait au calme et bien tranquille, et où il reprendrait son bon sens. Cependant, ses parents étaient venus à Paris, et étaient même allés jusqu'à rendre visite à leur futur gendre au château. Dans leur malice, ils s'étaient probablement figuré qu'il vaudrait mieux pour leur fille avoir un mari toqué que pas de mari du tout. Le père pensait qu'il pourrait trouver de l'ouvrage à la ferme pour Fillmore. Il disait que Fillmore n'était pas un mauvais bougre après tout. Quand il apprit par Ginette que les parents de Fillmore avaient de l'argent, il devint encore plus indulgent, encore plus compréhensif.

Tout s'arrangeait donc le mieux du monde. Ginette retourna en province pendant quelque temps avec ses parents. Yvette venait régulièrement à l'hôtel pour voir Carl. Elle pensait qu'il était le rédacteur en chef du journal. Et peu à peu, elle se fit plus confidentielle. Un jour qu'elle était bien partie et bien schlass, elle nous apprit que Ginette n'avait jamais été rien d'autre qu'une grue, que Ginette était un vampire, que Ginette n'avait jamais été enceinte, et qu'elle ne l'était pas maintenant non plus. Sur les autres accusations, nous n'eûmes pas grand doute, Carl et moi, mais quant à celle de ne pas être enceinte, nous n'en étions pas sûrs.

« Mais comment a-t-elle un si gros ventre, alors ? » dit Carl.

Yvette se mit à rire. « Peut-être qu'elle se sert d'une pompe à bicyclette, dit-elle. Non, sérieusement, ajouta-t-elle, le ventre, ça lui vient de boire. Elle boit comme un trou, Ginette. Quand elle reviendra de la campagne, vous verrez, elle sera encore plus gonflée. Son père est un ivrogne. Peut-être qu'elle a la chaude-pisse, oui, mais elle n'est pas enceinte.

— Mais pourquoi veut-elle l'épouser ? Est-ce qu'elle l'aime vraiment ?

— Est-ce qu'elle l'aime ? Pff ! Elle n'a pas de cœur, Ginette ! Pas un Français ne voudrait l'épouser. Elle a un dossier à la police. Non, elle le veut parce qu'il est trop bête pour s'apercevoir de ce qu'elle est. Ses parents ne veulent plus d'elle — elle leur fait honte. Mais si elle peut épouser un riche Américain, alors tout ira bien... Vous pensez peut-être qu'elle l'aime un peu, hein ? Vous ne la connaissez pas ! Quand ils vivaient ensemble à l'hôtel, elle avait des hommes qui venaient la voir dans sa chambre quand il travaillait. Elle disait qu'il ne lui donnait pas assez d'argent de poche. Il était avare. Cette fourrure qu'elle portait — elle lui a dit que ses parents la lui avaient donnée, n'est-ce pas ? Le pauvre innocent ! Eh bien, je l'ai vue ramener un homme à l'hôtel pendant qu'il y était lui! Elle a mené le type à l'étage au-dessous. Je l'ai vu de mes propres yeux. Et quel homme! Un vieux débris. Il ne pouvait même plus bander! »

Si Fillmore, quand il fut relâché du château, était revenu à Paris, peut-être aurais-je pu lui donner quelques tuyaux sur sa Ginette. Tant qu'il était encore en observation, je ne croyais pas qu'il fût bien de le bouleverser en lui empoisonnant l'esprit avec les médisances d'Yvette. Il se trouva qu'il fut expédié directement du château à la maison des parents de Ginette. Là, malgré lui, il fut amené à force de cajoleries à rendre ses fiançailles publiques. Les bans furent publiés dans les journaux locaux, et on donna une réception aux amis de la famille. Fillmore profita de la situation pour se livrer à toutes sortes d'escapades. Bien qu'il sût parfaitement bien ce qu'il faisait, il fit semblant d'être encore un peu détraqué. Il empruntait l'auto de son beau-père, par exemple, et il faisait des virées dans le pays tout seul; s'il rencontrait une ville qui lui plût, il s'y planquait et passait du bon temps jusqu'à ce que Ginette vînt le chercher. Parfois, le beau-père et lui partaient ensemble — une partie de pêche, disaient-ils — et on n'avait aucune nouvelle d'eux pendant plusieurs jours. Il devint capricieux et exigeant de façon exaspérante. Je suppose qu'il devait penser qu'il pouvait aussi bien tirer tout le parti possible de la situation.

Quand il rentra à Paris avec Ginette, il était complètement requinqué en frusques, et il avait du fric plein ses poches. Il avait l'air joyeux et bien portant, et le visage bien hâlé. Il me parut sain comme un beau fruit. Mais dès que nous eûmes laissé Ginette, il s'ouvrit à nous. Il avait perdu sa place et dissipé toute sa galette. Ils se marieraient dans un mois ou deux. Pendant ce temps, les parents envoyaient le fric. « Quand ils me tiendront dans leurs griffes, dit-il, je serai tout bonnement leur esclave. Le père pense à m'ouvrir une papeterie. Ginette s'occupera des clients, encaissera l'argent, etc., tandis que moi je travaillerai dans l'arrière-boutique à écrire ou je ne sais quoi. Tu m'imagines assis dans le fond de la boutique pour le reste de mes jours ? Ginette trouve que c'est une excellente idée. Elle adore manier l'argent. J'aimerais mieux retourner au " château " plutôt que de me soumettre à un tel plan ! »

Pour l'instant, naturellement, il prétendait que tout gazait très bien. J'essayai de le persuader de retourner en Amérique, mais il ne voulut pas en entendre parler. Il disait qu'une bande de pegnots incultes n'allait pas le chasser de France. Il avait l'idée de s'esquiver et de disparaître pendant quelque temps, après quoi il irait se loger quelque part en banlieue, assez loin pour ne pas tomber sur elle quelque jour. Mais nous conclûmes bientôt que c'était là chose impossible, car on ne peut pas se cacher indéfiniment en France comme on le peut en Amérique.

« Tu pourrais aller en Belgique pour un temps, suggérai-je.

— Mais comment faire pour la galette ? dit-il promptement. On ne peut rien trouver à faire dans ces foutus pays !

— Pourquoi ne pas l'épouser, puis divorcer après ?

— Et pendant ce temps, elle aura un gosse. Qui est-ce qui va s'occuper du gosse, hein ?

— Comment sais-tu qu'elle va avoir un gosse ? dis-je, décidé que j'étais à lâcher le paquet maintenant.

— Comment je sais... » répéta-t-il, ne paraissant pas comprendre du tout ce que j'insinuais.

Je le mis au courant de ce qu'Yvette m'avait dit. Il m'écouta, complètement sidéré. Finalement, il m'interrompit.

« Inutile de continuer, dit-il. Je sais très bien qu'elle va avoir un gosse. Je l'ai senti s'agiter là-dedans. Yvette est une petite salope. Tu vois, je ne voulais pas te le dire, mais jusqu'au moment où je suis allé à l'hôpital, j'ai casqué pour Yvette aussi. Puis, quand la crise est arrivée, je n'ai plus rien pu faire pour elle. Je pensais que j'avais assez fait pour toutes les deux... J'avais décidé de m'occuper de moi-même d'abord. C'est ça qui a fait mal à Yvette ! Elle a dit à Ginette qu'elle allait me poisser au tournant... Non... je voudrais bien qu'elle ait dit vrai... Je pourrais m'en sortir plus facilement. Maintenant, je suis pris au piège ! J'ai promis de l'épouser et il faut que j'aille jusqu'au bout. Après, je ne sais pas ce qui m'arrivera. Ils me tiennent par les couilles ! »

Puisqu'il avait pris une chambre dans le même hôtel que moi, j'étais obligé de les voir souvent, que je le veuille ou non. Presque tous les soirs, je dînais avec eux, après avoir, naturellement, bu quelques pernods. Pendant tout le repas, ils s'engueulaient bruyamment. C'était bien embarrassant, parce que je prenais tantôt le parti de l'un, tantôt le parti de l'autre.

Un dimanche après-midi, par exemple, après le déjeuner ensemble, nous entrâmes dans un café au coin du boulevard Edgard-Quinet. Les choses étaient allées extraordinairement bien cette fois. Nous étions assis à l'intérieur, à une petite table, tous trois du même côté, le dos à la glace. Ginette devait avoir eu une crise de passion, ou quelque chose dans ce genre, car elle était soudain devenue sentimentale, et elle le caressait, l'embrassait devant tout le monde, comme les Français le font si naturellement. Ils sortaient d'une longue étreinte, lorsque Fillmore dit quelque chose sur ses parents qu'elle interpréta comme une injure. Aussitôt, la colère lui enflamma les joues. Nous essayâmes de l'apaiser, en lui disant qu'elle avait mal compris la remarque, puis, à mi-voix, Fillmore me dit quelque chose en anglais — qu'il fallait lui passer un peu la brosse. Ce fut assez pour la mettre hors d'elle-même. Elle déclara que nous nous foutions d'elle. Je lui répondis un mot tranchant, qui la mit encore plus en colère, et Fillmore essaya de placer un mot à son tour. « Tu es trop vive », dit-il, et il essaya de lui tapoter la joue. Mais elle, pensant qu'il avait levé la main pour lui donner une gifle, lui donna un bon marron dans la mâchoire, avec sa grosse main de paysanne. Il resta étourdi un moment. Il ne s'attendait pas à un gnon comme ça, et ça cuisait. Je le vis blêmir, et, l'instant d'après, il se leva de la banquette, et, de la paume de la main, il lui donna un tel marron qu'elle en tomba presque de son siège. « Tiens ! Ça t'apprendra les bonnes manières », dit-il, dans son mauvais français. Il y eut un silence de mort. Puis, comme un orage qui éclate, elle prit le verre de cognac devant elle, et le lui jeta de toutes ses forces. Il alla se casser sur la glace derrière nous. Fillmore l'avait déjà saisie par le bras, mais de sa main libre, elle attrapa le verre de café et le brisa sur le parquet. Elle gigotait comme une folle. Nous pouvions à peine la maintenir. Pendant ce temps, naturellement, le patron était arrivé en courant et il nous intima l'ordre de décamper. Fainéants! nous appelait-il. « Oui, fainéants! C'est bien ça! hurlait Ginette. Sales métèques! Assassins! Gangsters! Frapper une femme enceinte! » Tout le monde nous regardait de travers. Une pauvre Française avec deux grandes brutes d'Américains. Des gangsters. Je me demandais comment diable nous nous en sortirions sans nous bagarrer. Fillmore, maintenant, était muet comme une carpe. Ginette cavalait vers la sortie, nous laissant nous démerder. Et avant de partir, elle se retourna, le poing levé, criant : « Tu me le payeras, espèce de brute! Tu verras! Une honnête Française se laisse pas traiter comme ça par un métèque! Tu verras! Ah! non! Pas comme ça! »

Entendant ces mots, le patron — à qui nous avions maintenant payé les consommations et les verres cassés — sentit qu'il convenait de montrer sa galanterie envers un aussi magnifique spécimen de la maternité française que Ginette, et, sans autre forme de procès, il cracha à nos pieds et nous poussa vers la porte. « Je vous emmerde, foutus fainéants! » dit-il, ou quelque plaisanterie de cet ordre.

Une fois dans la rue, sans personne qui nous jetât

rien à la tête, je commençais à voir le côté drôle de l'aventure.

Excellente idée, pensai-je, si toute l'histoire était proprement mise au clair devant un tribunal. *Toute l'histoire!* Avec les petites saloperies d'Yvette pour rehausser le menu. Après tout, les Français ont le sens de l'humour. Peut-être, le juge, quand il entendrait la version de Fillmore, le tiendrait quitte du mariage.

Cependant, Ginette était debout de l'autre côté de la rue, à nous brandir le poing, et à glapir à tue-tête. Des gens s'arrêtaient pour écouter, prenant parti, comme on le fait dans des rixes. Fillmore ne savait quoi faire — ou bien s'éloigner d'elle, ou bien traverser et essayer de la calmer. Il était au milieu de la rue, les bras tendus, essayant de placer un mot. Et Ginette glapissait toujours : « *Gangster! Brute! Tu verras, salaud*[1]*!* » et autres compliments. Finalement Fillmore s'avança vers elle, et elle, croyant sans doute qu'il allait lui donner une autre gifle, se mit à descendre le boulevard au trot. Fillmore revint vers moi, disant : « Viens, suivons-la tranquillement. » Nous partîmes, entraînant un petit groupe de gens derrière nous. De temps en temps, elle s'arrêtait et brandissait le poing. Nous n'essayâmes pas de la rattraper, nous la suivions paisiblement, sans nous presser, le long de la rue, pour voir ce qu'elle allait faire. Finalement, elle ralentit, et nous traversâmes de l'autre côté. Elle était calmée maintenant. Nous marchions tou-

1. En français dans le texte.

jours derrière elle, nous rapprochant de plus en plus. Il ne restait qu'une douzaine de badauds maintenant derrière nous, les autres se désintéressaient de l'affaire. Quand nous approchâmes du coin, elle s'arrêta soudain, et nous attendit. « Laisse-moi lui parler, dit Fillmore. Je sais la prendre, moi. »

Les larmes ruisselaient sur son visage quand nous la rejoignîmes. Moi-même, je ne savais pas ce qu'il fallait attendre d'elle. Je fus quelque peu surpris par conséquent, lorsque Fillmore s'étant avancé vers elle, il lui dit d'une voix navrée : « C'était là une chose à faire? Pourquoi as-tu fait ça? » Sur quoi, elle se jeta à son cou et se mit à pleurer comme une enfant, l'appelant son petit par-ci, son petit par-là. Puis, elle se tourna vers moi d'un air suppliant : « Vous avez vu comme il m'a frappée, dit-elle. C'est comme ça qu'on se conduit envers une femme? » J'étais sur le point de dire oui, lorsque Fillmore la prit par le bras et la fit marcher en avant. « Non, fini, ça! dit-il, si tu recommences, je te gifle en pleine rue! »

Je crus que tout allait recommencer. Elle avait les yeux en feu. Mais évidemment, elle eut un peu peur aussi, car elle se calma vite. Cependant, en s'asseyant au café, elle lui dit avec calme, mais férocité, qu'il n'avait pas besoin de penser que tout allait être si vite oublié... il aurait de ses nouvelles plus tard... peut-être ce soir.

Et pour sûr qu'elle tint parole! Quand je le revis le lendemain, il avait la figure et les mains pleines d'égratignures. Il paraîtrait qu'elle avait attendu qu'il soit couché, et puis, sans un mot, elle était allée à l'armoire, et là, flanquant toutes ses affaires par terre, elle se mit à les prendre une par une pour les déchirer par le milieu. Comme c'était déjà arrivé un certain nombre de fois auparavant, et comme elle les avait recousues le lendemain, il n'avait pas trop protesté. Et cela la mit bien plus en colère. Ce qu'elle voulait, c'était lui rentrer ses ongles dans la chair, et elle le fit, de son mieux. Comme elle était enceinte, elle avait un certain avantage sur lui.

Pauvre Fillmore! Ça n'était pas pour rire! Elle le terrorisait. S'il menaçait de s'enfuir, elle répondait en le menaçant de le tuer. Et elle le disait avec conviction! « Si tu pars en Amérique, disait-elle, je te suivrai! Tu ne m'échapperas pas! Une Française sait toujours se venger. » Puis, l'instant d'après, elle le cajolait, lui disant d'être « raisonnable », d'être « sage ». La vie serait si agréable quand ils auraient leur papeterie. Il n'en ficherait pas une rame Elle ferait tout, elle! Il pourrait rester au fond de la boutique, à écrire — à faire ce qu'il voudrait.

Et ça continua ainsi, avec des hauts et des bas, comme une rengaine, pendant quelques semaines. Autant que possible, je les évitais, parce que j'étais écœuré de l'affaire et qu'ils me dégoûtaient tous les deux. Puis, par un beau jour d'été, comme je passais devant le Crédit Lyonnais, qui descend les marches? — Fillmore! Je le saluai chaudement, parce que je me sentais un peu coupable de l'avoir fui si longtemps. Je lui demandai, avec beaucoup de curiosité, comment allaient les choses. Il me répondit plutôt vaguement, et avec un accent de désespoir dans la voix.

« J'ai eu la permission de venir à la banque, dit-il, d'une voix particulière, comme brisée, abjecte. J'ai une demi-heure, pas plus. Elle me chronomètre! » Et il me saisit le bras comme pour vite m'entraîner loin de cet endroit.

Nous descendions la rue de Rivoli. C'était une journée magnifique, chaude, claire, ensoleillée — une de ces journées qui montrent Paris sous son plus bel aspect. Une brise douce et agréable soufflait, juste de quoi vous enlever des narines cette odeur stagnante... Fillmore était sans chapeau. Extérieurement, il était l'image de la santé — comme le touriste américain moyen, qui déambule, en faisant tinter son argent dans sa poche.

« Je ne sais plus que faire, dit-il tranquillement. Il faut que tu fasses quelque chose pour moi. Je suis foutu. Je ne peux plus me reprendre. Si je pouvais la quitter pendant quelque temps, peut-être que je me remettrais. Mais elle ne me laisse pas m'éloigner de sa vue. J'ai tout juste la permission d'aller à la banque — il fallait que je tire un peu d'argent. Je vais faire un petit tour avec toi, et puis il faudra que je rentre en vitesse. Elle m'aura préparé à déjeuner... »

Je l'écoutai tranquillement, songeant qu'il avait certes besoin de quelqu'un pour le tirer de cet abîme. Il était complètement effondré, il ne lui restait pas une miette de courage. Il était pareil à un enfant — à un enfant que l'on bat tous les jours, et qui ne sait plus comment se comporter, sinon faire le chien couchant. Comme nous tournions sous la colonnade de la rue de Rivoli, il partit dans une longue diatribe contre la

France. Il en avait marre des Français! « Autrefois, j'en étais fou, dit-il, mais c'était de la littérature! Je les connais maintenant... Je sais ce qu'ils sont réellement. Ils sont cruels et mercenaires. D'abord, ça paraît merveilleux, parce qu'on a l'impression d'être libre. Au bout d'un temps, ça va mal! Par-dessous, c'est tout mort : il n'y a pas de sentiment, pas de sympathie, pas d'amitié. Ils sont égoïstes jusqu'à la moelle. Le peuple le plus égoïste de la terre! Ils ne pensent à rien d'autre qu'à l'argent, l'argent, l'argent! Et si respectables, les salauds! si bourgeois! C'est ça qui me rend fou. Quand je la vois qui raccommode mes chemises, je lui foutrais des coups de bâton! Toujours à raccommoder! Raccommoder! Économiser! Économiser! *Faut faire des économies*[1]! C'est tout ce que j'entends tout le long du jour. Tu l'entends partout. *Sois raisonnable, mon chéri! Sois raisonnable*[2]! Je ne veux pas être raisonnable ni logique! J'ai horreur de ça! Je veux tout faire sauter! Je veux m'amuser! Je veux faire quelque chose! Je ne veux pas rester assis dans un café à bavarder toute la journée! Merde! nous avons nos défauts, mais nous avons de l'enthousiasme. Il vaut mieux faire des bêtises que de ne rien faire. J'aimerais mieux être vagabond aux États-Unis que d'être ici bien tranquille. C'est peut-être parce que je suis un Yankee. Je suis né dans la Nouvelle-Angleterre, et c'est mon pays, je crois bien. On ne peut pas devenir européen en une nuit. Il y a quelque chose dans votre sang qui vous rend différent. C'est

---

1, 2. En français dans le texte.

le climat, et tout... Nous voyons les choses avec des yeux différents. Nous ne pouvons pas nous changer, nous avons beau admirer les Français. Nous sommes américains et nous devons rester américains. C'est certain, j'ai horreur de ces cons de puritains là-bas — je les déteste du fond des tripes; mais j'en suis un moi-même. Je leur appartiens. J'en ai assez! »

Tout le long de l'arcade, il continua sur ce ton. Je ne disais pas un mot. Je le laissai s'épancher — c'était bon pour lui de se débarrasser d'un poids sur la poitrine. Tout de même, je pensais qu'il était étrange que ce même type, un an auparavant, se serait battu la poitrine comme un gorille en disant : « Quelle merveilleuse journée! Quel pays! Quel peuple! » Et si un Américain était survenu et avait dit un mot contre la France, Fillmore lui aurait cassé le nez. Il serait mort pour la France — il y avait un an! Je n'ai jamais vu un homme si entiché d'un pays, si heureux sous un ciel étranger. Ça n'était pas naturel. Quand il disait France, ça voulait dire le vin, les femmes, de l'argent en poche, tout facile. Ça voulait dire faire le mauvais garçon, être en vacances! Et puis, quand il eut couru sa chance, quand le toit de la tente fut emporté et qu'il put voir le ciel, il s'aperçut que ça n'était pas tout juste un cirque, mais une arène, comme partout ailleurs. Et une arène foutrement féroce. Je me suis souvent demandé, quand je l'entendais délirer sur la merveilleuse France, sur la liberté et toutes ces conneries, comment l'aurait pris un ouvrier français, s'il avait pu comprendre les paroles de Fillmore. Pas étonnant que tout le monde pense que nous sommes toqués.

Nous le sommes vraiment pour eux! Nous sommes tout juste des enfants. Des idiots séniles. Ce que nous appelons la vie, c'est un roman à quatre-vingt-quinze centimes. Et cet enthousiasme par en dessous — qu'est-ce que c'est? Cet optimisme bon marché qui donne mal au cœur à l'Européen moyen?... C'est une illusion. Non! Illusion est encore trop beau! Illusion veut dire quelque chose. Non! ce n'est pas ça — c'est « *délusion* » qu'il faut dire! C'est de la « *délusion* » pure et simple, voilà ce que c'est! Nous sommes comme un troupeau de chevaux sauvages avec des œillères. Et nous voilà déchaînés. Nous voilà cavalant en foules! Par-dessus le précipice. Et hop! Et hop! Courant après n'importe quoi qui puisse nourrir violence et désordre. En avant! En avant! Peu importe où! Et l'écume aux lèvres tout le temps. Criant Halleluyah à tue-tête! Halleluyah! Pourquoi? Dieu le sait! C'est dans le sang. C'est le climat. C'est des tas de choses. C'est la fin aussi. Nous tirons le monde entier sur nos têtes. Nous ne savons pas pourquoi. C'est notre destinée. Le reste n'est que roupie de singe...

Au Palais-Royal, je lui suggérai de nous arrêter et de boire un coup. Il hésita un moment. Je vis bien qu'il se tourmentait pour elle, pour le déjeuner, pour l'engueulade qu'il recevrait.

« Pour l'amour du ciel, dis-je, oublie-la un moment! Je vais commander quelque chose à boire, et je veux que tu le boives. T'en fais pas! Je vais te sortir de tous ces emmerdements! » Et je commandai deux whiskys bien tassés.

Quand il vit les whiskys arriver, il se remit à sourire comme un enfant.

« Avale-moi ça! dis-je, et buvons-en un autre. Ça va te faire du bien. Je me fiche de ce que dira le docteur — pour cette fois, ça ira très bien. Allons! Avale-moi ça! »

Il le siffla parfaitement bien, et pendant que le garçon disparaissait pour aller en chercher un autre, il me regarda, les yeux débordants d'émotion, comme si j'étais le dernier ami qui lui restât au monde. Ses lèvres tremblaient un peu, aussi. Il avait quelque chose à me dire, mais il ne savait pas très bien par où commencer. Je le regardai à mon tour très naturellement, et, repoussant les soucoupes, je m'appuyai sur le coude et je lui dis avec le plus grand sérieux :

« Écoute, mon vieux Fillmore, qu'est-ce que tu as vraiment envie de faire? Dis-le-moi! »

A ces mots, les larmes lui jaillirent des yeux, et il lâcha : « Je voudrais être chez moi, avec ceux que j'aime. J'aimerais entendre parler anglais. » Les larmes ruisselaient sur sa figure. Il ne fit aucun effort pour les essuyer. Il laissait faire. Bon Dieu, pensai-je en moi-même, que c'est bon de se détendre comme ça! Que c'est beau d'être lâche des pieds à la tête au moins une fois dans sa vie! Se laisser aller comme ça! Magnifique! Magnifique! Ça me fit tant de bien de le voir ainsi effondré, que je me sentis capable de résoudre n'importe quel problème. Je me sentis courageux et résolu. Il me venait mille idées à la fois dans la tête.

« Écoute, dis-je, me penchant davantage vers lui, si tu as vraiment envie de faire ce que tu dis, pourquoi ne le fais-tu pas?... Pourquoi ne pars-tu pas?

Sais-tu ce que je ferais si j'étais à ta place? Je m'en irais aujourd'hui! Oui, par Dieu, je le pense... Je m'en irais, sans même lui dire au revoir. Et de fait, c'est le seul moyen pour le faire... elle ne te laissera jamais lui dire au revoir. Tu le sais bien! »

Le garçon arrive avec les whiskys. Je le vis saisir le verre avec une ardeur désespérée et le porter à ses lèvres. Je vis une lueur d'espoir dans le fond de ses yeux — sauvage, désespérée. Probablement, il se voyait traversant l'Atlantique à la nage. Pour moi, ça me paraissait simple, simple comme bonjour. Tout s'organisait rapidement dans mon esprit. Je savais exactement, pas après pas, ce qu'il fallait faire. Clair comme de l'eau de roche, je vous le dis!

« A qui est l'argent qui est à la banque? demandai-je. A son père, ou à toi?

— Il est à moi! s'écria-t-il. C'est ma mère qui me l'a envoyé! Je n'en veux pas de leur argent de merde!

— C'est épatant! dis-je. Écoute, et si nous sautions dans un taxi et retournions à la banque? Retire tout jusqu'au dernier centime. Puis, nous irons au consulat britannique pour le visa. Tu vas sauter dans le train pour Londres cet après-midi. De Londres, tu prendras le premier bateau pour l'Amérique. Je te dis ça, parce qu'alors tu ne seras pas emmerdé par la peur qu'elle te dépiste. Elle ne soupçonnera jamais que tu es parti par Londres. Si elle se met à ta recherche, elle ira naturellement au Havre d'abord, ou à Cherbourg... Et puis, il y a encore ceci — tu ne vas pas aller chercher tes affaires. Tu vas tout laisser ici. Qu'ils les gardent! Avec cet esprit des Français qu'elle a, elle n'imaginera jamais que tu as filé sans valise ni bagage. C'est une chose incroyable. Aucun Français ne rêverait jamais de faire une chose comme ça... à moins d'être aussi toqué que toi!

— Tu as raison! dit-il. Je n'y ai jamais pensé! Et puis, tu pourras me les envoyer plus tard — si elle te les donne! Mais ça n'a pas d'importance maintenant... Merde! Je n'ai même pas mon chapeau!

— Et pourquoi faire un chapeau? Quand tu seras à Londres, tu pourras t'acheter tout ce qu'il te faudra. Tout ce qu'il faut maintenant, c'est faire vite. Voyons d'abord à quelle heure est le train.

— Écoute, dit-il, prenant son portefeuille, je vais te charger de tout. Voilà, prends ça, et fais tout le nécessaire. Je suis trop faible... la tête me tourne... »

J'ouvris le portefeuille et le vidai des billets qu'il venait de retirer à la banque. Il y avait un taxi au bord du trottoir. Nous sautâmes dedans. Un train partait de la gare du Nord vers quatre heures. Je fis tous les calculs — la banque, le consulat, l'American Express, la gare — Bon! Tout juste le temps.

« Et maintenant, du cran! dis-je, et du calme! Merde! Dans quelques heures, tu traverseras la Manche. Ce soir, tu te baladeras à Londres, et tu auras une bonne ventrée d'anglais! Demain, tu seras en pleine mer — et puis, par Dieu, tu seras un homme libre, et tu n'auras pas besoin de t'occuper de ce qui arrivera. Et une fois à New York, tout ça ne sera plus qu'un mauvais rêve! »

Ce langage l'excitait tellement que ses pieds remuaient convulsivement, comme s'il essayait de courir dans le taxi. A la banque sa main tremblait; il pouvait à peine signer. C'était la seule chose que je ne pouvais pas faire à sa place : signer son nom. Mais je crois que si cela avait été nécessaire, j'aurais pu l'asseoir sur le siège du cabinet et lui torcher le cul! J'étais décidé à l'embarquer, dussé-je l'empaqueter et le fourrer dans une valise!

C'était l'heure du déjeuner quand nous arrivâmes au consulat britannique, et les bureaux étaient fermés. Ça voulait dire qu'il fallait attendre jusqu'à deux heures. Je ne pus rien trouver de mieux à faire, pour tuer le temps, que de manger. Fillmore naturellement, n'avait pas faim. Il voulait manger un sandwich. « Va te faire foutre avec ton sandwich!, dis-je. Tu vas me payer un bon gueuleton. C'est le dernier repas que tu vas faire ici — et peut-être pour longtemps! » Je l'emmenai vers un petit restaurant confortable, et je commandai un bon menu. Je commandai le meilleur vin sur la carte, sans m'inquiéter du prix ou du crû. J'avais tout son argent dans ma poche — des tas d'argent me semblait-il. Certainement, je n'avais jamais eu tant d'argent à la fois en ma possession. C'était un régal que de casser un billet de mille. Je le tins en l'air à la lumière d'abord, pour regarder le filigrane. Billet superbe! Une des rares choses que les Français fassent sur une grande échelle. Et artistique aussi, comme s'ils adoraient jusqu'au symbole même d'un sentiment profond!

Le repas terminé, nous entrâmes dans un café. Je commandai de la chartreuse avec les cafés. Pourquoi pas?... Et je cassai un autre billet — de cinq cents francs cette fois. C'était un billet neuf, propre, crissant. Une joie de manier de tels billets! Le garçon me rendit un tas de sales vieux billets raccommodés avec des bouts de papier gommé. J'avais toute une liasse de billets de cinq et de dix francs, et tout un sac de piétaille! De l'argent chinois, avec des trous dedans. Je ne savais plus dans quelles poches fourrer tout cet argent! Mes pantalons éclataient de pièces et de billets. Et ça m'était légèrement désagréable aussi de compter tout ce fric en public. J'avais peur qu'on nous prît pour un couple d'escrocs.

Quand nous arrivâmes à L'American Express, il n'y avait plus de temps à perdre. Les Anglais, avec ces façons qu'ils ont de tout faire maladroitement, un pet après l'autre, nous avaient tenus sur des charbons ardents. A L'American Express ils avaient tous l'air de glisser sur des roulettes. Ils furent si expéditifs, qu'il fallut tout faire deux fois. Quand tous les chèques eurent été signés et épinglés ensemble dans un petit étui bien présentable, on s'aperçut qu'il avait signé au mauvais endroit. Il fallut tout recommencer! J'étais là près de lui, un œil sur la pendule, et je surveillais chaque trait de plume. Ça me fit mal de passer le fric. Pas tout, Dieu merci — mais une bonne partie. J'avais en gros environ 2 500 francs dans ma poche. Je dis en gros. Je ne comptais plus par francs. Cent ou deux cents de plus ou de moins, ça n'avait pas la moindre importance pour moi. Quant à lui, il accomplit la transaction d'un bout à l'autre comme hébété. Il ne savait pas combien d'argent il avait. Tout ce qu'il savait, c'était qu'il fallait mettre quelque chose de côté pour

Ginette. Il ne savait pas exactement combien — nous allions calculer cela en allant à la gare.

Dans notre hâte, nous avions oublié de changer tout l'argent. Nous étions déjà dans le taxi cependant, et il n'y avait plus de temps à perdre. Il fallait savoir où nous en étions. Nous vidâmes nos poches rapidement et nous fîmes le partage. Il y en avait par terre, il y en avait sur le siège. C'était stupéfiant. Il y avait de l'argent français, américain, anglais. Et toute la menue monnaie par-dessus le marché. J'avais envie de ramasser les pièces et de les flanquer par la portière, pour simplifier les choses. Finalement, nous pûmes tout trier ; il garda l'argent anglais et américain, et j'eus pour ma part l'argent français.

Il fallait décider vite maintenant ce qu'il convenait de faire avec Ginette — combien lui donner, que lui dire, etc. Il essayait de trouver une histoire que je lui raconterais — il ne voulait pas lui briser le cœur et ainsi de suite. Je dus le couper court.

« Ne t'occupe pas de ce qu'il faut lui dire, dis-je, laisse-moi faire pour ça. Combien vas-tu lui donner ? C'est le point important. Et pourquoi lui donner quoi que ce soit ? »

Ce fut comme si je lui avais mis une bombe sous le derrière. Il fondit en larmes. Et quelles larmes ! C'était pire que tout à l'heure. Je crus qu'il allait tomber dans les pommes entre mes mains. Sans m'arrêter pour réfléchir, je dis : « Très bien ! donnons-lui tout cet argent français. Ça devrait lui durer un bon moment.

— Combien ça fait ? dit-il faiblement.

— Je n'en sais rien... dans les 2 000. Plus qu'elle ne mérite, en tout cas!

— Mon Dieu! Ne dis pas ça! supplia-t-il. Après tout, c'est une sale façon de lui brûler la politesse... Ses parents ne la reprendront jamais maintenant. Non! Donne-les-lui! Donne-lui toute cette sacrée galette!... Peu m'importe ce qu'il y a! »

Il tira un mouchoir et se mit à essuyer ses larmes. « Je n'y peux rien... dit-il, tout ça est trop pour moi... » Je ne répondis rien. Soudain, il se tendit de tout son long — je crus qu'il allait avoir une attaque de quelque chose — et il dit : « Mon Dieu! Je crois que je devrais rentrer. Je devrais rentrer et faire face à l'orage... Si quelque chose lui arrivait, je ne me le pardonnerais jamais! »

C'était un rude coup pour moi. « Nom de Dieu! criai-je, tu ne vas pas faire ça! Pas maintenant! C'est trop tard. Tu vas prendre le train, et je vais m'occuper d'elle moi-même. J'irai la voir dès que je t'aurai quitté. Mais quoi, pauvre idiot, si elle pensait jamais que tu as essayé de t'enfuir, elle te zigouillerait! Est-ce que tu te rends compte? Tu ne peux pas y retourner. C'est réglé! »

Et puis, qu'est-ce qui pouvait lui arriver de mal? me demandai-je. Qu'elle se tuât? *Tant mieux!*

Quand nous arrivâmes à la gare, nous avions encore dix minutes à tuer. Je n'osais pas lui dire adieu tout de suite. A la dernière minute, bouleversé comme il l'était, je pouvais le voir sauter du train et re-cavaler vers elle. Un rien pourrait le faire changer d'avis. Une paille. Donc, je le traînai à travers la rue vers un bar, et je lui dis : « Maintenant, tu vas prendre un pernod — ton dernier pernod — et je vais te le payer... avec ton fric! »

Quelque chose dans cette remarque fit qu'il me regarda d'un air inquiet. Il but une grosse gorgée de pernod, puis, se tournant vers moi comme un chien battu, il me dit : « Je sais que je ne devrais pas te confier tout cet argent, mais... mais... Oh! ça va! Fais ce que tu jugeras bon. Je ne veux pas qu'elle se tue, c'est tout!

— Elle, se tuer? dis-je, certainement pas! Tu te prends foutrement au sérieux, si tu peux imaginer une chose pareille! Quant à l'argent, quoique ça me fasse mal de le lui donner, je te promets d'aller droit à la poste et de lui faire un mandat télégraphique. Je n'aurai pas confiance en moi-même une minute de plus qu'il n'est nécessaire! » Ce disant, j'avisai des cartes postales sur un appareil tournant. J'en saisis une — c'était une image de la tour Eiffel — et je lui fis écrire quelques mots. « Dis-lui que tu prends le bateau maintenant. Dis-lui que tu l'aimes et que tu l'enverras chercher dès ton arrivée... Je la mettrai en pneumatique quand j'irai à la poste. Et ce soir, je la verrai. Tout ira épatamment, tu verras! »

Sur ces mots, nous traversâmes la rue pour aller à la gare. Encore deux minutes avant le départ. Je sentis qu'il n'y avait plus rien à craindre maintenant. Devant la grille, je lui donnai une tape dans le dos en lui montrant le train du doigt. Je dis seulement : « Vite! Il part dans une minute! » Et là-dessus je tournai les talons et m'en allai. Je ne me retournai même pas pour voir s'il montait dans le train. J'avais peur.

Je n'avais réellement pas réfléchi, pendant que je l'expédiais, à ce que je ferais quand je serais débarrassé de lui. J'avais promis des tas de choses — mais ça n'était que pour le faire se tenir tranquille. Quant à affronter Ginette, j'avais aussi peu de courage que lui pour le faire! Je commençai à avoir une peur panique moi aussi. Tout était arrivé si vite, qu'il était impossible de saisir la vraie nature de la situation. Je m'éloignai de la gare dans une espèce de stupeur délicieuse — la carte postale à la main. Debout contre un bec de gaz, je la relus. Ça paraissait absurde. Je la relus encore une fois, pour m'assurer que je ne rêvais pas, puis je la déchirai et la jetai dans le ruisseau.

Je me retournai avec inquiétude, m'attendant presque à voir Ginette arriver sur moi avec un tomahawk. Personne ne me suivait. Je me mis à marcher sans me presser vers la place Lafayette. C'était une journée magnifique, comme je l'avais déjà remarqué. De légers nuages dans le ciel, voguant avec la brise. Les tentes claquaient. Paris ne m'avait jamais paru si beau; j'étais presque fâché d'avoir embarqué le pauvre couillon. A la place Lafayette, je m'assis en face de l'église et me mis à contempler le clocher; ça n'est pas un chef-d'œuvre d'architecture, mais le bleu du cadran m'avait toujours fasciné. Il était plus bleu que jamais aujourd'hui. Je ne pouvais pas le quitter des yeux.

A moins qu'il ne fût assez toqué pour lui écrire une lettre, lui expliquant tout, Ginette ne saurait jamais ce qui lui était arrivé. Et même si elle apprenait qu'il lui avait laissé 2 500 francs, elle ne pourrait pas le prouver. Je pourrais toujours dire qu'il l'avait imaginé. Un type qui était assez timbré pour foutre le camp sans même un chapeau, était assez timbré pour inventer les 2 500 francs, ou je ne sais combien. Combien y avait-il, au fait, je me le demandais. Mes poches en étaient gonflées. Je le sortis et me mis à le compter soigneusement. Il y avait exactement 2 875 francs 35 centimes. Plus que je ne croyais. Les 75 francs 35, il fallait s'en débarrasser. Il me fallait une somme ronde — 2 800 francs net. A ce moment, j'aperçus un taxi s'arrêter au bord du trottoir. Une femme en sortit avec un caniche blanc sur les bras; le chien pissait sur sa robe de soie. L'idée de prendre un chien pour le ballader en voiture me révolta. Je vaux autant que son chien, pensai-je, et je fis signe au chauffeur et lui dis de me conduire au Bois. Il voulait savoir où exactement. « N'importe où, lui dis-je, traversez le Bois, faites-en le tour — et prenez votre temps, je ne suis pas pressé! »

Je m'enfonçai dans les coussins, et je vis passer comme des traits les maisons, les toits irréguliers, les cheminées, les murs colorés, les pissotières, les carrefours vertigineux. En passant au Rond-Point, j'eus envie de descendre et de pisser un coup. On ne sait jamais ce qui peut arriver en bas. Je fis attendre le taxi. C'était la première fois de ma vie que je faisais attendre un taxi pendant que je pissais un coup. Combien peut-on gaspiller ainsi? Pas beaucoup. Avec ce que j'avais en poche, je pouvais me payer le luxe d'avoir deux taxis à m'attendre au lieu d'un.

Je regardai bien autour de moi, mais ne vis rien qui valût la peine. Ce que je voulais, c'était quelque chose de frais et de neuf — quelque chose de l'Alaska ou des îles Virginie. Une pelure fraîche et nette avec un parfum naturel. Inutile de le dire, il n'y avait rien de ce genre en ballade par là. Je ne fus pas terriblement déçu. Je me foutais pas mal de trouver ou non. L'essentiel, c'est de ne jamais s'en faire. Tout arrive en temps voulu.

Nous passâmes l'arc de Triomphe. Quelques touristes s'attardaient autour des restes du Soldat inconnu. En traversant le Bois, je regardais les poules pleines de fric se promenant dans leurs limousines. Elles passaient comme des flèches, comme si elles allaient quelque part. Font ça, sans doute, pour avoir l'air important — pour montrer au monde comme c'est souple les Rolls-Royce et les Hispano-Suiza. En moi-même, les choses roulaient encore avec plus de souplesse que toutes les Rolls! C'était comme du velours en moi! Épiderme de velours et vertèbres de velours! Et graisse de velours sur les roulements, je vous assure! C'est merveilleux, pendant une demi-heure, d'avoir de l'argent dans sa poche et de le foutre en l'air comme un matelot en bordée. On dirait que le monde vous appartient. Et le plus chic de tout, c'est qu'on ne sait pas quoi en faire! On peut se caler dans une auto et laisser le compteur tourner comme un fou, on peut laisser le vent vous souffler à travers les cheveux, on peut s'arrêter et boire un coup, on peut donner un gros pourboire, on peut faire le fanfaron comme si ça vous arrivait tous les jours. Mais on ne peut pas créer une révolution.

On ne peut pas s'enlever *toute* la merde des tripes!

Quand nous atteignîmes la porte d'Auteuil, je le fis filer vers la Seine. Au pont de Sèvres, je descendis et me mis à marcher le long du fleuve, vers le viaduc d'Auteuil. L'ampleur est à peu près celle d'une crique par là, et les arbres descendent jusqu'à la rive du fleuve. L'eau était verte et luisante, surtout près de l'autre rive. De temps en temps, une péniche à moteur passait, pchouque, pchouque... Des baigneurs en caleçon étaient debout dans l'herbe, à prendre le soleil. Tout était intime et palpitant, et vibrant d'une solide lumière.

En passant près d'un estaminet, je vis un groupe de cyclistes assis à une table. Je pris un fauteuil près d'eux et commandai un demi. Les entendant se chamailler, je pensai un instant à Ginette. Je la vis, allant et venant dans la chambre, frappant du pied, sanglotant et bêlant, à sa manière si désagréable. Je vis le chapeau de Fillmore sur la patère. Je me demandais si ses costumes m'iraient. Il avait un raglan qui me plaisait beaucoup. Ah! maintenant, il était en route. Dans peu de temps, la mer oscillerait sous lui. Anglais! Il voulait entendre parler anglais. Quelle idée!

Soudain, je pensai que si je le voulais, je pouvais moi aussi aller en Amérique! C'était la première fois que l'occasion s'en était jamais présentée. Je me posai la question : « As-tu réellement envie d'y aller? » Il n'y eut pas de réponse. Mes pensées allaient à la dérive, vers la mer, vers l'autre côté, évoquant le passé, là où j'avais vu les gratte-ciel s'effacer dans un tourbillon de flocons de neige. Je les vis se présenter à ma vue encore une fois, dans le même halo spectral où je les avais quittés. Je vis les lumières filtrer à travers leurs membrures. Je vis toute la ville étendue, depuis Harlem jusqu'à la Batterie, les rues bondées de fourmis, les chemins de fer aériens passant en trombe, les théâtres se vidant. Je me demandai vaguement ce qui avait pu arriver à ma femme.

Et lorsque tout eut ainsi tranquillement passé à travers mon esprit comme à travers un crible, une grande paix m'envahit. Ici, où le fleuve sinue doucement à travers la ceinture des collines, gît un sol tellement saturé de passé que, si loin que l'esprit puisse s'aventurer, on ne peut jamais le détacher de son arrière-plan humain. Seigneur! devant mes yeux palpitait une poussière d'or si paisible, que seul un névrosé aurait pu en détourner la tête. Si calme coule la Seine, qu'on la remarque à peine. Elle est toujours là, tranquille et modeste, comme une grande artère qui court à travers le corps. Dans la paix merveilleuse qui retombait sur moi, il me semblait que j'avais gravi le sommet d'une haute montagne; pendant quelques instants, j'allais pouvoir contempler la vue autour de moi, saisir le sens du paysage.

Les êtres humains font une faune et une flore étranges. De loin, ils semblent négligeables; de près, ils paraissent volontiers laids et malicieux. Plus que toute autre chose, ils ont besoin d'avoir de l'espace en suffisance — de l'espace encore plus que du temps.

Le soleil se couche. Je sens ce fleuve couler à travers moi, avec son passé, son sol ancien, le climat changeant. Les collines l'encerclent doucement, son cours est immuable...

DU MÊME AUTEUR

Aux Éditions Gallimard

PRINTEMPS NOIR
SOUVENIR, SOUVENIRS
LE CAUCHEMAR CLIMATISÉ
LES LIVRES DE MA VIE

Aux Éditions Denoël

TROPIQUE DU CANCER

COLLECTION FOLIO

Dernières parutions

2508. Noëlle Châtelet — *La courte échelle.*
2509. Marguerite Duras — *L'Amant de la Chine du Nord.*
2510. Sylvie Germain — *L'enfant Méduse.*
2511. Yasushi Inoué — *Shirobamba.*
2512. Rezvani — *La nuit transfigurée.*
2513. Boris Schreiber — *Le tournesol déchiré.*
2514. Anne Wiazemsky — *Marimé.*
2515. Francisco González Ledesma — *Soldados.*
2516. Guy de Maupassant — *Notre cœur.*
2517. Roberto Calasso — *Les noces de Cadmos et Harmonie.*
2518. Driss Chraïbi — *L'inspecteur Ali.*
2519. Pietro Citati — *Histoire qui fut heureuse, puis douloureuse et funeste.*
2520. Paule Constant — *Le grand Ghâpal.*
2521. Pierre Magnan — *Les secrets de Laviolette.*
2522. Pierre Michon — *Rimbaud le fils.*
2523. Michel Mohrt — *Un soir, à Londres.*
2524. Francis Ryck — *Le silencieux.*
2525. William Styron — *Face aux ténèbres.*
2526. René Swennen — *Le roman du linceul.*
2527. Manzoni — *Les fiancés.*
2528. Jerome Charyn — *Un bon flic.*
2529. Jean-Marie Laclavetine — *En douceur.*

2530.	Didier Daeninckx	*Lumière noire.*
2531.	Pierre Moinot	*La descente du fleuve.*
2532.	Vladimir Nabokov	*La transparence des choses.*
2533.	Pascal Quignard	*Tous les matins du monde.*
2534.	Alberto Savinio	*Toute la vie.*
2535.	Sempé	*Luxe, calme & volupté.*
2536.	Graham Swift	*Le pays des eaux.*
2537.	Abraham B. Yehoshua	*L'année des cinq saisons.*
2538.	Marcel Proust	*Les Plaisirs et les jours* suivi de *L'indifférent.*
2539.	Frédéric Vitoux	*Cartes postales.*
2540.	Tacite	*Annales*
2541.	François Mauriac	*Zabé*
2542.	Thomas Bernhard	*Un enfant*
2543.	Lawrence Block	*Huit millions de façons de mourir*
2544.	Jean Delay	*Avant Mémoire II*
2545.	Annie Ernaux	*Passion simple*
2546.	Paul Fournel	*Les petites filles respirent le même air que nous*
2547.	Georges Perec	*« 53 jours »*
2548.	Jean Renoir	*Les cahiers du capitaine Georges*
2549.	Michel Schneider	*Glenn Gould piano solo*
2550.	Michel Tournier	*Le Tabor et le Sinaï*
2551.	M.E. Saltykov-Chtchédrine	*Histoire d'une ville*
2552.	Eugène Nicole	*Les larmes de pierre*
2553.	Saint-Simon	*Mémoires II*
2554.	Christian Bobin	*La part manquante*
2555.	Boileau-Narcejac	*Les nocturnes*
2556.	Alain Bosquet	*Le métier d'otage*
2557.	Jeanne Bourin	*Les compagnons d'éternité*
2558.	Didier Daeninckx	*Zapping*
2559.	Gérard Delteil	*Le retour de l'Inca*
2560.	Joseph Kessel	*La vallée des rubis*
2561.	Catherine Lépront	*Une rumeur*
2562.	Arto Paasilinna	*Le meunier hurlant*
2563.	Gilbert Sinoué	*La pourpre et l'olivier*

2564. François-Marie Banier — *Le passé composé*
2565. Gonzalo Torrente Ballester — *Le roi ébahi*
2566. Ray Bradbury — *Le fantôme d'Hollywood*
2567. Thierry Jonquet — *La Bête et la Belle*
2568. Marguerite Duras — *La pluie d'été*
2569. Roger Grenier — *Il te faudra quitter Florence*
2570. Yukio Mishima — *Les amours interdites*
2571. J.-B. Pontalis — *L'amour des commencements*
2572. Pascal Quignard — *La frontière*
2573. Antoine de Saint-Exupéry — *Écrits de guerre (1939-1944)*
2574. Avraham B. Yehoshua — *L'amant*
2575. Denis Diderot — *Paradoxe sur le comédien*
2576. Anonyme — *La Châtelaine de Vergy*
2577. Honoré de Balzac — *Le Chef-d'œuvre inconnu*
2578. José Cabanis — *Saint-Simon l'admirable*
2579. Michel Déon — *Le prix de l'amour*
2580. Lawrence Durrell — *Le sourire du Tao*
2581. André Gide — *Amyntas*
2582. Hervé Guibert — *Mes parents*
2583. Nat Hentoff — *Le diable et son jazz*
2584. Pierre Mac Orlan — *Quartier Réservé*
2585. Pierre Magnan — *La naine*

*Achevé d'imprimer
par l'imprimerie Maury-Eurolivres S.A.
45300 Manchecourt.
le 1er avril 1994.
Dépôt légal : avril 1994.
1er dépôt légal dans la collection : novembre 1972.
Numéro d'imprimeur : 94/03/M 3641*
ISBN 2-07-036261-2 / Imprimé en France.

Précédemment publié aux Éditions Denoël.

ISBN 2-207-20614-9

68533